W0208493

EDITION
ALLGÄU

BERNHARD WUCHERER

Klappe zu

Der Trauerredner, der sich um Kopf und Kragen redet … »Zefix aber au!«

Allgäu-bairische Mafiaposse

Bernhard Wucherer
Klappe zu. Der Trauerredner, der sich um Kopf und Kragen redet …
»Zefix aber au!«

Lachener Weg 2, 87509 Immenstadt im Allgäu
Telefon +49 (0) 83 79 / 72 80 16
info@heimat-allgaeu.info
www.edition-allgaeu.com

1. Auflage 2021

Lektorat: Claudia Schöwe, Lisa Hartmann
Umschlaggestaltung: Ramona Alger
unter Verwendung von Fotos von: Joshua Riedisser, Pixabay

Druck: Uhl-Media GmbH, 87730 Bad Grönenbach
Printed in Germany

eco print
www.eco-print.info
+ Ökodruckfarben
+ 100 % Recyclingpapier
+ 100 % Ökostrom
+ je Druckauftrag wird ein Baum gepflanzt
+ klimaneutral & emissionsarm gedruckt

ISBN: 978-3-95805-077-8

Diese Mafiaposse in 25 Klappen
spielt in den siebziger Jahren des vergangenen Jahrhunderts
und ist so saudamisch, dass sie überall spielen könnte,
vielleicht sogar in der Hölle, aber niemals bei den Preußen,
was für einen gstandenen Baiern ja die Hölle wäre.

Vorwort,
oder so was Ähnliches,
ob's braucht oder nicht.

Liebe Leserinnen und Leser, die sich an einen solchen Schmarrn rantrauen, wie ihr ihn jetzt in euren Händen haltet,

wahrscheinlich ist es übrig wie ein Kropf, was ich für euch zum Geleit schreibe, weil dies sowieso kein vernünftiger Mensch liest. Trotzdem möchte ich gleich zu Anfang das loswerden, was ich selbst nicht als Schmarrn bezeichnen würde, weil es meiner Leserschaft beim Lesen meiner Bairischen Provinzposse (und die ist dann wirklich ein Schmarrn) sakrisch helfen wird.

Also: Zuerst muss ich klarstellen, dass dieses Buch eigentlich nur für uns Baiern geschrieben wurde, weswegen die darin vorkommenden Preißn nicht gerade gut weggkommen. Weil Preißn darin quasi nix verloren haben, rate ich ihnen auch dringlichst davon ab, das Buch nur zu lesen, um dann darüber herziehen zu können. Und wenn sich versehentlich doch ein solcher Scheißpreiß mit diesem gspinnerten Werk befasst, kann er dies von mir aus zwar gerne tun, soll aber dabei und danach aber wirklich seine Klappe dazu halten. Verstehen wird er eh nix. Verstehst?

Damit ihr, meine hochverehrte bairische Leserschaft, aber *alles* versteht, muss eingangs gesagt sein, dass sich diese unglaubliche Geschichte zwar quer durch Baiern hangelt, die Orte durchwegs real sind, aber arg durcheinandergemixt oder anderswohin versetzt wurden. Jedenfalls ist das Ganze ein geografischer Schwachsinn, wie es ihn sicherlich in keinem anderen nicht allzu ernst zu nehmenden Werk geben wird. Wundert euch also nicht, wenn es auch die sich äußerst merkwürdig anhörenden Orte allesamt sogar in echt gibt, diese in meinem Buch aber ganz woanders verortet wurden, als wo sie in der Realität hingehören (ein tolles Deutsch, gell? Aber so könnt ihr euch wenigstens gleich daran gewöhnen).

Die echten Ortsbezeichnungen wurden nur nach dem Zufallsprinzip ausgewählt, weil sie mir gerade in den Kram gepasst haben oder weil ich zu faul gewesen bin, mir etwas Besseres einfallen zu lassen. Dafür stimmen die Entfernungen meistens nicht. Aber das ist bei dem ganzen Durcheinander eh wurscht.

Die teilweise unglaublich klingenden Ortsbezeichnungen sind also durchwegs richtig, meistens aber irgendwo anders in Baiern hingepflanzt. Host mi?

Und was meine drei Hauptprotagonisten (das sind diejenigen Personen, die am wichtigsten sind) anbelangt, so könnt ihr euch im Geiste in der Figur des Gomm Bartl den grandiosen bairischen Schauspieler Eisi Gulp vorstellen. Denn genau so ein Typ ist unser Trauerredner. Was die Pfeifenplätzer Leni, unsere »Donna in rosso«, anbelangt, so dürft ihr euch auf eine Figur freuen, die der begnadeten österreichischen Schauspielerin Adele Neuhauser wie aus dem Gesicht geschnitten ist. Und was den Italiener Alfredo Missulloni, alias »Fuzzy«, anbelangt, so fällt mir dabei im Moment nur der US-amerikanische Schauspielstar Danny DeVito mit vollem Haar und Schnauzl ein – bescheidener geht‘s nun wirklich nicht, oder?

Selbstverständlich verhält es sich ebenso mit den anderen noch lebenden und bereits toten Personen, die allesamt frei erfunden wurden, weil es so depperte Namen wie Pfeifenplätzer Philomena und so schräge Vögel wie den Gomm Bartl in der Realität wirklich nicht geben kann – oder vielleicht doch? Als ich in den sechziger Jahren des vergangenen Jahrhunderts (Gott, wie sich das anhört) Ministrant war, hieß der Staufner Mesner und Totengräber zwar Gomm, … aber – Gott sei's getrommelt, gepfiffen und gejubelt – nicht Bartl. Dennoch war er irgendwie meine Inspiration für die Figur des Gomm Bartl.

Inlingua: Weil es ja in unserem heißgeliebten Baiern sieben Regierungsbezirke mit ebenso vielen Dialekten gibt, ist mir nichts saudümmeres eingefallen, als *nur zwischendurch* ein astreines Bairisch zu verwenden. Und weil der Gomm Bartl aus Engelwarz und später dann auch noch aus Staufen im Allgäu stammt (weil er ja schließlich irgendwie mit dem dortigen, leider längst verstorbenen Mesner und Leichenbestatter Gomm in Verbindung gebracht wird), verwende ich hier und da auch ein paar Brocken Allgäuerisch. Aber beides hält sich um der Lesbarkeit willen in Grenzen und kann hinten im Glossar nachgeschlagen werden.

Wenn nun die vielen Italiener, die durch das ganze Buch wuseln, zu Wort kommen, habe ich ihnen teils ein astreines Italienisch, teils aber auch das »Halbdeutsch« in den Mund gelegt, so wie die Italiener eben sprechen, wenn sie glauben, Deutsch zu können (z. B. »Ische 'abe gare keine Auto!«). Damit wollte ich die Italiener, die allesamt Mafiosi sind (natürlich nur die im Buch), einfach nur ein bisschen sympathischer machen. Zur leichteren Verständigung lasse ich sie aber meistens ein ordentliches Deutsch sprechen – insbesondere den Exmafiosi Alfredo Missulloni, den dritten Hauptakteur, den der Gomm Bartl und die Pfeifenplätzer Philomena nur »Fuzzy« nennen, weil er optisch einem alten Westernstar ähnelt. Und weil der so viel redet, möchte ich euch nicht zumuten, dies alles auf Italienisch oder »Halbdeutsch« lesen zu müssen. Aber auch hier kann hinten im Glossar nachgeschlagen werden.
Das heißt, dass ihr mit meinen Protagonisten – wurscht, woher sie stammen – linguistisch klarkommen werdet, weil die meistens ein solches Deutsch sprechen, dass dies vielleicht sogar die etwas gebildeteren Preußen unter den Preußen verstehen könnten. Aber die haben ja mit Baiern, ergo auch mit diesem Buch, nichts an der Pickelhaube.

Weil der Roman in den siebziger Jahren des vergangenen Jahrhunderts spielt, bediene ich mich auch der damaligen Bezeichnungen und Redewendungen. Wenn ich beispielsweise ein »Blechnegerlein« oder einen »Mohrenkopf« beschreibe, so war dies damals schlicht und ergreifend so benannt worden und ist von mir – einem weitgereisten Mann, der viele fremdländische Menschen und Kulturen kennengelernt hat – beileibe nicht despektierlich gemeint. Im Gegenteil: Obwohl es damals noch nicht der Fall gewesen war, weise ich sogar darauf hin, dass schwarzhäutige Menschen nicht mehr als Neger bezeichnet werden sollten. Jedenfalls sind weder ich, noch die Verlagsmitarbeiter rassistisch angehaucht, geschweige denn so rassistisch, wie es leider immer noch viel zu viele dieser unbelehrbaren und ignoranten Idioten gibt.

Übrigens: I seal bi Allgeier, also seit 1808 bairisch – natürlich nicht ich persönlich, sondern Oberstaufen (im Roman Staufen), derjenige Allgäuer Ort, in dem ich aufgewachsen bin. Und wenn jetzt irgendein Nieder- oder Oberbaier

Schwoamdeifi zu mir sagt, dann werde ich – wie der Gomm Bartl im Buch – so richtig grantig! Immerhin ist Staufen, der Ort, in dem ich aufwachsen durfte, seit 213 Jahren bairisch – aber dies ist doch auch schon was, gell? Sterben werde ich heimatverbundener Weltenbummler dereinst wahrscheinlich nirgendwo anders, sicherlich nicht in Isenbrezhofen, das real im westlichen Teil des Allgäus auf der Strecke von Staufen nach Isny liegt, von mir aber nach »Mittelbaiern« verpflanzt wurde. »Zefix aber au!«

So! Jetzt seid ihr vorbereitet, um mit dem ganzen Blödsinn klarzukommen, den ich mir aus meinen Hirnwindungen gequetscht habe, weil mir nix Besseres eingefallen ist.
Ach, noch was: Weil es allein im Allgäu viele verschiedene Auswüchse des dortigen Dialekts gibt (zum Beispiel »gwêachê«, »gwêa« oder »gsi« für »gewesen«) habe ich mich für einen solch moderaten Allgäuer Dialekt entschieden, wie er beispielsweise in Oberstaufen, also in einem Teil des heutigen Oberallgäus an der Grenze zum Westallgäu gesprochen wird. Passt schô, od'r? Was den Allgäuer Dialekt anbelangt, habe ich diesen vom »Förderverein mundART Allgäu e. V.« überprüfen lassen.

Ich räume allerdings ein, mich mit dem ober- und niederbairischen Dialekt, den ich in diesem Buch als »mittelbairischen« bezeichne, manchmal etwas schwer getan zu haben (nur gut, dass der »Verein für bairische Sprache und Dialekte e. V.« mein diesbezügliches Geschreibsel auf Herz und Nieren geprüft hat). Dies lag aber auch nur daran, dass es in Baiern viele verschiedene bairische Dialekte gibt und ich selbst ein waschechter Allgäuer, also nur relativ bairisch bin.

Euer Bernhard Wucherer, der normalerweise ernstzunehmende historische Romane, Krimis und Reiseführer schreibt – aber irgendwann spinnt ja wohl jeder mal, oder?

Korbinian Unterholzers Beerdigung in Isenbrezhofen, irgendwo mitten im tiefsten Baiern.

Klappe 1

»… Und so hat unser lieber Korbinian das Geben materieller Güter und das Zusichnehmen flüssigen Mannas nicht nur sauernst genommen, sondern als seine tägliche Christenpflicht betrachtet! Der Verblichene hat dafür sogar den letzten Inhalt seines Geldbeutels und seine Leber der Zirrhose geopfert! … So verneige ich mich voller Respekt vor dem Unterholzer, der nie ins Glas gespuckt, dafür aber ins Gras gebissen hat und für den Geld Zeit seines Lebens so übrig war wie sein Kropf!«

Derjenige, der dies gesagt hatte, hob nun sein Haupt und schaute direkt ins Grab, bevor er seine fulminante Trauerrede mit irgendwie anerkennend klingenden Worten beendete: »Gesoffen hat er wie eine Kuh, der Herr gebe ihm seine ewige Ruh!«

»Amen!«, tönte es vielkehlig und begeistert klingend in Richtung des Trauerredners, der dafür vom Pfarrer Hinterbichler grantig angeschaut wurde, weil diese Akklamationsformel eigentlich die Zustimmung der Beerdigungsteilnehmer zu *seinem* kirchlichen Gebet und zu *seinem* kirchlichen Segen, *nicht aber* die Bestätigung einer profanen weltlichen Trauerrede ausdrücken sollte.

Noch während er mit diesem Satz seine – wie der Gomm Bartl an diesem sonnigen Nachmittag selbst glaubte – auf den Punkt gebrachte Trauerrede beendete, drückte er seinen alten Hut mit der nicht ganz neuen Spielhahnfeder an seine Brust und senkte sein nunmehr hutloses Haupt vor dem offenen Grab seines alten Freundes, des Ökonomen Korbinian Unterholzer, der gar nicht so alt geworden war, wie er ausgeschaut hatte und wie er nach Bartls Meinung hätte werden sollen. Dann warf der beste Trauerredner im Gai die erste Schaufel Dreck auf das dabei irgendwie nach Plastik klingende Holz.

Nachdem er dies getan hatte, musste der Bartl, dessen Vornamen dem heiligen Bartholomäus von Kana (das lag – wie musste es anders sein – in Israel, also weit weg von Baiern) geweiht war, schmunzeln. Dies war aber nicht dem frisch mit Rautenmuster in den Farben weiß und blau lackierten und deswegen arg nach Farbe riechenden Spanplattensarg geschuldet. Vielmehr lag dies daran, dass er wusste, mit seiner Erde-zu-Erde-und-Staub-zu-Staub-Aktion dem grantigen Dorfpfarrer schon wieder einmal mutwillig zuvorgekommen zu sein. Denn schließlich wäre es dem Geistlichen zugestanden, den letzten Akt dieser Beerdigung einzuläuten und mit einem von ihm kommenden »Amen« das »Amen« der Gläubigen einzufordern. Nur gut, dass lediglich die Ministranten, nicht aber seine hier versammelten Schäflein das »Kruzifix« gehört hatten, das ihm nach Bartls Rede herausgerutscht war.

*

Aber: Wer zu spät kommt, den bestraft eben das Leben! Am End sogar mit dem Tod! So zumindest sah dies der Gomm Bartl, der im Umkreis von zwei- bis zweieinhalb Stunden, also etwa vierzig Kilometer mit dem Radl um seinen Heimatort Isenbrezhofen herum der beste Trauerredner weit und breit war. Der Gomm Bartl war sogar der Beste seiner redegewandten Zunft im gesamten Landkreis Isar Mitte. Sein erklärtes Ziel war es allerdings, der beste Trauerredner im Landkreis Isar Gesamt, vielleicht sogar *mit München*, zu werden. Aber dies war für den Bartl momentan eine Frage der Tagesform und der jeweiligen Betrachtungsweise, die wiederum mit der Menge an Bieren und Schnäpsen, die er auf den jeweils Verstorbenen zu dessen Ehren hinuntergekippt hatte oder noch hinunterkippen würde, zusammenhing. Demnach lief es *immer* auf seine Tagesform hinaus, obwohl natürlich gerade auch seine Nachtform nicht zu unterschätzen war. Denn der Bartl war ein gradliniger Kerl mit knallharten Prinzipien: Zuerst werden die Toten tagsüber ernsthaft unter die Erde gebracht, bevor sie dann von den Lebenden (zu denen der Bartl meistens bis spät in die Nacht hinein gehörte) ebenso ernsthaft »hinuntergesoffen« wurden, sicher war schließlich sicher! Denn am Abend wurde mangels Beerdigungen nicht gearbeitet! Bis auf das sich selbst ums Verrecken nicht abzugewöhnende Schnupfen hatte der aufstrebende Trauerredner aus dem mittelbairischen Isenbrezhofen also keine Laster – denn Saufen ist ja quasi eine Bürgerpflicht für g'standene bairische Mannsbilder, die der Unterstützung des gesamten bairischen Brauwesens diente, zu dem natürlich auch der Hopfenanbau und schneidige Bedienungen gehörten.

Trotzdem war es gut, dass die Magenreitner Liesl sein heimliches Gspusi war, obwohl sie *keine* Bedienung war. Denn die hatte zwar nicht ihn, dafür aber ihr Telefon im Griff, das immer nur vibrierte (weil's kaputt war), wenn der Bartl anrief. Egal, ob die Liesl im Stall war oder auf dem Klo saß; das Telefon vibrierte immer, anstatt zu klingeln – sogar, wenn sie im Bett lag – einerlei, wo dies auch sein mochte; sie hatte *immer* das Gefühl als wenn ihr Telefon vibrieren würde. Und dies war ihr manchmal peinlich; denn der junge Dödel, also der Sohn vom alten Dödel, hatte ihr Telefon repariert und das mit dem »Vibrieren« wohl falsch verstanden. Wie blöd wäre der Depp, wenn der nicht studiert hätte, dachte sie immer, wenn sie aus dem Konzept kam, weil es vibrierte anstatt zu klingeln und sie keine Zeit hatte, um sich die Zeit zu nehmen, das Telefon *in aller Ruhe* vibrieren zu lassen.

Aber dem Bartl war es egal, dass es bei der Liesl vibrierte, wenn er bei ihr anrief. Er fand es einfach schneidig, wie er es auch schneidig fand, die Liesl zu jeder Tages- und Nachtzeit anrufen zu dürfen – natürlich nur, falls er von einem Wirtshaus anrufen konnte oder eine Telefonzelle in der Nähe war. Spätnachmittags nach einer Beerdigung hatte dies allerdings immer einen anderen Grund als spätnachts nach einer Beerdigung, eh klar! Und da konnte es sein, dass die Liesl nicht ranging, und wenn es noch so lang und heftig vibrierte, als wenn das Telefon aus der Zukunft kommen würde. Aber vielleicht lag es ja gerade daran?

Dies war es nicht allein, weswegen der Bartl die Liesl auf seine Art so liebte, wie er es nur vermochte. Denn die hatte nicht nur viel Holz vor der Hüttn, sondern auch noch einen alten Pritschenwagen, auf dessen Ladefläche Bartls Fahrrad genau draufpasste – wenn der nicht gerade von Gänsen belegt war, die dort in Käfigen wahrscheinlich auf das nächste Weihnachtsfest warteten, owohl sie nicht wussten, weswegen sie von der Liesl extra daraufhin gezüchtet worden waren. Und wenn er überlegen wollte, wo er seinen Rausch ausschlafen mochte, hatte der Bartl selbst sogar auch noch Platz – natürlich nicht auf der Liesl, sondern auf dem Pritschenwagen. Allerdings nur *nach* Weihnachten, wenn es keine Gänse mehr, sondern nur noch Hennen gab, die von der Liesl von kurz vor Dreikönig an bis zum Totensonntag gezüchtet wurden. Dann waren wieder die Gänse dran und weniger Platz auf Liesls Ladefläche. »Da soll sich einer auskennen«, hatte der Bartl nicht nur einmal zur gut gebauten Geflügelzüchterin gesagt, die aussah, als wenn sie sich selbst, anstatt ihre Gänse stopfen würde.

Das war dann eine *der* Situationen, wo er eben nur die Hälfte der Zeit, aber dieselben Kilometer für den Nachhauseweg benötigte. Mit dem Strampeln auf dem Radl sah das dann schon anders aus: Doppelte Kilometer ist gleich doppelte Zeit – ebenfalls eh klar! So schlecht war der Bartl im Rechnen nicht, wie sein alter Lehrer Xaver Stolzle heute noch behauptete. Aber was der schon alles behauptet hatte. »Mei Gott, er war halt a Preiß!«, um es im Mittelallgäuerischen, also im gemäßigten Allgäuer Dialekt, zu sagen.

An Weihnachten starben Bartls Erfahrung nach sowieso nur selten Menschen – logisch! Denn die wollten es sich nicht einmal vom Herrgott nehmen lassen, eine von Liesls gestopften Gänsen zu genießen.

Wenn *des* all's gwea isch, also Weihnachten vorbei war, ging für den Trauerredner wieder die Saison an, genau genommen allerdings erst an Neujahr. Und so lange mochte er seine königlich bairische Ruhe haben.

Sollte im Umkreis von Bartls Radlkilometern – nehmen wir mal die Vierzig von vorhin an, weil Liesl ihre Mastgänse so weit auslieferte wie der Bartl seine Trauerreden hielt – dennoch jemandem eine von Liesls Gänsen schlecht bekommen sein, konnte ihn der jeweils zuständige Mesner über die Feiertage hinweg so kühl lagern, wie dies die Liesl immer mit ihren Gänsen tat, die zwar schon gerupft waren, aber noch nicht hatten verkauft werden können. Und das Schönste an Liesl Magenreitners Pritschenwagen war die schwarze Farbe. So konnte sie den Bartl nach einer Beerdigung immer ganz seinem Berufsepos entsprechend nach Hause kutschieren. Dies hatte aus Bartls Sicht Stil, ja fast schon etwas von Würde. Da machte es auch nichts aus, wenn er neben seinem alten Fahrrad schnarchte, das selbst manchmal Geräusche von sich gab, als wenn es am Verrecken wäre.

*

Jetzt hatten wir aber erst einmal Juni, also noch ein halbes Jahr Zeit bis zum großen Fressen. Außerdem war ja der Korbinian Unterholzer gestorben, wo es auch was zum Essen geben würde. Da musste man beim besten Willen noch nicht an Weihnachten denken, oder? Und weil seit zwei Wochen tausend Sonnen vom Himmel schienen, hatte Korbinians allseits ungelittenes Weib Agath bestimmt, dass ihr Mann nicht einmal die üblichen drei Tage im Wohnzimmer aufgebahrt werden, sondern *gleich* unter die Erde kommen sollte. Und dies, obwohl sie auf dem Unterholzerhof eigentlich nichts mehr zu sagen hatte, seit sie ihren Mann in höchster Not im Stich gelassen hatte, nur weil sie seine ewige Sauferei und die oft damit einhergehenden Watschn nicht mehr hatte ertragen können (Klar, dass *sie* ihm die Watschn gegeben hatte und nicht umgekehrt). Lächerlich: Als wenn dies ein Grund gewesen wäre, abzuhauen und ihn mitsamt ihren beiden nicht unbedingt kröten- aber doch hässlichen Töchtern allein zu lassen. Weil sich das Luder aber nicht hatte scheiden lassen wollen, war zu Korbinians letzter Stunde hin nun *ihre* große Stunde gekommen.

»Wegen der Geruchsbildung!«, hatte sie zum Dorfpfarrer Egidius Hinterbichler gesagt und dabei ein schlechtes Gewissen gehabt, weil doch jetzt im Sommer alle Misthaufen derart stinken würden, dass ihr Mann gar nicht aufgefallen wäre.

Der eigentliche Grund für eine solch weitreichende Entscheidung, die zu einem Dorftratsch höchster Güte geführt hatte, war allerdings ein anderer gewesen. Und weil in Isenbrezhofen alle gewusst hatten, dass die Agath eigentlich recht geruchsunempfindlich sein musste, weil sie ihr ganzes Gwand stets nur zu den Tagen des Herrn hin wechselte, hatten auch alle gewusst, dass sie nur der Kaffee und der Kuchen gereut hatte, den sie denjenigen, die noch persönlich von Korbinian Abschied hätten nehmen wollen, hätte anbieten müssen. Irgendwie aber musste man auch Verständnis für die Unterholzerin haben, denn in Bartls Wohnzimmer würden immerhin an die dreißig Leute reinpassen. Und wenn‘s was umsonst geben würde, sogar *noch* mehr.

»Zur Not hätte das gniggade Weib ja noch ein paar Melkschemel reinstellen können, die hätten auch nicht *mehr* gestunken als sie und der Korbinian!«, hatte die Frau einer seiner Schafkopfspezln während der Beerdigung so laut geschimpft, dass es alle gehört hatten – wahrscheinlich auch der Korbinian, dem dies sicherlich peinlich gewesen war.

Bei einer solchen Beerdigung war das übliche Bestattungsprozedere, wie es der Bartl aufgrund seiner Berufserfahrung von den städtischen Friedhöfen her kannte, aus den Angeln gehoben. Im Grunde genommen kannte man hier in Isenbrezhofen sowieso keine »normale« Beerdigung – denn irgendetwas war immer, das die Beerdigungen, bei denen der Gomm Bartl mitmischte, zu etwas ganz Besonderem machte. Und dies schon seit fast dreißig Jahren, seit er von einem Trauerredner-Lehrgang im Kloster Heiligkreuzlingen rotzbesoffen zurückgekommen war. Diesen Lehrgang hatte ihm seinerzeit das Arbeitsamt aufgedrückt, weil der Bartl außer saudumm daherreden, nichts gekonnt hatte, obwohl er immer schon ein pfiffiger Kerl gewesen war, der sogar fast die Volksschule geschafft hätte, ... wenn der damische Dorfschullehrer seine Talente rechtzeitig erkannt und das Rechnen nicht so hoch aufgehängt hätte.

Also war es dem einzigen professionellen *und* besten Trauerredner des Landkreises Isar Mitte so ziemlich wurscht gewesen, dass ihn der Pfarrer in diesem Moment in die Hölle gewünscht hatte. Aber diesen Gefallen wollte er dem hiesigen Bodenpersonal des Herrgotts nicht getan haben – zumindest jetzt nicht! Weil er während seiner Rede viel vom Saufen im Allgemeinen und vom aufopferungsvollen Alkoholkonsum des Verstorbenen im Besonderen gesprochen hatte, war Bartls Mund *so* trocken geworden, dass er jetzt einen Riesendurst hatte. Auch dies war Hochwürden bewusst gewesen, weil der ja schließlich studiert hatte, also nicht ganz dumm sein konnte. Zudem kannte er seine siebenhundertvier blütenweiße Schäflein (mit Bartl waren's siebenhundertfünf) besser als Dimpflers Martin, der arrogante Bürgermeister von Isenbrezhofen. Allenfalls der Dorfschulmeister Julius Böck (das war nicht Bartls damischer Lehrer von damals, sondern der Nachfolger von Xaver Stolzle) dürfte die Isenbrezhofner so gut gekannt haben wie der Pfarrer. Mit Oberlehrer Stolzle hatte den Pfarrer *noch* einiges verbunden: Beide waren etwa gleich alt gewesen und beide hatten keine bairischen Wurzeln gehabt, was ja einiges erklärt hatte. Zum Entsetzen der Nachkriegsbevölkerung waren die beiden Preußen fast zeitgleich mit dem heutigen Chef des einzigen Dorfgendarmen direkt nach dem Krieg hierher ins tiefste Baiern versetzt worden.

Nur gut, dass der jetzige Lehrer wenigstens *kein* »Sche-us Pre-us« war, was nichts anderes als ein für Preußen unverständliches »Scheiß Preiß« hieß, als was dieser verschlagene Menschenschlag in Baiern so lange galt, bis der das Gegenteil belegen konnte – was natürlich schier unmöglich war, weil ein Preuße zeitlebens eben ein Preuße blieb, von dem sich die alpenländischen Ferienregionen ernährten, mehr nicht.

Der Pfarrer hatte dem Bartl einfach nicht gegönnt, nach jeder Beerdigung von allen Anwesenden als erster ein Bier vor sich gehabt zu haben. Seine Abneigung Bartl gegenüber war darin begründet, dass dieser nixige Hund ihm bei jeder Erdbestattung die Schau stahl. Denn die überall zunehmend modern werdenden Urnenbestattungen waren in den bairischen Dörfern immer noch so verpönt gewesen wie Hosen tragende Frauen bei christlichen Beerdigungen (dann schon lieber Agaths stinkendes Gwand). Und was anderes war hier sowieso nicht infrage gekommen. Zumindest in Isenbrezhofen hatte es keinen einzigen Menschen gegeben, der so ausgesehen hatte, als wenn er an einen anderen Gott glauben würde. Im Gegensatz zu den großen Städten waren hier die Einheimischen noch unter sich gewesen. Und Minga war ja keine Stadt in dem Sinne, sondern eben nur ein größeres Dorf mit einer Struktur wie eine Stadt. Wäre dies nicht der Fall, würde sich eine solch große Wirtschaft wie das Hofbräuhaus wohl nicht lohnen, oder?

Aber auch das war dem Bartl wurscht gewesen, schließlich war er multikulturell – zumindest fühlte er sich so und drückte dies auch gerne aus, indem er ein lautes »Buon giorno«, schmetterte, wenn er sein Stammlokal betrat oder der Bedienung gegenüber ein »Grazie« verlauten ließ, nachdem die ihm ein Bier hingestellt hatte. Obwohl dies der morgendliche Gruß einer südlichen Stiefelbevölkerung war, wurde er vom Bartl zu allen Tages- und Nachzeiten benutzt. Dabei hörte sich sein ausgeprägt gerolltes »r« schon so sensationell italienisch an, dass er fast selbst glaubte, ein solcher zu sein. Ja, Italienisch gefiel ihm, obwohl es nicht unbedingt zu seinem Typ passte. Aber je nachdem wie die Sonne gestanden war, hatte er bei seinen Friedhofseinsätzen Farbe im Gesicht bekommen. Und meistens hatte er es hingebracht, dass ihm die Sonne sogar so voll ins Gesicht geschienen hatte, dass er am liebsten gar nichts gesagt und die Beerdigung nur noch mit geschlossenen Augen genossen hätte. Dies würde zudem auch noch den Vorteil gehabt haben, dass er nicht in die Gesichter der scheinheiligen Hinterbliebenen hätte schauen müssen, wenn er seine geistigen Eingebungen über sie ergossen und wieder einmal Lust dazu gehabt hatte, sie so richtig vorzuführen.

Seine schulterlangen Haare waren zwar nicht so kohlrabenschwarz, dass er tatsächlich ein Südländer hätte sein können. Deswegen wollte er sich schon immer den Traum erfüllen, seine Haare zu färben. Und seine Locken waren wohl eher so mittelbraune Schnittlauchlocken, die oben erst von der Mitte des Neurocraniums (das ist der Hirnschädel) an begannen. Aber mit seinem Dreitagebart und seinem spitzen Kinn sah er unter seinem schwarzen Hut dann doch irgendwie aus wie ein Mafioso – die Spielhahnfeder auf seinem Hut aus der Gegend um Garmisch herum einmal weggedacht. Weil seine Vorfahren aus dem Allgäu, genau genommen aus Engelwarz, stammten, von wo aus es ja nicht allzu weit zu den Alpen und von dort aus auch nicht mehr weit nach Italien war, hätte es gut sein können, dass er in Bezug auf sein Sein (also nicht auf sein Nichtsein, weil er ja lebte und sogar derjenige war, der diejenigen, die nicht mehr lebten, unter den Boden quatschte) tatsächlich italienische Wurzeln zugrunde legen konnte. Jedenfalls war er als lediger Balg mit dem lakonischen Vermerk »Vater unbekannt« auf die Welt gekommen. Und wenn er zurückrechnete, womit er sich weiß Gott schwertat, kam er auf eine Zeit, in der sich ein Heer von italienischen Katzlmachern, als was die Gastarbeiter etwas despektierlich bezeichnet worden waren, wie Ameisen über ganz Deutschland verteilt hatte.

Allerdings war kein einziger von denen in Engelwarz gewesen, obwohl es dort sicher auch Arbeit gegeben hätte. Aber dies musste ja nichts zu bedeuten gehabt haben, denn seine Mutter war immer schon gerne nach München gefahren, wo man damals die Kanalisation neu gebaut hatte – wahrscheinlich von italienischen Gastarbeitern, vermutete der Bartl mit dem ihm eigenen kriminalistischen Spürsinn heute noch. Sicher war aber nur, dass die himmlische Bezeichnung seines Geburtsortes Engelwarz die Vorbestimmung dafür gewesen war, dass er später beruflich etwas mit dem Glauben zu tun haben würde. Na ja, wenn es schon nicht zum Pfarrer gereicht hatte, dann wenigstens zum Ministranten und später eben zum Trauerredner!

*

Jetzt war es wieder einmal so weit: Braungebrannt würde er mit seinen neuen Latschen der Größe neunundvierzig in die »Gams« schuhen und der Zenzi ein solch wohlklingendes »Buon giorno!« mit einem Wahnsinns »r« entgegenschmettern, dass sie ihm gleich eine Maß hinstellen würde, die sie selbstverständlich wie immer auf den Deckel der Hinterbliebenen schrieb. Und dafür würde sie sogar ein »*Mile*« zum »*Grazie*« zu hören bekommen. Selbstverständlich ebenfalls mit einem »r« erster Klasse, natürlich nicht im »*Mile*«.

Weil er sich mit der drallen Bedienung ganz besonders gut verstand und zwischendurch mal sogar ein Gspusi mit ihr gehabt hatte, schrieb Zenzi bei jeder Beerdigung ein paar Biere mehr auf, die sie ihrem »Irgendwie-Lieblingsgast« dann in den Tagen danach unten in der Wirtsstube mit einem Augenzwinkern und den Worten »Du weißt schon …« kredenzen würde. Als Dank dafür würde der Bartl dann wieder einmal bei ihr Minnedienst leisten müssen, was nichts anderes hieß, als dass er fensterln musste, obwohl er das Gspusi mit ihr gehabt *hatte*. Das bedeutete, dass es eigentlich vorbei war. Deswegen sahen dies die Liesl und auch die Dorfgendarmen nicht gerade gerne – letztere, weil heutzutage sofort ein Einbrecher vermutet wurde, wenn jemand anleiterte. Aber auch dies war dem Bartl einerlei, schließlich hatte er sowohl mit der Liesl, als auch mit der Zenzi lediglich schlampige Verhältnisse, wobei das zur Liesl nicht ganz so schlampig, sondern eher lottrig war. Die eine war eben für sein Vergnügen zuständig, die andere für seinen Transport nach einer auswärtigen Beerdigung. Natürlich bedankte er sich hin und wieder auch bei der Liesl auf mittelalterliche Art und Weise, indem er sie mehr oder weniger beglückte – je nach Ausgang einer Beerdigung und der Großzügigkeit der Hinterbliebenen.

*

Mit der sicheren inneren Befriedigung, seinem Berufsstand und dem »Verband der Bairischen Trauerredner e. V.« auch mit dieser Rede wieder einmal alle Ehre gemacht und die Trauergäste aufgeheitert zu haben, entfernte sich der Bartl rückwärts buckelnd vom Grab. Um ein paar vielleicht doch etwas zu heikle Punkte aus seiner Trauerrede gut zu machen, drückte er dabei seinen abgewetzten Hut mit beiden Händen demütig auf die Brust, achtete dabei aber sorgsam darauf, dass er die daran befestigte Spielhahnfeder nicht schon wieder abknickte. Denn seit dies zum ersten Mal passiert war und er diese Stelle mit Tesafilm geflickt hatte, war der Rest dieser Feder viel abknickgefährdeter geworden als dies zuvor der Fall gewesen war. »So a Scheißglump!«, hatte er gemault und ernsthaft in Erwägung gezogen, den Spielhahnfederverkäufer und vielleicht sogar auch noch den Spielhahnzüchter oder den verantwortlichen Jäger zur Rechenschaft zu ziehen. Gott sei Dank hatten ihm die Zenzi *und* die Liesl davon abgeraten.

So entfernte er sich also rückwärts gehend mit immer noch gesenktem Kopf, weil er meinte, dass dies gut aussah und ein Abgang war, wie er dem Korbinian, und somit auch seinen beiden Töchtern, gebührte. Seit Korbinians Weib Agath vor ein paar Jahren abgehauen war, hatten die beiden Jungfern niemanden mehr, auf die sie hätten Rücksicht nehmen müssen. Und weil es keine anderen Verwandten gab, hatte sich der Bartl bei seiner Rede voll und ganz auf die beiden Weiberleut, und natürlich auf den guten alten Korbinian, einstellen können, ohne Rücksicht auf die anderen Trauergäste nehmen zu müssen. Die still in sich hineingrinsende Witwe hatte er einfach ignoriert. Dementsprechend war seine Rede auch *so* ausgefallen, dass die Witwe irgendwann nicht mehr gegrinst hatte.

»Sakerment aber au! … War i wieder guet!«, lobte der Bartl sich in seiner ihm angestammten Allgäuer Muttersprache selbst, als er außer Sichtweite der Trauergäste war. Dann drehte sich der spindeldürre und große Mann noch einmal um. Er wollte sicher sein, dass ihm niemand nachschaute. Als er glaubte, dass sich keine Sau mehr für ihn interessierte, weil bis auf die Agath alle noch dem Korbinian nachplärrten, eilte er mit schlaksigen Riesenschritten zum einzigen Wirtshaus des Dorfes, in dem gleich der Leichenschmaus stattfinden wird.

Vom Durst geplagt, hastete er am geistig etwas zurückgebliebenen Hausknecht mit einem schlampigen »Griaß di, Lucki!«, vorbei, schmetterte in die Schankstube der »Gams« ein »Buon giorno« und hängte wie immer ein »Gell, Zenzi« dahinter. Dann hangelte er sich das Treppengeländer in den oben liegenden Festsaal hoch. Dadurch wollte er Zeit für sich selbst freischaufeln, um etwas herunterkommen zu können. Kaum am Tisch, zog er sich erst einmal eine kräftige Prise Schmalzler in die Gott sei Dank großen Nasenlöcher, bevor die Trauergäste kamen.

Bei seiner Grabrede hatte sich der Bartl wieder Sätze aus seinen Gehirnwindungen drücken müssen, über die er jetzt am besten noch etwas nachdachte, weil er diese beim späteren Nachtarocken in Bezug auf die Beerdigung noch würde begründen müssen. Denn nach ein paar Bieren und Schnäpsen wollten es die neugierigen Isenbrezhofner meistens immer ganz genau von ihm wissen. Gerade der Biermeier Waschtl war so ein Hinterfotziger, der gerne alles zerriss, obwohl er selbst von nichts eine Ahnung hatte. Und weil der Bartl den Waschtl auch bei dieser Beerdigung gesehen hatte, war äußerste Vorsicht geboten. Außerdem könnte es ja sein, dass er Teile seiner Rede vielleicht noch einmal bei einer anderen Beerdigung brauchen könnte. »›Effizient‹, nennt man das!«, das hatte er irgendwann einmal irgendwo von irgendjemandem gehört. Wahrscheinlich vom alten Schulmeister Julius Böck, denn der war ja ein ortsbekannter Trottel, der alles wusste.

Zudem wollte er seinen Stammplatz sichern, an dem er immer saß, wenn im Saal etwas geboten war – auch bei den zunehmend stärker werdenden Versammlungen der örtlichen CSU, der einzigen politischen Partei, zu der man sich in Isenbrezhofen öffentlich bekennen durfte. Dass er selbst ein verkappter Sozi war, lag vermutlich an seinen imaginären italienischen Wurzeln. Gott sei Dank hatte er dies von seinem achtzehnten Lebensjahr an bis zum heutigen Tag gut verstecken können. Und weil rot schließlich nicht zu seiner schwarzen Trauerrednermontur passte, war dies ein Grund mehr für den Bazi, sich ebenso wenig öffentlich dazu zu bekennen, wie dies die sogenannten Hundertfünfundsiebziger taten, wenn sie nicht eingesperrt werden mochten.

*

Während der Bartl sich schon auf seine erste Maß Bier freute, waren die anderen immer noch an Korbinians Sarg und logen das Blaue vom sonnigen Himmel, bevor sie auf des Pudels Kern kamen. Und darin war gerade der Vorstandsvorsitzende von der örtlichen Besamungsanstalt ganz besonders gut, denn bei Besamungen musste er oft viel Geduld aufbringen.

Aber irgendwann war es dann höchste Zeit geworden, dass auch die Hinterbliebenen zu Wort kamen; schließlich waren ja noch andere Trauergäste aus Isenbrezhofen da, denen es zustand, ein paar pikante Familieninterna mitzukriegen. Also machte Susanna, eine der beiden Unterholzer-Töchter, den Anfang: »Ja, ja, der Bartl hat schon recht gehabt: Wegen Papas vermaledeiter Sauferei ist nichts übriggeblieben, das er uns noch hätte vererben können!«, frotzelte sie am offenen Grab des Vaters in Richtung ihrer Mutter. Damit hatte sie den letzten Satz von Bartls Trauerrede, den Teil mit der teuren Sauferei, aufgegriffen.

»Dafür hat Papa Zeit seines Lebens alles dafür getan, um die bairische Wirtshauskultur aufrecht zu erhalten, das war doch auch etwas, oder nicht?«, nahm dann das etwas einfältige Hannerl ihren verstorbenen Vater in Schutz und begann zu lachen. Da es aber kein verächtliches Lachen war, lenkte es die Blicke sämtlicher Traueräste auf die beiden Töchter. Denn in den Ohren der anderen Trauergäste, inklusive des Pfarrers, klang das Lachen vielmehr wie ein respektvoller Abschiedsgruß der eigenen Art – weswegen die Anwesenden Hannerl mitleidig, und deswegen auch gnädig, weiterlachen ließen.

Weil die gleichsam ergreifende wie treffende Rede vom Gomm Bartl auch die anderen Trauergäste in eine eigenartig gute Stimmung versetzt hatte, die von seinem ersten Wort ab keine richtige Trauer hatte aufkommen lassen, obwohl den Unterholzer Korbinian alle gemocht hatten, nahm ihr dies niemand übel. Selbst Hochwürden musste schmunzeln. Und weil auch *er* Durst bekommen hatte, was er mit einem Verständnis heischenden Blick nach oben auf das herrgottig heiße Sommerwetter schob, wollte er diese zwar eigenartige, für Isenbrezhofner Verhältnisse aber absolut nicht ungewöhnliche Beerdigung beenden, wusste im Moment aber nicht, wie er dies auf die Schnelle bewerkstelligen sollte, ohne sein Gesicht zu verlieren. »Ja, Kruzifix, dann bekommts ihr halt nochmals Gottes Segen!«

»Amen!«

Na, also: Geht doch, dachte sich der Pfarrer und wollte dabei den Bartl mit einem triumphierenden Blick bedenken, was allerdings nicht möglich war, weil der Sauhund bereits im Gasthaus saß und sich die erste Maß Bier schmecken ließ. Weil dem der Herrgott jetzt auch nicht mehr abhelfen konnte, schluckte der Pfarrer den von ihm bevorzugten Fluch hinunter.

*

Keine zehn Minuten später tönte der »Bairische Defiliermarsch« durch die Straßen und Gassen der Siebenhundertvier-Seelen-Gemeinde, von denen sechshundertfünfundzwanzig zur Beerdigung gekommen waren, neunundvierzig davon Musikanten, achtunddreißig Feuerwehrler, von denen wiederum einundzwanzig auch noch aktive Mitglieder des »Blasmusikvereins 1867 Isenbrezhofen e. V.« oder der »Liedertafel Concordia 1866 Isenbrezhofen e. V.« waren, die ein Jahr mehr auf dem Buckel hatte als die Blasmusik, was allerdings deren Schriftführer immer wieder in Frage stellte, indem der ohne Beweise steif und fest behauptete, dass die Blasmusik der älteste Verein in Isenbrezhofen sei: »… mindestens seit dem Frühvormittag des 1. Januar 1866!«

Jedes Mal, wenn jemand etwas dagegen sagte, schmollte Vitus und stellte *sofort* sein Amt zur Verfügung. Dies dürfte bisher etwa an die dreißig Mal geschehen sein. Aber den anderen Vereinskameraden war es stets gelungen, ihn wieder zur Vernunft zu bringen: »… Vitus! Wir brauchen dich! Ohne dich wäre unser Verein doch gar nichts!«

»Wirklich?«

»Überhaupt nichts, Vitus!«

»Ehrlich?«

»Du bist nicht zu ersetzen, Vitus!«

»Wirklich?«

»Ja, Vitus!«

»Ehrlich?«

»Ehrlich und wirklich, Vitus!«

»Mei, is des schee!« Vitus schaute genierlich drein, dann kam endlich seine befreiende Zusage, die wahrscheinlich wie immer, bis zum nächsten Mal anhalten würde: »Also guet, von mir aus, aber …«

»Zenzi! Bring dem Vitus noch eine Apfelschorle!«

»Aber gestaucht, gell?«, meldete sich Vitus nochmals zu Wort, ohne auf sein voriges »aber« einzugehen.

Ja, so lief das in bairischen Vereinen, in denen es immer irgendeinen Vitus gab; natürlich nur, wenn sie ordentlich eingetragen waren, denn das »e. V.« war ungeheuerlich wichtig. Am Schluss hielten sie immer zusammen, tranken dann aber nur höchstselten Apfelschorle.

Sei dies wie es wolle; einige der Musikanten waren auch noch Mitglied des Kirchenchores, der allerdings *kein* ordentlich eingetragener Verein war, weswegen klar war, dass dort auch ein paar Weiberleit mitsingen durften. Genau genommen waren es sogar mehr Sängerinnen als Sänger, die da zwitscherten wie die Zeiserl. Entweder waren sie allesamt, natürlich nicht die Weiberleit, auch noch aktive Blasmusikanten oder – wie an diesem Tag wegen des einzigen unbeschrankten Bahnüberganges im Dorf – bei der Absperrmannschaft der hiesigen Feuerwehr.

Dementsprechend klang auch der Defiliermarsch, der gut und gerne zwei Tenorhörner, ebenso viele zusätzliche Trompeten und eine Tuba vertragen würde. Aber der einzige Tubabläser des Dorfes war ebenso wie zwei Klarinettisten und ein Hornist als Sargträger eingeteilt worden. Und der Konzerttrommler, der gleichzeitig auch Dirigent des Kirchenchores war, hatte das Hauskreuz tragen müssen, was ihm überhaupt nicht gepasst hatte, weil er ein heimliches Gspusi mit der Agath am Laufen hatte – und dies, obwohl die ihr Gwand nur einmal in der Woche wechselte. Pfui Deifi!

Dass deswegen (natürlich nicht wegen der Agath ihrem Gwand) die kleine Trommel vom Ersatztrommler, dem erst zwölfjährigen Fischer Michi, geschlagen wurde, trug auch nicht gerade dazu bei, den eigentlich schneidigen Marsch schneidig klingen zu lassen. Aber nachher, im oberen Saal der »Gams«, würden dann sämtliche fünfzig Musikanten zur Verfügung stehen, zu denen selbstverständlich auch der Hauskreuzträger *und* der Michi gehören würden. Zwei Konzerttrommeln! Mein lieber Schwan! Das war schon was für einen solch kleinen Ort! Oder?

Was *dann* – natürlich erst, wenn alle beim Biesln gewesen waren – aus dem Blech und aus den Hölzern herauskam, würde sich hören lassen können, auch wenn die Isenbrezhofner Blasmusik seit genau zehn Jahren kein einziges Wertungsspiel mehr gewonnen hatte. Trotzdem würden sie für den Unterholzer Korbinian alles geben, damit der Klang einen schönen Körper hatte. Denn trotz seiner Sauferei war der verstorbene Ökonom ein guter Milchbauer und ein überaus gelittener Mitbürger gewesen, weswegen ihm alle einen würdigen Abschied gönnten und dies auch bis zum letzten Schluck tun würden, selbst wenn die Beerdigung mitten an einem hundsgewöhnlichen Arbeitstag stattfand und wenn‘s an diesem sonnigen Junitag noch so spät werden sollte.

Aber die Leute waren natürlich nicht nur allein wegen dem Korbinian zur Beerdigung gekommen. Unabhängig davon, dass genau so viele von ihnen zum Leichenschmaus eingeladen worden waren, wie der Saal Plätze hatte, waren zuvor alle gespannt gewesen, wie die Trauerrede ausfallen würde. Denn »ihr« Gomm Bartl war ja schließlich weit über die Grenzen von Isenbrezhofen und sogar über die Landkreisgrenzen hinaus als begnadeter Trauerredner bekannt, der immer den richtigen Ton traf – auch wenn er manchmal übers Ziel hinausschoss, wie bei der Beerdigung von Rinzlers Dônê, einem dorfbekannten Weiberheld.

Seinerzeit hatte der Bartl in die Trauerrede eingebaut gehabt, dass er selbst stolz darauf wäre, so ein guter Bock zu sein, wie es der Verblichene gewesen war. »Schad drum!«, hatte er abschließend gesagt und der Witwe zugezwinkert. Aber auch da hatte seine Rede zu keinem Eklat geführt, im Gegenteil: Dônês Witwe hatte direkt im Anschluss an den Leichenschmaus vom Bartl wissen wollen, wie er das mit dem Bock gemeint habe. Weil der Bartl ein eingefleischter Junggeselle und zudem auch noch ein Praktiker war, der zufällig gerade Feierabend gehabt hatte, und weil die Witwe jetzt eben eine Witwe gewesen war, hatte er das Vollblutweib nicht nur mit Worten getröstet. Als »berufsepischen Service« pflegte er Aktionen solcher Art stets zu benennen, wenn eine Witwe wieder einmal ihr Maul nicht hatte halten können. Was war da schon die Leberzirrhose gewesen, der Korbinian erlegen war?

*

Der Leichenschmaus zu Ehren des Ökonomen Korbinian Unterholzer war in jeder Hinsicht ganz nach Bartls Geschmack gewesen. Zuerst – also nach der eigentlichen Beerdigung und nach zwei Maß Bier – hatte es eine Flädlesuppe mit grandiosen Fettaugen und ein wenig Schnittlauch obendrauf gegeben.

»*Sacklzement, schwimmt des ois guad im Bier! Aber es hilft nix, des Bier muaß außi!*«, hatte einer zum Bartl gesagt, als er auf dem Klo neben ihm an der Bieslrinne gestanden war und so gepresst hatte, dass es ihm das Wasser in die Augen getrieben und das andere bis zum Bartl gespritzt hatte. Nach dem Biesln war ein Schweinsbraten aufgetragen worden, bei dem (ebenfalls ganz nach Bartls Geschmack) Semmelknödel und Blaukraut nicht gefehlt hatten. Und die Jägersoße erst! Damit hatte sich Josefa, die Köchin des Hauses, wieder einmal selbst übertroffen.

Einen dicken »Respekt, Sefferl!«, hatte ihr deswegen nicht nur der Bartl gezollt, der wie all die anderen hatte feststellen können, dass die Unterholzer-Dirndln im Gegensatz zu ihrer geizigen Mutter nicht gniggad gewesen waren, obwohl doch der Korbinian, ihr Vater also, sein ganzes Hab und Gut versoffen gehabt hatte. »Wahrscheinlich haben die beiden einen Kredit bei der Genossenschaftsbank in Gierling aufgenommen«, hatte wohl der eine oder andere offen gemutmaßt und deswegen erst recht so richtig reingehauen. Aber so war das eben in Baiern: Man starb schließlich nur einmal! Und dabei durfte man es sich einfach nicht reuen lassen.

Nach einer sauguten Nachspeise und etlichen Verdauungsschnäpsen hatte dann so nach und nach die Musik zu spielen begonnen. Wer das reichhaltige Essen geschafft oder den Rest eingepackt hatte, war nochmal aufs Klo gegangen, hatte sich danach sein Instrument geschnappt und einfach dort eingesetzt, wo die anderen Blasmusikkameraden gerade gewesen waren. Kein Wunder, dass nach ein paar weiteren Maß Bier die Stimmung so gut war, dass einer der

Gäste den Herrn Pfarrer gefragt hatte, ob getanzt werden dürfe, »... weil dies der Korbinian sicher gewollt hätte, oder Hochwürden?«

»Ja, freili!«, hatte der inzwischen ganz schön angesäuselte Preiß in astreinem Bairisch gesagt und somit für alle gut verständlich seinen Segen dazu gegeben. »Auf unsern verstorbenen Korbinian!«

»Auf Korbinian!«

»Hoch soll er leben!«

»Was?«

»So halt!«

»Ach so! ... Prost!«

Von den über hundert persönlichen Gästen der beiden Unterholzer-Töchter Susanna und Hannerl hatte der Bartl die meisten gekannt; wenn nicht von hier, dann von einer der Beerdigungen im Umkreis, bei denen er die Trauerrede gehalten hatte. Ein paar davon waren sogar aus Gierling gekommen, der Hauptstadt des Landkreises Isar Mitte, wo nicht nur die Genossenschaftsbank und die Besamungsanstalt ihre Sitze hatten, sondern auch das Vermessungsamt, was den Bartl aber nicht interessierte, weil er sein Grundstück wegen seiner elenden Sauferei schon lange nicht mehr sein Eigen nennen konnte.

*

Lediglich einige ganz besonders in schwarz gekleidete Männer mit Hüten und dunklen Sonnenbrillen waren dem Bartl völlig fremd vorgekommen. Allerdings hatte er sich keine ernsthaften Gedanken dazu gemacht, weil ja schließlich auch alle anderen ziemlich schwarz angezogen waren. Weil die Trauerkleider der Frauen und die Beerdigungsanzüge der Männer nur einmal gekauft wurden und ein Leben lang herhalten mussten, konnte man bei genauerem Hinschauen den Unterschied zwischen Schwarz und Schwarz schon erkennen. Lediglich der Kitzelmann Lenz hatte einen solch kohlrabenschwarzen Anzug wie die fremden Männer mit ihren Hüten und Sonnenbrillen. Denn der Metzger hatte sich in den letzten Jahren eine solche Wampe angefressen, dass er einen neuen Beerdigungsanzug gebraucht hatte, der ihm dann auch noch in seinem eigenen Sarg passen würde. Aber dies war ihm der Korbinian und sein eigener Tod wert gewesen. Allerdings hatte der Lenz keinen Hut und auch keine Sonnenbrille aufgehabt wie die, die der Bartl eben nicht kannte. Sicher hat es dazu nicht mehr gereicht, hatte sich der Bartl gedacht, der wohl am besten wusste, was schwarze Anzüge kosteten. Dabei hatte er sich überlegt, ob ihm eine solche Sonnenbrille nicht auch stehen könnte.

Obwohl die Sonne geschienen hatte, war dem Bartl das mit den Sonnenbrillen komisch vorgekommen. Vielleicht hatte das ja daran gelegen, dass sie die Sonnenbrillen auch im Wirtshaus nicht abgenommen hatten. Erst nachdem zwei von denen auf ihn zugekommen waren, um »ihren Landsmann« wegen seiner sensationellen Discorso funebre zu beglückwünschen, hatte der Bartl die Gelegenheit gehabt, um deren Sonnenbrillengläser herum in die Gesichter zu schauen, die allesamt mit Narben durchzogen waren. Als einem der Männer auffiel, dass der Bartl sich über die Narben Gedanken machte, sagte er: »Wire ware alle in die schlagende Studenteverbindunge!«

Obwohl Bartl nicht alles verstanden hatte, war er mit dieser Aussage zufrieden gewesen. Was eine »Discorso funebre« sein sollte, hatte ihn dann aber doch noch interessiert und er hatte erfahren, dass dies nichts anderes geheißen hatte als »Trauerrede«.

»Ach so: Italienisch! … Logisch!« Er hielt also keine gewöhnlichen Trauerreden, sondern Discorso funebres. Wenn das nichts war? Jedenfalls hörte sich dies für den Bartl saugut an.

Bei dieser Gelegenheit war auch geklärt worden, dass der Bartl »eigentlich kein richtiger« Italiener war – auch wenn er beim Betreten der »Gams« immer so daherredete. Vor lauter Aufregung war ihm dann ein etwas zu laut geratener Furz entwichen, was man im Mittelalter als ganz normal angesehen, besser gesagt; gehört und gerochen, hatte und was im heutigen Baiern zumindest nicht schlimm war. Aber das konnte schon mal passieren – schließlich hatte er mehr als gut gespeist und zwischenzeitlich auch viel getrunken. Und weil er trotz dieses Fauxpas von allen Seiten gelobt wurde, war seine Sinneswahrnehmung etwas getrübt. Dennoch war ihm die ausländische Klangfärbung der beiden aufgefallen, die sie eindeutig als besser Deutsch wie er Italienisch sprechende

Italiener ausgewiesen hatte. Aber so ganz sicher war er sich da noch nicht gewesen.

Weil er sich irgendwie zu den beiden hingezogen fühlte, hatte er sich trotz eines unguten Gefühls in seinem mit Schweinshaxen gefüllten Bauch auf Nachfrage darauf eingelassen, auch bei ihnen eine Trauerrede, also eine Discorso funebre, zu halten, »… fallese einer ause unsere ›Famiglia‹ sterbene sollte.«

Dabei hatte der Bartl sich noch darüber gewundert, dass diese »Familie« offensichtlich nur aus Männern zu bestehen schien. Dennoch hatte er die Vorauszahlung von so viel Geld, wie er es ansonsten für zehn Beerdigungen bekommen würde, angenommen und sich somit – was er nicht wusste – auf Gedeih und Verderb der sizilianischen Mafia, Außenstelle Gierling Gesamt *ohne München*, verpflichtet.

»*Wire abene nune eine Vertrage, Signore!*«, grummelte derjenige, der ihm sage und schreibe einen ganzen Hunderter in fünf Zwanziger-Scheinen auf den Tisch geblättert hatte.

»Ah! Jetzt bin ich mir *ganz* sicher: Sie sind Italiener!«, antwortet der Bartl und klatschte sich mit der flachen Hand auf die Stirn. »Arrivi … Zefix, aber au!«, schimpfte er, weil ihm ausgerechnet jetzt, in diesem fast schon magischen Moment, der sein ganzes Leben verändern könnte, nicht eingefallen war, was »Auf Wiedersehen« auf Italienisch hieß. »Kruzifix! Kruzifix!«

*

Obwohl der Bartl nie um die Art und Weise oder den Inhalt einer Trauerrede verlegen war, brachte ihn schon ein paar Tage später ausgerechnet eine Beerdigung an die Grenzen seiner Kreativität, bei der er damit beginnen musste, das Geld abzuarbeiten, das er in der »Gams« von der »Familie« bekommen hatte.

Meistens bekam er von den Hinterbliebenen einen Zettel mit den genauen Koordinaten, die zur betreffenden Beerdigung führten, ausführliche Lebensläufe der Verstorbenen und Unterlagen über deren Hobbies, Schafkopfen zum Beispiel, Karnickelzüchten oder Häkeln.

Und aus diesen Vorgaben formte er dann eine maßgeschneiderte Trauerrede. Aber dieses Mal hatte er anstatt wenigstens einiger Anhaltspunkte nur den blöden Spruch »Dire fällte schone etwase eine! Schlißeligge gehöreste due zue die Famiglia!« bekommen, aus dem er offensichtlich etwas machen sollte. Aber – wie es der Teufel wollte – mochte ihm ums Verrecken nichts zum Thema »Familie« einfallen.

Im Laufe seiner vielen Jahre als »verbaler Trauerbegleiter«, als was er sich in aller Bescheidenheit nach etlichen Bieren und Schnäpsen schon mal bezeichnete, hatte er zwar schon unzählige Reden an den verschiedensten Gräbern gehalten, aber – und dies wusste der Gomm Bartl ganz genau – noch niemals das Thema »Familie« aufgegriffen. Im Gegenteil: Weil es bei seinen bisherigen Beerdigungen meistens ums liebe Geld des oder der Verstorbenen gegangen war, hatte er dieses leidige Thema stets mehr oder weniger sanft umgangen.

»Hurament!«, fluchte er laut. »Muss es ausgerechnet dieses Thema sein?«

Der gebürtige Allgäuer fand es unfair von seinem neuen Auftraggeber, ihm gleich beim ersten Mal diese komplexe Thematik aufs Auge gedrückt zu haben, von der er überhaupt keine Ahnung hatte. Er hatte ja nicht einmal einen Vater, wie also in Herrgotts Namen, sollte er über das traurige Thema »Familie« *so* referieren können, damit er die Trauergäste in deren schweren Stunde wenigstens ein bisschen aufheitern konnte?

Er hatte ja schon viel mitgemacht. Da war auch schon mal eine Rede dazwischen gewesen, bei der ein Mann im Gierlinger Puff für das bezahlt hatte, was er selbst bei der Zenzi oder bei der Liesl umsonst bekam. Dies hatte dessen Witwe zwar nicht gerade gefreut, aber er hatte wenigstens die Wahrheit gesagt – und letztlich auch die ihm zustehenden zehn Mark für seine Rede bekommen. Also musste sein Geschwätz nicht so schlecht gewesen sein, wie ihm der Pfarrer später lautstark vorgeworfen hatte.

Oder vor zwei Jahren, da hatte er wortreich einen Türken verabschiedet, der – wie hatte es in Isenbrezhofen auch anders sein können – kein Moslem mehr und sogar Biertrinker gewesen war. Also hatte der Bartl bei dessen Beerdigung über die zunehmende Überfremdung in den großen Städten gesprochen und die Vernunft des Verstorbenen kein Moslem gewesen zu sein, zum Anlass genommen, um ihm dafür ein von Herzen kommendes »Respekt!« auszusprechen. Weil aber die meisten Trauergäste nach wie vor bekennende Muslime gewesen waren, hatte er sich einen gewaltigen Spreißel eingezogen. Dies war dann auch die einzige Beerdigung gewesen, bei der er nüchtern nach Hause gekommen war – allerdings erst zwei Stunden später als gedacht. Denn so lange hatte er sich mitsamt seines Radls vor einem Rudel aufgebrachter Türken in einem Heustadl verstecken müssen. Dabei hatte er immer wieder die Worte »Bu hiristiyan domuz nerede! … Öldüreceğiz« gehört. Weil ihn die Muslime aber nicht gefunden hatten, wusste der Bartl bis heute nicht, was diese Worte zu bedeuten hatten.

Yemaya Ngogos Beerdigung in Gierling, der Hauptstadt des Landkreises Isar Gesamt (natürlich ohne München).

Klappe 2

Der Gomm Bartl hatte auch schon mal einen Juden unter die Erde geredet – und wie! Obwohl es dabei wegen ihm zu einem Tumult gekommen war, hatte der Trauerredner auch hier sein Geld bekommen, weswegen er seinen Auftritt als gelungen abgehakt und sich gleich danach eine Belohnungsmaß gekauft hatte. Dass er sich noch vor der Beerdigung mit der Chewra Kadischa angelegt hatte, einer heiligen Bruderschaft, die geglaubt hatte, alle Begräbnisregeln besser zu kennen als er, der beste Trauerredner des Landkreises Isar Mitte, hatte der Bartl inzwischen erfolgreich verdrängt, weil es ihm nicht derwert gewesen war, sich ständig an diese leidige Geschichte erinnern zu müssen. Dieser Schmarrn auf dem Hintertupfinger Friedhof war ja nur zustande gekommen, weil ihn die Steine gestört hatten, die auf der Grabplatte desjenigen gelegen waren, für den er hätte reden sollen. Vielleicht hätte er sie nicht wegräumen sollen, die Steine, nicht die Grabplatte. Aber der Bartl war nun einmal ein ordnungsliebender Mensch, der dem offensichtlich völlig überlasteten Boandlkramer von Hintertupfing nur hatte helfen wollen. Denn auf fast *allen* Grabplatten waren Steine gelegen … so ein Saustall aber au!

Nach der Beerdigung wusste er, dass es bei jüdischen Beerdigungen keine Blumen, sondern eben Steine gab, die man zwar nicht in eine Vase legen konnte, aber trotzdem nicht wegräumen durfte, weil man sie von Gestrüpp und Moos überwuchern lassen musste. So ein Krampf, hatte er sich damals gedacht und sich dazu entschlossen, nur noch auf aus seiner Sicht normalen, also auf christlichen Beerdigungen zu reden. Dass er mit dieser Entscheidung richtig gelegen war, hatte sich auch gezeigt, als er vor der Bestattung auf das »Shalom« des Rabbis mit einem »Grüß Gott!« geantwortet hatte und es schon wieder zu einer Auseinandersetzung gekommen war. »Ja, im Namen unseres Herrgotts Jesus Christus und der Heiligen Jungfrau Maria!«, hatte er geflucht. »Euch Juden kann man aber auch gar nichts recht machen!« Über das, was dann geschehen war, hatte der Bartl schon längst den Mantel des Schweigens gelegt und sich dabei geschworen …

*

Aber wie das Leben so spielte, sollte es dies nicht gewesen sein; er sollte doch tatsächlich allen Ernstes bei der Beerdigung einer Schwarzen die Leichenrede halten. Da wollte der Bartl zum ersten Mal in seinem Trauerrednerleben kneifen; nicht nur, weil er selbst weder während seiner Kindheit im Allgäu, noch in Isenbrezhofen oder in einer anderen Gemeinde seines mittelbairischen Landkreises jemals einen Menschen mit schwarzer Hautfarbe gesehen hatte, – das kleine Blechnegerlein, das im Kindergarten von Staufen gestanden war, ausgenommen. Denn wenn man ein Zehnerl reingeschmissen hatte, hatte es dankbar knarzend mit dem Kopf genickt. Der Erlös aus dieser eigenartigen Spardose hatte dann irgendein Pater in Afrika bekommen, der von der Kindergartenschwester Kululinde ganz besonders verehrt worden war – das war die Schwester gewesen, bei der das kleine Bartele immer an der Kordel ihrer Kutte festgebunden war, um ja keinen Scheiß machen zu können. Aber der hatte Bartele ganz schön was gepfiffen.

Vielmehr kannte er sich nicht mit deren Mentalität, geschweige denn mit deren Gepflogenheiten aus. Er wusste ja nicht einmal, was Schwarze an sich so tun, was sie essen und so weiter. Was also sollte er sagen?

Aus dem Inhalt des Zettels in seinem Briefkasten ging lediglich hervor, dass er sich am kommenden Mittwoch, pünktlich um etwa halb Drei, auf dem Heiligkreuzfriedhof in Gierling einfinden solle, weil die Beerdigung um zwei Uhr beginnen würde.

Viel zu früh, hatte der Bartl gedacht, und dabei nicht den laut Daten auf dem Zettel viel zu frühen Tod der Schwarzen, sondern die Uhrzeit gemeint. Und was die Verblichene selbst betraf, war ihm lediglich noch mitgeteilt worden, dass es sich um eine gewisse Yem… »Wie heißt die? … Yemaya Ngo … Himmelherrgottsakrament! … Ngogo! … Na also, geht doch!« Yemaya Ngogo aus Nigeria handelte, die mit ihren neunzehn Jahren wohl recht jung gestorben sei. *An was*, hatte man ihm dummerweise ebenso wenig mitgeteilt wie deren Hobbies. Na ja, hatte sich der Bartl gedacht, bei der Gierlinger Blasmusik wird sie ja wohl nicht mitgespielt haben, es könnte höchstens sein, dass sie getrommelt hat, das machen doch alle Schwarzen, oder? Aber eines hatte er wohl mitbekommen.

Die Leiche war von der Münchner Pathologie aus hierher nach Gierling gekommen. Da wäre es schon interessant gewesen, zu wissen, was eine Pathologie war. Weil er dies eben nicht wusste, würde er es auch nicht in seine Rede mit einbauen können. Aber Minga, das ist doch etwas; der Hauch einer Großstadt auf dem Lande. Darum hieße sie ja auch »Landeshauptstadt«. Und weil er alles Wichtige über seine Landeshauptstadt München wusste, zum Beispiel übers Hofbräuhaus oder über die Wiesn, hatte der Bartl endlich sein Hauptthema. Also konnte er auf weitere Informationen scheißen.

Mit diesem Wissen, war er dieses Mal pünktlich, und nicht erst eine halbe Stunde nach Beginn, bei Yemayas Ngogos Beerdigung aufgekreuzt, um sich noch schnell direkt vor Ort ein Bild der jungen Afrikanerin anhand deren Verwandtschaft machen zu können. Aber der Gomm Bartl wäre nicht der Gomm Bartl, wenn er die Sache nicht professionell angegangen wäre. So hatte er sich zwischenzeitlich wenigstens so weit informieren können, dass man heutzutage zu Negern nicht mehr Neger sagen durfte. Aber da waren die Baiern ja sowieso ganz vorne, denn im Gegensatz zu den Preußen bezeichneten sie einen Negerkuss schon immer als Mohrenkopf.

Mir zwar egal, vielleicht aber doch gut, hatte er sich noch gedacht, als er sich mit seinem Radl auf den Weg nach Gierling gemacht hatte.

Weil er sicher war, dass die Tote auch zu keinem Plattlerverein oder zu einer Volkstanzgruppe – zumindest zu keiner hiesigen – gehört haben konnte, hatte er sich dazu entschlossen, seinen schwarzen Trachtenjanker gegen einen Gehrock und seinen Trachtenhut mit der Spielhahnfeder gegen einen Zylinder auszutauschen, wie er bei Woodoo-Zeremonien von den dortigen Trauerrednern getragen wurde. Dies hatte er im Fernsehapparat des Isenbrezhofner Pfarrers gesehen, als er bei ihm gewesen war, um sich wieder einmal einen Anschiss abzuholen, weil ihm bei seiner letzten Trauerrede scheinbar etwas herausgerutscht war, das dem Herrn Pfarrer nicht gefallen hatte. Nachdem sich der Gomm Bartl Egidius Hinterbichler gegenüber auf die freie Meinungsäußerung und sogar auf die Pressefreiheit berufen hatte, war der Isenbrezhofner Pfarrherr erst so richtig grantig geworden. Aber dies war dem Bartl wurscht gewesen. Da war schon viel wichtiger gewesen, was da im Fernsehapparat sonst noch gezeigt worden war.

Kurioserweise hatte ihn der Herr Pfarrer gleich nach dem Anschiss auf ein Schnapserl eingeladen, um mit einem guten Gefühl selbst eins trinken zu können. Denn weil dies allein zwar auch besoffen, aber keinen Spaß machte, hatte eben der Gomm Bartl die Ehre gehabt, dem Herrn Pfarrer das Gefühl zu geben, beim Saufen ein gutes Gefühl haben zu dürfen – obwohl hellichter Tag gewesen war und ein Gesundheitsschnapserl normalerweise zwar gleich nach dem Aufstehen, nicht aber grundlos untertags getrunken wurde. Weil sich der Herr Pfarrer aber nicht an diese alte Bauernregel gehalten hatte, waren darauf noch ein paar Stamperl mit bestem Penninger Blutwurz gekommen, weswegen der Bartl ein ganzes Weilchen in den Fernsehapparat hatte gucken dürfen.

Weil ihm dies so gefallen hatte, war beim Bartl auch der komische Name einer Stadt in Amerika hängengeblieben, in der auf Beerdigungen sogar getanzt wurde: Njuorlins! Vielleicht konnte er dieses Wissen bei Yemaya Ng…, also auf der Beerdigung der Schwarzen ja brauchen. Das richtige Gwand dazu würde er jedenfalls haben, denn auch dort wurden Zylinder und Gehrock getragen. Also konnte er nichts falsch machen und würde (da war sich der Bartl absolut sicher) bei der Verwandtschaft der Nege…, also der Schwarzen, Eindruck schinden und konnte gleichzeitig etwas davon ablenken, dass er im Grunde genommen keinen blassen Schimmer davon hatte, was er den Trauergästen verzapfen sollte. Er hoffte innig, dass ihn diese Leute nicht verstehen würden, weil sie nur Nigerianisch sprachen. Dennoch wollte der Bartl retten, was zu retten war. Deswegen würde er die gesamte Trauerfeier von Anfang an aufmerksam verfolgen, dem Gierlinger Pfarrer ganz genau aufs Maul schauen und die Trauergäste, allen voran die Familie der Verstorbenen, beobachten. Und das hatte er dann auch getan, allerdings ohne auch nur ein einziges Familienmitglied ausgemacht zu haben. »Komisch!«

Und dann war es soweit: Gleich würde *er* an die Reihe kommen. Dies machte der erfahrene Trauerredner daran aus, dass weder vom Schützenverein oder der Kriegerkameradschaft, geschweige denn vom Trachtenverein oder der Volkstanzgruppe eine Fahne dabei war, ja nicht einmal vom örtlichen Frauenbund. Dementsprechend wird von denen auch niemand reden. Wahrscheinlich haben die sich nur davor gedrückt, weil sie auch nicht wissen, was sie über eine Schwarze sagen sollen, von der man nicht einmal weiß, was die isst – so zumindest überlegte sich das der Bartl, während er auf seinen Aufritt wartete.

Als wenn der Teufel seine Finger im Spiel hätte und dem Bartl etwas sagen wollte, öffnete der Himmel seine Schleusen ausgerechnet, nachdem die Zeremonie in der Aussegnungshalle beendet war und sich der eigenartige Trauerzug in Richtung des ausgehobenen Grabes in Bewegung setzte, um das sich die allesamt beschirmten Trauergäste zu verteilen begannen.

Ich glaube, das mit der Tanzerei auf dem Weg zum offenen Grab lass ich doch sein, dachte er in Sorge darüber, auf dem matschigen Boden ausrutschen zu können. Dabei überlegte er auch, ob dies vielleicht gut aussehen könnte, wenn er *während seiner Trauerrede* ein wenig herumtanzen würde – um dem Sauwetter quasi einen Gegenregentanz entgegenzusetzen. Umgekehrt hat das bei denen in Afrika doch auch immer geholfen, oder?

*

Nachdem alle ihre Positionen eingenommen hatten und auch der Bartl einen Platz gefunden hatte, von dem aus er zum Fußende des offenen Grabes gelangen konnte, wenn er gleich drankommen würde, hörte er zwischen dem Klatschen des Regens auf den Schirmen eine Stimme: »Weiß Gott: Sie war eine schöne Frau!«

Die knochendürre Wedahex neben dem dicken Mann, der dies gesagt hatte, nickte zuerst nur stumm. Dann bestätigte sie das, was sie soeben gehört hatte und fügte hinzu: »Ja! … Wunderschön!«

Aha, dachte der Bartl und spitzte seine Ohren.

Weil der Regen wie entfesselt auf die schützenden Schirme klatschte und sich deswegen Schirm über Schirm schob, machte sich die Alte erst gar nicht die Mühe, nachzusehen, *wer* ihr diese für sie wichtige Information über das Aussehen der Verblichenen hatte zukommen lassen. Denn erstens kannte sie die offensichtlich viel zu früh Verstorbene nicht und zweitens wollte sie nicht

Gefahr laufen, die hervorragende Position ihres Schirmes zu gefährden. Denn es hatte sie nicht nur ein scheinheiliges Dauerlächeln, sondern auch noch viel Mühe gekostet, ihn unauffällig in geschlossenem Zustand zwischen den anderen Schirmen hindurch *unter* diese zu schieben und ihn *dann erst* zu öffnen.

Dies war ihr auch nur gelungen, weil sie es in über dreißig Jahren – also fast so lange, wie sich der Gomm Bartl als Trauerredner verdingte – ihrer hart erarbeiteten »Beerdigungserfahrung« wohl an die Hundert Mal geübt und inzwischen zu einer wahren Meisterin gebracht hatte. Deswegen hatte es auch dieses Mal auf dem Heiligkreuzfriedhof in Gierling geklappt, ohne ein allgemeines Geschimpfe ausgelöst zu haben.

Im Mittelalter soll dies hier ein jüdischer Friedhof gewesen sein. Würden hier heute noch Juden bestattet werden, wäre der Hungerhaken (die Wedahex) sicherlich nicht hierhergekommen. Denn jüdische Leichenbestattungen hatten ihr außer Ärger mit den Hinterbliebenen noch nie etwas eingebracht. Dies hatte sie mit dem Bartl gemeinsam. Also hatte sie es schnell sein lassen, jüdischen Kewuras beizuwohnen. Aber darüber machte sich die alte Vettel keine Gedanken; ihr war im Moment nur wichtig, dass der Regen auf die anderen Schirme klatschte und von dort aus auf ihren Schirm lief und nicht umgekehrt.

Die großgewachsene und spindeldürre Frau drückte ihre Augen unter dem gehäkelten Schleier vor dem Gesicht zusammen und nickte unmerklich lächelnd vor sich hin. Denn mit dem bisherigen Verlauf dieser Beerdigung konnte sie rundum zufrieden sein. Wenn dies hier alles vorüber war und sich die ineinander verhakten Schirme über ihrem eigenen Schirm voneinander gelöst hatten, ohne einander beschädigt und deren Besitzer endgültig durchnässt zu haben (was ihr eigentlich egal war), würde sie den Ehemann der Verstorbenen ansprechen und ihm nach allen Regeln der Kunst kondolieren. Wer dies war, hatte sie bereits recherchiert, als sich die engsten Verwandten in der Aussegnungshalle zusammengefunden hatten. Es musste der Mann mit dem schwarzen Anzug, dem Hut und der dunklen Sonnenbrille sein, der ihr unter den vielen Männern in ihren dunklen Anzügen, ihren Hüten und den dunklen Sonnenbrillen aufgefallen war. Oder war es der andere Mann in dem schwarzen Anzug und mit der dunklen Sonnenbrille, der neben ihm stand?

Ach, wie sie diese kleinen Unterhaltungen auf Friedhöfen doch liebte, die bisher fast immer dazu geführt hatten, dass sie zum Leichenschmaus oder wenigstens zu Kaffee und Kuchen eingeladen worden war. Für sie gab es nichts Verbindenderes als der gemeinsame Schmerz um unverhofft Verstorbene. Da war es egal, ob sie diese gekannt hatte oder nicht. Und wenn dies auch noch bei Regenwetter geschah, war sie überglücklich.

Jetzt aber musste sie sich erst einmal auf das Hier und Jetzt konzentrieren, denn gleich würde der Gierlinger Pfarrer Erde auf den Sarg schmeißen. Sie selbst hatte ja bereits mit Dreck um sich geworfen. Und das Geräusch, das die Erdklumpen verursachten, wenn sie auf das Sargholz knallten, liebte sie fast noch mehr, als Regen bei einer Beerdigung oder sich eine Einladung zum Leichenschmaus erschlichen zu haben.

Weil auch der Bartl dieses Geräusch gehört hatte, war ihm aufgefallen, dass es im Gegensatz zu Korbinian Unterholzers Beerdigung nicht nach Sperrholz oder gar nach Plastik oder Pappe geklungen hatte. Also hatte sich die Familie nicht lumpen lassen, und einen gscheiten Sarg aus Kiefer oder Fichte, vielleicht sogar aus Eiche genommen. Um dies aber genau feststellen zu können, müsste er erst noch abwarten, bis auch die anderen Trauergäste Dreck auf den Sarg schmeißen würden.

Aber es sollte weder dem Bartl, noch dem Hungerhaken gegönnt sein, sich auf das sehnlichst erwartete Geräusch zu konzentrieren, denn eine wie aus dem Nichts kommende markante Männerstimme mit italienischem Zungenschlag riss die Umstehenden aus ihren Gedanken: »Wie eine Eilige! … Sie sahe ause wie eine schwarze Eilige!«

Die dürre Alte stutze und neigte schon dazu, ihren Kopf und ihren Gesichtsschleier zu heben. Denn dies hatte nicht wie eine der üblichen Beerdigungsphrasen geklungen, wie sie sich begeisterte Friedhofsgänger ständig meist schon in der Totenmesse gegenseitig zutuschelten. Da sie (egal wie das Wetter war) seit ihrem Eintritt in die gesundheitsbedingt recht frühe Frühpension jahrein jahraus auf jede katholische oder evangelische Beerdigung im Umkreis von etwa vier Haltestationen ging, falls es von ihrem Heimatort Katzelnlachen aus eine Buslinie gab, die in die Nähe des jeweiligen Friedhofes führte, kannte sie sich bestens damit aus. Und weil dieses zwar irgendwie merkwürdige, aber unglaublich sanft klingende »Wie eine schwarze Heilige« von einem Mann gekommen war, der offensichtlich nicht zur Verwandtschaft gehörte, weil er hier, und nicht auf der anderen Seite des Aushubes stand, war sie noch neugieriger geworden als sie dies ohnehin schon gewesen war. Denn die vermeintlichen Ehemänner der jungen Frau, die soeben unter die Erde gebracht wurde, standen ihr ja direkt gegenüber. Oder hatte sie sich getäuscht, möglicherweise sogar schlampig recherchiert und deswegen die Hauptprotagonisten dieser Beerdigung verwechselt? Falls dies so wäre, würde sie dies vor sich selbst *darauf* schieben, dass der Bus erst angekommen war, als die Zeremonie in der Aussegnungshalle bereits begonnen hatte. Und weil das neugierige Weib wegen eines alten Leidens hatschte, weswegen es schon früh in die Frühpension geschickt worden war, hatte es ihm beim besten Willen nicht gelingen können, pünktlich zu sein.

Schwarz, durchfuhr es sie wie einer der Blitze, die diese Beerdigung irgendwie zu etwas ganz Besonderem für sie machten, obwohl sie wegen der Schirme keinen einzigen sehen, sondern nur deren begleitendes Donnern und Grollen hören konnte. *Deswegen* habe ich bei den Hinterbliebenen vorhin ein paar schwarze Mädchen gesehen, … ich hatte mich schon darüber gewundert. Die Verblichene war also eine Schwarze. Wegen dem Regen habe ich vorhin nicht hinreichend nachgeforscht. Das hätte mir nicht passieren dürfen. *Mir* nicht, ärgerte sie sich im Stillen, während sich der Bartl unabhängig von ihr darüber in sich hinein freute, dies sofort gecheckt zu haben.

Also überlegte sie, was zu tun war. Dabei wollte sie ihre Contenance bewahren. Schließlich war sie trotz dieses Fauxpas Beerdigungs-Profi und hatte bei solch willkommenen Anlässen wohl schon ziemlich alles erlebt, was die Abgründe der menschlichen Seele und das Verhalten von Hinterbliebenen herzugeben vermochten. Sie wurde unruhig. »Verdammte Scheiße!«, entfuhr es ihr so laut, dass dies sogar der Pfarrer hören konnte. Von der selbstauferlegten Contenance war nicht mehr viel übriggeblieben. Um nicht weiter aufzufallen, senkte sie ihren Kopf in gespielt demütiger Trauer.

»Yemayas Tod ist ein schmerzlicher Verlust für die Männerwelt!«, flüsterte ihr nun ein schräg hinter ihr stehender Mann zu. Offenkundig waren hier die Männer mit den Verhältnissen innerhalb dieser merkwürdigen Trauerfamilie besser vertraut, als sie es selbst je hätte recherchieren können. Ein Nachbar vielleicht? Ein enger Verwandter war er jedenfalls nicht, denn dann würde er mit den anderen Verwandten um die beiden vermeintlichen Witwer herumstehen, zumindest aber ebenfalls dunkelhäutig sein, oder? Aber dies war im Moment nicht so wichtig, denn sie hatte zwei interessante Informationen erhalten, die ihren Zugang zum Leichenschmaus in greifbare Nähe gerückt hatten. *Yemaya* war wohl ein Flitscherl, zumindest aber ein Sauluder gewesen, reimte sie sich hastig zusammen, konnte ihre neuen Erkenntnisse aber nicht weiterverarbeiten, weil ausgerechnet in diesem Augenblick die nächsten Erdbrocken auf den Sarg knallten, deren Geräusch sie doch so liebte.

Respekt! Eindeutig Eiche, dachte sich nun der Bartl, der seine Ohren genau gespitzt hatte.

Dass der Mann hinter ihr aber auch noch gesagt hatte: »Dennoch müssen wir uns *alle* zusammenreißen!«, wäre nicht nötig gewesen und hätte das Fass fast zum Überlaufen gebracht. Jedenfalls war diese Beerdigung für sie versaut worden – insbesondere, weil deren Einschätzung über die Verblichene aufgrund ihres konternden Fluches völlig an den anderen abgeprallt war wie der Regen, der ständig von einem Schirm zum anderen auf die Rücken der meisten Beerdigungsteilnehmer lief. Weil die anderen Leute wohl ebenfalls ihre Schirmpositionen beibehalten wollten, waren ihr wenigstens strafende Blicke für ihr zu laut geratenes »Verdammte Scheiße« erspart geblieben.

Während sie immer noch überlegte, wie sie sich dem Mann mit der markanten Stimme gegenüber verhalten sollte, fielen ihr dessen schlampige Klamotten auf, obwohl sie selbst auch nicht gerade picobello angezogen war. Und weil dem aufmerksamen Gomm Bartl aufgefallen war, wo die Frau die ganze Zeit über hingeschaut hatte, fielen auch ihm die eigenartigen Krokodillederstiefel und der Cowboyhut des kleinen Mannes auf, der ihm gegenüberstand.

Der sieht ja aus wie »Fuzzy«, dachten sich beide in Erinnerung an den schrulligen Westernhelden, der sie in ihrer Jugend jeden Sonntagnachmittag für fünfzig Pfennig im Kino fasziniert hatte, die Frau vier Jahre später als den Bartl. Darüber hinaus einte sie noch, dass sie die »Fuzzy-Filme« weder in Engelwarz, noch in Katzelnlachen, wo sie unabhängig voneinander aufgewachsen waren, gesehen hatten. Denn dort hatte es überhaupt keine Kinos gegeben und gab es dort auch heute noch nicht. Weil es aber in Bartls Kindheit im allgäuerischen Engelwarz im knapp fünfundzwanzig Kilometer entfernten Staufen bereits ein Kino gegeben hatte, war er Sonntag für Sonntag gleich nach dem Mittagessen von Engelwarz aus dorthin geradelt oder – wenn sein Radl einen Platten gehabt hatte – per Anhalter gefahren, um sich im »Staufen-Kino« den neuen »Fuzzy« anzusehen, der damals mindestens schon dreißig, wenn nicht gar vierzig Jahre alt gewesen war. Damit hatte er nicht den verschrobenen Westernhelden selbst, sondern die Schwarzweiß-Filme mit ihm gemeint.

Kein Wunder also, dass aus dem jungen Gomm Bartl später ein solch guter Radler geworden war, dass der sich trotz meist grandioser Leichenschmäuse *nicht immer* von der Magenreitner Liesl mit ihrem Pritschenwagen abholen lassen musste.

Aber zurück zum aktuellen »Fuzzy«: Als sie sich auch noch dessen Nietenjacke betrachteten, wurde insbesondere die Frau neugierig. Also entschloss sie sich schweren Herzens dazu, das Risiko einzugehen, die hart erkämpfte Position ihres Schirmes vorzeitig aufzugeben, um dem offensichtlich klein gewachsenen Unbekannten ins Gesicht schauen zu können. Aber es war zu spät – er war weg! Er hatte sich einfach so davongeschlichen, ohne ihr die Chance gegeben zu haben, ihn mit einem verlogenen Lächeln zu bedenken.

*

»Zefix!«, schoss es aus dem Bartl heraus, als er gewahr wurde, dass er wegen dieses Weibes seinen Einsatz verpasst hatte. Ihm blieb nichts anderes mehr übrig, als die strafenden Blicke der um ihn herumstehenden Trauergäste zu ignorieren und sich hastig durch die eng an eng stehenden Leiber nach vorne zu schieben.

»Maledetto! Da ate ere abere Glücke geabte«, bemerkte eines der führenden »Familienmitglieder«, die den Trauerredner vor geraumer Zeit angeworben hatten. Allerdings hatte der mit »Familie« die Familie der Verstorbenen gemeint und nicht den wohl hoffnungslosesten Außenposten der »Famiglia«, der sizilianischen Mafia.

Aber egal; die Vertreter beider Gruppierungen waren nun ebenso gespannt auf das, was da kommen mochte, wie die gewöhnlichen Trauergäste und der Gierlinger Pfarrer, der eigentlich Geistlicher Rat war, was bei dieser Beerdigung allerdings keine Sau interessierte. Lediglich die alte Vettel, mit der der Bartl vorhin den Mann beäugt hatte, war wieder neugierig geworden.

Weil sie den Mann – also nicht den anderen, sondern den komisch aussehenden Leichenredner – eigentlich nicht kannte, war sie stolz darauf, dass sie ihn nun doch irgendwie kannte. Immerhin waren sie vorhin direkt nebeneinandergestanden und hatten gemeinsam »Fuzzy« beäugt, der nun verschwunden war.

Obwohl der schlaksige Mann mit Gehrock und Zylinder, der das gleiche Gestell hatte wie die Wedahex und vier Jahre älter war als die Frau, nicht ahnte, für dieses auf den zweiten Blick irgendwie doch nicht ganz so schiache Weib interessant geworden zu sein, wusste er, dass gleich sämtliche Blicke auf *ihn* gerichtet sein würden – vorausgesetzt, die Regenschirme ließen dies zu. Er jedenfalls hatte seinen Schirm geschlossen und dessen Spitze in den matschigen Boden gerammt. Dies hatte er aber nicht getan, weil er die Hände frei haben wollte, um ein Manuskript zu halten. Dies wäre dem begnadeten Trauerredner niemals in den Sinn gekommen. Für ihn war es Ehrensache, eine Grabrede nicht vom Blatt zu lesen, sondern frei vorzutragen. Er wollte ganz einfach die Hände frei haben.

Nun konnte er sich endlich in Position bringen. Aber irgendetwas schien nicht zu klappen. Denn der Gomm Bartl hatte plötzlich einen solchen Knödel im Hals wie er ihn zum letzten Mal bei Korbinians Leichenschmaus im Hals gehabt hatte. Aber er war schließlich ein Profi. Dementsprechend legte er doch noch mit seiner Rede los, bevor ihm der Geistliche Rat einen guten Rat geben konnte, indem er ihn dazu ermuntern musste. »Also …«, begann der Bartl und legte gleich mal eine künstlerische Pause ein, bevor er so richtig Gas geben würde: »Wir haben uns hier zusammengefunden, um uns von Yemaya Ng… Zefix no amôl!«

Dass er den Namen der Verblichenen immer noch nicht im Kopf hatte, war sicherlich der Tatsache geschuldet, dass ihn sein hinterkünftiger Volksschullehrer beim Schulabschluss hatte durchrasseln lassen. So musste er nun doch noch einen Spickzettel zu Hilfe nehmen, um dies souverän überspielen zu können: »Also! … Wir bringen heute Yemaya Ngo … go unter die Erde.« Merklich stolz auf sein Ausländisch, zwar gestottert, sich aber nicht versprochen zu haben, nahm er kurz den Zylinder vom Kopf, verneigte sich und hielt ihn, genau so, wie er es immer mit seinem Trachtenhut tat (bei dem er bei diesem Teil seiner Zeremonie immer aufpassen musste, dass die Spielhahnfeder nicht erneut abknickte), vor seine Brust. Dann blinzelte er von unten heraus in die Runde, um so feststellen zu können, dass es ihm die Leute unter ihren Schirmen gleichgetan und ihre Köpfe ebenso theatralisch gesenkt hatten wie er. Da dies so war, grinste er auf seinen Stockzähnen. Denn nun konnte er getrost unter sorgsamer Vermeidung von Rassendiskriminierung weiterreden: »Also … Die Verblichene war Zeit ihres Lebens keine Negerin, sondern nur eine Frau, die so schwarz war wie der Himmel über uns, eine Schwarze eben! Und wo die Verstorbene herkommt, wären die Menschen dankbar für einen solchen Regen, wie ihn uns der Herrgott heute geschickt hat.«

Weil der Bartl schon in den ersten beiden Sätzen losgeworden war, was er von der Verstorbenen offiziell gewusst hatte, musste er jetzt schon improvisieren. Also begann er (genau wie seine Kollegen in Njuorlins) zu tanzen. Obwohl er eigentlich keinen Regentanz vorführen wollte, sah dies irgendwie doch so aus. Aber dem Bartl war das wurscht. Hauptsache, er gab alles, was die Trauergäste ein wenig aufmuntern konnte. Weil er aber merkte, dass ihm die Leute nicht aufmerksam genug zusahen, sondern tuschelten, besann er sich wieder auf seinen eigentlichen Job und begann damit, von dem zu erzählen, was er und die alte Vettel vorhin erst mitbekommen hatten. Dass er Yemaya Ngogo dabei als »Schwarze Heilige« bezeichnete, ließ den Pfarrer erbost aufheulen.

Und diejenigen, die sich als »Familie« bezeichneten (aus Bartls Sicht aber alles andere als so aussahen), wunderten sich über diese Bezeichnung für eine junge Frau, die sie zusammen mit etlichen ihrer Landsleute aus ihrer Heimat hierher ins tiefste Baiern gelockt hatten, um sie zu unterjochen und in den größeren Städten des Freistaates als unfreie Liebesdienerin zu verscherbeln.

Aber der Trauerredner sollte sich noch steigern: Um den Respekt der Männer zu erlangen, die ihn schließlich fürstlich entlohnt hatten, fuhr der Bartl mit nunmehr erhobenem Haupt fort: »Weiß Gott, sie war eine schöne Frau! Sogar wunderschön! ... Deswegen ist Yemayas Tod ein schmerzlicher Verlust für die Männerwelt!«

Nachdem er dies gesagt hatte und alle gewusst hatten, welchem Beruf die Verstorbene nachgegangen war, machte sich ein verständnisvolles Raunen breit. Was der Gomm Bartl dann noch alles vom Stapel ließ, machte ihn zumindest in den Augen der »Familienmitglieder« zum Star. Denn die wunderten sich darüber, was der Mann aus seinem Zylinder alles hervorzauberte, obwohl sie ihn anlässlich dieser Beerdigung nur testen wollten und ihm deswegen bewusst keine Basisinformationen über die Verstorbene hatten zukommen lassen.

Als der Bartl dann aber auch noch von einem Mann zu erzählen begann, der Krokodillederstiefel und eine Nietenlederjacke trug, darüber hinaus auch noch einen Cowboyhut aufhatte, war es mit der Friedhofsruhe schlagartig ganz vorbei. Dasjenige »Familienmitglied«, das der Bartl als rechte Hand des Familienoberhauptes ansah, weil der ihn für diese Trauerrede bezahlt hatte, stürmte auf ihn zu und packte ihn am Kragen. »Woe iste diese Manne? Sage mire soforte, woe ische ihne finde!«

»Er ist vorhin dort drüben gestanden«, offenbarte der Bartl, dem nun nicht mehr ganz wohl in seiner Haut war. Kaum, dass er dies gesagt hatte, strömten sämtliche anderen »Familienmitglieder« mit gezogenen Pistolen aus, um den Mann zu suchen. Da war der echte »Fuzzy« mit seinen beiden Revolvern ein Dreck dagegen gewesen.

Wegen der tief in die Gesichter gezogenen Hüte und Kopftücher, vor allen Dingen aber wegen der Sicht versperrenden Schirme bekamen die Trauergäste nur nach und nach mit, was auf dem altehrwürdigen Friedhof von Gierling los war. Erst als sie gewahr wurden, dass die in alle Richtungen ausschwärmenden Männer bewaffnet waren, brach eine Panik aus, die sich gewaschen hatte und später aus dem Bartl in den »Gierlinger Nachrichten« einen Helden machen sollte.

Innerhalb weniger Sekunden waren die Trauergäste in alle Himmelsrichtungen versprengt und nur noch der Bartl da. Selbst der Geistliche Rat hatte sich den Rat gegeben, sich hinter dem großen Grabdenkmal des vor einem Jahr verstorbenen Viehdoktors Glogginger zu verstecken, weil das so groß war, dass man sich eben gut dahinter verstecken konnte.

So war außer dem Gomm Bartl nur noch Yemaya Ngogo da, die aber bekam ja nichts mehr mit. Weil dies offensichtlich aber alle anderen getan hatten, verharrte der Bartl noch einen Moment in der Gewissheit, die Trauergäste mit seiner Rede so mitgerissen zu haben, wie es ihm noch nie zuvor gelungen war. Er wusste, dass er jeden einzelnen Pfennig wert gewesen war, den er von der »Familie« bekommen hatte. Er wusste nur nicht, ob dies die »Familienmitglieder« auch so sehen würden, wenn sie zurückkamen.

Für einen Moment erwog der Bartl, sich ebenfalls so hinterfotzig zu verzupfen wie »Fuzzy«, ließ dies dann aber doch sein, weil er von seinen Auftraggebern erfahren mochte, ob sie mit seiner Rede zufrieden waren. Außerdem war weit und breit kein Heustadl zu sehen.

Klappe 3

Keine Viertelstunde später hatten sich die Familienmitglieder wieder komplett auf dem Gierlinger Friedhof zusammen-, aber nur noch den Trauerredner vorgefunden. Ihre Pistolen waren zwar wieder unter ihren Jackets verschwunden und die Sonnenbrillen zurechtgerückt. Dennoch war dem Bartl unwohl zumute. Weil er aber wusste, eine sensationelle Trauerrede abgeliefert zu haben, hatte er sich mutig der Sache gestellt.

»Maledetto! … Wire abene ihne nikete erwischte!«, fluchte die rechte Hand des Chefs.

»Nicht schlimm!«, entgegnete der Clanchef, der cool als »Pate« bezeichnet werden wollte und als einziger seiner mittelbairischen »Familienaußenstelle« ein astreines Hochdeutsch sprach, was der Bartl in etwa so wertete, dass der Mann genau wie er selbst, ganz woanders aufgewachsen sein musste, als dort, wo er lebte. Vielleicht in Fladungen, das liegt doch ganz im Norden Baierns und gehört bestimmt schon zu Preußen, dachte er, weil er sich dies vom Erdkundeunterricht her hatte merken können. Und weil sein Lehrer eben ein Preuße gewesen war, hatte der Bartl ein paar Dinge durcheinandergebracht.

»Immerhin ...«, fuhr der Italiener fort, »wissen wir nun, dass sich Alfredo Missulloni immer noch hier in der Gegend herumtreibt! ... Wir kriegen ihn schon!« Dann wandte er sich an den Bartl, der ein wenig zusammenzuckte: »Dir haben wir es zu verdanken, dass wir denjenigen zwar nicht direkt wiedergefunden, aber trotzdem irgendwie wiedergefunden haben, der unserer Familie viel ... Äh! ... Geld, *sehr viel Geld*, schuldet, weswegen wir nun in deiner Schuld stehen! ... Du wirst schon bald deinen ersten richtigen Auftrag erhalten!«

Dass es dabei wohl eher um die geheime Mitwisserschaft, also um das, was Alfredo Missulloni an Interna über die mittelbairische Außenstelle der sizilianischen Mafia wusste, ging, als um Geld, konnte der Bartl ja nicht ahnen. Und wenn er dies sogar wissen würde, wäre es ihm so ziemlich wurscht.

Weil sie in der Isenbrezhofner »Gams« schon mal ein paar italienische Brocken vom zwar nicht gerade italienisch aussehenden Gomm Bartl gehört hatten, indem der hagere, groß gewachsene Mann ständig »Buon giorno, gell, Zenzi?« und »Grazie!« ohne »gell, Zenzi?« sagte, waren sich die Familienmitglieder ganz sicher geworden, dass ihr Gegenüber zumindest italienische Wurzeln haben musste, wenn er nicht gar ganz einer der Ihrigen war. Also stellte sich der in den landestypischen Maßen klein gewachsene Pate auf die Zehenspitzen und küsste den völlig verdutzt dreinschauenden Mann auf die Stirn. Und weil der geglaubt hatte, dass der Italiener ein Hundertfünfundsiebziger sei, hatte es eine Weile gebraucht, bis sich die deswegen erhitzten Gemüter beruhigt hatten und die Sache aufgeklärt worden war. Bei dieser Gelegenheit hatten ihm die Italiener beigebracht, dass es üblich sei, die rechte Hand ihres Paten zu küssen und dann an die eigene Stirn zu führen. »Capito?«

*

Ein paar Wochen später: Der Gomm Bartl hatte nichts mehr von der Familie gehört, in die er nach Yemaya Ngogos Beerdigung mit einem feierlichen Zeremoniell in der Gierlinger »Salzachschwemme« aufgenommen worden war, nachdem er wieder zwei grandiose Beerdigungen hinter sich gebracht hatte.

Aber erst noch einmal kurz zurück zu Yemaya Ngogos Beerdigung: Als die allesamt wieder zusammengerufenen Beerdigungsgäste beieinandergesessen waren und sich fast durchwegs in ausländischen Sprachen unterhalten hatten, war es dem Gomm Bartl irgendwann zu dumm geworden. Also hatte er sich zu denjenigen an den Tisch gesetzt, die Inländisch gesprochen hatten. Und die hatten sich natürlich riesig gefreut, einen erst vor wenigen Minuten zum absoluten Star unter den Trauerrednern avancierten Mann am Tisch zu haben und ausfragen zu können: »Soog moi, Bartl; wiea is des bei eich? Pläggt ma in Isnbrezhofn scho in da Kiacha oder east aufm Godsacka?«, wollte derjenige von ihm wissen, zu dem alle Seppei sagten.

»Wieas grod so basst!«, hatte das Sprachentalent ehrlich im selben mittelbairischen Dialekt geantwortet, wie er ihn soeben gehört hatte.

Da hatte ihm auch schon ein anderer eine weitere Frage gestellt: »Hosd beim Hiebeler Max a d' Grabred ghoidn?«

»Na!«, hatte der Bartl kurz angebunden geantwortet, weil er es sich wegen seines immer noch präsenten Allgäuer Zungenschlages mit dem rollenden »r« eigentlich schon lange abgewöhnen wollte, bairisch zu reden. Auch wenn er dies nach wie vor gekonnt hatte, war von ihm bei dieser Unterhaltung dann doch eine Sprache bevorzugt worden, die man im Allgäu wie auch in anderen Teilen Baierns und sogar in ganz Deutschland verstanden hatte.

»Deen hod da Schlog troffa! … An hoachn Bluaddruck und a Ibagwicht hod a ghabt!« meinte Seppei und erhob den Krug auf den bereits vor drei Wochen Verstorbenen.

»Jetzd oba nimma!«, hatte ein anderer ergänzt und damit die anderen zum Lachen gebracht.

»I hob eahn no vor a boor Dog im ›Hirschn‹ droffa!«, wusste wieder ein anderer zum Tod vom Hiebeler Max beizutragen und ergänzte, dass der ihm da noch nichts gesagt habe.

»Wahrscheinli hoda do no goor ned gwusst, dass a stiabt!«

»Und wia gähts seina Oidn?«, wollte einer namens Franz wissen.

»I hob's af da Beerdigung droffa und do hods gsogt, dass es besser gwen waar, wenn ihr Mo spaada gstorbn waar, weil's dann a heahre Rentn gebm häd! … Sie is aba aa so zfriedn! … Woos si gnervt hood, des waarn de vuin Formulare, dees ausfuin hod miassn! Zweng dem hods gmoant, dass's beassa gwen waar, wenn ihr Mo überhaupt ned gstorb'n waar!«

»Do hods recht: Dea Depp häd aa no a bisserl wartn keena!«, hatte sich einer eingemischt, der gerade vom Klo gekommen war.

»I hobs dann a bisserl dreest und zu ihr gsagt, dass in da Regl d' Witwe länga lebt ois wia da Moa!«

»Und? Hods woos gnutzt?«

»I woaß ned!«, sagte der Mann und kratzte sich nachdenklich am Kopf. »Seitdem bin i mit ihr zamm, i Depp!«

Nachdem er dies gesagt hatte, waren die Einheimischen, die wohl einen ganz besonders eigenartigen Humor gehabt hatten, in schallendes Gelächter ausgebrochen.

Bevor der Bartl ebenfalls eine seiner vielen Anekdoten in seinem angestammten Allgäuer Dialekt hatte beisteuern können, war er von hinten gestupft worden. Es war die Wedahex gewesen, die er seit Jahren vom Sehen auf etlichen Bestattungen her gekannt und die er bei Yemaya Ngogos Beerdigung ein wenig kennengelernt hatte. »Auf ein Wort, Herr Gomm!«

Herr Gomm?, hatte sich der Bartl gewundert. Weil er aber ein gutmütiger Mensch gewesen war, hatte er sich von seiner gönnerhaften Seite gezeigt und war der Frau, die sich sogleich mit einem angedeuteten Knicks als Philomena Pfeifenplätzer aus Katzelnlachen vorgestellt hatte, an einen kleinen alleinstehenden Tisch gefolgt. Und weil der Bartl schon ein bisschen zu tief in den Krug geschaut hatte, war er vorsichtshalber höflich geblieben. Dabei hatte er sich im Verlauf des Gespräches sogar immer besser mit der »Philomena« verstanden und von der gleich dürren und fast gleich großen Frau, deren Nase den Ansatz zu einem Haken gehabt hatte, erfahren, dass sie ein absoluter Fan von Groschenromanen und Krimis war, wobei Jerry Cotton und der irgendwann im Allgäu ermittelnde belgische Kommissar Frederic Le Maire ihre großen Vorbilder sein würden.

»Wer? … Muss man die kennen?«

»Na klar! Gerade den schrulligen Belgier *muss* man einfach gelesen haben! … ›Glühweinmord im Hexenhof‹ oder ›Goldmadonna‹ beispielsweise!«

»So, so!«

»Ja! … Ach, ich kriminalisiere einfach leidenschaftlich gerne!«, hatte sie ihm beschwörend ins Ohr geflüstert, nachdem sie gemeinsam ihren dritten Blutwurz hinuntergekippt hatten. »… und das, was heute auf dem Gottesacker passiert ist …«, sie hatte zu dem Tisch, an dem Bartls neue Familie gesessen war, gezeigt, bevor sie weitergesprochen hatte, »stinkt zum Himmel! Mit diesen Italienern ist doch etwas faul, oder?«

Wenngleich der Bartl nicht verstanden hatte, was die Philomena gemeint haben könnte, hatten sie sich noch lange angeregt über Groschenromane und Krimis, übers Kriminalisieren im Allgemeinen und über die Italiener dort vorne im Speziellen unterhalten. Aber dann hatte der Bartel mit einem Auge gesehen, wie der Pate aufgestanden und auf seinen Tisch zugekommen war.

Die Beerdigung vom Polizeipräsidenten in Ebendorf, bei der unser Gomm Bartl zwar nicht viel sagt, sich aber dennoch um Kopf und Kragen redet.

Klappe 4

Inzwischen hatte der Gomm Bartl neben seinem normalen Geschäft weitere vier Beerdigungen der Familie, dazu eine ganz besonders schlicht gehaltene Bauernbeerdigung und eine hochnobel inszenierte Bestattung eines stinkreichen Stoffplachenhändlers hinter sich gebracht. Dass er bei der Kaufmannsbeerdigung in Stinklingen fast dasselbe gesagt hatte, wie drei Tage zuvor bei der Bauernbeerdigung in Irsengund, war nur der Tatsache geschuldet gewesen, dass er diese eingebildeten Fiesel nicht mochte. Außerdem fiel das Trinkgeld bei einfacheren Beerdigungen sowieso meistens viel höher aus als bei den feinen Pinkeln. Dies alles stets im Beisein seiner neuen Seelenverwandten, der Philomena Pfeifenplätzer, die ihm bei all seinen Reden genau auf die Finger beziehungsweise auf den Mund geschaut hatte.

Wenngleich die Beerdigungen durchwegs auf verschiedenen Friedhöfen stattgefunden hatten, war einigen von ihnen doch eines gemeinsam gegeben gewesen: Die Toten der Familie waren allesamt aus der Pathologie gekommen und entweder Zuhälter, Prostituierte, Drogendealer oder Waffenhändler gewesen. Dementsprechend leichtsinnig waren Bartls Reden auch ausgefallen. Dass ihn die Familie dabei stets ermuntert hatte, war schon komisch gewesen. Aber wahrscheinlich lehnte sich der Pate bei den Beerdigungen seiner Familienmitglieder mit dem, was sein Trauerredner sagen durfte, immer so weit hinaus, weil dort erfahrungsgemäß keine Polizisten anwesend waren.

»Aber eines Tages …«, hatte der Gomm Bartl dem Stellvertreter des Paten mit sorgenvoller Stimme gesagt, als der ihm wieder mal eine Redevorlage gegeben hatte, in dem allzudeutlich Ross und Reiter genannt wurden, »werden die Anzug tragenden Gendarmen eure verschlüsselten Botschaften herausbekommen!«

Ohne es zu wissen, war der Bartl zu einer Art spezialisierter Trauerredner für die sizilianische Mafia geworden, natürlich nur für die Außenstelle des Landkreises Isar Gesamt, *ohne* München. Immerhin war er damit über den Bereich Isar Mitte hinausgekommen, was einem Karriereschub gleichzusetzen war. Ja, so konnte er es guten Gewissens auslegen.

Inzwischen wusste der Bartl sogar, was eine Pathologie war. Was für eine Welt, hatte er sich immer dabei gedacht, die Jobs des Paten aber dennoch liebend gerne angenommen. Dementsprechend nachdenklich war er geworden. Aber der Pate hatte ihm weitere fünfhundert Mark in die Hände gedrückt und dadurch sämtlichen Argwohn im Bartl weggefegt. Der Unterschied zu seiner Probebeerdigung, bei der Yemaya Ngogo die Hauptrolle gespielt hatte, war der, dass seither der Trauerredner selbst zur Hauptperson aufgestiegen war. Denn seit der Gomm Bartl vom Stellvertreter des Paten vor jeder Beerdigung aussagekräftiges Material über den oder die jeweils Verstorbenen erhielt, waren seine Trauerreden zum Tagesgespräch im ganzen Gebiet seines Landkreises Isar Mitte und weit darüber hinaus geworden, vielleicht sogar über Isar Gesamt hinaus, sicher aber nicht bis München, was sein großer Traum wäre. Vielleicht wird meine Kunst irgendwann ja doch noch in München bekannt, hoffte der Bartl, der liebend gerne mal eine Trauerrede auf dem dortigen Waldfriedhof halten würde. Denn dort lebte seine Tante Waltraud (natürlich noch nicht auf dem Waldfriedhof, sondern in Sendling). Allerdings hatte er die seiner Erinnerung nach noch nie leibhaftig gesehen. Aber vielleicht kommt sie ja zu der Beerdigung, bei der ich auftrete. Ja, der Gomm Bartl redete jetzt nicht nur, aus ihm ist längst ein Künstler geworden, der »auftritt«.

Der in Engelwarz aufgewachsene einfache Bauernbub war später wegen des dort fehlenden Kinos in das seit 1808 zu Baiern gehörende Staufen gezogen, wo es ihn dann noch ganz inspiriert hatte. 1806 wäre er nicht dorthin gezogen, weil es dort echt schlimm gewesen war, weil dieser Teil des Allgäus damals für zwei lange Jahre zu Österreich gehört hatte. Da hätte er dann schon lieber vor den Österreichern dort gelebt, als noch die Grafen zu Königsegg-Rothenfels die Grundherren gewesen waren und es einen Galgen gegeben hatte. Ja, das Mittelalter hätte ihm schon gefallen können, denn das waren noch Zeiten, da wurde noch fleißig gestorben, wenn auch nicht immer freiwillig – aber heute? »Miserablige Zeiten, miserablige!«, fluchte der Bartl in Gedanken daran, sann dem aber nicht weiter nach, weil er dann ja altersmäßig weit mehr als zweihundert Jahre oder noch viel mehr im Minus gewesen wäre.

Jetzt war er auf dem besten Weg, zu einem der bekanntesten Leute des Landreises Isar Mitte *und* Gesamt, vielleicht sogar Münchens und somit ganz Baierns, aufzusteigen. »Wenn das so weitergeht, überhole ich in puncto Bekanntheit noch meinen persönlichen Helden, den sozialdemokratischen Bundeskanzler Helmut Schmidt, pflegte er das eine oder andere Mal, wenn er zu viel getrunken hatte und von der Liesl mit ihrem Pritschenwagen nach Hause gefahren wurde, fast schon etwas überheblich zu sagen. Kein Wunder, denn nicht nur der Alkohol, sondern auch das viele Geld, das er von der Familie bekommen hatte, war ein weiterer Grund dafür, dass seine Wahrnehmung der Realität zunehmend vernebelt wurde.

So war es kein Wunder, dass kam, was kommen musste. Nicht nur, dass er die zweiten fünfhundert Mark der Mafia versoffen hatte, ohne die komplette Gegenleistung dafür abgeliefert zu haben, unterlief ihm ein folgenschweres Missgeschick: Ganz unter dem ständigen Einfluss der Worte, die ihm die Mafia für deren Beerdigungen vorgegeben und derjenigen Worte, die er selbst dazu geformt hatte, würde ihm auf der falschen Beerdigung das Falsche herausrutschen.

Es war genau Dienstag, der 22. August 1978, zwei Uhr zweiunddreißig und ein Superwetter. Der bairische Finanzminister F. J. Strauß schickte sich gerade an, zum Ministerpräsidenten seines Landes gewählt zu werden (natürlich nicht gerade um zwei Uhr zweiunddreißig), denn die Wahl, zu der auch sicherlich der Bartl eine persönliche Einladung vom Gemeindeamt bekommen würde, war erst im November. Weil es der Sozi den Schwarzen dann so richtig zeigen konnte, freute sich der Bartl immer auf die Wahlzettel, die er dann in der Wahlkabine ganz genau studierte, um ja keine Fehler zu machen. Dass die anderen, die auch noch wählen wollten, vor seiner Wahlkabine immer wie die Rohrspatzen schimpften, störte ihn dabei nicht sonderlich. Denn der Bartl wusste, dass die Wahllokale immer bis um Sechs aufhatten. Und wenn es an einem Wahlsonntag regnete, war es sowieso wurscht, wo man sich herumtrieb. Im Wahllokal jedenfalls saß er dann im Trockenen – was er danach allerdings ändern würde, indem er in die »Gams« ging und sich von der Zenzi eine frische Maß bringen ließ, weil er wieder einmal alles richtig gemacht hatte. »… gell, Zenzi?«

Im März des Jahres war der frühere italienische Ministerpräsident Aldo Moro entführt und in Rom ermordet worden. »Wenn da die Mafia nicht ihre Finger im Spiel hat!«, hatte die belesene und an allem interessierte Philomena schon im wettermäßig versauten Frühjahr gemutmaßt, die den Paten und seine Männer nicht aus den Augen ließ, sowie sie in deren Nähe war.

Während der einundachtzigjährige Papst Paul der Sechste nach fünfzehnjährigem Pontifikat verstorben war (leider war der Bartl nicht gefragt worden, ob *er* die Trauerrede halten würde) und nach Johannes Paul dem Ersten das Konklave mit Karol Wojtyla, dem bisherigen Erzbischof von Krakau, ausgerechnet einen Polen zu dessen Nachfolger gewählt hatte, gab es noch andere mehr oder weniger wichtige politische und kirchliche Ereignisse, von denen der Gomm Bartl allerdings nichts wusste. Schließlich hatte er ja keinen Fernsehapparat. Und er konnte bei seinen Trauerreden ja nicht *extra* Mist bauen, nur um zum ständig grantelnden Pfarrer Hinterbichler zitiert zu werden, wo dieses neumodische und in Isenbrezhofen immer noch seltene Gerät ständig lief und er ein paar Blicke erhaschen konnte. Obwohl … der Blutwurz des Pfarrers war schon herrgottig gut.

Aber das wichtigste an diesem Tag war, dass ihm die Liesl beim Vorbeifahren zugerufen hatte, dass ihre Hennen mehr Eier gelegt hatten als sonst. Ein gutes Omen?

Eieiei, hatte sich der Bartl voller Respekt vor den Hennen gedacht und ein »Bis später!« zurückgerufen.

Da hatte die Liesl gewusst, dass es wieder einmal so weit war und er sich nach einer Trauerfeier volllaufen lassen würde. Sie musste nur auf den Plan schauen, den ihr der Bartl mit seinen Terminen am liebsten an jedem Monatsersten geben würde – wenn er da schon immer wissen würde, wer in den kommenden Wochen wann zu sterben gedachte. Wegen der aus seiner Sicht unnötig leidigen Unzuverlässigkeit der Sterberei in seinem Arbeitsradius konnte er nie genau sagen, wer eben wann genau sterben würde. Deswegen musste er an jedem Sonntag improvisieren und abschätzen, was in der kommenden Woche alles passieren könnte. Aber der Bartl kannte seine Pappenheimer, insbesondere diejenigen in Isenbrezhofen, die der Boandlkramer bereits auf seiner Liste hatte. Also hatte er dies im Laufe seiner Dienstjahre bis auf die vermaledeiten unvorhergesehenen Unfälle ganz gut in den Griff bekommen.

Als beispielsweise der Bereuter Franz gestorben war, hatte er dies ebenso auf die Stunde genau vorausgesehen wie bei der Dierlinger Irmi. Denn der Franz war sein Leben lang den ganzen Sommer über Tag für Tag in der Morgendämmerung zum Hengelesweiher gestiefelt, um dort mit selbstgefangenen Fliegen zu fischen. Und dazu hatte er mit seiner Gummistiefellatzhose immer ein paar Meter in das Gewässer hineingemusst. Seit der Franz aber zunehmend an der Alzheimerischen Demenzkrankheit litt, war er jeden Tag einen Schritt weiter in den Teich hineingestiefelt und dies am Schluss auch noch im Winter. Vor gut einem dreiviertel Jahr war er eben – wie es dann auf dem Sterbebildchen geheißen hatte – einen Schritt zu weit gegangen. Jedenfalls war seine Gummistiefellatzhose randvoll mit Wasser gewesen, als man ihn aus dem Wasser gefischt hatte.

Bei der Irmi war es so gewesen, dass die schon längst dem Trübsinn verfallen war, bevor sie sich am »Sauhaken« im Saustall aufgehängt hatte. Die Sauen sind doch dort im Warmen auch immer gut ausgeblutet, hatte sie sich gedacht, sich aber keine weiteren Gedanken dazu gemacht. Und weil sie ihren Selbstmord immer wieder angedroht hatte, war der Bartl zu ihr gegangen, um mit ihr zu reden. Selbstverständlich nicht, um sie davon abzuhalten – das wäre ja kontraproduktiv gewesen. Vielmehr hatte sie ihm versprechen müssen, ihm als Erstem Bescheid zu geben, wenn es so weit sein sollte. Und dies hatte die Irmi dann auch brav getan: »Am keemadn Sunnta ist's soweid! … Do häng i mi dann im Saustoi auf!«, hatte sie zu ihm gesagt und auf die Fragen vom Bartl »Warum erst übermorgen, also am Sonntag, wo doch der Boandlkamer auch mal seine Ruhe haben möchte? Und warum ausgerechnet im Saustall?« geantwortet, dass sie dabei die Mittagsglocken von Sankt Emmeram hören wolle und dass es sie doch immer schnell frieren würde.

»Wenigstens hat sie beim Sterben nicht frieren müssen! Denn in Irmis Stall war es im Winter schon mal kalt, aber nie so richtig saukalt gewesen, weswegen dort außer der Dierlinger Irmi noch keine Sau freiwillig gestorben ist – im Gegenteil!«, hatte der Bartl dann auch noch bei seiner herzergreifenden Trauerrede für die 81-Jährige gesagt und dabei mit gespieltem Bedauern festgestellt, dass das die Irmi noch nie getan hatte. »… Sie hätte nur noch ein Jahr warten müssen, dann wäre sie genauso alt geworden wie Papst Johannes der Dreiundzwanzigste!« Dass er ausgerechnet diesen Papst ins Spiel gebracht hatte, war daran gelegen, dass der Italiener gewesen war. Kann ja nicht schaden! Man weiß ja nie, ob einer aus der Familie mithört, hatte er sich dabei gedacht und war in seinem Inneren froh darüber gewesen, dass die blöde Sau die blöde nicht gewartet hatte, weswegen er seine fulminante Trauerrede jetzt schon hatte halten können.

In der großen weiten Welt gab es natürlich noch andere Wichtigkeiten, nicht nur in Isenbrezhofen. So machten beispielsweise die amerikanische Pornodarstellerin Cherie DeVille und der anguillische Fußballspieler Richard O'Connor in diesem Jahr ganz besonders von sich reden. Das wäre für den Bartl vielleicht wirklich wichtig gewesen, wenn er die beiden gekannt hätte. Aber die waren ja nicht aus Isenbrezhofen und kamen nicht einmal aus dem Landkreis Isar Gesamt, geschweige denn Mitte. Trotzdem verstand er etwas vom Fußball! … Aber das andere? Damit konnte er nicht viel anfangen. Außerdem hatte er ja die Liesl, bei der er sich nach einer Heimfahrt immer auf seine Art und Weise bedanken musste. Und dies war bei Gott Arbeit genug. Warum sich also um eine amerikanische Schnoin kümmern?

Obwohl der Gomm Bartl nicht den Bruchteil von dem wusste, was außerhalb seiner Landkreisgrenze passierte, war ihm klar, dass dies ein besonderes Jahr war, das ihm in jeder Hinsicht den Durchbruch als bester Trauerredner Baierns … und vielleicht sogar der gesamten Alpenregion bringen würde. Also wollte sich der überheblich gewordene Spinner bei dieser Beerdigung ganz besonders anstrengen, was er eigentlich immer tat, wenn er nüchtern war und einen Grund dazu hatte, dem Verstorbenen einen Gefallen zu tun.

*

Schon als er auf dem Ebendorfner Friedhof ankam, wunderte sich der Trauerredner, der seit geraumer Zeit immer recht früh an Ort und Stelle war, weil er sich noch kurz mit der Philomena absprechen wollte. Denn *beide* hatten gemerkt, dass dieser Input, wie das auf Neudeutsch hieß, für beide Seiten gut war. Dem Bartl brachte dies meist ein paar zusätzliche Informationen, die er spontan in seine jeweilige Trauerrede einbauen konnte, und der Philomena half Bartls verbales »Intro«, sich den Leichenschmaus leichter erschleichen zu können. Seither saßen die beiden nach jeder Beerdigung an einem Tisch und tauschten ihr neu erworbenes Wissen aus.

»Bärig!«, fand der Bartl, »Sauguad!« die Philomena, die allerdings fast immer hochdeutsch mit einem Schwick Wienerisch sprach, weil sich dies aus ihrer Sicht aus dem Mund einer gebildeten (sie las ja Groschenromane und Krimis) alten Jungfer einfach geschliffener anhörte.

Kaum hatte der Bartl sein Radl hinter der Seelenkapelle abgestellt, winkte ihn auch schon die Philomena zu sich. Weil er wusste, dass die Toten keine Fahrräder mehr brauchten, hielt er es für überflüssig, seinen über die Jahre hinweg ganz schön ramponierten und deswegen auch mitgenommen aussehenden Drahtesel abzuschließen. Also konnte er gleich zu Philomena rüberlatschen, anstatt sie zu sich herlatschen zu lassen.

Die Frau unterhielt sich gerade angeregt mit einem Onkel zweiten Grades des Verstorbenen: »Ach, das ist der Trauerredner, den ich organisiert habe!«, log sie den Onkel zweiten Grades ungeniert an und entschuldigte sich dafür, dass sie ihn, also den Bartl, beiseite ziehen müsse, weil sie ihm noch etwas Wichtiges über den Verstorbenen erzählen wolle. Das gelangweilte Dreingeschaue des Onkels zweiten Grades, von dem laut Bartls Meinung überhaupt erst noch geklärt werden musste, ob er tatsächlich ein Onkel irgendeines Grades war, wertete sie als einen dankbaren Blick.

Und dem Bartl gefiel es, wie selbstbewusst die Philomena dies durchzog. »Aber sag mal, Philomena: Was tun denn die vielen Schandis hier?«

»Keine Ahnung! Ich bin auch erst eben hier angekommen!«

»Die erwecken fast den Eindruck, als wenn sie arbeiten würden!«

»Was? … Das haben die doch noch nie getan!«

Kaum hatte sie dies gesagt, ertönte hinter ihnen eine solch perfekt intonierte Marschmusik, wie sie die Isenbrezhofner Blasmusik nicht einmal hinbekommen könnte, wenn ihr alle fünfzig Mitglieder mitsamt ihrer beiden Trommler zur Verfügung stehen und wenn sie noch so oft proben würde – über die Klasse eines Wertungsspiels in ihrer Klasse würden sie niemals hinauskommen.

Als sich die beiden umdrehten, sahen sie ein uniformiertes Musikkorps aufmarschieren, wie es in Ebendorf sicher noch nie der Fall gewesen war.

Als die schneidigen Musikerinnen und Musiker direkt an ihnen vorbeimarschierten, konnte der Bartl deren Ärmelzeichen entnehmen, dass es sich um das offizielle Musikkorps der Münchner Polizei handelte, deren Sitz nach Bartls Vermutung in München Mitte, also in der Nähe vom Stachus, zumindest aber irgendwo zwischen der Frauenkirche und der Theresienwiese war. Erstere kannte er zwar weniger, zweitere dafür umso besser.

Dies irritierte ihn – natürlich nicht, wo die Musiker vermutlich ihren Sitz hatten, sondern dass sie hierher ins beschauliche Ebendorf zur Beerdigung eines Familienmitglieds gekommen waren. Dies brachte ihn sogar so durcheinander, dass es ihn fast aus dem Konzept zu werfen drohte. Hektisch (»Zefix!«) kramte er in seiner Joppentasche nach dem Zettel, den er vom Stellvertreter des Paten bekommen hatte. Und dort war nichts von einer Hundertschaft Polizisten vermerkt und schon gar nichts von einer ganzen Musikkapelle, die ihm die Schau stahl. Lediglich der Wortfetzen »... er war auch bei den untersten Polizisten kein Unbekannter« beruhigte ihn wieder, doch auf der richtigen Beerdigung zu sein.

Daran, dass die Zenzi in der »Gams« ein Stückchen von dem Blatt weggerissen hatte, als er vorgestern bierselig dabei gewesen war, seine aktuelle Trauerrede für die Familie zu bearbeiten, konnte er sich nicht mehr erinnern. Und weil die Zenzi keinen Notizblock bei sich gehabt, aber schnell etwas hatte notieren müssen, hatte die nicht gerade mit Intelligenz gesegnete Bedienung den abgerissenen Papierfetzen in ihr Dekolleté gesteckt und mitgenommen.

Dies wäre ja nicht schlimm gewesen, wenn da drauf nicht das Beerdigungsdatum eines besonders polizeibekannten Familienmitgliedes gestanden hätte, von dem die Polizei allerdings nicht wusste, dass der ein Mitglied der Familie war.

Und weil der Bartl – dem es offensichtlich zu wohl war, seit er vom Paten immer wieder ein paar Hunderter und von der Öffentlichkeit mehr Aufmerksamkeit bekam – viel mehr soff als zuvor, hatte er sich zu allem hin auch noch mit dem Datum und dem Ort einer anderen Beerdigung vertan. Wenn er das Manuskript für die heutige Veranstaltung bei sich hätte, würde ihm sofort auffallen, dass er sich bei der falschen Veranstaltung befand – oder dass er das falsche Manuskript in seiner Joppentasche mitgenommen hatte, je nachdem wie man es betrachten wollte.

Der beste Trauerredner im Landkreis Isar Mitte hatte sich nun zum ersten Mal *so* vertan, dass er sich gleich um Kopf und Kragen reden würde. Aber davon konnte er ja nichts ahnen. Also beschloss der Bartl, sich nicht mehr darüber zu wundern, dass auf der Beerdigung eines Familienmitglieds auch ein ganzer Haufen Gendarmen herumwuselte. Vielleicht möchten die dem Verstorbenen ja nur dafür danken, dass der alles dafür getan hat, um ihre Arbeitsplätze zu erhalten, dachte er sich, während er sich auch schon darauf konzentrierte, an diesem Tag wieder einmal eine besonders gute, eine *ganz besonders gute* Rede zu halten und dadurch sozusagen sein immer noch ausstehendes Meisterstück in Richtung »Isar Gesamt, vielleicht sogar mit München« abzuliefern. Aber dazu musste er erst noch die Aussegnung in der neu erbauten Trauerhalle (wie die Aussegnungshalle hier hieß) und den Zug zum offenen Grab abwarten. Und dies konnte dauern. Denn der Bartl wusste, dass die Ehrungen Verstorbener bei Totenmessen groß ausfallen konnten, weil der Tod eines Christen die gesamte Gemeinde betraf. Und an diesem Tag schien tatsächlich alles gekommen zu sein, was von Ebendorf bis München laufen konnte. Weil er wusste, dass es bei den Katholiken keine exakten Vorschriften zum Umfang der Beerdigung gab, befürchtete er an diesem sowieso schon leicht verhangenen Tag das Schlimmste – insbesondere, weil er den sich selbst gerne reden hörenden Pfarrer von Ebendorf schon ein paar Mal hatte genießen können. Aber je länger der erste Teil der Beerdigung dauerte, umso mehr konnte der Trauerredner in sich gehen, um den Pfarrer zu übertrumpfen.

Nun ist es so weit, dachte sich der Gomm Bartl, als er sich während Ludwig van Beethovens »Marcia Funebre« betont gemäßigten Schrittes einen Weg durch die Menschenmenge bahnte. Dass der Pate ausgerechnet dieses besonders strenge und ernste Stück ausgewählt hatte, das der Maestro eigentlich Napoleon gewidmet hatte, wunderte ihn schon ein bisschen. Hätte es der bei Staatsbegräbnissen und öffentlichen Trauerfeiern gerne gespielte »Trauermarsch« von Frédéric Chopin nicht auch getan, dachte sich der Bartl, der sich aufgrund seiner jahrzehntelangen Erfahrung als Trauerredner auch mit den bei den Toten beliebtesten Musikstücken auskannte. Aber er hatte jetzt keine Zeit mehr, sich weitere Gedanken darüber zu machen – er war dran: »Meine liebe Trauergemeinde …«

Um sich nicht in Namen zu verstricken, die er möglicherweise nicht richtig würde aussprechen können, wandte sich der Bartl im Gegensatz zu den Priestern und Kondolenzrednern der Vereine niemals direkt an die Familie und den engsten Freundeskreis. Weil er dies früher selbst auch getan hatte, war er damit wegen glitschiger Namensverwechslungen schon öfter auf die Schnauze gefallen. Also zog er es aus diesen Erfahrungen heraus seit einigen Jahren vor, dies nicht mehr zu tun und die Anrede zu Beginn seiner Rede ganz einfach zu pauschalieren. Dies hatte zudem den Vorteil, schneller zum Thema und somit auch schneller ins Wirtshaus kommen zu können – in diesem Fall in den Ebendorfner »Karpfen«, wohin er, und inzwischen auch die Leni, also die Philomena, eingeladen waren.

Zudem konnte er dadurch bei dieser Beerdigung sein soeben erst erworbenes Wissen, sozusagen als zündendes Präludium, schneller aufs Tablett bringen, was er denn auch gleich tat: »Unser lieber Verstorbener hat schon viel mit den Gendar… Äh! … mit der Polizei zu tun gehabt«, fuhr er wissend mit fester Stimme fort, in der bewusst etwas Melancholisches mitschwang. »Er war also ein polizeibekanntes Mitglied unserer Gesellschaft! … Wer aber ohne Sünde ist, werfe den ersten Stein!«, rief er eine Stimmlage lauter mit einem solch erhobenem Zeigefinger, dass es nicht nur den Priester riss. Mit diesem selbst dazugeflickten Vers aus Johannes Acht der Lutherbibel dachte er, in diesem Sterbefall den Nagel genau auf den Kopf getroffen zu haben, ohne jemanden ans Kreuz genagelt zu haben. Aber außer einem allseitigen Raunen, das durch die Reihen der Trauergäste ging, konnte er keine Regung feststellen, die er als vorgezogenes Lob hätte werten können.

Also kam er zu *dem* Teil, der ihm vom Stellvertreter des Paten (wie immer in verschlüsselten Worten) aufgeschrieben worden war: »Auch wenn unser lieber Verstorbener eine große Stütze unserer Familie gewesen war und gerade sowohl die ›Stoffe‹ als auch die ›Mädchen‹ im Landkreis Isar Gesamt außer München auf das Beste im Griff gehabt hat, war ihm ein großer Fehler unterlaufen, als er sich im Lager der Familie selbst bedient und zwanzig Pakete ›Stoffe‹ gestohlen hat! … Aber er hat nicht mit der Hartnäckigkeit der Familie gerechnet, deren Mitglieder ihn in Isenbrezhofen aufgespürt haben! … Dass unser geliebter Guiseppe nun tot ist, tut seiner Familie unendlich leid!«

Weil sich der Trauerredner voll und ganz auf seinen Text konzentrierte, merkte er nicht, dass Unruhe zwischen die Trauergäste, insbesondere bei den Polizisten unter ihnen, gekommen war. Also plapperte er munter weiter drauf los: »Weil *er* es aber gewesen war, der alles daran gesetzt hat, den Abtrünnigen Alfredo Missulloni zu stellen, was ihm leider nicht gelungen war, gebührt ihm trotz seiner Verfehlungen posthum unser aller Dank! … Seine Quittung hat er ja erhalten!«

Obwohl der Bartl eigentlich noch viel mehr hätte sagen müssen, hängte er das abschließende »Addio« jetzt gleich dran, womit seine als fulminant geplante Trauerrede wohl eher unspektakulär, vor allen Dingen aber auch unvollendet endete. Obwohl er wusste, dass es sogar dem großen Komponisten Lucki von Bethofen mit seiner zehnten Sinfonie ebenso ergangen war wie jetzt ihm, stank ihm dies gewaltig.

Aber während seiner Rede hatte er irgendwann doch noch bemerkt, dass er sein Wort auf der falschen Beerdigung erhoben hatte. Denn als er von der Familie gesprochen hatte, war ihm aufgefallen, dass weder der Pate, noch dessen tumber Stellvertreter Nino, alias Stronzo (weil der ein richtiges Arschelocke war), wie all die anderen schwarz gekleideten Männer mit ihren Hüten und Sonnenbrillen dieser Beerdigung beigewohnt hatten. Statt Schwarz sah er auf dieser Beerdigung hauptsächlich Grün und Gedeckt, allenfalls ziemlich Schwarz um sich herum.

Also blieb ihm nichts anderes übrig, als sich möglichst rasch vom Acker zu machen, was er in *der* Form tat, indem er sich wie fast immer, rückwärts buckelnd, verzupfte.

Und weil die Polizisten keinen Eklat bei der Beerdigung ihres in Hamburg aufgewachsenen, in Ebendorf lebenden, in München Mitte tätigen und beim Kraxeln in den Tiroler Bergen verstorbenen Präsidenten heraufbeschwören mochten, blieben sie – bis auf die allgemein spürbare Unruhe – für eine solche Situation ungewöhnlich gelassen. Dass dennoch einige von ihnen damit begannen, mit ihren Funkgeräten herumzuhantieren, blieb dem stets aufmerksamen Bartl ebenso wenig verborgen wie die Tatsache, dass eine Frau (vermutlich die Witwe) schluchzend in sich zusammenbrach, weswegen sich alle Drumherumstehenden um sie kümmerten.

Diese Verwirrung nützte der Gomm Bartl, um sich unauffällig sein Radl zu schnappen und so schnell nach Hause zu strampeln, wie es die Muskeln seiner langen Haxen zulassen würden. »Zefix! … Wo ist es denn?«, schimpfte er, während er fassungslos hinter der Aussegnungshalle (pardon: Trauerhalle) stand, wo er sein Ein und Alles abgestellt hatte. Aber er konnte suchen, wie er wollte; das von ihm eigenhändig schwarz gestrichene Stahlross war einfach weg! »Sakerment aber au! … So ein Radl bekomme ich nie wieder!«, schimpfte er und bedauerte dabei insbesondere die Blumenvase, die er vom alten VW eines Freundes bekommen und in die er ein Sträußchen Plastikblumen eingegipst hatte.

Und weil er sich auf dem Friedhof selbst im Moment nicht mehr blicken lassen mochte, blieb ihm nichts anderes übrig, als vorläufig auf sein standesgemäß blumengeschmücktes Dienstfahrzeug zu verzichten. Was aber tun? Wenn doch jetzt nur schon die Liesl mit ihrem Pritschenwagen hier wäre! Während er sich Gedanken darüber machte, wie er ohne Fahrrad unbemerkt abhauen konnte, sah er, wie sich vom Grab des verstorbenen Polizeipräsidenten aus mehrere Männer in gedeckten Anzügen sternförmig auf dem gesamten Friedhof zu verteilen begannen.

»Die Familie!«, schoss es dem Bartl durch den Kopf.

Da wurde er auch schon hinter die Aussegnungshalle gezogen. »Pssst, Bartl! … Das ist nicht die Mafia!«

»Nein? … Nicht meine Familie?«

»Nein, Bartl! Das sind Polizisten in Zivil, wahrscheinlich Kriminaler, die jetzt hinter dir her sein werden!«, zischte die Philomena und schimpfte drauflos: »Ja, glaubst du denn, die sind ganz blöd? Die haben sich ihren eigenen Reim auf die ›Stoffe‹ und auf die ›Mädchen‹ gemacht und wissen ganz genau, dass damit Rauschgift und Prostitution gemeint waren! … Außerdem hast du mit deinem beschissenen ›Addio‹ deutlich gemacht, dass es sich bei der Familie um die Mafia handelt! … Und Guiseppe heißt wohl kein waschechter Baier, oder?«

»Aber … aber ich konnte doch nicht wissen, dass ich auf der falschen Beerdigung bin!«, versuchte der Bartl, sich der Philomena gegenüber herauszureden.

»Und ausgerechnet auch noch auf der Beerdigung des Münchner Polizeipräsidenten! … Du bist mir schon ein depperter Depp, ein depperter! … Und nun komm, wir müssen abhauen!«

»Wir?«

»Nun lamentier hier nicht lange rum und beweg dich!«

Wie gerne hätte der Bartl nun seine Liesl mit ihrem Pritschenwagen bei sich. Aber die war ja darauf eingerichtet, den sympathischen Schwerenöter erst viel später abzuholen, wenn der schon besoffen war. Dies war er zwar noch nicht, allerdings hatte er auch kein Telefon zur Verfügung, um sie anrufen zu können. Außerdem würde sich das mit dem Pritschenwagen überhaupt nicht lohnen, weil er ja kein Radl mehr hatte. »Kruzifix aber au, des scheene Waserl!«

Klappe 5

Tatsächlich hatte die Kripo noch während Gomm Bartls Trauerrede kapiert, was die Gendarmen nicht gleich geschnallt hatten. Schließlich war sie ja nicht ganz blöd, wie die Philomena gemeint hatte, oder?

Seither war die gesamte Polizei im Umkreis von hundert Kilometern – der München natürlich mit einschloss – auf der Jagd nach einem schlaksigen Trauerredner namens Bartholomäus Gomm aus Isenbrezhofen, 66 Jahre alt, aufgewachsen in Engelwarz, später wohnhaft in Staufen, der bisher noch nicht aktenkundig geworden war, obwohl es sich in seinen jungen Jahren um einen derjenigen Burschen gehandelt hatte, die am besten Fensterln konnten. Außerdem war er mehr als einmal von einer Beerdigung sturzbetrunken nach Hause geradelt, was ja egal gewesen war, weil er doch keinen Führerschein mehr gehabt hatte, den man ihm hätte abnehmen können. Trotzdem hatte er immer Glück gehabt. Und genau dies würde er auch jetzt in ganz besonderem Maße brauchen. Denn die Kriminaler *und* die Gendarmen suchten ihn jetzt, und das sogar fieberhaft. Sie waren deswegen hinter ihm her, weil sie sonst nichts in der Hand hatten, um eine ausgerechnet hier im beschaulichen Baiern aufblühende Mafiastruktur gleich im Keim zu ersticken, also zu zerschlagen. Und dabei war der Gomm Bartl ihr einziger Anhaltspunkt und vielleicht sogar das Bindeglied zur italienischen Mafia, hinter der die Polizei schon lange herhechelte, aber immer noch keinen blassen Schimmer hatte, wie sie deren Mitgliedern etwas nachweisen sollten. Sie wussten ja nicht einmal, wer dazu gehörte.

Deswegen war jetzt auch der Bartl so verdächtig geworden, dass er tags darauf sogar mit Haftbefehl gesucht werden würde. Und dies, obwohl die Polizei im Grunde genommen nichts über ihn und seine Beziehungen zur Familie wusste, also auch nichts gegen ihn in der Hand hatte. Sie ahnte nur so viel, dass »ein Haufen Italiener« etwas mit Drogen, Geldwäsche, Prostitution und Waffenhandel zu tun haben könnte – Anhaltspunkte hierfür gab es zwar schon, Indizien, geschweige denn handfeste Beweise aber keine. Trotzdem hatte sie alle im Landkreis Isar Mitte *inklusive* München lebenden Italiener in die jeweils zuständige Gendarmerie oder in eines ihrer Kommissariate einbestellt und vernommen, dabei aber nicht das Geringste erfahren, was auch nur annähernd auf eine mafiöse Gesellschaftsstruktur hätte hinweisen können. Und schwarze Anzüge mit Hüten und Sonnenbrillen zu tragen, war ja schließlich ebenso wenig verboten, wie Narben im Gesicht haben. Also war der Polizei nichts anderes übriggeblieben, als einen von ihnen nach dem anderen wieder laufen zu lassen.

Der Pate war zwar ein irrsinniger Seckl, aber doch nicht *so* dumm, sich semiprofessionell zu verhalten. Das hatte er der »Scuola mafiosa« in Palermo zu verdanken. Denn bevor Mitglieder der sizilianischen Mafia in irgendwelche Außenbezirke geschickt wurden, waren sie in dieser knallharten Schule auf alle

Eventualitäten eingeschworen worden, mit denen es ein Mafioso auch nur im Entferntesten zu tun haben konnte – Schießübungen inklusive, eh klar!

Weil der abtrünnige Alfredo Missulloni diese Schule mehr schlecht als recht durchlaufen hatte, war er hinlänglich amtsbekannt geworden. Denn der hatte ein Strafregister, das länger war als sonstwas. Wenn er dort aber schon nicht gelernt hatte, sich bei Straftaten nicht erwischen zu lassen, so war doch wenigstens bei ihm kleben geblieben, wie man sich unsichtbar machen konnte. Deswegen war der Sizilianer seit Yemaya Ngogos Beerdigung wie vom Erdboden verschwunden. Also hatten sich die bairischen Polizisten wochenlang völlig umsonst an dessen Fersen geklemmt und – wenn sie ihn zwischendurch mal kurz im Visier gehabt hatten – erfolglos beschattet. Aber dies hatte leider nicht viel gebracht, im Gegenteil: Dem kleinen knubbeligen Typen mit dem markanten Schnauzl und der zerzausten Frisur hinter der mehr als nur Stirnglatze, von der er mit einem Zopf abzulenken versuchte, war es immer wieder gelungen, die Polizei zu narren, also ebenfalls abzulenken. Seither wurde er, also nicht nur der Zopf, sondern der ganze Alfredo Missulloni mit einem internationalen Haftbefehl gesucht.

So weit hatte es der Gomm Bartl noch nicht gebracht.

Seit etwa einer Woche war der Italiener sogar ganz von der Bildfläche verschwunden. Dabei hatte ihm sein neues »Fuzzy-Outfit« geholfen. Lediglich der Pate war dahintergekommen, wer unter dieser lächerlichen Tarnung steckte. Klar, dass auch er als gefürchteter Mafiaboss Pietro Rizzidani über Strohmänner von den unangenehmen Begebenheiten auf dem Ebendorfer Gottesacker erfahren hatte. Und weil die Polizei seit Bartls trauriger Rede wesentlich aktiver hinter Rizzidani und seinen Männern her war, als dies zuvor der Fall gewesen war, waren nun auch der Pate und seine Männer hinter ihrem Trauerredner her. Außerdem hatte der noch zweihundert Mark vom Boss der Mafia-Außenstelle Gierling Gesamt außer München, die er noch nicht abgearbeitet hatte. Und dies würde er wohl auch nicht mehr können, denn der Pate war so sauer auf ihn, dass aus seiner Sicht nur *eine* Strafe infrage kam: mit den Füßen einbetoniert auf dem Grund des Meeres versenken! Na ja, der salzlose Hengelesweiher, in dem der geistig umnachtete Bereuter Franz beim Angeln ersoffen war, würde es mangels Meer wohl auch tun müssen. Wenn die Tiefe für den Bereuter gereicht hatte, wird darunter ja noch ein bisschen Platz für einen Betonblock gewesen sein, dachte sich der Choleriker, der bei Entgegennahme dieser Hiobsbotschaft getobt hatte wie ein Tasmanischer Teufel. Dabei hatte er das getan, was er immer tat, wenn er grantig war: herumgeschrien, mit den Füßen gestampft und sich in seinem unbändigen Zorn sogar selbst so fest in den Arm gebissen, dass der medizinisch hatte behandelt werden müssen. Deswegen hatte sich der Pate auch noch eine Tetanusspritze gefallen lassen müssen. »Wegen der in weiten Teilen Baierns grassierenden Tollwut!«, hatte der Arzt grinsend gesagt und beherzt zugestochen.

Kein Wunder also, dass Pietro Rizzidani dem Gomm Bartl die Hölle auf Erden wünschen und ihn bis ans Ende derselben jagen würde – *so lange*, bis er ihn nach ein paar grausamen Qualen ersäufen lassen konnte wie eine Katze im Sack.

Das hieß also, dass der brave Trauerredner Bartholomäus Gomm ab jetzt nicht nur von der gesamten bairischen Polizei, sondern auch noch von einer der seit gestern aktivsten Außenstellen der sizilianischen Mafia gesucht wurde. Sein Glück war nur, dass es sich dabei auch um die dümmste Außenstelle dieses kriminellen Clans handelte. Sein Pech aber war, dass der in Baiern stationierte Pate ein hohes Kopfgeld auf ihn ausgesetzt hatte, an dem sich sogar die Hauptstelle der Cosa Nostra in Palermo beteiligte.

Aus die Maus!
Vorerst keine Trauerreden mehr.

Stattdessen beginnt
eine abenteuerliche Flucht
… bis zu einem Heustadl.

Klappe 6

»Und? … Was sollen wir jetzt tun?«, wollte die Philomena vom Bartl wissen, bekam aber nur ein »I woiß it!« zurück. Hin und wieder verirrte sich der Bartl in seinen angestammten Allgäuer Dialekt zurück.

Dass er zwischen seinem Wahnsinnshochdeutsch zudem auch noch den bairischen Dialekt benutzte, war vom Bartl eigentlich nicht gewollt, kam aber dennoch ebenfalls vor. Und mit seinen paar italienischen Brocken konnte er sich sogar als mehrsprachig bezeichnen. Ja, so waren sie eben, die bairischen Spitzentrauerredner der siebziger Jahre.

Den beiden war es gelungen, sich vom Acker des Ebendorfner Friedhofs zu machen und sich über Wiesen und ein Waldstück von den Gendarmen unbemerkt bis ins nächste Dorf durchzuschlagen. »Kotzting« war auf dem grünen Schild am Ortseingang gestanden. Und genau so war dem Bartl auch zumute. Heftig schnaufend lehnte er an einer Mauer in einer Seitengasse und hustete sich die Lunge aus dem Leib. Er war froh, unerkannt bis hierher gekommen zu sein.

»Schaug doch, Franzl! … Der do vorn is da beste Leich'nredna vom Landkreis Isar Mitte«, rief ein Bub seinem Spezl zu.

»Isar Gesamt … *noch* außer München!«, korrigierte der Bartl den vorlauten Rotzlöffel mit erhobenem Zeigefinger. Innerlich freute es ihn, mittlerweile so berühmt zu sein, dass ihn jetzt sogar die Buben in den Gassen von Kotzting wiedererkannten, obwohl er hier erst zwei Beerdigungen gehabt hatte. Es freute ihn sogar dermaßen, dass er darauf gepfiffen hatte, momentan unerkannt bleiben zu wollen.

»Ja, bist du denn jetzt ganz übergeschnappt!«, schimpfte ihn die Philomena, die froh gewesen war, dass den Bartl bisher noch niemand erkannt hatte. Immerhin war er ja der … ach, Scheiß drauf, was hilft's. »Wir sind noch lange nicht aus der Gefahrenzone heraus und müssen uns schleunigst ein sicheres Versteck suchen, in dem wir alles Weitere in Ruhe besprechen können!«, drängte sie, anstatt ihn innerlich zu loben.

Der Bartl überlegte kurz, nahm eine Prisn der Marke »Prinzregent Luitpold« und schaute ihr streng in die Augen.

»Weißt du, Philomena, was mich interessieren würde?«

Die Philomena zuckte unwissend mit den Schultern, schaute aber ebenso streng zurück. Weil sie ihren Blick von vorhin immer noch aufgesetzt hatte und gesichtsmäßig nicht so beweglich war, konnte sie ja nicht anders. Aber sie meinte es nicht so. »Was denn?«, kam es in ruhigem Ton aus ihr heraus.

»Dass du dich so um mich kümmerst, anstatt nach dem Desaster in Ebendorf so zu tun, als wenn du mich nicht kennen würdest, wundert … und freut mich schon ein wenig.«

Nun legte sie sich einen Dackelblick zu, was ihr wegen der außen nach unten fallenden Augen auch nicht schwerfiel. »Ach, Bartl! … Irgendwiea mogada i di!«

»Dann können wir doch zu dir nach Hause! Da sucht mich doch sicher niemand!«

So schnell konnte der Bartl gar nicht schauen, wie er Philomenas Handtasche im Gesicht hatte.

»Aua! … Was habe ich denn Falsches gesagt, blöde Kuh?«, wunderte sich der Bartl, während er sich die schmerzende Wange hielt.

»Was meinst, weshalb man mich als ›Fräulein‹ bezeichnet?«, echauffierte sich die Philomena und wies den Bartl darauf hin, dass sie schließlich eine anständige Frau sei, der körperliche Gelüste ein Leben lang fremd gewesen waren. »Und wenn du noch einmal blöde Kuh zu mir sagst, dann …«

»Schon gut! … Ich will doch nichts von dir!«, beschwichtigte der Bartl sein aufgeregtes Gegenüber und versicherte, nur gemeint zu haben, sich bei ihr verstecken zu können. An dir ist doch sowieso nichts dran, dachte er sich im Stillen und hatte dabei Zenzis Dekolleté im Kopf, was ihm ein verzücktes Grinsen abverlangte.

»Du findest das auch noch lustig? Von mir aus! … Jedenfalls wäre das jetzt geklärt!«, pfurrte die Philomena noch einmal zurück, bevor sie ihm erklärte, dass es in Katzelnlachen, da wo sie wohnte, keine fünfhundert Einwohner gäbe, die sie, die Pfeifenplätzerin, natürlich allesamt kennen und wissen würden, dass sie eine eingefleischte Jungfer war. Als sie dies sagte, errötete die beim Erschleichen von Leichenschmäusen so ganz und gar nicht zurückhaltende Frau.

»Ach so!«, bemerkte der Bartl und dokumentierte dadurch, verstanden zu haben, dass dort ein Mann an ihrer Seite auffallen würde wie der Fuchs im Hühnerstall. Als er dies sagte, kam ihm nun die Liesl in den Sinn, die sicher schon längst auf seinen Anruf warten würde. Da er in der schmalen Hinterhofgasse aber keine Telefonzelle sah, schob er die Gedanken an die Liesl gleich wieder beiseite und machte der Philomena einen Vorschlag: »Weil die Familie weiß, wo ich wohne und mich die Schandis ebenfalls dort suchen werden, kann ich nicht nach Hause! Aber …« Der Bartl hob gescheit seine Augenbrauen, bevor er fortfuhr: »Ich kenne einen Heustadl ganz in der Nähe von Isenbrezhofen, in dem ich mich schon einmal versteckt habe! Und ich kenne ein paar schweigsame Leute (damit meinte er gleichzeitig die Liesl und die Zenzi), die uns so lange mit Lebensmitteln (damit meinte er in erster Linie das Bier) versorgen würden, bis sich der Rauch verzogen hat! Aber dazu muss ich in der Nähe meines Heimatortes sein! … Was meinst du?«

Weil die Philomena dies alles Jerry-Cotton-mäßig spannend fand, war sie dabei. »Also, auf was warten wir noch?«

*

In der Zwischenzeit hatte der Pate zur gnadenlosen Jagd auf seinen ehemaligen Trauerredner geblasen und zu seinen insgesamt nur noch zehn Männern (einer war ja höchstpersönlich von ihm erschossen worden, und der maledetto Alfredo Missulloni immer noch auf der Flucht) ein paar weitere Männer von der Außenstelle München, die nur bedingt bis gar nicht zur Außenstelle Gierling Gesamt gehörte, also ziemlich eigenständig war, angefordert.

Ob der dortige Pate allerdings jemanden hierher aufs Land schicken würde, war mehr als fraglich. Also musste sich Pietro Rizzidani zumindest vorläufig damit begnügen, mit einem abgespeckten »Dutzend des Teufels« auf die Suche gehen zu müssen. So martialisch hatte sich die Außenstelle der sizilianischen Mafia Isar Gesamt außer München immer bezeichnet, als sie – den Paten nicht mit eingerechnet – noch zwölf Mann gewesen waren. »Das Dutzend des Teufels!« Das hörte sich doch gut an! Wer sich *davor* nicht fürchtete war selber schuld.

Wenn Rizzidani davon ausgehen konnte, dass es in Baiern sieben Regierungsbezirke gab und er je einen Mann dorthin schicken würde, blieben ihm noch drei (natürlich nicht Regierungsbezirke, sondern Männer). Er selbst konnte sich ja nicht direkt dazuzählen, weil er die Suche nach dem Gomm Bartl schließlich koordinieren musste.

»Maledetto!«, fluchte er und stampfte einmal mehr mit den Füßen. Er war schon wieder dabei, sich in den Arm zu beißen, ließ dies aber angesichts des Verbandes und der Schmerzen vom letzten Mal dann doch sein.

Um sich zu beruhigen und besser nachdenken zu können, ließ er sich von Stronzo, seinem saudummen Stellvertreter der mit bürgerlichem Vornamen Nino hieß, einen Ramazzotti bringen. Und noch einen. Und noch einen … Und …

Nach und nach übermannten ihn die Heimatgefühle so, dass er heulen musste. Aber das war gut so. Denn immer wenn der Sizilianer zu viel Alkohol trank, dachte er ans Meer, und wenn er ans Meer dachte, dachte er an den Ätna, und wenn er an den Ätna dachte, dachte er auch an seine Heimatstadt Palermo und ans Teatro Greco in Taormina (von wo aus man den Ätna *und* das Meer sehen konnte). Außerdem lebte dort seine heißgeliebte Tante Alessia Giulia Maria Rebecca Theresa, die ihn in seiner Kindheit immer mit gesüßten Mandeln aus Avola oder mit Cassata so verwöhnt hatte, dass er heute das Doppelkinn hatte, das er eben hatte. Maledetto!

Dabei hatte er dann immer die besten Ideen. Und weil ihm dieses Mal auch noch seine persönliche Schutzheilige, die Lucia von Syracus, in den Sinn gekommen war, hatte er plötzlich sogar eine göttliche Eingebung, wie sie dereinst nur noch Alois Hingerl, der Dienstmann mit der Nummer Hundertzweiundsiebzig, besser bekannt als »Engel Aloisius«, gehabt hatte, als den der Schlag getroffen hatte.

Also rief er seine Männer (bis auf Stronzo alles hartgesottene Mafiosi, na ja, mehr oder weniger) zu sich und verkündete lautstark und gestenreich, sich zunächst auf einen Umkreis von etwa fünfzig, dann von hundert Kilometer um Isenbrezhofen herum konzentrieren zu wollen. »Wir durchforsten – von Isenbrezhofen ausgehend – erst einmal weite Teile von Nieder- und Oberbaiern bis nach Schwaben hinüber! … Das heißt, dass sich von dort aus jeweils fünf Männer auf die Suche nach dem vermaledeiten Trauerredner begeben werden!«

»Und was ist mit der Oberpfalz und mit Franken?«, gab einer zu bedenken.

»Mein Gefühl sagt mir, dass unser ehemaliger Trauerredner nicht dorthin möchte! … Wer möchte auch schon dorthin?«

»Von mir aus!«

Voller Freude über diesen grandiosen Schachzug zeigte der Pate nacheinander auf seine Leute: »Andrea! Alessandro! Francesco! Domenico und Gian-Carlo! Ihr nehmt euch den Osten vor!«

Sì!« – »Sì!« – »Sì!« – »Sì!« – »Sì!«

»Und ihr: Fabio! Federico! Lorenzo! Matteo und Stronzo! Nehmt euch den Westen vor! Avanti!«

»Sì!« – »Sì!« – »Sì!« – »Sì!«

»Und was ist mit dir, Stronzo?« Der Pate schaute seinen Stellvertreter, der gerade in der Nase bohrte, streng an.

»Mi chiamo Nino!«, kam es beleidigt zurück.

»Also gut, ›*Nino*‹! Hast du alles verstanden?«

»Sì!«

»Bene!«

Nachdem sich die Männer in ihrem Waffenarsenal bis an die Zähne bewaffnet hatten, fuhren sie ganz nach Al-Capone-Manier mit ihren amerikanischen (und natürlich völlig unauffälligen) Cadillacs vom Hof der aufgelassenen Flugzeugwerft in Deppenhausen, die ihnen als Versteck diente.

»Nomen est omen« hatte der von Palermo aus regierende oberste Mafiaboss gesagt, als er gehört hatte, wo sich sein Patensohn Pietro Rizzidani und dessen Männer niedergelassen hatten. Er hatte nicht glauben wollen, dass es einen Ort solchen Namens gab, hatte sich aber eines Besseren belehren lassen müssen.

Aber Pietro Rizzidani hatte mit der Wahl dieser alten Wellblechhalle, auf die er seinerzeit per Zufall gestoßen war, ein glückliches Händchen bewiesen. Denn Deppenhausen lag irgendwo im Nirwana Baierns, weitab von den Bullen und noch weiter entfernt von Bella Italia. Und weil er von Zeit zu Zeit für den örtlichen Trachtenverein (vier Pärchen), die Freiwillige Feuerwehr (inklusive Kommandant, der gleichzeitig auch der Vorstand war, immerhin neun Mann stark) ebenso spendete wie für den Karnickelzüchterverein (sage und schreibe vierundzwanzig Männer, aber keiner unter Fünfundsechzig) und den Frauenbund (im Grunde genommen alle verheiratete Weiberleut) stand das ganze Dorf hinter ihm und seinen Leuten, von denen sie wegen deren schwarzen Anzügen glaubten, dass diese so etwas wie Anwälte, Bewährungshelfer und Sozialarbeiter wären. Und weil die Wellblechhalle auch noch inmitten eines starken Baumbewuchses etwas entfernt von Deppenhausen stand, war ihr Versteck kaum zu finden. Außer ihnen (dem abgespeckten »Dutzend des Teufels«) wusste nur noch der abtrünnige Mafioso Alfredo Missulloni darüber Bescheid, dass dort stets mehrere Kilo Rauschgift und viel Geld lagerten, dass sich dort ein riesiges Waffenlager befand und dass hier der Umschlagplatz für junge Mädchen aus der grenznahen Tschechoslowakei war, die zusammen mit schwarzen Mädchen aus Afrika (weiß der Teufel, woher Alfredo Missulloni die immer herbekam) an die meisten bairischen Bordelle außer München verkauft wurden.

So hatte der Pate seine Männer in die ihnen doch irgendwie fremd vorkommende bairische Welt hinausgeschickt, damit sie ihm für ein gutes Kopfgeld den Gomm Bartl auf dem Silbertablett servieren konnten. Dies hatte er aber nicht getan, ohne ihnen noch auf den Weg mitgegeben zu haben: »Wenns geht, lebendig! … Nur wenns wirklich gar nicht anders geht, in Gottes Namen halt, … ihr wisst schon!« Danach hatte er sich bekreuzigt, der scheinheilige Italiener, der scheinheilige.

*

Der Bartl und die Philomena hatten es tatsächlich geschafft, von Ebendorf aus unbeschadet bis nach Isenbrezhofen zu gelangen. Der Bartl hatte zwar ständig vor sich hin gemault, weil aber die Philomena ihr Maul gehalten hatte, war es ohne nennenswerte Zwischenfälle vorwärts gegangen.

Weil sie dann beim »per Anhalter fahren« ein Schweinezüchter das letzte Stück auf der Ladefläche seines Geländewagens mitgenommen hatte, war es dem Bartl trotz der Sorge um sein Leben fast noch wohl ums Herz geworden, jedenfalls hatte er nicht mehr gemault. Denn diese Art zu reisen hatte ihn an die Liesl und ihren Pritschenwagen erinnert – nur gestunken hatte es auf der Ladefläche des Schweinezüchters wesentlich schlimmer als bei der Liesl, also auf deren Ladefläche. Aber vielleicht hatte er den Gänsemist ja nur noch nie richtig wahrgenommen, weil er immer sturzbetrunken gewesen war und die Nase voller Schnupftabak gehabt hatte, wenn sie ihn nach einer Trauerrede irgendwo abgeholt hatte.

Sei es wie es wolle, nun standen sie an der Landstraße und winkten dem freundlichen Schweinezüchter nach, der in Richtung Brennesslshub weiterfuhr – ein Dorf, in dem es zwar keinen Karnickelzüchterverein, dafür aber einen lockeren Haufen von Taubenzüchtern gab, die nur noch ein Mitglied, ein einziges Mitglied benötigten, um einen Verein gründen und eintragen lassen zu können.

»Wenn mein Seppi alt genug ist, dann zeigen wir es den karnickelzüchtenden Deppen von Deppenhausen aber!« Der dies gesagt hatte, dürfte gute Aussichten auf den Vorstandsposten haben, denn Mut hatte er damit zweifelsfrei bewiesen (Deppenhausen verfügte über dreiundzwanzig erwachsene Männer mehr als Brennesslshub). Allerdings war der Seppi erst zwei Jahre alt.

»Und? … Wohin jetzt?«, mochte die Philomena vom Bartl wissen und bekam zur Antwort, dass der rettende Heustadl nur ein paar hundert Meter »in diese Richtung« sein würde. Kaum, dass er ausgesprochen hatte, lief der Lulatsch mit Riesenschritten entgegen der Richtung, in die er soeben gezeigt hatte, also direkt auf den Kirchturm von Isenbrezhofen zu.

Die Philomena kratzte sich am Kopf und wartete erst einmal ab, was ihr ortskundiger Reiseleiter vorhatte. Weil der aber keine Anstalten machte, umzukehren, rief sie ihm nach, ob er denn einen Vogel habe.

Von hinten sah sie nur, wie der Bartl winkte und ihr so mitteilte, dass sie ihm folgen solle.

»A so a Depp!«

Keine zehn Minuten später saßen sie in der »Gams«, wo die Zenzi dem Bartl hastig eine Maß hingestellt hatte, bevor sie die Vorhänge zuzog. »Herrgott noch mal, Bartl! … Du weißt genau, dass gleich der Stammtisch kommt! … Und die Schandis haben auch schon nach dir gefragt! … Was hast du denn ausgefressen?«

Nachdem der Bartl den ersten großen Schluck genommen und in kurzen Worten erzählt hatte, was für eine grandiose Trauerrede ihm in Ebendorf *fast* gelungen wäre, wenn die Schnarcher dort verstanden hätten, was er ihnen hatte näherbringen wollen, leerte er den Krug in einem Zug, nahm eine Prise Schmalzler und vertraute ihr an, wo er mit seiner … »von mir aus ist es halt meine Freundin, Zefix! Jetzt gib endlich a Ruah, Zenzi!«, also mit der Pfeifenplätzer Philomena, als was sich die eiserne Jungfer selbst vorgestellt hatte, die Nacht verbringen würde.

»Und jetzt haut schon ab!«, zischte die Zenzi, nachdem sie dem Bartl eine alte Weingalone mit Bier gefüllt und zusammen mit einem halben Laib Brot und ein paar kalten Hühnerschenkelchen in die Hände gedrückt hatte. Obwohl die Zenzi wegen der Leni ein bisschen eiferte, hatte sie die kleinen Hühnerschenkel sorgsam in Brotzeitpapier eingewickelt. »Die sind aber nur für dich!«, hatte sie ihm noch mit auf den Weg gegeben und dabei die Frau Pfeifenplätzer streng angeschaut.

»Sind die von der Liesl?«

»Jetzt reichts aber!«, schoss es aus der Zenzi heraus, die gemerkt hatte, dass sie sich in Zukunft etwas mehr um den Bartl würde kümmern müssen. »Verschwindet endlich! Die anderen Gäste kommen gleich! … Ich schau morgen in der Früh bei euch vorbei! … Pfiat eich!«

»Pfiat di, Zenzi!«

»Hat das jetzt sein müssen?«, polterte die Philomena, als sie außer Sichtweite waren.

»Es hat uns doch niemand gesehen, oder?«

»Das habe ich nicht gemeint!«

»Was dann?«

»Ach!«, winkte nun auch noch die Philomena ab, hinterließ deswegen aber keinen nachdenklichen Bartl. Denn der hatte endlich den Heustadl gesichtet, weswegen er im Geiste einen Gang höher schaltete, um schneller dorthin zu gelangen. Dabei schaute er sich mit zugekniffenen Augen nach allen Seiten um. Ja, was ist denn nur mit dem ansonsten doch so gschmoadigen Bartl los, demjenigen Trauerredner mindestens im Landkreis Isar Mitte, der die größte Klappe hatte? Er wird sich doch wohl nicht plötzlich vor den Gendarmen fürchten, oder gar Angst vor der Familie haben.

*

»Pssst! … Da stimmt was nicht!«, versuchte der Bartl mit vibrierender Stimme mehr sich selbst zu beruhigen als die Philomena. Aber die war sowieso nicht sonderlich beunruhigt – weswegen auch? Sie war ja noch nie mit einem Mann vor einem Heustadl gestanden, geschweige denn mit ihm hineingegangen – weshalb hätte sie dies auch tun sollen? Außerdem war sie noch nie hier gewesen.

Weil der Bartl vom letzten Mal her gewusst hatte, wie man die von innen verschlossene Tür von außen her öffnen konnte, griff er durch das Loch, durch das er seinen Handteller gerade noch durchschieben konnte. Denn um den innenliegenden Riegel nach hinten ziehen zu können, musste er eben durch das fast eckig ausgesägte Loch greifen.

»Aua! … Kruzinesn aber au!«, schrie er so laut, dass die Philomena erschrak und ebenfalls laut aufschrie. Aber noch bevor sie den Bartl etwas fragen oder ihm helfen konnte, hörten die beiden eine Stimme aus dem Inneren des Heustadels heraus, die ihnen gebot, still zu sein. Jedenfalls hatten sie dies so verstanden: »Silenzio! … Seie Sie stille!«

Hurêsakerment, dachte der Bartl, das ist einer von der Familie. Und damit hatte er gar nicht so unrecht. Denn langsam öffnete sich die Tür – mit Bartls immer noch auf der anderen Seite des Lochs von einer Hand festgehalten Armgelenk. Dann schob sich ihm eine Beretta 92 FS entgegen. Dass dies eine italienische Pistole war, konnte sich der Bartl ja fast schon denken. Dass es sich dabei um eine neunkalibrige Waffe handelte, die einem mit einem einzigen Schuss das Licht ausblasen konnte, mochte er aber nicht wissen. Jedenfalls war sie genau auf sein Herz gerichtet.

Als derjenige, der Bartls Armgelenk festhielt, die Philomena sah, fuchtelte er nervös mit seiner Waffe zwischen den beiden hin und her. Dann ließ er Bartls Armgelenk los, drückte die Tür ganz auf und gebot den beiden, in den Stadl hereinzukommen. »… abere keine Faxene machene!«

Um den Mann mit der italienischen Pistole besser verstehen zu können, dachten sich sowohl der Bartl als auch die Philomena dessen schrecklichen italienischen Slang weg und münzten im Geiste alles, was er nun sagte, in ein relativ verständliches Hochdeutsch um. Ansonsten würden alle, die sich diesen italienischen Schmarrn auf halbdeutsch würden anhören müssen, verrückt werden.

»Also, was ist jetzt?«, drängte der kleine dicke Mann (der zweifelsfrei ein Italiener war) die beiden in den Stadel und fuchtelte dann mit seiner Pistole in eine ganz bestimmte Richtung. »Da rüber!«

»Fuzzy!«, rief der Bartl erfreut aus, nachdem er denjenigen von Yemaya Ngogos Beerdigung wiedererkannt hatte, der in den albernen Krokodillederstiefeln und in der viel zu engen Nietenjacke steckte. Natürlich hatte er auch den etwas zu großen Cowboyhut wiedererkannt. »Was machst *du* denn hier Fuzzy? … Musst du dich auch vor den Gendarmen und vor der Familie verstecken?«

Dass der albern aussehende Italiener nur dieses eine Mal versuchen würde, klarzustellen, Alfredo Missulloni zu heißen, konnte er noch nicht wissen, weil er für den Bartl von Anfang an der Fuzzy war, der Held seiner Kindheit. Und dies würde auch so bleiben, da konnte der Alfredo heißen wie der Missulloni mochte … oder umgekehrt.

»Dort rüber!«, repetierte Fuzzy.

Nachdem die beiden getan hatten, was ihnen aufgetragen worden war und im vorderen rechten Winkel des Stadls standen (vom Bartl und von der Leni aus gesehen), verriegelte der Mann die Tür, dann ging er ein Stück auf die beiden zu, wo er sich mit einem Sicherheitsabstand so vor ihnen aufbaute, als wenn er ein ganz Großer wäre. Dann zauberte er – genau wie der echte Fuzzy im Film – eine zweite Waffe hervor und bedrohte die beiden, die sich nun mehr oder weniger ernsthafte Gedanken über ihr Leben machen konnten.

*

Inzwischen waren die Schergen des Gesetzes schon ganz nah: Während sich zwei supergscheide Kriminaler aus München nur allzu gerne mit der Zenzi befassten, um etwas aus ihr herauszukriegen, kümmerte sich Justus Offenwanger, der strohdumme Dorfgendarm von Isenbrezhofen, um die Liesl. Kein Wunder, dass der Depp so war wie er war; schließlich war er ja nicht nur Polizist, sondern auch noch ein Preuße.

»Pfui Deifi!«, hatte die Liesl zu ihm gesagt und direkt vor ihm auf den Boden gespuckt, weil er sie, Zenzi und den Bartl an die Kriminaler aus München verpfiffen hatte. »So derf ma need mitnand doa!«, hatte sie enttäuscht zu ihm gesagt, obwohl man von einem Preußen doch niemals nicht enttäuscht werden konnte, weil man den schließlich nicht ernst zu nehmen brauchte. Dennoch hatte es der Uniformierte zu verantworten, dass die Kriminalpolizei nun die ersten Anhaltspunkte über Bartls Leben, seine Verhaltensweisen und weiß der Teufel was noch alles, bekam. Dass sie von den beiden Weiberleit nach Strich und Faden angelogen wurden, konnten die Kriminaler nicht wissen – obwohl sie sonst doch wirklich alles wussten.

Aber auch die Schergen, die auf der anderen Seite des Gesetzes standen, wären schon eifrig dabei, mit ihrer Suche nach dem Gomm Bartl zu beginnen, – wenn Stronzo, alias Nino, fertiggeraucht haben würde. Dann würden sie zuallererst einmal die Behausung des Trauerredners auseinandernehmen, um darin irgendwelche Hinweise auf dessen Verbleib zu finden. Und wenn sie ihn aufspüren sollten, dann Gnade ihm Gott!

*

Zurück zum Bartl – und somit auch zur Philomena, die außer der Liesl und der Zenzi über Bartls neue Situation Bescheid wusste. Ansonsten hatte keiner eine Ahnung nicht, wo sich der Bartl zur Stunde herumtrieb. Und in seiner Eigenschaft als Trauerredner vermisste ihn derzeit auch niemand, weil dummerweise niemand verstorben war im Landkreis Isar Gesamt außer München. Denn dort gäbe es für den Gomm Bartl genug zu tun.

Ach ja, vor ein paar Minuten war auch Fuzzy, dem es inzwischen zu dumm geworden war, sich ständig gegen seinen neuen Namen zu wehren, unversehens davon in Kenntnis gesetzt worden. Dieser Umstand könnte für den Bartl möglicherweise noch lebensrettend sein, sogar schneller, als er dachte. Aber dies konnte der momentan total verhuschte Trauerredner, der wirklich durch den Wind war, ja nicht wissen. Also dachte er sich dies auch nicht – logisch! Außerdem hatte er im Moment etwas andere Sorgen, denn Fuzzy hatte immer noch seine beiden Schießprügel so auf den Bartl und auf die Philomena gerichtet, wie es sein filmisches Vorbild immer getan hatte.

»Muss das denn sein?«, mochte der Bartl wissen, weil ihm die Arme so langsam weh taten, obwohl Fuzzy sie nur genötigt hatte, die Hände hochzunehmen. Weil der Bartl aber wusste, dass das eine ohne das andere nicht gegangen wäre, hatte er sich der Gewalt gebeugt und vorsichtshalber Arme *und* Hände hochgenommen.

Was dann kam, war schon komisch. Denn anstatt sich noch länger wie zwei Vollidioten gegenüberzustehen, von denen im Grunde genommen keiner wusste, wie er sich weiter verhalten sollte, musste Fuzzy lachen. »›Fuzzy‹! … Das gefällt mir! … *Ihr* gefallt mir! Aber sagt mal: Was hat euch hierher in diesen Pagliaio verschlagen?«

»Wenn du mir sagst, was ein Pa … Pagli … Ach, Scheiß drauf … ist, kann ich deine Frage vielleicht beantworten.« Der Bartl war vorsichtig, mit dem was er sagte. Denn immer noch waren zwei Schießprügel auf ihn gerichtet. Er überlegte schon, was er tun würde, wenn Fuzzy tatsächlich schießen würde.

»Ah! Capito! … So heißen in Italien Heuschober!«, riss ihn der Italiener aus seinen Gedanken.

»Ah!«, repetierte der Bartl das Erste, weil er das Zweite nicht verstanden hatte, obwohl er doch so gut Italienisch sprach.

»Ah!«, sagte auch die Philomena, die es bisher vorgezogen hatte, nichts zu sagen, nun aber das Gefühl hatte, sich an dem bedeutungsvollen Gespräch beteiligen zu müssen.

Nachdem dies mit wenigen Worten hinreichend erörtert und ausdiskutiert worden war, gingen fast gleichzeitig ihre und Bartls lahm gewordene Arme mit Fuzzys beiden Pistolen, in dessen Hände besser Revolver gepasst hätten, nach unten.

»Friede?«

»Sì! … Pace!«

»Friede!«, wiederholte die Philomena erleichtert das, was der Bartl gesagt hatte, weil sie (im Gegensatz zu dem, was der Bartl von seinen eigenen Italienischkenntnissen hielt) *kein* Italienisch sprach. Als sie dann den Kragen ihrer blütenweißen Rüschchenbluse zurechtzupfte und mit beiden Händen an ihrem kohlrabenschwarzen Rock mit den eingestickten kleinen Blumen am Saum herunterstrich, um ihn glattzustreichen, schoss die Pistole, die Fuzzy zuvor auf das lange Elend gerichtet hatte (damit war nicht der Bartl gemeint, obwohl der auch ein langes Elend war) wieder hoch. Der Italiener vermutete wohl, dass die Frau ebenfalls eine Waffe – allerdings unter ihrem Rock – versteckt haben könnte. Wenn der Stronzo, also das Arschloch, aber genau nachgedacht hätte, wäre ihm aufgefallen, dass die Frau so dünn gewesen war, dass sich eine Waffe unter ihrem Rock deutlich sichtbar abzeichnen würde. Weil sich bei der Philomena aber auch obenherum nicht allzu viel abzeichnete, war er so lange verunsichert, bis der Bartl die Sache aufklärte, indem er mit betont ruhigen Worten sagte: »Glaub mir, die Philomena ist schon eine echte Frau, auch wenn sie …«

Weil er dummerweise die Frau angeschaut und dabei nicht versteckt genug deren Oberweite überprüft hatte, war sie ihm forsch dazwischengefahren: »Ich zeig dir schon, was eine Frau ist, du … du …« Und schon hatte er ihre Handtasche im Gesicht.

Nachdem der Bartl umsonst darauf gewartet hatte, was sonst noch kommen könnte, aber nichts gekommen war, konnte er sich, zwar mit schmerzender Backe aber wieder entspannt, erneut an Fuzzy wenden: »Siehst du, die Philomena hat keine Waffen und außer ihrer Handtasche nicht einmal die Waffen einer Frau! Also kann und wird sie dir auch nichts tun!«

»Bene!«

»Arschloch!«

»Gut, dass wir darüber gesprochen haben!«, freute sich der Bartl. »Jetzt können wir uns in aller Ruhe unterhalten!«

Aber von wegen »Ruhe«. Kaum dass er dies gesagt hatte, hörten sie Geräusche vor dem Pagliaio, also vor dem Heustadl, was Fuzzy dazu veranlasste, durch das fast quadratische Loch in der Türe nach draußen zu schauen. »Maledetto! … Meine Famiglia!«

Jetzt hörte auch der Bartl das unverkennbare Geräusch, wie es nur amerikanische Al-Capone-Cadillacs zu verursachen vermochten. »Verflucht! … Die Familie!«

Diese klare Feststellung *beider* Männer veranlasste die Philomena dazu, die sorgenvolle Frage an sie zu stellen, was sie denn nun machen sollten.

Aber sie hatte nicht mit Fuzzy gerechnet, der in diesem Augenblick bewies, dass er kein Stronzo war. »Kommt mit! … Rasch! … Ich habe ein sicheres Versteck gefunden!«

Nachdem der eigentliche Stronzo die Tür genauso geöffnet hatte wie der Bartl und zuvor schon Fuzzy, betraten vier weitere Mafiosi den Heustadl, in dem rein gar nichts mehr darauf hinwies, dass hier noch eine Minute zuvor über den nicht vorhandenen Vorbau einer Frau, die wegen der dennoch ein wenig vorhandenen Oberweite zweifellos ein weibliches Wesen war, gesprochen worden war. Trotzdem verteilten sie sich *genau so*, wie es ihnen in der Scuola mafiosa in Palermo beigebracht worden war: Durch Blickkontakt unter ihren Sonnenbrillen verständigten sie sich wortlos, wer in welche Ecke des Stadls ging und wer sich genau in der Mitte postierte. Wären es mehr Männer gewesen, hätten sie mit ihrer Einteilung wohl Probleme bekommen. So aber konnte jeder aus seiner Ecke heraus für sich selbst feststellen, dass es sich hier tatsächlich um einen Pagliaio handelte, in dem nur Heu gelagert wurde und in deren Tür ein fast quadratisches Loch war. Dies bestätigte auch Federico, der ausnahmsweise einmal den Überblick hatte, weil er die Sachlage von der Mitte des Heustadls heraus beurteilen konnte.

»Hier ist niemand!«, stellte Nino mit scharfem Verstand und Kennerblick fest, womit er sich wieder ganz nach oben in die Hitliste der Stronzos schob.

»Wenn wir diesen Hurensohn finden, dann Gnade ihm Gott!«, schimpfte Fabio.

»Dann werden wir dem verdammten Trauerredner die Zunge herausschneiden!«, verfeinerte Lorenzo das zuvor Gesagte, während Federico nichts dazu bemerkte, weil er es in diesem Moment für ganz besonders klug hielt, stattdessen seine Position in der Mitte des Raumes zu genießen.

»Ja! Und danach wird er mit einem Gewicht in diesem Weiher da versenkt!«, krönte dafür Matteo das Ganze, bevor sich alle fünf eine Zigarette anzündeten und nach draußen gingen. Dabei spickte der fürwahr einzig wahre Stronzo unter den italienischen Stronzos das Zündholz mit den Fingern auf einen Strohballen! »Ciao!«

Klappe 7

Inzwischen hatte nicht nur in Isenbrezhofen auch der Letzte geschnallt, dass der beste Trauerredner im Landkreis Isar Mitte polizeilich gesucht wurde. Dies war natürlich das Stammtischthema Nummer Eins geworden – auch in der »Gams«, wo die Zenzi die Schwätzer bediente. Aber auch im Rest dieses Landkreises wussten zumindest diejenigen Bescheid, die schon mal bei einer Beerdigung dabei gewesen waren, wo der Bartl seinen Senf dazu gegeben hatte. Oder sie hatten aus der Zeitung entnommen, was der Isenbrezhofner für ein wilder Hund war. Dieser Flächenbrand hatte sich in etwa so ausgebreitet wie das Strohfeuer im Heustadl.

Was sie aber (natürlich bis auf die Liesl und die Zenzi, der Fuzzy sollte es gleich noch erfahren) allesamt *nicht* wussten, war die beängstigende Tatsache, dass auch die Vertreter der hiesigen Zweigstelle der sizilianischen Mafia hinter einem der ihren her waren. Dies sollte sich aber rasch ändern. Denn der hier stationierte Pate und sein oberster Boss in Palermo hatten sage und schreibe tausend Mark auf die lebendige Ergreifung des Flüchtigen ausgesetzt. Wäre er jetzt in Italien, hätte er durch seine Leute zudem verbreiten lassen, dass dies tot oder lebendig geschehen konnte. Weil er sich aber mitten in Baiern, also in einem relativ zivilisierten Land befand, hatte er sich dies doch noch verkneifen können. Dafür hatte er seinen Stronzo damit beauftragt einen Sack Zement zu besorgen. Und Stronzo hatte Alessandro damit beauftragt, … schließlich hatte Domenico den Zement besorgt.

Seither war außer der Liesl und der Zenzi der gesamte Landkreis Isar Mitte hinter dem Gomm Bartl her. Die Überfünfundsechzigjährigen und die Untereinundzwanzigjährigen durften sich allerdings nicht an der Jagd beteiligen. Und warum dieser ausgemachte Schmarrn? Das dürfte doch wohl klar sein: die einen waren zu alt und die anderen zu jung. Ach ja, weil die zwischen einundzwanzig und fünfundsechzig Jahre alten Männer zumeist die Ernährer ihrer Familien waren, hatten es ihnen die meisten ihrer Frauen verboten. Somit hielt sich die Menschenmasse, die hinter dem Gomm Bartl her war, doch noch irgendwie in Grenzen. Also konnte man sagen, dass nur der halbe Landkreis Isar Mitte hinter ihm her war. Aber davon ahnte der gute Mann zur Stunde noch nichts.

*

Als dem Bartl und der Philomena der Qualm in die Nasen gekrochen war, hatten sie Höllenängste ausgestanden, während Fuzzy sich nicht viel dabei gedacht hatte, weil er dies auch immer so machte, das mit dem Kippen wegspicken.

»Beeil dich, Fuzzy! … Mach die Luke auf!«, hatte der Bartl in Todesangst geschrien, nachdem die Mafiosi den Stadl verlassen hatten und mit ihrem Amischlitten davongebraust waren. Dann hatte er auch schon die Philomena vor sich her die drei Stufen hinaufgeschoben, bevor er sich selbst gerettet hatte. Nachdem er dies hinter sich gebracht und der Frau dabei versehentlich an den Hintern gelangt hatte, war auch er wie ein Wiesel aus dem unterirdischen Versteck gekrochen, dessen Abdeckung Fuzzy gesehen gehabt und kurz vor dem Versteckspiel noch mit Stroh bedeckt hatte. Nur dadurch hatten sie nicht gefunden werden können.

Die drei hatten in einem Loch unter dem Heustadl ausgeharrt, das im Zweiten Weltkrieg als Schmugglerdepot für Waren gedient hatte, die nachts von der Tschechoslowakei aus nach Deutschland und umgekehrt transportiert werden mussten. Hätte Fuzzy dieses unterirdische Versteck, dessen Abdeckung mit den gleichen Brettern zusammengenagelt worden war wie der restliche Stadlboden, nicht entdeckt, hätte zumindest für zwei von ihnen das letzte Stündlein geschlagen – und der Bartl wäre mitgenommen worden. So aber hatten sie unbeschadet wieder hervorkriechen und das beginnende Feuer gerade noch löschen können, bevor es sich hatte ausbreiten können. Denn durch den deutlich geringeren Energiegehalt hatte sich das gepresste Stroh nicht so gut entzünden lassen wollen wie es das Heu getan hätte, das ein halbes Stockwerk drüber offen gelagert war.

Nach dem erfolgreichen Löschen waren sie dann ausgelaugt auf den Strohballen gesessen (natürlich nicht auf dem, der gebrannt hatte) und hatten resümiert, dass von der Familie wohl nur der Bartl gesucht wurde. Darauf, dass der etwas mit deren ehemaligen Clanmitglied zu tun haben könnte, waren Fabio, Federico, Lorenzo, Matteo und Nino wohl nicht gekommen. Und von der Philomena wusste sowieso niemand etwas. Diese Umstände mochten sie sich zunutze machen, indem sie ihre weitere Flucht vor der Familie und vor der Polizei von jetzt an gemeinsam gestalten wollten. Denn irgendwie hatten die drei auf Anhieb Gefallen aneinander gefunden.

»Gut, dass wir das überstanden haben!«, hatte sich Fuzzy gefreut. »*Jetzt* können wir uns in aller Ruhe unterhalten!«

Aber von wegen »Ruhe«. Kaum dass er dies gesagt hatte, waren schon wieder Geräusche vor dem Heustadl zu hören gewesen, scusi: vor dem Pagliaio, was Fuzzy dazu veranlasst hatte, durch das fast quadratische Loch in der Tür nach draußen zu schauen. »Verflucht!« … Polizia!«

Dann hatte auch der Bartl das unverkennbare Geräusch gehört, wie es nur deutsche Polizei-VW-Käfer machten. »Verflucht! … Gendarmerie!«

Diese klare technische Feststellung *beider* Männer, hatte dann die Philomena veranlasst, jetzt keine weitere Frage an ihre arg angespannten Beschützer zu richten. Also waren sie wieder die drei Stufen hinuntergestiegen und hatten eine ganze Zeit lang nur so dagesessen, ohne ein Wort miteinander zu sprechen. Nicht zuletzt hing dies auch damit zusammen, dass sich der Bartl den Kopf angeschlagen hatte.

*

Weil es dem Bartl an den Kragen gehen sollte, hatte der irgendwann das Kommando übernommen und doch noch sein Maul aufgemacht: »Die Schandis sind weg! … Wir können wieder hoch!«

Nachdem es das gleiche Prozedere mit Philomenas Hintern und deswegen auch wieder das gleiche Gezetere gegeben hatte, konnte der Bartl endlich auf das lenken, was Fuzzy kurz zuvor kurz angesprochen hatte: »Also Fuzzy, du meinst, dass wir uns zusammentun sollten, um … ja, um *was* eigentlich zu tun?«

Fuzzy legte seine beiden schlagenden Argumente auf einen nicht besetzten Strohballen und berief sich auf das Recht des Stärkeren.

»Ja, spinnt ihr Itaker jetzt ganz?«, regte sich der Bartl auf und verwies darauf, dass es mit Pietro Rizzidani elf Mafiosi seien, die allesamt schwer bewaffnet waren. »Das hab ich auf dem Gierlinger Friedhof selbst gesehen!«

Nun kam Fuzzys zweite große Stunde. Der kleine und feiste Exmafioso baute sich vor seinen neuen Freunden auf und verkündete stolz, zu wissen, wo seine Exkollegen ihre Waffen lagerten.

»Aber ich kann doch gar nicht schießen!«, warf indes die Philomena ein, der noch die Frage auf den schmalen Lippen lag, ob sie der Bartl vorhin vielleicht doch nur *versehentlich* am Hintern gepackt hatte, als er sie die Treppe hochgeschoben hatte.

Leider oder Gott sei Dank kam sie nicht mehr dazu. Denn Fuzzy erinnerte sich soeben daran, dass es früher auch noch andere Helden gegeben hatte als den Westernhelden »Fuzzy« aus den Dreißiger- und Vierzigerjahren des vergangenen Jahrhunderts, den er nicht persönlich, also persönlich nicht gekannt hatte. Und im Gegensatz zu »Fuzzy« hatte man *seine* Kindheitshelden sogar im südlichsten Süden Italiens gekannt. Also streckte er eine flache Hand aus und ermunterte die anderen beiden, es ihm gleichzutun und ihre Hände auf seine zu legen. Nachdem dies geschehen war, legte er seine zweite Hand obendrauf und rief mit seiner Fistelstimme so laut er konnte: »Anstelle von Schwertern! … Einer für alle. Alle für einen!«

»Ah, Zorro! Den kenne ich auch! Hat der nicht immer mit einem Säbel gekämpft?«

»Nein Bartl, die vier Musketiere!«

»Aber wir sind doch nur drei! Außerdem haben die Musketiere in ihren Filmen immer Degen gehabt!«, wunderte sich die Philomena, der Fuzzys schwitzige Hand auf ihrer Handoberfläche unangenehm war.

»Dafür habe ich ja meine zweite Hand obendrauf gelegt!«, klärte Fuzzy auf und klatschte zu Philomenas Entsetzen mehrmals nacheinander darauf.

»Also nicht Zorro?«

»No! … Aber von mir aus auch vier Zorros! Hauptsache ist, dass wir jetzt Verbündete sind!«

»Ja?«, wunderte sich die Philomena, wie schnell das gehen konnte, während sie sich ihre Hand abwischte.

»Ja! … Und jetzt können wir uns gegenseitig alles anvertrauen!«

»Ja?«, wunderte sich jetzt auch der Bartl, der noch nicht wusste, ob dies gut sein würde und warum jetzt eine Frau Zorro spielen durfte – in seiner Kindheit hätte es das nicht gegeben, denn da war er auch schon mal Zorro gewesen und hatte das Dorflinger Mareierl, also quasi eine Frau, vor der Bande von Brutschers Eduard gerettet.

»Ja!«, beruhigte Fuzzy den Bartl, weil er dessen Bedenken bemerkt hatte – schließlich hatte er ja vier Wochen lang die Scuola mafiosa in Palermo besucht, wo im vierten Semester, das genau genommen die vierte und letzte Woche gewesen war, wegen eventuellen Festnahmen durch die Polizei unter anderem auch Verhaltenspsychologie gelehrt worden war.

»Also gut, dann mach mal, Fuzzy!« Wenn der Strohballen eine Rückenlehne hätte, würde sich der Bartl jetzt zurücklehnen, um in entspannter Haltung zu hören, was es Neues aus dem Land der Zitronen gab.

Aber der Bartl bekam von Fuzzy nichts aus Italien zu hören. Dementsprechend begann der Exmafioso auch nicht zu weinen, was sich früher oder später aber nicht vermeiden lassen würde. Vielmehr beugte er sich seinem zweiköpfigen Forum so verschwörerisch entgegen, dass sich der Bartl spätestens jetzt von der Rückenlehne trennen müsste, wenn er denn eine gehabt hätte. »Ich bin … Scusi: *war* acht Jahre lang bei der Cosa Nostra und …«

»Was ist *das* denn? Das hat meine Mutter selig ja noch nie gekocht!«, unterbrach der Bartl und brachte damit den Fuzzy zum Schmunzeln, die Philomena nicht. Denn die konnte selbst nicht kochen.

»Das ist eine in der ersten Hälfte des neunzehnten Jahrhunderts in meiner Heimat Sizilien gegründete ›Organisation‹, die heute fast schon weltweit operiert …«

»Also eine Ärztevereinigung«, unterbrach Philomena mit einem wissenden Blick, der so gar nicht zu ihr passen mochte.

Weil aber nicht nur Fuzzi, sondern auch der Bartl keine Lust hatte, Philomena aufzuklären, stellte letzterer mehr fest, als er fragte: »Sogar hier im Landkreis Isar Gesamt, stimmts?«

»Ja!«, gab Fuzzy dem Bartl recht, obwohl er schon wieder unterbrochen worden war. Aber das war dem emotional aufgewühlten Sizilianer im Moment egal, denn er hatte an seine Heimat gedacht. Und immer, wenn er an Bella Italia, insbesondere an Sizilia oder gar an seine Geburtsstadt Palermo dachte, erging es ihm wie seinem ehemaligen Boss. Denn Pietro Rizzidani musste auch immer weinen, wenn er an seine geliebte Heimat, insbesondere an Palermo dachte. Aber das war es dann auch schon, was die beiden gemeinsam hatten. Und dies sollte sich auch gleich herausstellen, denn der Bartl hatte Fuzzy versprechen müssen, ihn nicht mehr zu unterbrechen. »Deine Toten unterbrechen dich doch auch nicht ständig, wenn du eine Trauerrede hältst, oder?«

»Das stimmt!«, musste Philomena dem irgendwie witzigen Italiener beipflichten, obwohl sie eigentlich keine Ausländer mochte – insbesondere keine Preußen, die zumeist ähnliche Schnauzbärte hatten wie dieser Italiener hier.

Was nun kam, ließ Fuzzys Zuhörerschaft mit solch offenen Mündern dasitzen, dass sie ihn überhaupt nicht mehr unterbrechen konnten. Denn der erzählte ihnen seine ganze Lebensgeschichte.

»… und so bin ich eben zur Mafia gekommen! Und weil ich – seit ich im Landkreis Isar Gesamt außer München bin – Leberkäsebrötchen liebe, die ich jeder Spaghetti Bolognese vorziehen würde und mit denen ich mich jeden Tag vollstopfen könnte, nimmt mich der Pate nicht mehr für voll.«

»Mit Weißwurstsenf?«

»Was?« Fuzzy war irritiert, weil er gedanklich noch ganz bei einem Leberkäsebrötchen war.

»Isst du deine Leberkässemmeln auch immer mit Weißwurstsenf?«

Zu Bartls völligem Unverständnis schüttelte der Italiener den Kopf und erklärte ihm, dass er seine Leberkäsebrötchen am liebsten mit Ketchup aß, weil ihn dies immer an seine Heimat erinnern würde.

»An Blut?«, mutmaßte nun die Philomena, die aufmerksam mitgehört und längst gecheckt hatte, dass es bei der Cosa Nostra um kein Nahrungsangebot, sondern um die sizilianische Mafia ging.

Fuzzy schüttelte erneut den Kopf und sagte: »Nein! An Spaghetti Bolognese!« Dann begann er auch schon wieder zu weinen.

»Die spinnen, die Italiener!«, stellte der Bartl dieses Mal in einer gnädigeren Aussprache fest. »Aber erzähl weiter! … Das mit den Leberkässemmeln kann es doch wohl noch nicht gewesen sein, oder?«

»Ja!«, forderte nun auch noch die Philomena eine Antwort ein, obwohl *sie* als einzige waschechte Bairin unter den dreien keine Leberkassemmi mochte, weder mit Weißwurstsenf, noch mit Ketchup – vielleicht aber mit Majonaise? Darüber musste sie erst einmal nachdenken. Jedenfalls würde die feine Soße aus Eigelb, Senf und Öl keine so auffälligen Flecken machen wie Ketchup.

»… und nur, weil ich von Anfang an ein Mitwisser der ›Organisation‹ bin, ihr aber nichts gestohlen habe, möchte mich der Pate in diesem See ersäufen wie eine Katze!«, fuhr Fuzzy fort.

»Im Hengelesweiher?«, interessierte den Bartl. »Ist der tief genug?«, die Philomena.

Fuzzy nickte zwei Mal und bemerkte noch dazu, dass dies mit einem Betongewicht um die Füße herum geschehen sollte.

»Sauber!«, kommentierte der Bartl das soeben Gehörte knapp. Er zeigte vollstes Verständnis für Fuzzy, weil er ja selbst auf der Flucht vor der Mafia war und vom Bereuter Franz her wusste, dass man in der Mitte des Hengelesweihers nicht mehr stehen konnte – auch nicht, wenn man ein langer Lulatsch war und unter einem auch noch ein Betongewicht hing.

»Seht ihr!«, triumphierte die Philomena.

Nachdem sie ein Weilchen gleichsam ratlos wie nachdenklich auf ihren Heuballen gesessen waren, wollte der Bartl von Fuzzy endlich wissen, was der ihm und der Philomena eigentlich hatte sagen wollen.

»Ach, so? Ja klar: Ihr kennt doch Deppenhausen, oder?«, hob der leidenschaftliche Italiener, der allerdings nicht leidenschaftlich im Sinne von leidenschaftlich, sondern leidenschaftlich Italiener war, mit einer wissenden Geste zum Finale furioso an, wurde aber herb enttäuscht. Denn dieses Mal wurde er von der Philomena unterbrochen: »Liegt das nicht in der Nähe von Brennesslshub?« Weil die Philomena aus dem verhältnismäßig weit entfernten Katzelnlachen stammte, war sie sich nicht so sicher wie der Bartl, der sich ja im gesamten Landkreis Isar Mitte bestens auskannte, weswegen er Philomenas Vermutung bejahte.

»Darf ich jetzt weitermachen?«

»Logisch!«

»Also: Etwas entfernt von Deppenhausen – aber nicht zwischen Deppenhausen und Brennesslshub – steht inmitten eines starken Baumbewuchses eine alte Wellblechhalle, die der Außenstelle der sizilianischen Mafia im Landkreis Isar Gesamt außer München als Sede centrale dient!«

»Als was?«, mochte die Philomena wissen.

»Als Headquarter!«, half ihr der in diesem Moment offenkundig belesene Gomm Bartl wieder – dieses Mal ganz besonders cool – aus, obwohl er weder Groschenromane noch Krimis las.

»Was?« Die Philomena war jetzt *ganz* irritiert.

»Fuzzy meint damit einen Unterschlupf! … Oder Fuzzy?«

»Sì!«

»Aha?«

»Nicht nur!«, ergänzte Fuzzy noch schnell und klärte die beiden dahingehend auf, dass dort außer Waffen aller Gattungen und Sprengstoff, auch noch etliche Kilogramm Rauschgift mehrerer Sorten, sowie sehr sehr viel Bargeld verschiedener Währungen lagern würde.

Nachdem er dies gesagt hatte, waren die Philomena und der Bartl wieder ratlos und nachdenklich geworden. »Du … du meinst …«

»Sì! … Sì!«, freute sich Fuzzy darüber, dass ihm der Bartl von den Augen abgelesen hatte, was er vorhatte. »Wir brechen dort ein und holen uns das Geld!«

»Du meinst allen Ernstes, dass wir der Mafia den Diridari klauen sollen?«

»Sì! … Sì!«, freute sich Fuzzy nun, dass der Bartl so schnell kapiert hatte. Der aber polterte los: »Ja, haben sie dir denn ins Hirn geschissen? Du glaubst doch nicht, dass das gutgehen kann! Immerhin würden wir uns mit der elf Mann starken Außenstelle der sizilianischen Mafia im Landkreis Isar Gesamt anlegen!«, schimpfte der Bartl.

»Aber ohne München!«, schwächte Fuzzy das, was der Bartl soeben lautstark von sich gegeben hatte, etwas ab. Dann erklärte er den beiden, dass er sich ja bestens auskennen würde und wisse, wie man dort einsteigen könne, ohne aufzufliegen.

»Und wenn doch? … Ich meine das mit dem ›Auffliegen‹!«

Fuzzy machte ein betrübtes Gesicht. »Aber: No risk, no fun!« Bevor die Philomena schon wieder etwas fragen oder sagen konnte, erklärte er das zuletzt Gesagte: »Das habe ich im Fernsehapparat gehört, das ist Englisch.«

»Du hast einen Fernsehapparat? … Vielleicht so einen wie unser Pfarrer Hinterbichler?« Der Gomm Bartl war begeistert. Bevor er sich genauer danach erkundigen konnte, fiel ihm die Philomena ins Wort, indem sie Fuzzy die befürchtete Frage stellte: »Was heißt das, was du vorhin gesagt hast und das du im Fernsehapparat gehört hast?«

»Dass es kein Risiko ist, Spaß zu haben, oder so ähnlich!«, antwortete stattdessen der Bartl neunmalklug, obwohl er offenkundig nicht halb so gut Englisch verstand, wie Fuzzy, der immerhin vier zusammenhängende Wörter kannte. Aber weshalb auch sollte der Bartl dies können? In all seinen Jahren als Trauerredner hatte er es noch nie mit einem dieser Inselaffen (so hatte sein preußischer Lehrer die Briten immer bezeichnet) zu tun gehabt! Und die Türken oder die Juden, bei denen er schon tätig gewesen war, hatten auch nicht Englisch gesprochen. Selbst bei Yemaya Ngo … Ngo … Zefix, jetzt hatte er deren Namen doch schon wieder vergessen, nicht. Jedenfalls hatte auch bei ihrer Beerdigung niemand Englisch gesprochen – nicht einmal die anwesenden Negerinnen und … Äh! … Schwarzen.

»Also: Was ist jetzt? …« Fuzzy wurde unruhig, es juckte ihn sogar so in den Fingern, dass er eine seiner Pistolen nervös um seinen rechten Zeigefinger kreisen ließ.

»Das ist ein Himmelfahrtskommando, bei dem wir Kopf und Kragen riskieren!«, gab der Bartl zu bedenken.

»No risk, no … Ach, scheiß drauf!«, knurrte Fuzzy. »Bist du dabei, Bartl?«

Der überlegte ein Weilchen, dann sagte er: »Was solls? … Von mir aus!« Nach einer weiteren Phase des Überlegens gab er vollends seinen Segen zur geplanten Harakiri-Aktion: »Ich bin dabei!«

»Und du, Philomena?«

»Herrschaftszeiten! … Wenn ihr meint! … Aber ich kann nicht schießen!«

Fuzzy war es tatsächlich gelungen, zwei bisher biedere und mehr oder weniger brauchbare Bürger des Landkreises Isar Mitte derart Blut lecken zu lassen, dass die sich in die Niederungen übelster Kriminalität begeben würden, allerdings nur, wenn dies ohne Gewalt ablief. Denn sie hatten darauf bestanden, sich nicht bewaffnen zu müssen. Und wenn bei dieser Aktion jemand »einfach so« sterben würde, dann starb er eben so, dass außer dem Herrgott niemand nix dafür gekonnt hatte – eigentlich ganz einfach, oder?

Nachdem dies geklärt und die genaue Vorgehensweise besprochen war, gab nicht Fuzzy, sondern der Bartl den knallharten Befehl zum Aufbruch, genauer gesagt zum Einbruch: »Also, pack mers!«

Aber dazu sollte es nicht kommen, denn von draußen her drangen verdächtige Geräusche ins Innere ihres Verstecks, was sie hurtig schon wieder ins unterirdische Loch klettern ließ.

Um Gott‘s willen:

Jetzt wird’s ernst!
Ja, geht’s denn noch?

Klappe 8

In Isenbrezhofen war indessen der Teufel los: Überall lungerten uniformierte Schandis und Kriminaler in zivil herum, die jeden einzelnen Stein im Dorf umdrehten – natürlich nicht die Grabsteine. Dies hätte sich nicht nur der Herr Pfarrer Hinterbichler, sondern auch noch der Trauerredner Gomm, seines Zeichens ebenfalls ein Herr, verbeten. Aber der eine saß vor seinem Fernsehapparat und schaute sich »Dallas« an, während sich der andere in einem Heustadl in seinem zweifelhaften Ruhm als interessanter Mensch sonnte.

Wenn der andere erst noch wissen würde, dass nicht nur die Gierlinger Nachrichten, sondern auch noch sämtliche Münchner Tageszeitungen und sogar der Bairische Rundfunk nach ihm Ausschau hielten, wäre er wohl auf dem schnellsten Weg nach Hause geeilt – immerhin war er ja zu einer Art Star avanciert und hatte nun dementsprechende Verpflichtungen, die Verpflichtungen eines Stars eben, wie die auch aussehen mochten, wahrscheinlich so ähnlich wie die von Heinz Erhardt. Allerdings wäre dann die Gefahr groß gewesen, denjenigen Mafiamitgliedern in die Arme zu laufen, die nicht in anderen Teilen des Landkreises Isar Gesamt ohne München nach ihm suchten, sondern hier in Isenbrezhofen die Stellung hielten.

*

Aber zuerst mal zurück zu gestern Nacht: Die drei, von denen zwei von der Mafia gejagt wurden, dabei einer von der Mafia *und* von den Gendarmen gesucht wurde und sich für eine von ihnen keine Sau interessierte, waren gestern den Rest des Tages und auch nachts in ihrem Heustadl sowohl von der Polizei als auch von den Mafiosi in Ruhe gelassen worden.

Dementsprechend hatten sie genügend Zeit gehabt, einen perfekten Plan (wie Fuzzy bei der toten Rosalia Lombardi aus den Katakomben von Palermo geschworen hatte) für den Einbruch in die Wellblechhalle bei Deppenhausen zusammenzubasteln. Und der besagte in erster Linie, dass sie am darauffolgenden Tag untertags einbrechen würden und nicht unternachts, also in der Nacht, weil die Mafiosi ja wegen der Suche nach ihnen tagsüber in alle Himmelsrichtungen ausgeschwärmt waren, nachtsüber aber in ihr Headquarter zurückkehren würden, um dort (was Fuzzy natürlich gewusst hatte) einen Kanister Marsala zu vernichten, damit sie besser schlafen konnten. Weil der Bartl das rote Gesöff aus der gleichnamigen Hafenstadt in Sizilien von einer Mafia-Beerdigung her kannte, bei der er die Trauerrede gehalten hatte, war ihm Fuzzys Vorschlag gerade recht gekommen.

»Was ist ein Marsa…?«

»Scho guet, Philomena! … Iss dein Gockl und gib a Ruah!« Allein wegen Liesls Schenkeln, von denen auch der Bartl einen in der Hand gehabt und von dem er gerade heruntergebissen hatte, war das im Allgäu zur Welt gekommene Original trotz des Dramas um seine Person herum in eine solch glückselige Stimmung gekommen, dass er mehr und mehr ins Allgäuerische gerutscht war. Außerdem war ja noch das Bier in der Weingalone und der Kipf Brot da, was ihm die Zenzi in der »Gams« mitgebeben hatte.

Aber nicht nur die Liesl hatte gestern am späten Abend noch mit ihren zwei halben Gickerln und ein paar separaten Hendernlschenkeln etwas zum Essen vorbeigebracht. Auch die Zenzi hatte es sich nicht reuen lassen und aus der »Gams« eine Schüssel Kartoffelsalat und einen Bocksbeutel aus Franken stibitzt.

»Siasch, Philomena! … Dean kasch drinkê'!«, hatte der Bartl erfreut im ihm angestammten Dialekt gesagt und selbst einen großen Schluck aus der Pulle genommen, obwohl ihm ein eiskaltes Bier lieber gewesen wäre als ein lauwarmer Weißwein.

Die beiden Madln hatten nicht schlecht gestaunt, als zuerst Fuzzy mit zwei Pistolen im Anschlag, dann die Philomena mit ihrer Handtasche und am Schluss der Bartl mit nix in den Händen zum dritten Mal mit seinen Bratzen an Philomenas Hintern aus dem Loch gestiegen waren – natürlich erst, nachdem die beiden Weiberleit ewig im fast quadratischen Loch in der Tür herumgefummelt hatten, um den innenliegenden Riegel nach hinten schieben zu können. Weil ihre Hände kleiner gewesen waren als die vom Gomm Bartl, hatten sie sich auch leichter damit getan als ihr alter Freund und Schwerenöter. Apropos

Hände: Der Bartl war sicher, dass er wegen derselbigen nicht nur etwas von der Philomena, sondern auch von der Liesl und von der Zenzi zu hören bekommen würde.

Die Geräusche, die sie allerdings beim Versuch, die Stadltür zu öffnen, verursacht hatten, waren im Loch unter dem Stadlboden mit größter Sorge zur Kenntnis genommen worden. Und weil die Zenzi mit der Liesl und die Liesl mit der Zenzi kein Wort gesprochen hatte, war der Bartl nicht darauf gekommen, dass es die Liesl und die Zenzi hätten sein können, die sich da Zutritt zu ihrem Versteck verschafft hatten. Deswegen, und nur deswegen hatte er Fuzzy mitsamt seiner beiden Pistolen die Treppe hoch vor sich hergeschoben – allerdings ohne ihm an den Hintern gefasst zu haben. Das wäre auch nicht möglich gewesen, weil ja die Philomena dazwischen gewesen war.

Aber das war ja so was wie Schnee von gestern. Denn jetzt war es soweit und zwei bodenständige Bajuwaren würden ihre Jungfräulichkeit verlieren, natürlich nur in krimineller Hinsicht. Alles andere hätte die Philomena ja nicht zugelassen. Und der Bartl? … Na ja, bei dem Schlawiner konnte man diesbezüglich nicht mehr viel versauen!

*

Nach einem einstündigen Fußmarsch hatten sich drei merkwürdige Gestalten fernab von Straßen und Wegen durch Wälder und Wiesen bis nach Deppenhausen durchgeschlagen. Vorneweg ein herrgottig kleiner Italiener, der sich gut in den Maisfeldern verstecken konnte. Hinter ihm ein dürres Elend, das in einem schwarzen Rock und weißer Bluse steckte und dessen schwarzer Kopf sich ebenso wie beim dahinter her stapfenden langen Lulatsch über den gelbgrünen Maiskolben abhob wie ein Mohrenkopf in einer Schüssel mit Nudelsalat.

Weil derjenige mit einem Gestell, wie es dereinst Karl Valentin gehabt hatte, sozusagen die Nachhut bildete, hatte er natürlich immer Philomenas Arsch direkt im Blick. »Denk nicht einmal im Traum daran!«, hatte sie ihm schon ein paar Mal so gesagt, als wenn sie ihre Augen hinten hätte.

»Scho guet …«

»Silenzio! … Wir sind gleich da!«, drang es plötzlich aus wackelnden Maiskolben vor den beiden heraus. Und tatsächlich: Nachdem sie auch noch durch ein kleines Wäldchen gestiefelt waren, sahen sie wegen ihrer Größe noch vor Fuzzy die Wellblechhalle, von der er gesprochen hatte.

Es war alles genau so, wie er es ihnen erklärt gehabt hatte. Also konnten sie guten Mutes ans Werk gehen!

*

Und nach einem erfrischenden Schluck aus der Wasserflasche, sowie einem ausgiebigen Briefing durch den »Einsatzleiter« sollte es dann soweit sein: Fuzzy zeigte zuerst nach links, was soviel hieß, dass sich der Bartl dorthin, bis zu einem großen Altölfass begeben und sich dahinter verstecken sollte.

Nachdem der Bartl damit begonnen hatte, sich dahin zu schleichen, zeigte Fuzzy auch schon wortlos nach rechts, was der Philomena deuten sollte, sich dorthin, bis zu der dicken Eiche zu begeben und sich dahinter zu verstecken.

Mit sich selbst und der Welt zufrieden, konnte Fuzzy feststellen, dass bisher alles bestens zu laufen schien. Er selbst wollte erst noch ein paarmal tief ein- und ausschnaufen, bevor er sich mit einem großen Haken zum hinteren Teil des verwahrlosten Gebäudes begeben würde. Denn im Gegensatz zu seinen Leuten war er in höchstem Maße erregt, also nervös.

Wenige Minuten später war auch Fuzzy dort, wohin er sich selbst eingeplant gehabt hatte. Alles schien ruhig zu sein. Wie erwartet, waren seine ehemaligen Mafiakollegen im gesamten Landkreis Isar Gesamt außer München unterwegs, um ihren abtrünnigen Trauerredner zu suchen. Und wenn sie schon dabei waren, würden sie natürlich auch Ausschau nach ihrem ehemaligen Kollegen halten. Und weil es an diesem Tag sengend heiß war, dürfte sich wohl keiner im Inneren der aufgeheizten Wellblechhalle aufhalten – hoffte Fuzzy zumindest.

Nachdem er durch einen kleinen Schlitz des mit einem Rupfensack verdeckten Fensters geschaut und nichts Verdächtiges entdeckt hatte, stellte sich der kleine Sizilianer auf die Zehenspitzen und knackte das Türschloss so beherzt wie er es schon im ersten Semester der Scuola mafiosa gelernt hatte. Dann folgte der missglückte Ruf eines Nusshackls, den der Bartl dem Italiener beigebracht hatte, weil der ja nur *die* Flugvögel kannte, die in Italien mit Netzen gefangen wurden. Weil Fuzzy aber nichts davon kapiert hatte, was ihm der Bartl an die hundert Mal vorgeträllert hatte, rührte sich nichts. Erst als es ihm nach zig Versuchen gelang, den Eichelhäher einigermaßen zu imitieren, huschte von beiden Seiten je eine Gestalt auf ihn zu und verschwand auf sein Winken hin im Inneren der Wellblechhalle.

»Auf der anderen Seite, … ganz da vorne ist das Eingangstor! … Wenn also jemand kommen sollte, hauen wir hinten, …« Er zeigte zu der Tür, die er soeben aufgeknackt hatte. »Also von hier aus wieder ab und treffen uns in dem Wäldchen, aus dem wir gekommen sind! … Ricevuto?«

Die beiden hatten zwar das letzte Wort nicht verstanden, aber dennoch kapiert, was Fuzzy damit gemeint hatte. Und weil sie *alles* ganz genau verstanden hatten, nickten sie.

Nach einem prüfenden Blick in alle Richtungen offenbarte sich den dreien, was Fuzzy schon gewusst hatte: Das Dach war an vielen Stellen durchgerostet, weswegen das Tageslicht in Streifen hereinschien.

»Und wenns regnet, regnets hier herein!«, bemerkte Fuzzy, der damit einmal mehr bewies, dass sich die Scuola mafiosa für ihn gelohnt hatte.

»Wirklich?« Dies hatte der Bartl einfach nur so gesagt, um zu demonstrieren, dass man auch ohne diese Schule saudumm daherreden konnte.

»Dort vorne steht ein Container!«, wechselte Fuzzy das Thema, weil er nicht näher darauf eingehen mochte. Stattdessen erklärte er den anderen, dass sich darin alles befinden würde, weswegen sie hier waren.

»Wirklich alles?«

»Sì! … Wirklich alles!«

»Auf was warten wir dann noch?! … Pack mers!«, drängte der Bartl, der den Reichtum schon riechen konnte. Dass er dabei die Hinterlassenschaften der Mafiosi in der Nase hatte, weil die sich stets im hinteren, ansonsten unbenutzten Teil der riesigen Halle zu erleichtern pflegten, tat seiner Vorfreude keinen Abbruch. »Also: Was ist?«

»Schon gut, Bartl! … Folgt mir, seid aber stets wachsam!« Seine beiden Pistolen im Anschlag ging Fuzzy voran.

Während sie in geduckter Haltung hinter Fuzzy herschlichen, fiel den beiden »Ersttätern« der viele Gruscht auf, der sich in der ganzen Halle türmte. Aber dies tat schließlich nichts zur Sache, die gerade für die Philomena zunehmend spannender wurde. Weil darunter aber auch ein großer Gitterkäfig mit einer Kloschüssel, einem Waschbecken und sogar mit einer Dusche drin war, mochte der Bartl wissen, ob dies früher einmal ein Zirkus gewesen sei. »Sicher hat der Dompteur mit seinen Tieren dort drinnen zusammengelebt!«

»Idiota!«, entfuhr es Fuzzy. »Dort werden keine Zirkustiger oder -löwen, sondern die Le Ragazze untergebracht, die dann an die verschiedenen Puffs verkauft werden! … Capito?«

»Nein!«, entfuhr es der Philomena, die aus ihrem Bauchgefühl heraus noch ergänzte, dass dies ja entsetzlich sei.

»Ehrlich?«, meinte der Bartl da schon etwas wohlwollender, weil er im Gegensatz zur Philomena alles verstanden hatte und deswegen auch wusste, dass es sich bei den »Le Ragazze« um Mädchen handelte – wahrscheinlich um Mädchen aus der Tschechoslowakei und aus Afrika.

»Maledetto!«, grummelte Fuzzy, der sich über so viel Naivität ärgerte. »Wir sind die Mafia!«

»Wir?«, wunderte sich die Philomena.

Bis auf diesen Krampf hier lief in Fuzzys Wahrnehmung aber alles gut! Lediglich ein kurzer Aufschrei der Philomena brachte nochmals Unruhe in das Ganze – sie war einer Ratte auf den Schwanz getreten, weswegen dann auch ein Haufen Tauben in Richtung der Löcher im Dach hochstiegen war. Logisch, dachte sich der Bartl, der dies beobachtete, wo Sonne rein kann, können auch Tauben raus.

*

Nun standen sie vor einem rostigen Container, der nicht gerade vielversprechend aussah, aber gut zum Umfeld passte. Zudem war er mit einer dicken Eisenkette verschlossen.

»Sauber!«, entfuhr es dem Bartl. »Hoi?«, der Philomena.

»Null Problemo!«, beruhigte Fuzzy die beiden und zog den Bolzenschneider hervor, den er in weiser Voraussicht schon vor längerer Zeit unter dem Container versteckt gehabt hatte. Dazu hatte er nur ein bisschen im Dreck buddeln müssen.

»Also ›Vorsatz‹ kann man dir bei deinem Tun wirklich nicht vorwerfen!«, kommentierte der Bartl grinsend das, was Fuzzy gerade getan hatte.

Der Exmafioso ging aber nicht darauf ein und stattdessen zielstrebig zur Containertür.

Nachdem sich die drei schweigend nach irgendwelchen drohenden Geräuschen umgehört hatten, durchzog ein lautes Knacken die Halle, das vom gewellten Blech so laut widerhallte, dass man es sogar im nahen Brennesslshub, zumindest aber in Deppenhausen hören musste. Weil dies Fuzzy Sorgen bereitete, hörten sie abermals ins unangenehme, jetzt irgendwie auch noch angstmachende Ambiente der Halle hinein. Nachdem sich das Echo verzogen hatte, war es wieder mucksmäuschenstill.

»Dô isch nix!«, beendete der Bartl die kurze königlich bairische Ruhe, mit der er hier nichts anzufangen wusste. Wenn er auf einem Friedhof wäre, ja dann – aber so?

Der Riegel war schwer und für einen so kleinen Kerl wie den Fuzzy auch lang und weit oben. Dennoch schaffte es der Italiener, die Tür ohne Bartls Hilfe zu öffnen. Lediglich das laute Quietschen konnte er nicht vermeiden. Aber scheiß auf Brennesslshub und auf Deppenhausen, sie waren drin!

»Wahnsinn!«, entfuhr es dem Bartl. »Unglaublich!«, der Philomena.

Die vergitterten Regale auf der linken Seite waren mit Waffen, Munition und Sprengstoff vollgestopft. Und die meisten der ebenfalls vergitterten Regale auf der rechten Seite waren mit sorgsam abgepacktem Rauschgift gefüllt. Der restliche Teil des rechten Lagers, neben dem sich auch ein großer Spiegel befand, wurde von der Außenstelle der sizilianischen Mafia im Landkreis Isar Gesamt außer München für wahnsinnig sexy Dessous, Netzstrümpfe mitsamt der dazu passenden Strapse, enge Klamotten, hochhackige Stöckelschuhe, billigen Schmuck, teure Perücken, Schminkzeug und Körperpflegemittel benötigt.

Damit werden wohl die Mädchen für den Verkauf aufgebrezlt, dachte sich der Bartl. »Wir nehmen aber nichts davon mit!«, bestand er rein vorsorglich auf ihrer in der vergangenen Nacht getroffenen Abmachung, meinte damit aber weniger die Dessous als die Waffen und das Rauschgift. »Obwohl …« Beim genaueren Betrachten der scharfen Anziehsachen musste er schmunzeln. Dabei schaute er Philomena an.

»Ist was?«

Jetzt musste der Bartl grinsen.

»Depp!«

»Wir nehmen nichts, aber auch schon gar nichts davon mit!«, wiederholte der Bartl und meinte es sogar ernst. Denn er kannte Fuzzy mittlerweile doch schon recht gut. Und ein Italiener blieb eben ein Italiener! Dass die klauen wie die Raben, war ja allseits bekannt. Aber auch ein ehemaliger Mafioso blieb, was er war; eben ein Mafioso, in diesem Fall zwar im Quasi-Ruhestand, aber nach wie vor ein Mafioso, der über Leichen gehen würde, wenns ums liebe Geld ging. Dazu würde er Waffen … und Sprengstoff brauchen. Und Rauschgift hatte zunehmend Konjunktur. Also würde ihm der Bartl sorgsam auf die Finger schauen müssen.

Aber er hatte jetzt keine Zeit mehr, um sich tiefgründigere Gedanken über heiße Dessous auf Philomenas käsigem Körper und das Sein oder Nichtsein eines ehemaligen italienischen Mafiamitgliedes zu machen. Denn dieses rief nun mit erregter, also mit freudiger Stimme: »Kommt mit!« Dann kramte Fuzzy seine Taschenlampe hervor und ging den anderen bis zum Ende des Containers voran.

Weil aber die Philomena plötzlich irgendwelche Skrupel bekommen hatte, blieb sie wie angewurzelt stehen und bekreuzigte sich sogar. Also blieb dem Bartl nichts anderes übrig, als sie mit seinen Händen (was sollte er auch anderes dazu nehmen?) auf deren Hintern nach vorne zu schieben (wo sollte er sie auch sonst hintun?).

Wenn die Philomena ihre Trutschnhandtasche dabeigehabt hätte, wäre sie dem Bartl wohl wieder um die Löffel geflogen. So aber beließ sie es dabei, ihm einen strafenden Blick zuzuwerfen, den der Bartl wegen der Dunkelheit im Container sowieso nicht sehen konnte. Also war alles gut! Und *wie gut* alles war, würde sich ja gleich erst so richtig zeigen, wenn Fuzzy die Geldkassette des Paten gefunden hatte. Ob ihm dies tatsächlich auch noch gelingen würde, stand in den Sternen, die sich so langsam anschickten, die Sonne zu verdrängen. Denn mittlerweile war es doch etwas später geworden als von Fuzzy geplant. Das lag daran, dass er im zweiten Semester seines Mafiastudiums ein paar Tage gefehlt hatte, weil er wegen einer alten Salami einen schweren Durchfall gehabt hatte. Und ausgerechnet in dieser Woche war in der Scuola mafiosa das Thema »Zeitmanagement« eingeplant gewesen. Maledetto!

*

Justament zur selben Zeit versammelte der Pate seine Leute um sich. Um mit ihnen eine neue Strategie zu besprechen, hatte er sie großzügig in die »Gams« eingeladen.

Da seine Jungs in sämtliche Winde verstreut waren, dauerte es allerdings ein Weilchen, bis sich alle eingefunden hatten.

»Ich hätte große Lust, die Kollegen von München kommen zu lassen!«, maulte er eine halbe Stunde später, weil weder die Suchmannschaft Andrea, Alessandro, Francesco, Domenico und Gian-Carlo, noch die Mannschaft Fabio, Federico, Lorenzo, Matteo und Stronzo (alias Nino) wenigstens einen der beiden von ihnen Gesuchten aufgestöbert hatten.

Weil es in der »Gams« aber keinen italienischen Rotwein gab, unterbreitete er seinen Männern den Vorschlag, früher Feierabend zu machen und die Sache in ihrem Headquarter bei einem guten Marsala zu besprechen.

Also machten sie sich früher als geplant auf den Weg nach Deppenhausen … und zur Wellblechhalle.

*

»Des glaub i etz it«, kommentierte der Bartl, das, was er gerade direkt vor sich sah.

Klar, dass, wenn der Bartl etwas sagte, auch die Philomena ihren Senf dazugeben musste: »Ich schon! Ich sehs ja mit meinen eigenen Augen! … Da!« Sie zeigte darauf, wohin sowieso schon alle schauten. »Siehst du es nicht?«

»Sei schdill, sonschd schlag i dir a Horn ab!«, quittierte der Bartl Philomenas saudummes Gschmatz, weil er ihr versprechen hatte müssen, sie nie mehr als Kuh und schon gar nicht mehr als blöde Kuh, zu bezeichnen.

»Sagt mal: Spinnt ihr? … Direkt vor uns ist eine soeben von mir frisch geöffnete Geldschatulle, in der geschätzt weit mehr als eine Million Mark, ein ganzer Haufen Lire, dazu auch noch viel anderes ausländisches Geld liegt, und ihr wisst nichts Besseres als … Ach, leck mich doch am Arsch!« Wenn er nicht die Geldkassette des Paten gefunden hätte und nicht dermaßen viel Geld darin wäre, würde Fuzzy jetzt wieder aus der Haut fahren. So aber sagte er nur laut und deutlich: »Rückzug!«

*

Während die beiden Männer bereits auf dem Weg zum Hinterausgang waren und sich mit ihrer Geldschatulle beschäftigten, blieb die Philomena doch noch an den Dessous kleben, die sie irgendwie faszinierten, obwohl sie nichts damit anzufangen wusste. Aber probieren ging bekanntermaßen ja über studieren, oder?

Nachdem sie aus dem Container heraus um die Ecke geschaut und sich vergewissert hatte, dass ihre Begleiter schon fast außer Sichtweise waren, konnte sie es sich nicht verkneifen, an ein paar Stücken zu riechen, um feststellen zu können, ob die BHs, die verflixt kleinen Schlüpfer und die Netzstrümpfe neu, also ungebraucht, waren. Und weil sie dies waren, schaute sie nochmals aus dem Container raus, zog hastig ihr langweiliges Gwand sowie ihre noch langweiligere Unterwäsche aus und stattdessen einen farblich zueinander passenden Satz dieser Dessous an. »Wahnsinn!«, kommentierte sie das, was sie dann im Spiegel sah, der im Container stand.

Aber die Philomena konnte sich nicht lange daran erfreuen. Denn kaum dass sie das zweite zusammengehörende Set – dieses Mal in knallrot – übergezogen hatte, hörte sie von hinten den Bartl nach ihr rufen.

»Glei-eich! … Ich kommeee!«, sang sie mehr, als dass sie zurückrief.

Fast gleichzeitig hörte sie vorne ein blechernes Geräusch, das sich mit Männerstimmen zu vermischen schien. »Bartl?«

Aber es waren weder der Bartl, noch Fuzzy, die dort zum Tor hereinkamen. Vielmehr war es der Pate mit seinen Männern, deren Augen sich noch ans Halbdunkel der Halle gewöhnen mussten. Deswegen sahen sie auch nicht, wie sich die offene Tür des Containers schloss. Dafür hörten sie ein Quietschen, das die Männer wie auf einen Befehl hin zu ihren Waffen greifen und in der ganzen Halle ausschwärmen ließ.

Klappe 9

»Sie wird gleich kommen!«, beruhigte Fuzzy den Bartl, der im Grunde genommen überhaupt nicht beunruhigt war. Weswegen auch! Schließlich waren sie ja allein, also zu dritt in der Halle und weit und breit kein Mafioso zu sehen gewesen. Außerdem kannte er Philomena bei genauerer Betrachtung ja nicht einmal so recht. Und alt genug war sie ja weiß Gott selber, um für sich allein entscheiden zu können, wie schnell sie die Halle verlassen mochte.

Jedenfalls lag ihr Coup hinter ihnen, er war völlig unkompliziert und äußerst erfolgreich verlaufen. Zudem waren Fuzzy und der Bartl bereits am Waldrand angekommen, also aus der schlimmsten Gefahrenzone heraus – na ja, um von einer Kugel getroffen werden zu können, würde die Entfernung immer noch locker reichen.

Wie er so über die Philomena nachdachte, bekam der Bartl ein schlechtes Gewissen. »Ich schau mal zu ihr!«

»Sì! Und ich schau mir inzwischen das Geld an!«

»Steck aber nichts ein, gell? … Wir teilen gerecht durch drei, oder?«

Um das glaubhaft zu bestätigen, nickte Fuzzy hektisch. »Sì! Sì! Sì!«

Der Bartl konnte nun glauben, was er mochte. Es würde ihn nicht wundern, wenn Fuzzy mit dem ganzen Diridari abhauen würde. Aber sei es wie es wolle, er musste sich jetzt erst einmal um die Philomena kümmern – ob er wollte oder nicht.

Je näher er sich wieder dem blechernen Gebilde näherte, umso lauter wurde das Geschrei vor ihm, über das er sich doch sehr wundern musste. Einerseits hörte er eine Stimme, die derart fluchte, dass sie vom Herrn Pfarrer Hinterbichler oder vom Teufel höchstpersönlich sein könnte, wenn die beiden Weiber wären. Andererseits vernahm er ein schallendes Gelächter, das seiner Wahrnehmung nach aus vielen Kehlen kommen musste. Was jetzt, fragte sich der Bartl, der sich nun gar nicht mehr auskannte, was sich allerdings gleich ändern würde, weil nun das laute Geschimpfe einer Frau gut vernehmbar an seine Ohren drang. »Philomena?«, rutschte es ihm heraus, obwohl er ganz hinten vor der riesigen Halle doch allein auf weiter Flur war. Und genau deswegen hörte ihn auch niemand.

Um herauszubringen, was im Inneren der Halle los war, musste er sich wieder rein- und nach vorne schleichen, was er zwar nicht unbedingt haben musste, aber der Philomena zuliebe dennoch beherzt tat. Dabei kam er sich wie der damische Ritter vor, von dem er in seiner Kindheit ein Bilderbuch angeschaut hatte, das ihm seine Urgroßtante Hildegardis geschenkt hatte. An die verknöcherte alte Tante aus Petting, die immer so einen strengen 4711-Geruch an sich gehabt hatte, wenn sie zu Besuch nach Engelwarz gekommen war, durfte er heute nicht mehr denken. Umso lieber erinnerte er sich an das Bilderbuch.

Zefix! Wie hieß doch der edle Recke wieder, der gegen Windmühlen gekämpft hat? Es fiel ihm beim besten Willen nicht ein. Während er sich langsam zum vorderen Teil der Halle schlich, kam ihm wenigstens wieder in den Sinn, dass der große und dürre Ritter auf einem klapprigen Ross gesessen war, während sich sein kleiner und dicker Diener mit einem Esel hatte begnügen müssen. Fast wie Fuzzy und ich, dachte er sich, wenn er die beiden vor seinem geistigen Auge so vor sich sah.

Aber der Bartl hatte jetzt keine Zeit, sich tiefgehende Gedanken um einen Ritter zu machen, der ihm nicht namentlich, sondern lediglich optisch in den Sinn gekommen war, weswegen ihm (dem Bartl) wieder eingefallen war, dass er (der Ritter) *noch* hagerer gewesen war als er selbst. Trotzdem kam es dem irgendwie Kind gebliebenen Mann spanisch vor, dass ihm ums Verrecken nichts mehr dazu einfallen mochte.

Sakerment aber au, was machen die Pinguine da vorne denn mit der Philomena, wunderte er sich, weil zehn schwarz gekleidete Männer mit weißen Hemden, die ihre Sonnenbrillen allesamt auf ihre Hüte geschoben hatten, im Kreis um die Philomena herumstanden und klatschten, während sie lauthals fluchte und schrie.

Dem Bartl gelang es, sich unbemerkt (die Deppen vor ihm waren ja abgelenkt) so nahe heranzuschleichen, dass er glaubte zu spinnen. Und dies war auch dringend notwendig gewesen. Denn vor sich sah er die Philomena in einem solch super – »Kruzifix aber au« – Untergwand, wie er es vorhin auf einem Regalbrett im Container hatte liegen sehen. Ja, spinnt die denn jetzt ganz, dachte er sich, während er sich die halbnackte Frau genauer betrachtete, rot steht ihr doch überhaupt nicht. Auf der käsigen Haut wäre das Schwarze, das ganz rechts auf einem Kleiderbügel gehangen war, besser gewesen.

Im Moment jedenfalls passte die Farbe des Untergwands wenigstens zu Philomenas knallrotem Gesicht, das sie natürlich nicht wegen der knappsitzenden Dessous aufgesetzt hatte, deren Rüschen irgendwie an ihren Blusenkragen erinnerten. Vielmehr war der Frau zuerst die Schamesröte ins Gesicht geschossen, bevor daraus die Zornesröte geworden war, die der Bartl nun an ihr sah.

Als die Mafiosi die Halle betreten und die Eisenkette mitsamt dem von Fuzzy geknackten Schloss auf dem Boden vor dem Container hatten liegen sehen, waren sie mit ihren Waffen im Anschlag langsam auf die Containertür zugegangen und hatten sie mit einem Schlag aufgerissen. Nur der Scuola mafiosa war es zu verdanken gewesen, dass die Meute nicht blind drauflosgeschossen und die Philomena getötet hatte. Denn dort hatte es in der dritten Woche auch ein paar Lehrstunden zum Thema »Disziplinierter Umgang mit Schusswaffen« gegeben. Obwohl die hartgesottenen Männer zunächst darüber zu Tode erschrocken gewesen waren, was sie sich hatten ansehen müssen, waren sie lehrplanmäßig so besonnen geblieben, die wie eine rotlackierte Hopfenstange vor ihnen stehende Frau strammen Alters *nicht gleich* zu erschießen, sondern trotz deren heftiger Gegenwehr aus dem Container herauszuzerren. Und seither schrie die Philomena herum wie eine Berserkerin, während die Männer amüsiert mit ihren Händen den Takt dazu gaben.

Als dann doch noch ein Schuss knallte, zuckten alle zusammen – auch der Bartl.

*

Den Knall hatte natürlich auch Fuzzy gehört, der gerade dabei gewesen war, sich die gesamten Lirascheine, die sich unter dem Riesenhaufen Geld befunden hatten, in sämtliche Taschen zu stopfen. Damit hatte er geglaubt, seine zwei Komplizen austricksen zu können. Wen interessieren schon relativ wertlose italienische Lira, hatte sich das Kameradenschwein gedacht.

Nun überlegte Fuzzy, was er tun sollte: Einerseits reizte es ihn, mit der *gesamten* Kohle abzuhauen. Andererseits könnte immer noch genügend für ihn übrigbleiben, wenn er die Lirapäckchen einstecken und den Rest mit den anderen teilen würde. Um entscheiden zu können, was zu tun war, müsste er allerdings erst das gesamte Geld gezählt haben. Denn bei etwas genauerer Betrachtung mochte dies vielleicht doch nicht eine ganze Million sein. Fuzzy überlegte kurz. Aber vielleicht würde er ja nur noch durch zwei teilen müssen? Denn irgendjemandem musste der Schuss schließlich gegolten haben. Und weder der Bartl, noch die Philomena hatten eine Schusswaffe. Fuzzy konnte es drehen und wenden wie er mochte; es blieb ihm nichts anderes übrig, als selbst auch noch in die Halle zurückzukehren, um sich darüber zu informieren, was dort los war – auch wenn dies noch so gefährlich werden konnte.

*

»Accidenti! A voi stronzi!«, brüllte der Pate wie ein Irrer, nachdem er in die Luft geschossen hatte, um die Aufmerksamkeit seiner begeistert klatschenden, vor Freude auch grölenden und pfeifenden Männer zu bekommen. »Verfluchte Arschlöcher!«, wiederholte er in seiner Wut das zuvor Gesagte auch noch auf Deutsch, damit es ja jeder verstehen konnte.

Und seine Männer hatten verstanden. Jedenfalls standen sie nun ruhig um die Halbnackerte herum und warteten darauf, was ihr Boss zu verkünden hatte.

Die Philomena indessen strapazierte die wegen ihrer langen Haxen sowieso schon zu kurzen Strapse, indem sie recht breitbeinig auf ihren roten Hacken stand. Allein dies wäre schon ein unvergesslicher und urkomischer Anblick.

Aber zu allem hin hatte sie auch noch ihre Fäuste so in die Hüften gedrückt, dass es ihren Bauch rauspresste, obwohl das dürre Gestell eigentlich doch keinen Bauch hatte. Von wegen Schamgefühl einer alten Jungfer und wenigstens die … na ja … Brüste mit ihren Armen und Händen verdecken. Denn die Philomena war immer noch derart sauer, dass sie sich schon längst nicht mehr vor den Zipfiklatschern um sich herum genierte.

Im Moment interessierte dies allerdings keinen mehr, denn der Pate verkündete lauthals mit der dazugehörenden Flucherei, dass das ganze Geld gestohlen wurde. »Alles ist weg! … *Alles*!«

»Was ist mit dem ›Schnee vom Ätna‹?«, mochte einer der Männer wissen und bekam zur Antwort, dass nach erster Einschätzung zwei Pakete Kokain fehlen würden.

Du bist mir vielleicht ein ausgebuffter Sauhund, dachte sich der Bartl, der dies alles mitbekam, weil es ihm gelungen war, sich unbemerkt noch näher heranzuschleichen. Und dies, ohne die Scuola mafiosa besucht zu haben, in der auch »Unbemerktes Anschleichen« ein Unterrichtsthema war. »Respekt!«, hatte er sich deswegen leise selbst gelobt. Mit dem »ausgebufften Sauhund« meinte er natürlich Fuzzy, dem er von Anfang an nicht so recht getraut hatte. Denn weil *er* keine Drogen hatte mitgehen lassen und die Philomena geglaubt hatte, dass es sich dabei um kiloweise abgepacktes Backpulver gehandelt hatte, konnte es ja nur Fuzzy gewesen sein, der sich nicht hatte beherrschen können. Und der tippte jetzt dem Bartl von hinten auf die Schulter.

»Pssst!«, zischte der Bartl, nachdem er sich von dem Schrecken erholt hatte und zeigte nach vorne.

Weil nun auch Fuzzy kaum glauben konnte, was er leibhaftig sah, entfuhr ihm ein »Donna in rosso« so laut, dass sich einer der Mafiosi zu den beiden umdrehte. Weil die sich aber schnell geduckt (»Unbemerktes Anschleichen und Verstecken«, das zumindest Fuzzy gelernt hatte) und der Pate wieder losgepoltert hatte, war die Sache ohne Konsequenzen geblieben.

»Bringt mir die Frau in Rot her! Aber sofort!«, herrschte er seine Männer an.

»Sag ich doch!«, flüsterte Fuzzy dem Bartl ins Ohr. »Deine Philomena ist eine ›Donna in rosso‹!«

»Das ist nicht ›meine‹ Philomena!«

»No?«

Damischer Hirsch, dachte der Bartl nur und ließ sich nicht weiter davon ablenken, nach Möglichkeit alles mitzubekommen. Denn er würde sich schließlich etwas einfallen lassen müssen, um … beim Gedanken an die halbnackerte Philomena überkam ihn ein Schauer. Jedenfalls musste er einen Plan aushecken, der dazu dienlich sein konnte, die Frau aus den Händen der Mafia zu befreien.

Erster Befreiungsversuch:

Kruzifix und Crocifisso

Klappe 10

Der Bartl war in sich gegangen und hatte überlegt. Er hatte lange überlegt – sogar so lange, dass er nicht gemerkt hatte, dass es draußen stockdunkel geworden war. Jedenfalls drang kein Licht mehr durch die Ritzen im Dach. Und weil die Mafiosi wussten, dass Licht Motten anzog und sie nicht wollten, dass grün uniformierte Motten auf sie aufmerksam wurden, hatten sie nur ein paar Funzeln entzündet.

»Hier gibt es überhaupt keinen Strom! Die arbeiten mit Petroleumlampen!«, stellte der Bartl erstaunt fest, während er Fuzzy wachrüttelte. Denn im Gegensatz zum Bartl hatte der Exmafioso sofort gemerkt, dass es ganz zu Dunkeln begonnen hatte. Also war er eingeschlafen. Weil er die Rituale seiner Exkollegen kannte, langweilten die ihn.

Den Bartl hingegen langweilte es nicht, dass Fuzzys Exkollegen die Philomena mitsamt ihrem hauchdünnen Gwand mit den Armen nach oben an einem dummerweise noch funktionstüchtigen Schiffskran hochgezogen hatten. »Die arme Philomena muss doch herrgottig frieren!«, bemerkte der Bartl und dachte wieder darüber nach, wie er sie aus dieser misslichen Situation befreien könnte.

»Also!«, schoss es aus ihm heraus. »Ich habs!«

»Was?«

»Ja, was wohl? Wie wir die Philomena herausholen können!«

»Aber dann hauen wir mit dem Geld ab!«

»Aber nicht ohne die Philomena!«, bestand der Bartl darauf, seine … seine Freundin zu befreien.

»Aber dann …«

»Ja, Fuzzy! Steck erst einmal die komischen Geldscheine ein, die dir aus der Tasche gerutscht sind!« Während der Bartl dies sagte, schaute er den Sizilianer streng an.

»Oh! … Das … das gehört nicht mir!«

Dass Fuzzys Backen die gleiche Farbe annahmen wie Philomenas Gwand konnte der Bartl zu Fuzzys Glück im Dunkeln nicht sehen.

»Dann steck *ich* das Geld eben ein!«, sagte der Bartl mit einem hintergründigen Grinsen auf den Stockzähnen. »Wer weiß, für was ich das noch brauchen kann!«

»Una schifezza!«, grummelte Fuzzy, traute sich aber nicht, das Geld zurückzufordern.

»Was? … Obwohl ich nicht verstehe, was das heißt, hat sich das *Scheiße* angehört!«, bemerkte der Bartl, der nicht wissen konnte, versehentlich Italienisch verstanden zu haben.

*

»Wo ist das Geld? … Du hattest doch einen Komplizen, der damit abgehauen ist! … Sag uns, wo er ist und wir lassen dich frei! Oder …« Nachdem der Pate diese unausgesprochene, aber unmissverständliche Drohung der »Donna in rosso« gegenüber von sich gegeben hatte, brachen seine Leute in schallendes Gelächter aus.

»Ihr Stronzos! Da gibt es nichts zu lachen! Mein … Äh! … Unser – *also auch euer* – Geld ist weg!«

»Ah!« Jetzt hatte auch der letzte Stronzo kapiert, dass es auch um *sein* Geld ging, das gestohlen worden war. Um es zurückzubekommen, würden sie alles tun – na ja, *fast* alles. Auf Mamas Minestrone würde nur um des Geldes willen aber wohl keiner von ihnen verzichten. Um dies nicht doch noch tun zu müssen, war jetzt eine klare Strategie vonnöten. Also bemühte sich jeder einzelne von ihnen, dem Paten einen guten Vorschlag zu unterbreiten. Dabei besannen sie sich auf das, was ihnen in der Scuola mafiosa beigebracht worden war. Dass nach einer solch langen Zeit das eine oder andere in Vergessenheit geraten war oder dass einiges durcheinandergebracht wurde, war ja klar: »Wire erschieße diese Weibe!«

»Prima, Gian-Carlo! … Ganz ganz prima: Dann ist die tot!«

»Oh! … Scusi!«, kam es kleinlaut von Gian-Carlo zurück. Weil er sich nur selten zu Wort meldete und nun mit hängendem Kopf vor dem Paten stand, hatte der Mitleid mit ihm, weswegen er sagte: »Im Grunde genommen gar keine so schlechte Idee, Gian-Carlo! Aber wir schießen ihr zuerst in ihre Knie!«

»Gute! … Danne kanne sie nikete mehre abehaue!«

Obwohl dies auch der Bartl gehört hatte, behielt er die Nerven und rührte sich nicht aus seinem Versteck heraus.

Dieses Lob von höchster Stelle hatte Gian-Carlo sofort wieder aufgerichtet. Kerzengerade stand er nun da, hob seinen Kopf ganz nach oben und schaute von einem zum anderen, um auch von seinen Kameraden für diese gute Idee gelobt zu werden.

»Iche würde ihre eine Finger abeschneide unde ane ihre Komplize schicke!«, schlug Matteo vor.

»Du Stronzo!«, schimpfte der Pate. »Wir wissen doch nicht, wer das ist! … Oder hast du vielleicht seine Adresse?«

Nun begann mit Matteo das gleiche Spiel wie zuvor mit Gian-Carlo.

Nachdem der Pate sich auch noch dessen Schwachsinn angehört und dementsprechend geantwortet hatte, schmollte Matteo. Also blieb dem Paten nichts anderes übrig, als auch ihn zu loben, dessen Vorschlag aufzugreifen und umzubauen: »Gut Matteo! … Wir drohen ihr, zuerst einen, dann einen weiteren Finger abzuschneiden, wenn sie uns nicht sagen sollte, wer das Geld gestohlen hat und wo es ist!«

Und so ging das quer durch die Reihen, genau genommen, neun Mal. Als dann aber auch noch Nino, der einzig wahre Stronzo der sizilianischen Mafia Außenstelle Landkreis Isar Gesamt außer München, seinen Senf dazugeben wollte, streikte der Pate und brach dieses ins Nichts führende Brainstorming damit ab, der Frau so lange Feuer unterm Hintern machen zu wollen, bis sie mit ihrer Sprache rausrücken würde. Um dies hinzubekommen, wollte er nun zum radikalsten aller radikalen Mittel greifen: »Zieht ihr diese komische Biancheria intima aus!«

»Was will er?«, mochte der Bartl von Fuzzy wissen, weil er zwar nicht alles verstanden hatte, dafür aber ein umso größeres Unheil fürchtete.

»Der Pate möchte, dass seine Männer der Philomena die Dessous ausziehen!«

»*Was?*« Der Bartl war außer sich. In der Sorge, die Philomena jetzt auch noch pudelnackt sehen zu müssen, schnappte er sich eine von Fuzzys Pistolen und rannte laut schreiend auf die Gruppe zu, die sich gerade anschickte, wieder einen engen Kreis um die Frau zu schließen. Allerdings ging dies nur zäh vor sich, denn keiner der Männer drängte sich vor, den Befehl ihres Paten auszuführen. Jeder schaute jeden an, um nur ja nicht an die Reihe zu kommen. Denn das vor ihnen hängende Klappergestell in Dessous war *eine* Sache, aber auch noch nackt? – Nein: Das war entschieden zu viel des Guten!

Diese Verunsicherung und der zusätzliche Überraschungseffekt genügten dem Bartl, um die Gruppe ungehindert erreichen zu können. Und was sagte man da, wenn man nun selbst eine Waffe in der Hand hielt? Na, was wohl: »Hände hoch!«

Und – der Bartl konnte es kaum glauben – es funktionierte. Ob es daran liegt, dass ich so eine markante Stimme habe? Oder fürchten die mich, weil ich so groß bin?, sinnierte er trotz der heiklen Situation.

Für den Augenblick war der Bartl etwas überfordert, denn er hatte wirklich keinen blassen Schimmer, weswegen die Männer in ihren schwarzen Anzügen und mit den auf die Hüte geschobenen Sonnenbrillen seiner Aufforderung kommentarlos Folge geleistet und die Hände nach oben genommen hatten. Dass dies nur aus dem Grund geschehen war, weil dies unter »Wie verhalte ich mich, wenn jemand mit einer Waffe auf mich zielt?« ebenfalls ein Schulungsabschnitt in der Scuola mafiosa gewesen war, konnte er ja nicht wissen.

Während der Bartl sich selbst schalt, weil er gemerkt hatte, vielleicht doch etwas zu spontan gewesen zu sein und deswegen einen Riesenfehler begangen zu haben, wurde er von zwölf Augenpaaren gemustert – zehn davon lauerten nur auf die Gelegenheit, dem im Grunde genommen trotz seiner Waffe wenig bedrohlich wirkenden Mann das Licht ausblasen zu können. Ein Augenpaar huschte von einem zum anderen, denn der Pate trachtete nur danach, die anderen vom Schießen abzuhalten, weil sonst das Versteck des Geldes möglicherweise für immer ein Geheimnis bleiben könnte. Und *ein* Augenpaar schaute den Bartl mit einem solch stolzen Glanz auf den Pupillen an, dass der Bartl rief: »Du brauchst nicht zu weinen, Philomena! Ich hol dich hier raus! … Aber zieh dir erst mal etwas an!«

»Ja, wie denn, du Depp?«, kam es anstelle eines Wortes der Hoffnung oder des Dankes zurück.

Würde der Pate wissen, dass sich die Philomena und der Bartl mit Fuzzy zusammengetan hatten und der Abtrünnige sogar hier im Raum war, würde er wohl kaum die Nerven behalten, sondern wild drauflosschreien oder sich in den anderen Arm beißen. So aber gab er seinen Männern die Anweisung, sich ruhig zu verhalten. Dann wandte er sich an den Bartl: »Was willst du?«

»Was wohl?«

»Hör mal …«

Aber der Bartl ging nicht auf das Gesülze von wegen »Du warst mein bester Trauerredner, also Schwamm drüber« oder »Wir können doch über alles reden« ein.

Und obwohl die Situation mehr als brenzlig war, ließ sich auch Fuzzy nicht darauf ein. Mit seiner Pistole im Anschlag kauerte er immer noch in seinem Versteck. Für ihn wäre nichts schlimmer, als sich jetzt vor den Paten und seine anderen Exkollegen hinstellen zu müssen und zuzugeben, dass *er* das Geld gestohlen hatte.

Also ging das eine ganze Zeit lang so; der Bartl fuchtelte mit seiner Pistole von einem zum anderen, während die es in den Fingern juckte, ihre Pistolen aber stecken lassen mussten.

Die Philomena überlegte derweil, wie sie dem Bartl für ihre Befreiung danken könnte.

Aber daraus würde wohl nichts werden. Denn plötzlich verlor ausgerechnet Nino die Nerven und zog seine Pistole, weswegen er seinem Spitznamen einmal mehr alle Ehre machte. Weil der Bartl aber rein zufällig und in diesem Moment seine Waffe auf ihn gerichtet hatte, traf sein Schuss mitten ins Ziel: Aus die Maus! Nino, alias Stronzo, die rechte Hand des Paten der sizilianischen Mafia, Außenstelle Isar Gesamt ohne München, war tot!

Das »Maledetto!« des Paten konnte der Bartl schon nicht mehr hören. Denn er musste sich vor dem Kugelhagel, der nun über ihm losbrach, in Sicherheit hechten. Endlich konnten die Mafiosi *das* tun, was gestandene Mafiosi eben gerne taten: hirnlos drauflosballern!

Weil sie aber eben »hirnlos« drauflosballerten und dementsprechend wild um sich schossen, traf den Bartl keine einzige Kugel. Als ihm in seiner Deckung dann das Geld einfiel, das anscheinend nicht Fuzzy gehört hatte, konnte er das Chaos perfekt machen. »Hier! … Das ist für euch!«, rief er so laut er konnte und schmiss das Geldbündel so hoch in die Höhe, wie er konnte. Während sich die Mafiosi gierig auf die heruntertrudelnden Scheine stürzten, gelang es ihm, sich hinter einem noch größeren Haufen Gruscht in Sicherheit zu bringen.

Da wurde ihm schon wieder von hinten auf die Schulter getippt. »Wir müssen hier weg!«, empfahl Fuzzy.

»Wo warst du, als ich dich gebraucht habe?«, echauffierte sich der Bartl einerseits, während er sich andererseits köstlich über die Mafiosi amüsierte. Denn die maulten darüber, nur wegen relativ wertlosen Lirascheinen ihre Pistolen in ihre Holster oder unter ihre Hosengürtel zurückgesteckt zu haben.

Da wurde der Bartl von Fuzzy am Ärmel gezogen. »Komm jetzt sofort mit! So lange sie das Geld einsammeln, sind sie beschäftigt. Aber gleich wird ihnen der Pate Einhalt gebieten und sie ausschwärmen lassen! … Dann Gnade uns die Heilige Rosalia von Palermo!«

»Also ich schwöre da lieber auf den Heiligen Leonhard, der war wenigstens ein Franke, also irgendwie auch ein Baier! Wenn der das Vieh beschützen kann, dann kann er sicher auch uns beschützen!«, begann der Bartl in aller Seelenruhe zu dozieren, obwohl er das mit dem »Franken« von Haus aus völlig missverstanden hatte.

»Von mir aus! … Aber jetzt komm endlich!«

»Und die Philomena?«

»Die … Äh! … befreien wir später! Jetzt aber müssen wir erst auf uns schauen! Wenn wir hin sind, kann deiner Philomena auch niemand mehr helfen, oder?«

»Das ist nicht ›meine‹ Philomena!«, stellte der Bartl einmal mehr unmissverständlich klar.

»Ja, was glaubst *du* denn, weshalb die so wässrige Augen bekommen hat, als sie dich vorhin gesehen hat?«

»Vielleicht ist ihr eine Mücke ins Auge geflogen, die sie wegen ihrer zusammengebundenen Hände nicht herauswischen konnte«, mutmaßte der Bartl.

»Jetzt reichts aber! … Dann hau ich eben allein ab!« Kaum ausgesprochen, verdrückte sich Fuzzy mit dem hoffnungsvollen Gedanken, nun überhaupt nicht mehr teilen zu müssen.

Dann fiel wieder ein einzelner Schuss. Das direkt darauffolgende »Komm heraus, dann lassen wir dich am Leben! Ansonsten quälen wir deine Freundin bis aufs Mark!« konnte Fuzzy (der ja auch nicht gemeint war) schon nicht mehr hören.

Zweiter Rettungsversuch und …

Klappe 11

Nach einer Prise Schnupftabak hatte der Bartl dem Druck der Vernunft doch noch nachgegeben und war dem abtrünnigen Italiener gefolgt, bevor die einseitige Schießerei von Neuem begonnen hatte. Ihm war gerade noch rechtzeitig klar geworden, dass der Exmafioso recht gehabt hatte und der Philomena tatsächlich niemand mehr helfen konnte, wenn es Fuzzy und ihn nicht mehr geben würde.

Dummerweise hatten die Mafiosi mitbekommen, dass ihr ehemaliger Trauerredner über die Hintertür nach draußen abgehauen war. Und weil direkt gegenüber der Wellblechhalle ein Wäldchen die einzige Versteckmöglichkeit bot, konnten sie ausnahmsweise einmal eins und eins zusammenzählen. Aber zwei *und* zwei konnten sie deswegen noch lange nicht addieren. Denn sie wussten ja nicht, dass sich ihr Ex-Trauerredner Bartl Gomm mit ihrem Ex-Mafiamitglied Alfredo Missulloni zusammengetan hatte. Sie hatten ja jetzt erst mitbekommen, dass ihr ehemaliger Friedhofs-Verbündeter der Komplize dieser eigenartigen Frau war.

Wie bereits gesagt, wenn der Pate wüsste, dass Alfredo, alias Fuzzy, *sein* Geld zusammen mit diesem Stronzo von einem Trauerredner geklaut hatte, würde er jetzt mit den Füßen stampfen und so laut herumschreien, dass man es zumindest in Deppenhausen hören könnte, vielleicht sogar auch noch in Brennesslshub. Im Moment waren die Menschen dort sowieso schon etwas sensibilisiert. Denn sie hatten die Schüsse natürlich gehört.

»Die machen sicher nur ein paar Schießübungen«, beruhigte der Dorfvorsteher diejenigen, die sich bei ihm über den Lärm beklagten. Als sich dann aber auch noch ein Mann aus Brennesslshub (bis wohin man die Schüsse tatsächlich gehört hatte) darüber ausgerechnet *bei ihm* beschweren wollte, gingen dem Dorfvorsteher von Deppenhausen die Nerven durch. »Jetzt kommen die Deppen auch noch von auswärts!«, schimpfte er.

»Wir müssen schleunigst von hier weg!«, drängte Fuzzy.

Aber der Bartl zog nicht so richtig.

»Was ist los mit dir?«, fragte er deshalb.

»Ach!«, seufzte der Bartl. »Ich habe einen Menschen erschossen! Damit muss ich nun für den Rest meines irdischen Daseins leben! … Und eine Trauerrede kann ich bei ihm auch nicht halten!««

»Wenn das alles ist! … Jetzt komm endlich!«

Immer wenn der Bartl nachdenken musste wie beispielsweise vor einer Beerdigung, zog er sich einen Schmalzler in die Nasenlöcher. Und weil es quasi vor der Beerdigung desjenigen war, den er umgelegt hatte, nahm er eben noch eine Prise. Aber es half nichts; ihm mochte nichts einfallen – weder *dazu*, wie er mit seinem schlechten Gewissen umgehen musste, geschweige denn, wie er sich in Bezug auf Philomena verhalten sollte. Denn das mit den roten Dessous hatte ihn schon ein wenig aus der Fassung gebracht, gestand er sich ein, weil er partout nicht verstehen konnte, dass die Philomena keine *schwarzen* Dessous angezogen hatte. Aber weshalb hat sie das überhaupt getan? Der Bartl verstand die Welt nicht mehr.

Als wenn Fuzzy Gedanken lesen könnte, munterte er ihn auf, indem er versprach, sich an Philomenas Befreiungsaktion zu beteiligen.

Als er dies hörte, war es dem Bartl wurscht, dass Fuzzy ihn und die Philomena hintergangen hatte und in Bezug auf die italienischen Lirascheine bescheißen wollte. Weil ihm aber genau diese Geldscheine zur Flucht verholfen hatten, verzieh er Fuzzy, was er im Hinblick darauf, woher diese Geldscheine stammten, stilgerecht mit einem »Grazie!« besiegelte.

»Prego!«

Für weitere Befindlichkeiten und eine zusätzliche Prise Schmalzler sollte aber keine Zeit mehr sein. Denn ein Blick in Richtung Wellblechhalle zeigte dem Bartl, dass Fuzzy recht hatte und es höchste Zeit geworden war, Fersengeld zu geben.

Also rannte der Bartl, was seine langen Haxen hergaben. Dass er bei seiner Rennerei den Abstand zum wesentlich kleineren Fuzzy zunehmend vergrößerte, merkte er nicht, weil er hinten ja keine Augen hatte. Aber das spielte im Moment keine Rolle, denn das wüste Geschimpfe der Mafiosi wurde Schritt für Schritt immer leiser, was der Bartl darauf schob, dass sie ihre Sonnenbrillen auf ihren Nasen, anstatt auf ihren Hüten hatten. Schließlich war es stockdunkel und im Wald noch stockdunkler. Wie also sollten seine Verfolger mit ihren Sonnenbrillen etwas sehen können? Wahrscheinlich können uns ihre Kugeln aus demselben Grund auch nicht treffen, dachte sich der Bartl, obwohl es um ihn herum gehörig pfiff.

*

Der Gomm Bartl war so lange gerannt, bis Fuzzy die Luft ausgegangen war. Das war etwa nach einem Kilometer, also ziemlich mitten im Wald, der Fall gewesen. So war ihnen nichts anderes übriggeblieben, als eine kurze Pause einzulegen.

»Ich kann dir tragen helfen!«, bot der Bartl dem wegen seiner kurzen Beine immer noch heftig schnaufenden Italiener an, nachdem sie eine kurze Pause eingelegt hatten. Der aber mochte den Rucksack mit dem vielen Geld ums Verrecken nicht hergeben. Und dies wollte sich der Bartl nicht gefallen lassen, schließlich hatte er ja seinen Beitrag zum Raub geleistet. Zudem musste er während ihrer Flucht vor den Mafiosi nicht nur seine, sondern auch noch Philomenas Interessen vertreten. Und dies tat der Bartl denn auch mit Nachdruck: »Dann gib mir meinen und Philomenas Anteil!«

»Später! … Wenn wir das Geld gezählt haben!«, antwortete Fuzzy.

»Na gut!«, gab sich der Bartl für den Moment zufrieden. »Und jetzt?«

»Ja, was denn? Weiter! Immer weiter weg von unseren Verfolgern.«

»Du meinst, die sind immer noch hinter uns her?«

»Wie naiv bist *du* denn? Glaubst du allen Ernstes, dass sich der Pate sein ganzes Geld klauen und sich das ungestraft gefallen lässt?«

»Und zwei Kilo Kokain!«, konkretisierte der Bartl das Diebesgut.

»Wie … Wieso weißt du das?« Fuzzy schaute sein grinsendes Gegenüber ungläubig an.

»Ich schau zwar deppert aus, merk aber alles! … Ich hab auch gemerkt, dass du zwei Stangen Dynamit eingesteckt hast!«, begründete der Bartl sein Wissen um Fuzzys »Zusatzdiebstahl«. »Und jetzt reden wir nicht mehr darüber! … Das Scheiß-Rauschgift und das Dynamit ist deine Sache, da haben die Philomena und ich nichts damit zu tun! Aber den Rest …«, nun schaute der Bartl Fuzzy so streng in die Augen, dass dem gleich angst und bange wurde, »… teilen wir ehrlich! Ist das klar?«

Über so viel Bauernschläue und Selbstbewusstsein erstaunt, nickte Fuzzy und reichte dem Bartl die Hand zum Zeichen dafür, dass er ihn und die Philomena nie, niemals mehr betrügen würde. »Gibst du mir meine Pistole zurück?«

Der Bartl schüttelte den Kopf und meinte, dass es wohl besser sei, wenn jeder eine Waffe, anstatt nur einer zwei Waffen haben würde. »Auf gehts!«

»Wohin?«

»Ja, du Depp, du italienischer; du hast vorhin doch selbst gesagt, dass wir noch ein bisschen Land gewinnen müssen, bevor wir in Ruhe darüber reden können, wie es weitergeht!«

*

Die Nacht war längst vorüber und die Sonne zeigte sich schon seit drei Stunden am Firmament. Nun brannte sie den beiden gehörig auf die Köpfe, was den Bartl dazu veranlasste über ihre Verfolger nachzudenken. »Die haben jetzt bestimmt ihre Sonnenbrillen auf!«

»Was?« Fuzzy war nicht mehr dazu in der Lage, sich zu konzentrieren. Ihm lief der Schweiß übers Gesicht, er war fix und fertig.

Aber anstatt zu antworten, blieb der Bartl plötzlich stehen. »So ein Schmarrn«, bemerkte er, weil sie vor einem Ortsschild standen, auf dem »Schmarrnzell« stand.

»Die spinnen, die Baiern!«, bemerkte Fuzzy dazu, bevor er weiterschlurfte.

»Pass auf, was du sagst, gell?«

Obwohl es gefährlich war, sich in der Öffentlichkeit zu zeigen, trotteten sie ins Dorf und dort zielstrebig auf ein Haus zu, an dessen Giebel ein großes Auslegerschild hing, auf dem eine Krone abgebildet war.

*

So schnell hatte der Bartl gar nicht schauen können, wie Fuzzy trotz seiner kurzen Beine im Haus verschwunden war. Weil auch er einen Riesendurst hatte, beschleunigte der Bartl seine letzten Schritte und verschwand ebenfalls im kühlen Inneren des Gasthauses. Und dort fühlte er sich gleich wie zu Hause, also wie in der Isenbrezhofner »Gams«. Die Bedienung hieß zwar nicht Zenzi, sondern Resi, hatte aber ähnlich viel Holz vor der Hüttn und das gleiche verführerische Lächeln. Außerdem schmeckte das »Schmarrnzeller Festbier« fast so gut wie sein geliebtes Paulanerbräu oder das Weißbier vom Erdinger.

Der Bartl überlegte zwar noch kurz, weswegen dieses Festbier überhaupt »Festbier« hieß, wenn es bis zum kommenden Weihnachtsfest doch noch so weit hin war. Wahrscheinlich hat es was damit zu tun, dass das letzte Weihnachten schon so lang her war und das Bier übriggeblieben ist. Aber ein gutes bairisches Bier hält das schon aus, dachte er sich, nahm eine Prisn, bestellte sich einen Obaztn mit Radi und gab der Resi (wie sonst immer der Zenzi) einen Klaps aufs Fiedle, wie das Hinterteil auf Allgäuerisch hieß. Ja, im Bartl waren dermaßene Heimatgefühle aufgekommen, dass er vor Freude jodeln könnte, … wenn er es denn könnte. Es ärgerte ihn oft, dass er ein miserabler Jodler und ein völlig unbrauchbarer Sänger war. Wenn es musikmäßig aber hart auf hart ging, die Stimmung am besten war und einige schon unter den Tischen lagen, zog er gerne mal seine Löffel raus und löffelte zu den Klängen aus Korres Quetsche (der Korre war ein alter Spezl vom Bartl aus Staufner Zeiten) die »Löffelpolka« von Antonin Borovička, die Ernst Mosch mit seinen Egerländer Musikanten weltbekannt gemacht hatte. Allerdings spielte die der Korre meistens mit Fleiß *so* schnell, dass dem Grischperl (damit war der Bartl gemeint) irgendwann die Kraft ausging. »Schad, gell?«

So saßen die beiden zuerst allein, also jeder mit sich und dem anderen, und später dann mit den Einheimischen am Stammtisch und kauften sich eine Maß nach der anderen – so lange, bis sie abends sturzbetrunken am Tisch einschliefen. Weil sie zuvor aber einen gemütlichen Ratsch mit den Einheimischen gehabt und zudem etliche Runden ausgegeben hatten, waren sie nicht von der Bank geschubst worden. Denn in der »Krone« in Schmarrnzell war es Sitte, dass immer, wenn sich ein Einheimischer an den Stammtisch setzte, sich dies so gestaltete, dass er die anderen weiterschubste. Dies ging dann immer so lange, bis der Zuagroaste – zumeist a Schwoamdeifi oder a Preiß – ganz am Ende

der Bank saß, wo er dann mit der Arschbacke seines Sitznachbarn heruntergeschubst wurde und unter dem Gelächter aller auf dem Boden landete. Weil der Gomm Bartl kein Zugereister und der Italiener kein Preuße war, hatten ihnen die Stammtischbrüder diese Schmach erspart. Außerdem war ja schnell klar gewesen, dass der beste Trauerredner im Landkreis Isar Mitte auch in Schmarrnzell bekannt war wie ein bunter Hund. Und weil Schmarrnzell so weit weg von Isenbrezhofen war, wertete der Bartl dies als »Isar Gesamt«, natürlich ohne München. Dermaßen aufs Blech hauen wollte der Bartl nun doch nicht. Dennoch stolz auf sich und völlig benebelt hatte er den Stammtischlern von seinen Problemen mit der sizilianischen Mafia Außenstelle Isar Gesamt erzählt.
Dass man den Gomm Bartl sogar in Schmarrnzell als Trauerredner kannte, obwohl der hier noch nie eine Trauerrede gehalten hatte, sollte ein Wahnsinnsglück für die beiden sein. Denn kaum dass sie von vier Männern in eine über der Gaststube liegenden Schlafkammer geschleift und aufs Bett geschmissen worden waren, ging unten die Tür auf und sechs schwarz gewandete Gestalten mit Hüten und Sonnenbrillen betraten die Gaststube, wo sie sich auch gleich wortlos in die vier Ecken verteilten, um den Überblick zu bekommen. Weil zwei von ihnen nicht gewusst hatten, was sie hätten tun sollen (es gab ja nur vier Ecken, und die waren schon besetzt), bohrte einer von ihnen unsicher in der Nase, während der andere an seinen Fingernägeln herumkaute.

»Sans de?«, fragte einer seinen Tischnachbarn.

»Ja! Dees sans, glaab i!«, antwortete der und begann auch schon, mit den anderen zu tuscheln.

*

Als der Gomm Bartl am nächsten Morgen mit Fuzzy in die Gaststube schlurfte, um mit einem Bier dem Schicksal ein Angebot zu machen, staunten sie nicht schlecht. Denn aus dem Nebenzimmer drangen mehrkehlige Schnarchgeräusche zu ihnen.

»Was ist das, Zenzi! … Äh, Resi?«, mochte der Bartl von der drallen Bedienung wissen und bekam zur Antwort, dass dies ein schöner Gruß der Stammtischbrüder vom gestrigen Abend sei.

Weil der Bartl aber noch nicht ganz wach war und einen Brummschädel hatte, was er darauf zurückführte, dass das Festbier doch vom letzten Weihnachtsfest her gewesen sein musste, verstand der nur Bahnhof.

»Pflanzts eich her!«, gebot Resi in herzlichem Ton und bereitete den beiden das Frühstück, indem sie zwei Halbekrüge unter den offenen Zapfhahn hielt. Dann setzte sie sich zu ihnen und berichtete, dass »de Zipfehuaber dort hint« von der sizilianischen Mafia, Außenstelle Landkreis Isar Gesamt außer München, und auf der Suche nach ihm, also nach dem Bartl, seien. Dann erzählte Resi auch noch, dass die Mafiosi offensichtlich noch nix von Bartls italienischem Begleiter wussten.

»Aber jetzt wissen sie es, oder?«

»Bist narrisch?«, wehrte Resi ab und berichtete weiter, dass die Stammtischbrüder auch auf mehrmalige Nachfrage der Mafiosi kein Wort darüber gesagt hatten, dass sie hier waren. Im Gegenteil: die Stammtischler hatten die »schwarze Brut«, als was sie die Mafiosi bezeichnet hatten, auf eine total falsche Fährte geführt. »Und dann homms de – selbstverständli auf deene eanere Kostn – so obgfuid, dass se eich need glei fanga kiina! Oiso: Drinkts aus und dann verschwindts! … Vui Glück!«

Weil Resi den beiden auch noch in aller Ausführlichkeit erklärt hatte, dass ihre Stammtischler die schwarzgewandeten Männer (wenn die aufgewacht sind) in die Wüste schicken würden, was nichts anderes hieß, als dass sie die sechs Mafiosi in die etwa hundert Kilometer entfernte Ortschaft Wüstensaal verweisen würden, konnten Fuzzy und der Bartl durchschnaufen.

»Kaum zu glauben! … Wenn die ihre Räusche ausgeschlafen haben, wird die gesamte Außenstelle der sizilianischen Mafia im Landkreis Isar Gesamt außer München auf dem Weg nach Wüstensaal sein, um dich dort zu suchen und aus deinem dortigen Versteck zu scheuchen!«, freute sich Fuzzy, der es gut fand, mit dem Gomm Bartl immer noch nicht in Verbindung gebracht zu werden.

»Ja, das waren echt gute Kumpels, die Schmarrnzeller!«, bekräftigte der Bartl das, was Fuzzy gesagt hatte. Der wiederum bemerkte, dass die dortigen Stammtischbrüder aber auch gut saufen konnten.

»Nun können wir auf direktem Weg nach Deppenhausen zurück, um die Philomena zu befreien!«, freute sich der Bartl, der ebenfalls schlucken konnte wie ein Wüstenkamel.

Weil es ihm zu lang erschien, bis nach Deppenhausen zurückzulaufen, streckte er einen seiner langen Arme mit Kaiser-Nero-mäßig erhobenem Daumen zur Straße hin, um mitgenommen zu werden. »Auf diese Art und Weise bin ich früher an so manchem Sonntag von Engelwarz nach Staufen gekommen, um mir im dortigen ›Staufen-Kino‹ einen ›Fuzzy‹ anzuschauen!«, erklärte der Bartl stolz und musste angesichts dessen, wem er dies sagte, grinsen. Nachdem er es gesagt hatte, mussten beide so herzhaft lachen, dass sie fast die Problematik um sich und um die Philomena herum vergaßen. Aber dann streckte der Bartl wieder seinen recht knochigen Daumen in Richtung Straße.

Wahrscheinlich, weil der Bartl einen extrem vertrauenswürdigen Eindruck auf die Autofahrer machte, die in Richtung Deppenhausen fuhren, hielt auf der kaum befahrenen Straße schon das dritte oder vierte Fahrzeug an … ein klappriger Citroën 2CV, in dem ein Alt-Hippie aus Schwabing saß.

»Griaß eich!«

»Griaß di!«

»Buongiorno!«

»Wo woitsn hi?«

»Nach Deppenhausen!«

»Do gheards a hi! … Pfiad eich!«

»Pfiad di!«

»Addio!«

»Peace and Freedom!«

Und schon tuckerte das rostige Gefährt weiter.

»Ja, spinn i!«, schimpfte der Bartl.

»Nein, *der* spinnt!«, korrigierte Fuzzy.

»So, wie *der* seinen Zeigefinger und seinen Mittelfinger hochgehoben hat, würde ihn beim Anhalten eines Autos niemand mitnehmen!«, war sich der Bartl sicher.

»Schau lieber zu, dass *uns* jemand mitnimmt!«, drängte Fuzzy, der sich ja selbst mit erhobenem Daumen an den Straßenrand stellen würde, wenn er nicht befürchten müsste, übersehen zu werden. Da war es schon besser, wenn dies der lange Lulatsch tat, den man ja wirklich nicht übersehen konnte.

Also stand der Bartl wieder mit ausgestrecktem Arm und erhobenem Daumen an der Landstraße von Schmarrnzell nach Deppenhausen. Weil keine Sau anhielt, zog sich das Ganze dermaßen in die Länge, dass der Bartl beschloss, doch noch zu laufen. Er wollte die einmalige Chance, die Philomena retten zu können, ohne sich mit einem Haufen wild gewordener Mafiosi anlegen zu müssen, nicht vergeigen.

Sicher, ein paar Aufpasser wird der Pate schon bei ihr gelassen haben. Aber er (der Bartl) hatte ja eine Pistole und darüber hinaus auch schon bewiesen, dass er damit umgehen konnte, ... auch wenn sein tödlicher Schuss Nino Stronzo, also Nino, den Stronzo aller Stronzos, mehr oder weniger versehentlich getroffen hatte. Aber das interessierte im Nachhinein niemanden mehr. Und die Kriminalpolizei wird sicher keinen Wind davon bekommen – auch *dafür* würde der Pate sorgen. Bei den Gedanken daran fiel dem Bartl auf, dass sie seit ihrer Flucht keinen einzigen Kontakt mehr mit der Polizei gehabt hatten. Obwohl er sich darüber freute, wusste er, dass dies nichts zu bedeuten hatte und die Kripo oder die Laubfrösche (so nannte der Bartl die Schandis wegen ihrer grünen Uniform) nach wie vor ebenfalls hinter ihm her waren und jederzeit wie aus dem Nichts auftauchen konnten. »Zefix aber au!«

Dass *jetzt gleich* »Jederzeit« sein würde, konnten weder der Gomm Bartl, noch der italienische Fuzzy ahnen.

Endlich – etwa dreißig Fahrzeuge später, zu denen auch eine alte Zündapp EM 250 von 1925 gehört hatte – schien sich das Blatt zu wenden. Denn direkt vor ihnen hielt ein knatschpinker Fiat 500 mit einem bildhübschen Madl darin, das nur so vor Lebensfreude zu strotzen schien.

»Griaß eich!«

»Griaß di!«

»Heilige Rosalia von Palermo! Ich habe jetzt keine Lust mehr auf den Scheiß!«, schimpfte Fuzzy, ohne die Jungfer zu grüßen.

»Das ist jetzt aber nicht nett von dir!«, bemerkte der Bartl mit einem entschuldigenden Schulterzucken in Richtung der jungen Autolenkerin.

»Steigts scho eini!«

Dies wunderte Fuzzy, der mit dem gleichen Spiel gerechnet hatte, wie bei dem depperten Alt-Hippi.

Jetzt wurde es erst *so richtig* kompliziert. Denn Bartls lange Haxen passten nicht in das kleine Auto. Weil der Fünfhunderter aber ein Schiebedach hatte, stand einer Mitnahme trotzdem nichts im Weg. Denn das nette Mädchen schlug dem Bartl vor, einfach stehen zu bleiben – natürlich nicht sie und das Auto, sondern der Bartl *im* Auto. »… De boor Kilomedda werds scho no geh!«

So stand also der beste Trauerredner des Landkreises Isar Mitte kurz darauf kerzengerade in einem pinkfarbenen Fünfhunderter Fiat und ließ sich die frische Luft um die im Grunde genommen viel zu große Nase wehen, was er nun merkte. Wenn man nicht wüsste, dass es sich um den Gomm Bartl handelte, könnte man fast glauben, dass mit dem kleinen Auto ein Leuchtturm transportiert wurde.

Weil für den Bartl das kerzengerade Stehen nicht gerade gemütlich war und er zudem etliche Mücken ins Gesicht bekommen hatte, wäre er während der ganzen Fahrt froh darüber gewesen, eine Sonnenbrille gehabt zu haben – so eine, wie sie die Mafiosi hatten.

Jetzt war er froh darüber, endlich das Ortsschild von Deppenhausen zu sehen. Und er war auch froh, dass ihn niemand gesehen hatte. Dies musste nur noch so bleiben. »Stop!«, rief er nach unten. »Wir steigen hier aus!«

»Servus! … Wennst moanst!«

»Danke! … Servus!«

»Grazie! … Arivi… Servus!«

»Gern gschehgn!«

Das war's: Fuzzy und der Bartl waren fast wieder dort, wo ihre Flucht begonnen hatte. Aber scheinbar war's das doch noch nicht gewesen.

»Auweh!«, entfuhr es dem Bartl, der sich auch schon hinter dem Auto duckte. Als Fuzzy ebenfalls eine grüne Minna auf sich zukommen sah, zog auch er den Kopf ein – dies musste für den Moment reichen.

»Du bleibst noch kurz da, gell?«, flehte der Bartl.

Das Madl im Fünfhunderter wunderte sich zwar, nickte aber.

»Was jetzt?«, interessierte Fuzzy.

»Woiß it!« Wie immer, wenn der Bartl nervös wurde, verfiel er versehentlich in seinen alten Allgäuer Dialekt.

»Was? ›Woiß it‹?«

»Was wohl? … I woiß halt it! … Duck di!«

Der laubfroschgrüne Polizei-VW fuhr so nah an den pinkfarbenen Privat-Fiat heran, dass die Türen auf gleicher Höhe waren.

Den Zeigefinger und den Mittelfinger an der Stirn (aber anders als vorhin der unverschämte Alt-Hippie aus Schwabing) grüßte der Schutzpolizist die junge Frau.

»Habe ich etwas falsch gemacht?«, kam es ihm in einem astreinen Hochdeutsch und dem dazu passenden Wimpernschlag entgegen.

»Nein, gnädiges Fräulein! … Wir haben nur eine Frage.« Dann hielt er ihr ein Foto vor die Nase, das einen Mann mit einem Blumensträußchen am schwarzen Revers und einem Hut mit Spielhahnfeder zeigte. »Haben Sie den gesehen?«

Die junge Frau sah sich den komischen Typen auf dem Bild ganz genau an und musste grinsen.

»Also?«

»Ja! Ich kenne den Mann! … Fesch!«

Der Schutzpolizist schaute sich das Bild selbst wieder an und schüttelte ungläubig den Kopf. »Wirklich ›fesch‹?«

»Ja: Einfach fesch!«

Sowohl der Polizist, als auch der Bartl selbst konnten es nicht glauben. Und Fuzzy fing zwar unterdrückt, aber so laut zu lachen an, dass es der Mann im grünen Kittel fast hören konnte – Gott sei Dank aber nur fast.

»Der wird per Haftbefehl gesucht!«

»Aha!«

Als der Bartl dies alles mitbekam, wollte er aufstehen, um sich zu stellen. Denn er sah keine Fluchtmöglichkeit. Vor ihm zwei grüne Schandis und hinter ihm nur endlos grüne Wiesen. Und erschießen wollte er auch niemanden mehr.

Fuzzy hingegen zog langsam seine Waffe heraus.

»Sag mal, spinnst du?«

»Pssst!«

»Ja!«, bestätigte nun auch noch der Schandi auf dem Beifahrersitz, der sich über seinen Kollegen schob, um das gnädige Fräulein endlich besser sehen zu können. Und die dankte es ihm mit einem verführerischen Lächeln, das den anderen Polizisten ärgerte. Weil sie dies merkte, warf sie auch ihm ein Lächeln zu, das ihn fast aus der Fassung brachte. »Woher kennen Sie ihn?«

»Wen?«

»Den da!« Ungeduldig tippte er auf das Foto.

Das Fräulein lächelte aber nur.

»Wo haben Sie ihn gesehen?«, mochte der eine Polizist nun ernsten Tones wissen.

»Wann war das?«, schob der andere hinterher, ohne die Antwort des hübschen Fräuleins abgewartet zu haben.

Das Mädchen musste schmunzeln, gab dann aber eine klare Antwort: »Also! Ich habe ihn gestern gesehen, als er per Anhalter gefahren ist!«

»Wie? – Wo? – Mit wem?«

»Das kann ich Ihnen sogar *ganz genau* sagen: *Ich* habe ihn bis zur Ortschaft Wüstensaal mitgenommen! ... So, meine Herren, nun wissen Sie ja, wo sich der Mann aufhält! Und ich muss jetzt auch wieder ...«

Obwohl die offenbar nicht gerade mit Intelligenz gesegneten Gendarmen noch einige Fragen zur Person der Befragten und zur Person des Gesuchten hätten, legten beide Zeige- und Mittelfinger an ihre Stirn und wünschten eine gute Fahrt. Weil das Madl aber nicht wegfahren konnte, war es ihnen auch nicht möglich, hinter ihm herzuschauen. Also blieben sie ebenfalls noch stehen. »Stimmt was nicht?«

»Doch, doch! ... Ich muss nur kurz auf die Landkarte schauen!« Was Besseres war ihr auf die Schnelle nicht eingefallen, um noch so lange stehen bleiben zu können, bis die beiden uniformierten Vollpfosten weg waren.

Dass der Bartl immer nervöser wurde, wäre ja nicht allzu schlimm. Dass Fuzzy aber ständig mit seiner Pistole herumfuchtelte, drohte langsam zum Problem zu werden.

»Können wir Ihnen helfen? Wir kennen uns hier gut aus!«, bot derjenige Polizist nun auch noch an, der sich vorhin schon über seinen Kollegen gelehnt hatte.

»Nein, Danke! Ich komme schon klar! … Aber sagen Sie, möchten Sie nicht hinter dem Gesuchten herjagen, bevor der sich ganz verdrückt? Ich glaube, das ist ein ganz schlimmer Finger!«

»Ich dachte, er sei ›fesch‹?«

»Dann halt eben ein fescher schlimmer Finger! … Jedenfalls hat der in Wüstensaal irgendein krummes Ding vor! Und den wollts ihr laufenlassen, nur weil ihr euch mit mir unterhalten möchtet? … Ja, spinnts ihr denn ganz? Für was zahl ich überhaupt meine Steuern!«

Das saß! Damit hatte sie die beiden an ihrer Polizistenehre gepackt. Um dem gnädigen Fräulein zu zeigen, was die bairische Landpolizei so draufhatte, brausten sie so mit Blaulicht und Martinshorn in Richtung Wüstensaal los, dass sogar die Reifen quietschten.

»Ihr könnt hochkommen!«

»Puh, das war knapp!«, bemerkte der Bartl und wollte von ihr wissen, weshalb sie das getan hatte und weshalb sie ausgerechnet auf Wüstensaal gekommen war.

»Weils weit weg is! … Servus!« Und weg war sie.

*

Keine halbe Stunde später krochen Fuzzy und der Bartl auf allen Vieren aus dem Wald, von wo aus sie die Wellblechhalle und den Hintereingang beobachten konnten.

»Und was jetzt?«

»Gute Frage!«

Die beiden schauten sich so an, als wenn ihnen Philomenas Kommentar fehlen würde.

Philomenas weitere Befreiung –

Dritter Versuch

Klappe 12

Nach einer halben Stunde stiller Beobachtung war es dem Bartl zu dumm geworden, er wollte jetzt endlich die Philomena befreien. Mit der Waffe im Hosenbund war er gleichzeitig auch mutig geworden. Also nahm er eine Prise Schmalzler, zog sie hastig hoch und robbte (weil er sowieso gerade auf dem Boden lag) vom Waldrand aus über die Wiese bis zu der großen Altöltonne, von wo aus sie zuvor schon die Halle gestürmt hatten. Na ja, es war wohl eher ein Sturm im Wasserglas gewesen, aber immerhin war es ihnen gelungen, unbemerkt ins Versteck der Mafiosi einzudringen.

Wenn der Bartl wegen der Farbe von Philomenas Leihunterwäsche nicht durchgedreht hätte, wären sie bis jetzt unbemerkt geblieben und hätten die rote Bohnenstange schon längst befreien können. So aber mussten sie nun eine günstige Gelegenheit suchen, um dies tun zu können. Allerdings würde dies sicherlich ein gefährliches Unterfangen werden, weil die Mafiosi seit Bartls »Auftritt« wussten, dass *er* es war, der das Geld des Paten, also *ihr* Geld, gestohlen hatte und dass er sicherlich zurückkommen würde, um seine Komplizin zu befreien.

Und weil die Philomena trotz der ständigen Folterungen (zum Beispiel mit einer Feder über die Fußsohlen streichen) kein Sterbenswörtchen über den Verbleib des Geldes gesagt hatte, musste unbedingt der Trauerredner her – natürlich nicht um traurig daherzureden, sondern um ihnen das zu sagen, was die Philomena ihnen eben *nicht* verraten hatte. Denn sein ehemaliger Trauerredner war nach Meinung des Paten der einzige, der wissen konnte, wo sich das Geldversteck dieses kuriosen Gaunerduos befand. »Bringt ihn mir!«, hatte Pietro Rizzidani dann auch geschrien und – weil er seine Leute nur allzu gut kannte – noch ein »… aber lebendig! È chiaro?« dazu gehängt.

Wegen des neun Mal exakt im Halbsekundentakt nacheinander kommenden »Alles klar, Chef!« seiner Männer hätte der Pate durch eines der Löcher in der Hallendecke schießen können. Mann, Mann, Mann, was habe ich da nur für Idioten um mich herum versammelt, hatte er sich gedacht, bevor er ein kollektives »Avanti!« so laut durch die Wellblechhalle geschmettert hatte, dass es so schepperte, als wenn er geschossen hätte.

*

Weil sie es für viel zu gefährlich hielten, wieder durch den inzwischen sicherlich gut versperrten und möglicherweise auch von innen bewachten Hintereingang in die Halle einzudringen, mussten sich Fuzzy und der Bartl etwas anderes einfallen lassen.

Um dies tun zu können, sollten sie aber zuerst die Lage gepeilt haben. Außerdem wäre es wichtig zu wissen, ob die Philomena überhaupt noch lebte und sich somit das Risiko lohnen würde. Falls ja, müsste man zuerst auch noch wissen, wie es ihr ging. Hatte sie die Torturen gut überstanden, der sie der Pate hatte unterziehen lassen? Oder … Der Bartl durfte gar nicht daran denken.

Also schlichen sie – jeder von einer anderen Seite aus – vorsichtig um das eigenartige Blechgebilde herum. Weil nicht nur im Gebäude selbst, sondern auch um die Halle herum überall Gruscht und Glump herumlagen, hatten sie genügend gute Versteckmöglichkeiten. Allerdings mussten sie höllisch aufpassen, keine Geräusche zu verursachen. Denn im Gegensatz zu ihren Gegnern hatten sie nie die Scuola mafiosa besucht, wo auch das Lehrfach »Besser Anschleichen als die Indianer« auf dem Unterrichtsplan stand, was allenfalls der echte Fuzzy aus dem Kino, vielleicht aber auch nur *im* Kino konnte.

Wie vom Gomm Bartl vermutet, hatte der Pate drei seiner besten Männer (was nichts heißen musste) zurückgelassen, um auf die »Donna in rosso« aufzupassen. Dies hatte er durch ein durchgerostetes Loch in der Blechwand gesehen. Mit Fuzzys Pistole in der Hand schlich er weiter nach vorne in Richtung Haupteingang. Und zu seiner Verwunderung sah er dort keine Wache. Also konnte er zu Fuzzy rüberwinken, der die Halle von der anderen Seite umrundet hatte und kurz nach dem Bartl vorne angekommen war. Der Bartl deutete ihm, wieder zurückzuschleichen, damit sie sich hinter der Altöltonne treffen und alles Weitere besprechen konnten.

»Hast du die Philomena gesehen?«, mochte der Bartl zuerst von Fuzzy wissen und setze sorgenvoll nach: »Meinst du, sie lebt noch?«

»Bleib in der Ruhe, mein Freund! Ich habe sie durch ein kleines Fenster gesehen! … Sie lebt!«

Als der Bartl dem kleinen Italiener um den Hals fiel, wusste Fuzzy gewiss, dass es nicht nur »die Philomena«, sondern »Bartls Philomena« war, die sie gleich befreien würden, … falls alles klappen sollte.

*

»Wer nicht stirbt, hat nie gelebt!« Mit diesem Satz, den er bei einer seiner Trauerreden von sich gegeben hatte, machte sich der Bartl für das, was nun kommen würde, Mut. Obwohl er schon ein bisschen Muffensausen hatte, war er wild entschlossen, Philomena aus den Klauen der Mafia zu befreien. Und zwar jetzt! »Also, Fuzzy: Pack mers!« Als der Bartl dies sagte, meinte er natürlich den echten Fuzzy, also nicht den aus dem Kino, sondern eben den wirklich echten, der seine Rolle nicht nur spielte, sondern eben in echt neben ihm stand.

»Pack mers?«

»Packen wir es, Depp, italienischer!«

»Lekkami, cretino, tedesco!«

»Hä?« Wie zuvor schon Fuzzy, hatte der Bartl auch nichts kapiert. Dennoch hatten sie sich irgenwie verstanden.

*

An einer Stelle der linken Hallenseite, ziemlich genau in der Mitte des etwa zweihundert Meter langen Flugzeughangars, war das Blech so weit hochgebogen, dass man gerade noch hindurchschlüpfen konnte. Und Fuzzy hatte es gefunden, das perfekte Schlupfloch, durch das die beiden ins Innere gelangen und sich gut verstecken konnten. Denn direkt vor dem Loch stapelten sich innerhalb der Halle alte Flugzeugteile, die wohl schon vor Jahren zur Abholung durch eine Schrottfirma säuberlich aufeinandergestapelt worden waren – ideal, um sich dahinter zu verstecken.

»Dieses war der erste Streich und der zweite folgt sogleich!«, gab der Bartl leise von sich, nachdem sie das zunächst größte Hindernis überwunden hatten.

»Sei dir da nicht so sicher und verhalte dich um Philomenas Willen nicht so überheblich! … Wir halten uns beide akkurat an unseren Plan!«, warnte Fuzzy den offensichtlich etwas übermütig gewordenen Bartl, den plötzlich eine kontemplative Phase zu streifen schien. Gleichzeitig erinnerte Fuzzy ihn an die Abmachung, die sie kurz zuvor noch getroffen hatten. Und die besagte, dass sie sich zuerst gemeinsam ein Bild der Lage machen und sich dann trennen würden, weil für das Finale furioso von Philomenas Rettung jeder eine klar definierte Aufgabe vor sich hatte.

Leise schlichen sie sich zu dem Käfig, den die beiden noch von ihrem ersten Besuch her kannten. Alles war still. Selbst das obligatorische Pfeifen der Ratten und das Gurren der Tauben war verstummt. Man könnte fast glauben, dass die Tiere wussten, was gleich kommen würde und deshalb verschwunden waren.

»Pssst! … Hierher!«, winkte Fuzzy seinen Freund zu sich. Dann zeigte er zum Käfig, was dem Bartl das Blut in den Gefäßen gefrieren ließ. Denn mitten im Käfig, in dem normalerweise junge Mädchen aus der Tschechoslowakei und aus Afrika darauf warteten, an die bairischen Puffs verkauft zu werden, drehte sich die Philomena an einem Strick.

»Kruzinäsn! … Konnte sich das Luder nicht umziehen, bevor es hier Pirouetten dreht?« Fassungslos klatschte der Bartl dem Italiener mit der flachen Rückhand auf die Brust: »Die hat ja immer noch den roten Krampf an!«

»*Aber sie ist nicht tot, sie lebt*! Und nur das zählt, oder?« Als er dies sagte, schaute Fuzzy den Bartl so scharf an wie der ihn angeschaut hatte, als er mit zwei Kokainpäckchen erwischt worden war. Wie hätte der Bartl wohl reagiert, wenn er mitbekommen hätte, dass dies nicht alles gewesen war?

»Wer weiß denn schon, ob das Leben nicht tot sein und tot sein das Leben ist?«

»Spiacente?« Während der Bartl stolz darauf war, was er sich da wieder für eine beerdigungstaugliche Novität aus seinen Gehirnwindungen gedrückt hatte, wunderte sich Fuzzy über den Spruch seines Freundes, den er nicht verstanden hatte. Wie auch sollte ein Italiener, der zudem ein abtrünniges Mafiamitglied war und in der Scuola mafiosa die meiste Zeit gefehlt hatte, die Sicht der Dinge aus dem geschulten Blickwinkel eines Trauerredners vom Schlage eines Gomm Bartls verstehen? Weil dies der Bartl verstand, sagte er nichts mehr.

Jetzt galt es nicht, sich gegenseitig als großer Denker zu profilieren oder sich als Philosophie-Ignoranten zu outen, sondern sich als kriminalistische Spürnasen zu bewähren. Denn beide hatten jetzt die ihnen zugewiesenen Aufgaben zu bewältigen. Also begann der Bartl, der Philomena zu winken, um ihr auf diese Art mitzuteilen, dass Rettung nahte. Weil sich die rot gewandete Frau aber ständig drehte und zudem den roten Kopf hängen ließ, war dies gar nicht so einfach. Bei genauerer Betrachtung war sich der Bartl doch nicht mehr so sicher, ob die Philomena noch lebte.

Während der Bartl sich weiter bemühte, Philomenas Aufmerksamkeit zu bekommen, ohne dabei auf sich selbst aufmerksam zu machen, durchstreifte Fuzzy auf leisen Füßen und in geduckter Haltung die Halle. Er wollte herausbringen, wie viele seiner Exkollegen der Pate zu Philomenas Bewachung hiergelassen hatte, wo sie sich aufhielten und was sie taten. Und er wurde auch schnell fündig. Vor dem inzwischen wieder mit einer Kette verschlossenen Container saß Alessandro auf einem Stuhl, er war wohl eingenickt. »Gut!«, murmelte Fuzzy und fackelte nicht lange. Leise schlich er sich von hinten an seinen Exkollegen heran und schaute sich nach allen Seiten um, bevor er Alessandro mit dem Knauf seiner Pistole so eine verpasste, dass dem Mann die Sonnenbrille bis aufs Kinn herunterrutschte, während er bewusstlos vom Stuhl glitt.

Kaum, dass er stolz auf sich gewesen war, das umgesetzt zu haben, was er in der Scuola mafiosa während der Unterrichtsstunde »Spontaneität – Es kommt immer anders als man denkt« gelernt hatte, bereute er dies. Denn jetzt galt es für den kleinen Mann, seinen wesentlich größeren, also auch schweren Exkollegen hinter den Metallhaufen zu ziehen.

*

Der Bartl indessen winkte immer noch der Philomena zu und ärgerte sich nach wie vor darüber, dass die sich nicht wieder ordentlich angezogen hatte. Kein Wunder, dass sie in dieser Aufmachung mit einem Freudenmädchen verwechselt und von den Italienern dort eingesperrt wurde, wo normalerweise die Nuttenlehrlinge auf ihren ersten Einsatz warten, dachte er sich und winkte weiter, obwohl ihm schon die Arme lahm wurden. Dabei überlegte er, ob er sich ein »Pssst!« erlauben sollte. Denn auf die anstrengende Winkerei reagierte die blöde Kuh ja nicht.

*

Kaum, dass Fuzzy Alessandro gut versteckt, gefesselt und mit einem mitgebrachten Klebeband das Maul gestopft hatte, war er auch schon wieder auf der Suche nach weiteren Exkollegen. Er lauschte in den Raum. Aber außer einem mehrmals hintereinander folgenden »Pssst!« in einiger Entfernung konnte er nichts hören. Oder doch? Um sich besser konzentrieren zu können, kniff er die Augen zusammen. Und tatsächlich: er hörte ein fast rhythmisch aufeinanderfolgendes Klatschen. Als er dem Geräusch folgte (selbstverständlich ganz nach den Regeln der Scuola mafioisa), stieg plötzlich Zigarettenrauch in seine Nase. Nun galt es, ganz besonders vorsichtig zu sein.

Mit seiner entsicherten Beretta im Anschlag arbeitete er sich Schritt für Schritt weiter. Dann hörte er ein lautes »Ha vinto!« von einer ihm vertrauten Stimme. Die spielen Scopa und Francesco hat wohl gewonnen, reimte er sich aufgrund des Gehörten zusammen. Denn Fuzzy kannte das beliebteste Kartenspiel der Italiener, das er selbst recht gut beherrschte.

Vorsichtig lugte er um die Ecke, wo er außer Francesco auch noch Domenico, einen äußerst unangenehmen Zeitgenossen sah, dem ein Menschenleben überhaupt nichts galt und der für den Paten »der Mann fürs Grobe«, also auch für die Philomena zuständig, war.

Porca miseria, das ist nicht gut, das ist *gar* nicht gut, dachte Fuzzy, während er die Männer beobachtete. Dabei entging ihm natürlich nicht, dass vor den beiden eine fast leere Flasche Limoncello stand und neben ihnen auf dem Boden eine leere Flasche Amaretto lag. Die saufen ein Durcheinander, dachte er und schüttelte verständnislos den Kopf. Aber das ist gut, sogar *sehr* gut.

Weil Fuzzy nun genügend Informationen hatte, schlich er sich wieder zum Bartl zurück. Umsichtig wie er war, kontrollierte er zuvor, ob bei Alessandro noch alles in Ordnung war. Weil der inzwischen aus seiner Bewusstlosigkeit erwacht war und Fuzzy erkannte, riss er ungläubig die Augen noch weiter auf und wollte aufgeregt etwas loswerden. Aber Fuzzy tätschelte ihm nur die Wange und sagte, »Sogni d'oro!« Damit Alessandro, wie von Fuzzy empfohlen, noch ein Weilchen süß träumen würde, bekam er wieder den Knauf seiner Pistole über den Kopf gezogen. Ja, wenn *ich* etwas mache, dann mache ich es richtig, dachte er sich und schlich davon.

*

Nachdem Fuzzy den gefährlich laut vor sich hin psstenden Bartl »abgeholt« hatte und mit ihm aus dem Loch gekrochen war, bekam der erst einmal einen Anschiss von Fuzzy, der sich gewaschen hatte: »Sag mal, spinnst du? … Was glaubst du, was los gewesen wäre, wenn die Jungs da drin deine ständige Psssterei gehört hätten?« Der Bartl hatte das Glück, dass Fuzzy selbst ebenfalls nur flüstern konnte. Also hielt sich der Anschiss in Grenzen.

»Und was jetzt?«, lenkte der Bartl geschickt, aber etwas zu laut vom Thema ab.

»Psst! … Ab nach hinten!«

»Jetzt hast du gepsst!«, bemerkte der Bartl Fuzzi gegenüber. Dabei konnte er sich ein Grinsen nicht verkneifen.

Aber Fuzzi ging nicht darauf ein. Kaum, dass sie wieder an ihrem Ausgangspunkt angekommen waren, berichtete er von dem, was vorgefallen war.

»Also sind dort drin nur noch zwei Typen, um die wir uns kümmern müssen?«, fasste der Bartl Fuzzys Ermittlungsergebnis so analytisch zusammen, dass er über sich selbst erschrak.

»Sì!« Fuzzy rollte genervt mit den Augen.

»Also für jeden einen! Auge um Auge …« Bevor der Bartl schon wieder ins Philosophische abzudriften drohte, wurde er von Fuzzy unterbrochen, indem der auch noch den Rest seiner Eindrücke laut werden ließ.

Der Bartl wusste gar nicht, was er noch sagen konnte – zu stolz war er auf Fuzzy, der ihm auf eine solch professionelle Art und Weise half, die Philomena, »seine« Philomena, zu befreien. Vielleicht wäre es gar nicht so schlecht, wenn auch ich die Schule der Mafia besuchen würde, überlegte er und beantwortete seine Frage auch gleich mit einem entschlossenen »Sì!«

»Was?«

»Nix! Zefix!«

»Hör zu!«, gab Fuzzy nun den weiteren Takt vor. »Wie besprochen, kippen wir diese Öltonne um und rollen sie bis zur Halle, wo ich das Altöl entzünde und die Tonne durch die inzwischen von mir aufgebrochene Hintertür ins Halleninnere rolle, während du schon drin bist und die Philomena befreist!«

»Aber Altöl brennt doch nicht so einfach!«

»Lass dies nur meine Sorge sein!« Während er das sagte, zog Fuzzy die beiden gestohlenen Dynamitstangen aus seinem Rucksack heraus und winkte siegessicher damit herum.

»Stimmt ja!«, lachte der Bartl. »Die hast du Schlawiner ja auch aus dem Container geklaut!«

»Scusi: Ich bin Italiener! … Aber lass uns bei der Sache bleiben!«

»Gut!« Der Bartl konnte immer noch nicht glauben, was Fuzzy für ein ausgebuffter Hundling war, auch wenn der italienische Wurzeln hatte.

»Also: Während Francesco und Domenico zum hinteren Teil der Halle eilen, weil sie sich um mich kümmern müssen, bist du schon dabei, die Philomena zu befreien! … Hier!« Fuzzy kramte in seinem Rucksack, in dem auch das Klebeband und der Strick gewesen waren, mit denen er Alessandro versorgt hatte. Dann drückte er dem Bartl einen kleinen Bolzenschneider, ein Messer und eine Schere in die Hand.

»Kruzifix!«, entfuhr es dem Bartl voller Respekt, weil ihm in diesem Moment nicht mehr dazu einfiel.

Dann holte der offensichtlich bestens vorbereitete Exmafioso einen langen Bolzenschneider aus dem Rucksack und sagte grinsend: »Der ist für mich! Damit öffne ich die hintere Tür!«

»Und für was brauchst du den Maurerhammer?«

»Ach, Bartl, das habe ich dir doch schon erklärt!«

Nachdem alles klar, die Tonne mit Getöse umgeworfen und bis zur Hintertür gerollt war, lauschten sie eine ganze Weile, ob die beiden Mafiosi im Inneren der Halle etwas gehört hatten. Nachdem sie zu der Meinung gelangt waren, dass dies nicht der Fall war und Fuzzy letzte Unklarheiten beseitigt hatte, konnte es losgehen: Während der Bartl zum Loch vor schlich, bereitete sich

Fuzzy auf den großen Knall vor. Dabei wusste er nicht, ob und wieviel Tote es geben würde. Er hoffte nur, dass es dem Bartl in der gemeinsam errechneten Zeit gelingen würde, die Philomena zu befreien und mit ihr durchs Loch ins Freie zu schlüpfen. Aber konnte er dem Bartl wirklich trauen? Der mochte zwar der beste Trauerredner im Landkreis Isar Mitte oder sonstwo sein, gleichzeitig aber war er auch der größte Schludrian, den Fuzzy jemals kennengelernt hatte. Wenn den Planer dieser Aktion jetzt auch Torschusspanik überkam, wusste er doch, dass es zu spät war – die Sache lief und er konnte sie nicht mehr aufhalten. »Dio ci aiuti!« Der gläubige Exmafioso bekreuzigte sich und küsste seinen rechten Daumen. Dann ging es los.

*

Fuzzy schaute auf seine teure Visconti-Armbanduhr, auf die er mächtig stolz war. Denn zum einen handelte es sich um eine der wenigen Luxusuhren, die noch in einer italienischen, und in keiner Schweizer Manufaktur hergestellt worden war. Zum anderen hatte er das gute Stück von seinem Onkel Guiseppe zur Firmung bekommen, weil Onkel Guiseppe nicht nur ein Onkel ersten Grades, sondern auch sein Firmpate gewesen war. In Gedanken an ihn schlug Fuzzy hastig das Kreuz. Denn Onkel Guiseppe war einer der einflussreichsten Mafiabosse Italiens gewesen und hatte für die sizilianische Mafia, Außenstelle Riomaggiore, so lange geleitet, bis er vom Leiter der Außenstelle Manarola erschossen worden war. Dass der später vom Leiter der Außenstelle Vernazza ebenfalls erschossen worden war, hatte Onkel Guiseppe auch nicht zurückgebracht. »Ruhe in Frieden!«, murmelte Fuzzy und schaute wieder auf die Uhr. Als er ziemlich sicher war, dass der Bartl durchs Loch geschlüpft und sich bis zum Käfig hin vorgearbeitet hatte, ging er ans Werk. Dabei wusste er, dass jetzt alles Schlag auf Schlag gehen und jeder seiner Handgriffe sitzen musste.

Zuerst schlug er mit seinem Maurerhammer oben und unten der umgelegten Tonne je ein Loch und steckte die Dynamitstangen rein. Dann knackte er mit dem Bolzenschneider das Schloss der Hintertür und öffnete sie einen Schlitz weit, um hineinschauen zu können. Dem Anschein nach hatten Francesco und Domenico weder das Umkippen der Tonne, noch das Knacken des Schlosses gehört. Also konnte Fuzzy zu Akt II seines Plans kommen und die Tür ganz öffnen, um die Tonne ins Halleninnere rollen zu können. Nachdem er dies unter Einsatz seiner ganzen Kraft getan hatte, entzündete er sein Ottaviani-Feuerzeug, auf das er fast so stolz war wie auf seine Visconti-Uhr. Denn dieses exklusive Teil hatte er vom Bruder seines Großvaters bekommen, als er mit dem Rauchen begonnen hatte. Damals war Fuzzy zehn Jahre alt und der Großonkel mächtig stolz auf ihn gewesen. Weil Großonkel Matteo kurz darauf an Lungenkrebs verstorben war, schlug Fuzzy wieder hastig das Kreuz. »Ruhe auch du in Frieden!«

Nun ging wirklich alles ganz schnell: Mit dem brennenden Ottaviani-Feuerzeug in der Hand rief Fuzzy so laut er konnte, in die Halle hinein: »Francesco! Domenico! … Wer hat beim Scopa gewonnen?«

Klar, dass die beiden das gehört und auch die Stimme erkannt hatten. Deswegen hatten sie sich zwar gewundert, aber sofort ihre Waffen gezogen, während sie auch schon nach hinten gerannt waren. Und darauf hatte Fuzzy gewartet. Jetzt musste er nur noch die Nerven behalten, bis sie möglichst weit weg vom Bartl und von der Philomena waren. Also wartete er so lange, bis die beiden nur noch wenige Meter von ihm entfernt waren. Dann zündete er mit seinem original italienischen Feuerzeug die geklauten Dynamitrollen an und gab dem Fass einen so heftigen Stoß, dass es weiter in die Halle hinein rollte. Und weil die beiden Stronzos zu viel Amaretto und Limoncello intus hatten, erkannten sie das auf sie zurollende Fass nicht gleich als Gefahr – es könnte ja bekömmlicher Likörwein aus der sizilianischen Hafenstadt Marsalla drin sein, oder Cerasuolo di Vittoria, ein kräftiger Rotwein aus der Provinz Ragusa, wo Pietro Rizzidanis Vetter Gabriele Di Mauro der Pate war.

Die unvermeidbare und von Fuzzy gewollte Explosion war dermaßen gewaltig, dass dies nichts mehr mit »bekömmlich« zu tun hatte. Aber dies hatten Francesco und Domenico nicht mehr gemerkt. Denn die Detonation hatte die Erde nicht nur bis Deppenhausen, sondern auch weit über Brennesslshub hinaus erschüttert. Sogar in Gierling konnte man das Zittern des Bodens spüren.

»Da hat vermutlich der nixige Gomm Bartl seine Finger im Spiel!«, orakelte der Pfarrer von Sankt Emmeram in Isenbrezhofen, was ihn dazu ermunterte, aufzustehen, um von »Ehen vor Gericht« zu »Der Doktor und das liebe Vieh« umschalten zu können. Bei der Gelegenheit konnte er sich ja gleich noch eine Flasche Messwein aus dem Keller holen.

»Maledetto! Wir müssen zurück, unser Versteck brennt! … Das war sicher der Komplize unserer Donna in rosso!«, fluchte der Pate in Wüstensaal, während er ganz nach Rumpelstilzchenmanier schon wieder wie verrückt herumzuhüpfen begann.

Und die Polizei war sich sogar ganz sicher, dass es nur der zur Fahndung ausgeschriebene Bartholomäus Gomm, 66 Jahre alt, geschätzt um die zwei Meter groß, dürr, bester Trauerredner des Landkreises Isar Mitte, geboren in Engelwarz im Allgäu, aufgewachsen in Staufen, ebenfalls im Allgäu, zuletzt wohnhaft in Isenbrezhofen in Mittelbaiern und – was die Schandis inzwischen ebenfalls herausgebracht hatten – Schnacksler der »Gams«-Bedienung Zenzi *und* manchmal auch der Federviehzüchterin Liesl gewesen sein konnte, welcher der Verursacher dieses Brandes war.

Weil man den Rauchpilz sogar noch im hundert Kilometer entfernten Wüstensaal sehen konnte, war es kein Wunder, dass auch die sieben Mafiosi (inklusive Pate), die sich inzwischen dort aufhielten und herumwuselten, um den Gesuchten aufzustöbern, die gewaltige Rauchentwicklung sorgenvoll beobachteten.

Dies tat aber auch die gesamte Polizei aus dem Umkreis, die sich ebenfalls aufgrund der Aussage einer jungen und bildhübschen Zeugin, von der weder Name, noch Adresse oder Autokennzeichen bekannt waren, in Wüstensaal eingefunden hatte, um denselbigen, also den Bartl, festzunehmen. Weil auf einen Schlag der ganze hintere Teil des alten Flugzeughangars zu brennen begonnen hatte und sich das Feuer durch die gesamte Halle bis nach vorne fraß, dauerte das Feuerspektakel eine ganze Weile.

Und dann?

Klappe 13

Es war schon ein komisches Bild, als im verschlafenen Wüstensaal sieben schwarz gekleidete Männer mit breitkrempigen Hüten und dunklen Sonnenbrillen wie auf Kommando aus allen Ecken des 648 Seelen zählenden Dorfes auf ihre beiden Cadillacs zurannten, einstiegen und mit vollem Getöse aus dem Dorf fuhren. Noch komischer war aber, dass gleichzeitig auch zwei Dutzend Kriminalpolizisten in zivil, allesamt ebenfalls mit Hüten, und ebenso viele uniformierte Gendarmen mit Dienstmützen auf ihre Fahrzeuge zurannten und so schnell davonbrausten, wie es ihre VW-Käfer zuließen.

Der eigenartige Autokorso auf der Landstraße von Wüstensaal nach Deppenhausen zog natürlich die Blicke sämtlicher Passanten auf sich. Weil es so aussah, als wenn die Schandis (natürlich mit Blaulicht und Martinshorn) die Insassen zweier seltsamer ausländischer Autos verfolgen würden und denen mit nur einem Kilometer Entfernung knapp auf den Fersen zu sein schienen, wurde die hiesige Landpolizei von der hiesigen Bevölkerung gelobt.

»Wenn sie die Ganoven gleich erwischen, verbrauchen sie nicht so viel Benzin!« war da zu hören, oder: »Ich wäre froh, wenn mein Traktor so schnell fahren würde wie die Polizeiautos! … Schneidig!« war ein anderer der vielen wohl überlegten Kommentare am Straßenrand. Und bei etwa hundert Kilometern kam da schon etwas zusammen.

*

Währenddessen stand Fuzzy in gebührendem Abstand vor der brennenden Halle und betrachtete das Geschehen vor sich – etwas anderes konnte er im Moment ja nicht tun. Denn die Hitze ließ es noch nicht zu, sich dem Brandherd, den er ja selbst gelegt hatte, zu nähern, geschweige denn, in die kärglichen Überreste der Halle reinzuschauen. Während er irgendwie hilflos dastand, machte er sich Gedanken zu dem, was er angerichtet hatte. Er dankte Gott und sämtlichen Schutzheiligen von Sizilien, sich vor der Explosion gerade noch so weit von der Halle entfernt haben zu können, dass ihm zwar etliche Teile um die Ohren geflogen waren, er aber bis auf ein paar Schrammen keinen größeren Schaden genommen hatte. So war es nur die seelische Macke, die ihn jetzt so richtig plagte. Nicht nur, dass er drei seiner Exkollegen umgebracht hatte, waren wohl auch der Bartl und die Philomena im Feuer umgekommen. Ansonsten wären die beiden schon längst bei ihm – neugierig, wie die Philomena war.

Wenn Fuzzy gewusst hätte, *was* für eine Kraft zwei Dynamitstangen in Verbindung mit Altöl entwickeln konnten, hätte er nur *eine* Stange Sprengstoff genommen. Nein, das was er da vor sich sah, hatte er wirklich nicht gewollt. Ein wenig Trost fand er darin, dass er jetzt die Beute nicht durch drei teilen musste. Weil er sich mittlerweile aber so an den Bartl und sogar auch schon an Philomena gewöhnt hatte, half ihm dies nicht wirklich. Also begann er ganz nach sizilianischer Trauerart haltlos draufloszuheulen – als gestandener Exmafioso aber nicht, ohne sich zuvor zu beiden Seiten umgeblickt und sich versichert zu haben, von niemandem gesehen zu werden. In seinem Schmerz kniete er sogar auf den Boden und betete ein Paternoster ums andere, während er sich zwischendurch immer wieder bekreuzigte und hoch und heilig versprach, der Heiligen Philomena von Rom und dem Heiligen Bartholomäus von Kana eine Kapelle zu errichten.

»Wir brauchen keine Kapelle, gib uns lieber unsere Anteile!«, hörte er wie durch einen Schleier hinter sich.

Als er sich umdrehte, glaubte Fuzzy seinen verheulten Augen nicht zu trauen: Standen dort doch glatt Arm in Arm der Bartl und die Philomena und lächelten ihn an, als wenn nichts gewesen wäre. Der Bartl hatte die Sonnenbrille auf, die er Alessandro abgenommen hatte und die Philomena ihre altbackenen Klamotten an, die sie in der Eile nur schnell über die roten Dessous gestreift hatte.

»Mann, Mann, Mann … und ich habe mir solche Sorgen um euch gemacht, dass ich schier verrückt geworden bin!«

»Das merken wir daran, dass du uns eine Kapelle spendieren möchtest!«, bestätigte der Bartl die Selbstwahrnehmung seines Komplizen, der trotz allem inzwischen wohl eher ein Freund geworden war.

»Ja! Und wir nehmen dich beim Wort, Fuzzy!«, ergänzte die Philomena, bevor sie ihm dankbar ein Bussi auf die Wange und dem Bartl ein Bussi … auf den Mund gab.

Dann wollten die gegenseitigen Umarmungen kein Ende mehr nehmen.

Während sie sich wechselseitig berichteten, wie es gelaufen war, mussten die beiden Fuzzy auch noch haarklein erläutern, weswegen sie so spät zu ihm gekommen waren.

Der Bartl verdrehte die Augen; dann erzählte er, dass alles genau nach Zeitplan geklappt hatte: »Ich war drin und habe neben dem gefesselten und geknebelten …«

»Alessandro!«, half Fuzzy aus und bekreuzigte sich schon wieder.

»Also neben Alessandro hinter dem Metallhaufen gewartet, bis ich dich nach Francesco und Domenico rufen gehört habe. Als die beiden dann auch gleich nach hinten gerannt sind, bin ich in Richtung Käfig gesprintet, habe das Schloss geknackt und …« Als er dies sagte, schaute er die Philomena verliebt an. »… meine Philomena befreit. Den gewaltigen Knall habe ich irgendwie gar nicht so richtig wahrgenommen.«

»Spinnst du?«, rügte ihn die Philomena, weil dies nicht hatte sein können. »Mir surren immer noch die Ohren!«

»Was ist mit Alessandro?«, mochte Fuzzy wissen. »Ich hatte ihn doch bei euch vorne verwahrt!«

Der Bartl machte ein Pfännchen und entschuldigte sich dahingehen, dass er sich wegen des sich rasch nach vorne arbeitenden Feuers nur um die Philomena hatte kümmern können. Also hatte er keine Chance gehabt, den geknebelten und gefesselten Italiener zu retten, der nun eines grausamen Todes gestorben sein musste. »… aber sonst hat ja alles perfekt geklappt, oder?«

»Wenn alles perfekt geklappt hat, wieso hat es dann so lange gedauert, bis ihr bei mir gewesen seid?«, wunderte sich Fuzzy und bekam zur Antwort, dass es sich die Philomena nicht mit Gewalt hatte nehmen lassen, ihr Gwand zu holen und anzuziehen. »Anstatt mir zu danken, hat sie ein zirkusreifes Theater aufgeführt!«

»Das passende ›Kostüm‹ hat sie ja angehabt!«, warf Fuzzy dazwischen, ließ den Bartl aber gleich weitererzählen: »Was war mir dann anderes übriggeblieben, als ihr Gwand aus dem Container herauszuholen?«

»Mein Held!«, säuselte die Philomena und warf sich dem Bartl schon wieder an den Hals.

»Ihr habt vielleicht Nerven!«, sagte Fuzzy noch, bevor er davonrannte.

»Wo willst du hin?«

»Alessandro retten! … Vielleicht hat ihn das Feuer ja noch nicht erreicht!«

»Warte! … Ich komme mit!«, rief der Bartl seinem Freund nach, während er auch schon hinter ihm hereilte, was die Philomena zu einem tiefen Seufzer hinreißen ließ. Er ist wirklich mein Held, dachte sie sich.

Es dauerte nicht lange und die beiden waren zurück.

»Und?«, interessierte die Philomena, die froh war, den Bartl und auch Fuzzy lebend wiederzusehen.

Bevor die beiden aber antworten konnten, mussten sie sich erst auf ihre Knie stützen und verschnaufen.

»Und?«, interessierte die Philomena immer noch. Dieses Mal aber in einem Ton, der keinen Aufschub einer Antwort duldete.

Also erzählten die beiden abwechselnd, dass sie Alessandro tatsächlich hatten retten können, weil sich das Feuer zwar »schon ziemlich« nach vorne gearbeitet hatte, aber noch nicht bis hinter den schützenden Blech- und Eisenhaufen gekommen war, der Alessandro wohl geschützt hatte. Wir haben ihn gemeinsam rausgezogen und in einem ausreichenden Sicherheitsabstand der Halle die Fesseln abgenommen, … »wo wir ihn dann haben laufen lassen!«, beendete der Bartl den gelungenen Ablauf dieser unvorhergesehenen Aktion, die natürlich wertvolle Fluchtzeit gekostet hatte.

Als Fuzzy an Bartls vorhergehenden Bericht anknüpfen und erzählen wollte, wie es bei ihm gelaufen war und sich die Philomena schon wieder an den Hals ihres Helden werfen wollte, hörten sie in der Ferne Martinshörner. »Wir müssen hier weg! … Rasch zu dem kleinen Wald da drüben!«

Die Flucht – nächster Teil

Klappe 14

Jetzt war es aber allerhöchste Zeit geworden, sich wieder in das altbekannte Wäldchen zu verdrücken, in dem sie den Geldrucksack und Philomenas Handtasche versteckt hatten und nun aus dem moosigen Versteck holen mussten, um endgültig verschwinden zu können. Bis aufs Abhauen hatten die drei ihre diesbezügliche To-Do-List (dies hatte der Bartl vor langer Zeit einmal bei einem wichtigtuerischen Bürgermeister in Staufen aufgeschnappt) abgehakt. Denn die Philomena hatte darauf bestanden, sich noch ein wenig an dem erfreuen zu dürfen, was sie nun vor sich sahen.

Für den Bartl und für Fuzzy war dies allerdings alles andere als erstrebenswert. Das Heer an eifrigen Feuerwehmännern von mindestens vier Wehren der Umgebung mit ihren durch Steuergelder und Spenden aufgemotzten Einsatzfahrzeugen störte sie nicht; denn die taten schließlich ja nur ihre Arbeit zum Wohle der Versicherungskammer Baierns. Was sie aber ängstigte, war die Tatsache, dass sich auf diese Entfernung hin das Olivgrün deren Einsatzkleidung kaum vom Grasgrün der Polizeiuniformen unterscheiden ließ. So konnten sie bei dem Gewusel nur schätzen, dass am Brandherd mindestens fünfzig Schandis hirnlos durcheinanderrannten. Wenn der Bartl dann noch dieselbe Menge an Kriminalbeamten dazurechnete, waren es … jedenfalls waren es *viel zu viele* Polizisten, die nun hinter ihnen her sein würden.

Aber dies sollte noch nicht alles sein: Denn der Bartl machte zu allem hin auch sieben schwarzgekleidete Männer mit Hüten aus, die ähnliche Sonnenbrillen aufhatten wie er selbst. Der Unterschied zu den Polizisten bestand nur darin, dass sich die Mafiosi nun selbst vor den ausübenden Vertretern der bairischen Gesetzgebung versteckten. Jedenfalls wirkte es so auf ihn, weil die von ihm beobachteten Beobachter das ganze Geschehen vom Schutz eines von Büschen umwachsenen Elektromasten aus beobachtet und sie ihre auffälligen Amischlitten versteckt hatten.

So lagen der kleine Italiener mit dem großen Rucksack auf seinem Rücken, der Bartl mit Alessandros lässiger Sonnenbrille auf der durch den Brand etwas lädierten Nase, und die Philomena mit dem roten Untergwand auf ihrem käsigen

Körper unter dem normalen Gwand am Waldrand und schauten aufmerksam zu, was sich bei der Halle tat. Während sie so dalagen, begann es schlagartig zu regnen.

»Himmel Arsch und Wolkenbruch! … Die blasen schon zum Halali!«, entfuhr es dem Bartl entsetzt, obwohl dieser Terminus eher *am Ende einer Jagd* angebracht wäre. Aber daran konnte der Bartl noch lange nicht denken. Stattdessen ahnte er, was jetzt erst noch auf sie zukommen würde.

»Was heißt das?« Fuzzy hatte weder den merkwürdigen Fluch, noch den Rest von dem verstanden, was den Bartl plagte.

»Ja, siehst du das nicht selbst, du italienischer Depp? … *Die Jagd nach uns beginnt jetzt erst so richtig*! Die einen Polizisten fuchteln mit ihren Armen herum und zeigen in alle Himmelsrichtungen, die anderen brausen schon mit ihren Fahrzeugen in dieselbigen los!«

»Das kann ja was werden«, meinte die Philomena, die das alles sauspannend fand.

»Wenn es länger so regnet, können sie die Feuerwehrler nach Hause schicken!«, überlegte indes der Bartl, der wegen der bevorstehenden Flucht die Wetterlage prüfte, indem er die Zunge herausstreckte und Regentropfen darauf klatschen ließ.

Dann mahnte er ebenfalls zum Halali. »Aufbruch!«, rief er, um ein weiteres Wort aus der Jägersprache verwendet zu haben, obwohl das nicht passte und er eher der Gejagte, als einer der nunmehr geschätzten hundertsieben Jäger war. »Obwohl: wenn sich die ganze Bagage auf vier Himmelsrichtungen verteilt, sind es nur noch …«

»… knapp siebenundzwanzig, die uns direkt verfolgen werden!«, half Fuzzy aus, der sich Bartls Rechnung denken konnte, weil er selbst auch ein Querdenker war.

»Sag ich doch! … Und nun: Abmarsch! Hast du unseren Rucksack, Fuzzy?«
»Claro! … Und du?«, stänkerte Fuzzy. »Hast du deine Sonnenbrille?«

Ohne darüber nachzudenken, wandte sich der um alle besorgte Bartl an die Philomena: »Hast du deine …«

Und schon wieder hatte er ihre Handtasche im Gesicht, obwohl er doch gar nicht gemeint hatte, was sie scheinbar verstanden hatte.

»Entschuldigung, Bartl! Bitte …«
»Scho guet, Philomena!«

*

Die drei Flüchtigen waren nun schon über zwei Wochen unterwegs und hatten sich vom obersten Oberbaiern (wo Deppenhausen lag), also vom geografischen Mittelpunkt des schönsten Bundeslandes Deutschlands, kreuz und quer durchjagen lassen müssen. Dabei waren sie per Pedes und per Anhalter oder mit geklauten Fahrrädern über Mittelfranken sogar bis nach Unter- und Oberfranken hochgekommen. Einmal hatten sie sich sogar eine BMW R 69 S mit Steib-Seitenwagen »ausgeliehen«. Herrschaftszeiten, schaut die Philomena mit ihrer Lederkappe im Beiwagen gut aus, hatte sich der Bartl dabei immer wieder gedacht.

Wenn sie dort auf keinen hohen Stacheldrahtzaun und keine breiten Schutzgräben gestoßen wären, hätten sie das Land schon längst verlassen und endlich im Ausland untertauchen können. Weil der Dialekt in Thüringen zwar anders als in Unterfranken und in Oberfranken, aber *noch schlimmer* sein musste wie *vor* der offensichtlich gut bewachten Absperrung, hatte sich der Bartl gedacht, dass es wohl besser wäre, wenn er sich von »denen dort drüben« am Arsch lecken lassen und auf dieser Seite des Zauns bleiben würde.

Also war es das mit dem rettenden Ausland vorläufig gewesen. Denn die – wie man dem Bartl erklärt hatte – insgesamt tausenddreihundertachtundsiebzig Kilometer lange Grenze hatte sich dann von Thüringen, von der anderen Seite also von Unterfranken aus, bis nach Sachsen, also von der anderen Seite über Oberfranken, hinübergezogen, weswegen der Bartl dieses Unterfangen hatte aufgeben müssen. Denn dort – so hatte man ihm ebenfalls gesagt – würden die Menschen *noch schlimmer* reden als in Thüringen, was so viel hieß, dass kein Fetzen Bairisch dabei war.

Und in die Tschechoslowakei hatte er ums Verrecken nicht gewollt – nicht, weil er auch dort nichts verstehen würde, vielmehr weil von dort die Nuttenlehrlinge der sizilianischen Mafia, Außenstelle Isar Gesamt außer München, kamen, mit denen er nichts zu tun haben wollte. Schließlich würde er ja bald wieder im Dienste der Kirche tätig werden und Trauerreden halten – hoffte er zumindest. Denn das Reden bei Beerdigungen würde sich der Bartl trotz des vielen Geldes, das er jetzt hatte, nicht nehmen lassen.

Schließlich waren sie auf ihrem hasengleich hakenschlagenden Rückweg über die Oberpfalz im niedersten Niederbaiern gelandet. Dabei hatten sie dummerweise überall ihre Spuren hinterlassen – insbesondere in Form von leeren Schnupftabakdosen und Papiertüten in denen Leberkässemmeln gewesen waren. Obwohl zwecks der Tarnung immer nur eine Person, entweder die Philomena oder der Bartl, in die Metzgereien und Bäckereien oder in andere Geschäfte gegangen war, hatte ihnen dies nichts genützt. Denn mittlerweile hatten auch die Polizisten geschnallt, was die Mafiosi schon längst gewusst hatten: Der Gomm Bartl aus Isenbrezhofen hatte eine Komplizin in Gestalt einer gewissen Pfeifenplätzer Philomena aus Katzelnlachen, die sicher ebenfalls eines seiner Techtelmechtel war wie die Bedienung und die Federviehzüchterin aus Isenbrezhofen. »A so a Sauhund, a nixiger!«, hatte der zuständige Polizeichef dem Bartl für seine herrgottige Schnackslerei Respekt gezollt und sich nach ein paar Recherchen bei Philomenas einziger Verwandten, der vierundneunzigjährigen Großtante Albertine, ein Fahndungsfoto von deren kriminell gewordener Großnichte besorgen lassen. Dass das Philomenerl darauf erst elf Jahre alt gewesen war, hielten die subbagscheidn Polizisten für unwichtig, denn das schlaksige Gstell und die markante Nase waren dieselben geblieben.

Dass es einen dritten im Bunde gab, hatten Francesco und Domenico ja mit ins heiße Grab genommen. Und Alessandro würde aus purer Dankbarkeit für sein gerettetes Leben zumindest diesbezüglich sein Maul halten – schließlich war er ein Mitglied der sizilianischen Cosa Nostra, also ein Ehrenmann. Also wusste immer noch niemand etwas von Fuzzy, der meist nur Schmiere stand, wenn der Bartl dran war, Bier oder andere Lebensmittel, Schnupftabak oder Dubble Bubble, Fuzzys Lieblingskaugummi, zu organisieren.

Zwischendurch hatte es den Bartl einfach in ein Wirtshaus gezogen, wo er sich eine ordentliche Brotzeit und unbedingt auch eine Maß Bier hatte kaufen können. »Ja, Kruzifix! … Ich gönn mir ja sonst nix! Für was haben wir das ganze Geld geklaut, wenn wir es nicht ausgeben dürfen?«, hatte er dann immer gemault, wenn er deswegen von Fuzzy scharf kritisiert worden war. Denn im Gegensatz zur Philomena musste Fuzzy immer draußen bleiben wie ein Hund vor einer Metzgerei. Aber schließlich wollte ja er seine Tarnung behalten. Also blieb ihm nichts anderes übrig als immer in einer dunklen Gasse mit Blick auf den Wirtshauseingang seinen rosafarbenen Kaugummi zu kauen und damit Blasen zu machen, während er mit knurrendem Magen auf die beiden wartete. Und dies konnte – wenn der Bartl so richtig Durst hatte – bisweilen dauern. Da war nur gut, dass Fuzzy sich wie ein Kind damit beschäftigen konnte, die Blasen möglichst groß hinzubekommen und knallen zu lassen, um somit das Gefühl zu haben, jeweils einen Schuss aus seiner Pistole abgefeuert zu haben.

Weil ihnen die geschätzten sechs- bis siebenundzwanzig Verfolger während ihrer Flucht durch ganz Baiern wegen Bartls und Philomenas Einkehrpausen deswegen immer wieder gefährlich nahe kamen, fasste der Bartl einen Entschluss, den er den Seinen erläutern wollte, wenn sie die große Wiese vor sich durchquert hatten und im dahinterliegenden Wald eine Rast einlegen würden.

»Also!«, sagte er, bat um Aufmerksamkeit und biss in den mit Weißwurstsenf bestrichenen Leberkässemmel, den er sich noch schnell bei einem niederbairischen Metzger geholt hatte, bevor sie das Dorf wieder verlassen hatten. »Es hat keinen Wert, weiterhin von einem bairischen Bundesland ins andere zu fliehen! … Hier kommen sie uns immer wieder auf die Spur!«, nuschelte er mit vollem Mund. »Herrschaftszeiten, der ist ja schon kalt!«, schimpfte er.

»Wer?«

»Ja, wer wohl, du spaghettifressender Ignorant, der Leberkäs natürlich!« Der Bartl verdrehte zwar die Augen, ging aber nicht weiter auf Fuzzys komische Frage ein. Stattdessen sprach er laut aus, was er trotz der Enttäuschung von Thüringen und Sachsen her immer noch im Kopf hatte: »Wir müssen ins Ausland!« Bevor die anderen dumme Fragen stellen konnten, konkretisierte er seine Idee: »Wir verzupfen uns bis zum südlichsten Punkt Deutschlands!«

»Nach Gerstruben?«, wunderte sich Fuzzy, der die ganze Ecke da unten gut kannte, weil es von dort aus nach Italien ging – natürlich nicht direkt von Gerstruben aus.

»Nein! Von dort aus können wir nicht weiter, weil es danach nur noch das Große Walsertal mit für uns unüberwindbaren Bergen gibt!«, verneinte der Bartl Fuzzys absolut korrekte Frage.

»Wohin dann?«, interessierte die Philomena, deren knappes Dessouhöserl schon die ganze Zeit über mehr als lästig war, was sie als ungemein störend empfand. Sie verstand nicht, weshalb zwischen den Arschbacken derart mit dem Stoff gespart worden war, dass es zwickte. Vorhin hatte sie sich sogar schon überlegt, das unangenehme Teil einfach auszuziehen und in der Wiese wegzuschmeißen. Weil sie sich aber die Sorge darüber machte, dass das rote Teil einen Stier unnötig verrückt machen könnte, hatte sie dies dann doch sein lassen.

»Meine liebe Philomena!« Der Bartl schaute ihr so was Ähnliches wie verliebt in die Augen, obwohl ihm der Schlag mit ihrer Tasche immer noch weh tat. »Wir gehen zwar ins Allgäu, aber in meine alte Heimat Staufen!«

»Wieso das denn? Weil du den dortigen Dialekt besser sprechen kannst als Bairisch?«

Nun musste der Bartl lachen. »Das natürlich auch! … Aber in erster Linie, weil Staufen direkt an der Grenze zu Vorarlberg, also zu Österreich liegt! Und von dort aus ist es nicht weit in die Schweiz und …«

»… über einen der vielen Pässe nach Bella Italia!«, frohlockte Fuzzy und biss nun in *seinen* Leberkässemmel mit Ketchup, den ihm der Bartl vom niederbairischen Metzger mitgebracht hatte, der aber ebenfalls schon längst kalt war.

»Gut! Dann ist das beschlossene Sache! … Wir machen uns morgen auf den Weg ins untere Oberbaiern, das wir aber nur durchqueren werden, um nach Schwaben zu gelangen!«

»Ich dachte, wir wollen ins Allgäu! … Sind die Allgäuer Schwaben?«, wunderte sich die Philomena.

»Um Gottes willen: Nein! … Das Allgäu gehört lediglich zum Regierungsbezirk Schwaben, das ist alles! … Der südlichste Zipfel Deutschlands ist quasi Vollbairisch, verstehst? Uns gehört sogar das Schloss Neuschwanstein, was den anderen Baiern dort oben natürlich gewaltig stinkt«, verteidigte der Bartl seine alte Allgäuer Heimat vor der eingefleischten Oberbairin, räumte dann aber doch noch etwas kleinlaut ein: »… seit 1806, gell?«

»Wie du, Bartl!«

»Blede K…!«

»Was?«

»Ach, nix!«

»So, so!«

Klappe 15

Derweil fuhren Fuzzy, die Philomena und der Bartl nach einer eingehenden und längeren Diskussion zur Ablenkung ihrer Häscher ausnahmsweise einmal mit dem Zug. Und der sollte sie gleich in die größte Stadt des Regierungsbezirkes, zu dem das Allgäu gehörte, bringen.

Weil das mit dem Fahrkartenkaufen und dem Umgang mit denselbigen aber so eine Sache gewesen war, hatten sie sich dazu entschlossen, ohne Fahrkarten in den bereitstehenden Zug zu steigen. Bei der Länge der Strecke war es allerdings abzusehen gewesen, dass sie auffliegen würden.

»Krass: Ich habe gleich drei Schwarzfahrer in einem Waggon erwischt!«, hatte der arabische Fahrkartenkontrolleur seiner asiatischen Kollegin, die mit Kaffee, Mineralwasser und anderen unnötigen Getränken durchs Abteil scharwenzelt war, mit vor Stolz geschwellter Brust erzählt.

»Haben die zusammengehört?«, hatte die Zugbedienung interessiert und von ihrem Kollegen zur Antwort bekommen, dass von den dreien nur zwei der Betrüger, ein groß gewachsenes, schlankes und eigenartig aussehendes Paar, zusammengesessen waren und wohl auch zusammengehört hatten. Da sich »der andere«, ein kleiner dicker Südländer, beim Bezahlen des Fahrausweises gestenreich und äußerst mitteilsam kooperativ und beim Entrichten der Strafe reumütig gezeigt habe, sei diese Sache von ihm für erledigt erklärt worden. Weil aber die Philomena für einen Riesenwirbel gesorgt hatte und ihr der Bartl wortstark beigestanden war, hatte der Kontrolleur beschlossen, wenigstens diesen Vorfall der Polizei zu melden.

»Meinst du, der Südländer hat zu den beiden schrägen Vögeln gehört?«, mochte die Zugbedienung wissen.

Der arabische Bahnler zuckte mit den Schultern. »Bei Allah, dem Allwissenden: Ich weiß es nicht!«

»Aha! … Konfuzius sagt …«, dozierte die asiatische Bahnlerin, die eigentlich eine Studentin war. »Wenn du ein Problem hast, versuche es zu lösen! Kannst du es nicht lösen, dann mache kein Problem daraus!«

» استسمحك عذرا؟« … Dein Konfuzius sagt aber auch: ›Wer später bremst, fährt länger schnell!‹, also …«

»… vergiss das Ganze und lass sie weiterfahren!«

»Von mir aus!«

»真是明智的态度!«

*

Nachdem die drei Schwarzfahrer, die dann ja keine Schwarzfahrer mehr gewesen waren, ungebremst länger hatten fahren können, standen sie gleichsam fassungslos wie ratlos vor dem Augsburger Bahnhof und wunderten sich über die vielen Menschen. »Vielleicht hätten wir doch bis ans Meer *hoch-* anstatt in die Berge *runter*fahren sollen!«, meinte der Bartl, weil er sich unter so vielen lebenden Menschen einfach nicht wohl fühlte. Wie gerne wäre er jetzt auf einem Friedhof, wo es unter der Erde mehr wuselte, als darüber.

Aber wenigstens hatten sie der Polizei ein Schnippchen geschlagen: Weil ja genug Geld in Fuzzys Rucksack war, hatten sie sich *zwei* Fahrkarten *dort hoch* gekauft, die sie aber nicht genutzt, sondern gleich zerrissen hatten. Parallel zu diesem Bluff hatte der Fuzzy am Nebenschalter *drei* Fahrausweise *in die andere Richtung* erworben. Weil der Depp sich aber nicht gemerkt hatte, wohin der Bartl mit ihm und mit der Philomena wollte, war er dem Vorschlag des Fahrkartenverkäufers gefolgt und hatte sich drei Zugfahrkarten nach Augsburg aufschwatzen lassen, immerhin würde dort gerade eine interessante Messe stattfinden.

Dass es besser gewesen wäre, nach Kempten, in die wahrscheinlich älteste Stadt Deutschlands, zu fahren, von wo aus es nicht mehr weit nach Staufen gewesen wäre, hatte er ihnen dummerweise vorenthalten. Wahrscheinlich, weil er damit weniger Fahrkilometer verkauft hätte, wo doch sein Lohn gesichert sein musste. Wer weiß, wieviel Mäuler der zu stopfen hatte. Vielleicht hätten ihm die Kilometer ja doch gereicht, wenn er uns gleich ein Billett bis nach Staufen verkauft hätte, hatte der Bartl überlegt, war dabei allerdings auf keinen Nenner gekommen. Aber vielleicht war ja gerade das gut so? Nicht gut hingegen war gewesen, dass der Bartl und die Philomena das mit dem Fahrkartenzerreißen falsch verstanden und auch *ihre* Fahrkarten zerrissen hatten. Nachdem Fuzzy diese Porca miseria mitbekommen hatte, war ihm in seinem Zorn nichts anderes eingefallen, als seine Fahrkarte zu fressen. Wenigstens hatte er sich nicht wie sein ehemaliger Boss in den Arm gebissen.

»Wenn die Schandis nach uns fragen, werden sie die Auskunft bekommen, dass die gesuchte Philomena Pfeifenplätzer und der noch gesuchtere Bartl Gomm alles auf eine Karte gesetzt haben und mit dem Zug ganz in den Norden Deutschlands hoch abgehauen sind. Also werden sie euch *dort* suchen und nicht hier!«, hatte Fuzzy gleich nach dem missglückten Fahrkartenkauf als Argument ins Feld geführt und ergänzt, dass »dort oben« wahrscheinlich andere Polizisten eingesetzt werden.

Jetzt fing er wieder mit diesem Thema an: »Ja, glaubt ihr denn allen Ernstes, dass sich die preußischen Gardepolizisten dort oben für euch bairische Dödel interessieren?«

»Na, na, na!« Die Philomena war entsetzt über Fuzzys deutschen Wortschatz.

»Dann muss ich neu rechnen!«, grummelte hingegen der Bartl, während Fuzzy in fast beleidigt klingendem Ton noch leise anmerkte, dass nach ihm ja nicht gefahndet wurde.

»Sei endlich still, ich muss rechnen!«, schimpfte der Bartl, der sich jetzt sakrisch konzentrieren musste.

»Wieso *das* denn?« Fuzzy war jetzt von dieser Aussage genauso irritiert wie zuvor die Philomena, die sich allerdings schon wieder beruhigt hatte.

»Na ja, wenn uns die bairischen Schandis und Kriminaler nicht dort oben suchen, sind sie doch quasi arbeitslos! Also werden sie sich dem Suchtrupp anschließen, der jetzt schon hinter uns her ist, logisch, oder?«, orakelte der Bartl, der auch gleich damit begann, ausrechnen, wie viele es dann insgesamt sein werden.

»Cretino!« entfuhr es Fuzzy, »Depp!« der Philomena.

»Unsere Finte funktioniert, glaub es mir Bartl!«, hielt Fuzzy seinem Freund aufmunternd entgegen, weil der beleidigt war und ein Pfännle machte.

Dass das Ganze trotz der gut gemeinten Hintergedanken dann aber doch ein bisschen auffällig gewesen war und der Bartl vielleicht recht haben könnte, hatte an seiner Sonnenbrille gelegen, die er beim Fahrkartenkauf trotz dem schlechten Wetter nicht hatte abnehmen wollen. Sein und Philomenas komisches Gestell waren zudem ebenfalls so aufgefallen wie Fuzzys Cowboygwand, was den Bartl am meisten ärgerte. »Nimm wenigstens jetzt den Kaugummi raus!«, empfahl er und genehmigte sich selbst eine Prise Schmalzler.

»Was nun?«, wollte die Philomena wissen, während sie versuchte, ihr Untergwand unauffällig zurechtzuzupfen. Weil der Bartl dies aber zum wiederholten Mal »rein zufällig« gesehen hatte, schlug er vor, dass sich Fuzzy neue Schuhe und eine neue Joppe kaufen solle, während sich die Philomena eine »… na ja, du weißt schon« besorgen könne. Er selbst würde sich damit begnügen, einen Riemen für die Sonnenbrille zu kaufen, damit er das gute Stück um den Hals hängen und nicht verlieren konnte.

»So a ausgmachda Schmarrn«, maulte Fuzzy, der im Laufe der vergangenen zwei Wochen recht ordentlich Bairisch und auch etwas Allgäuerisch gelernt hatte.

So dumm ist der Depp scheinbar gar nicht, dachte sich der Bartl und wollte wissen, was Fuzzy damit gemeint hatte.

Und der lederte dann auch gleich so richtig los: »Wir alle stinken schon lange wie die Ziegenböcke in den Bergen von Sizilien! Seit wir uns kennen, haben wir dieselben Klamotten an! Es wird höchste Zeit, dass wir die und uns selbst nicht nur in einem Bach oder in einem See waschen, sondern uns in eine Badewanne legen!«

»Zamm?«, wollte die Philomena ernsthaft wissen.

»Na! Selbstverständlich einzeln, also getrennt!«, schoss es aus dem Bartl entsetzt heraus, weil er die nackerte Philomena noch gut im Kopf hatte.

»Mit *dem* Gwand?«, interessierte die Philomena noch, die mit Bartls erster Antwort zufrieden war, weil sie ja noch kein gscheites Untergwand hatte.

»Senza senso! … Aber ich bestehe darauf, dass wir heute Nacht nicht in irgendeinem Schuppen oder im Wald, sondern in einer ordentlichen Pension schlafen! … Basta!« Um die Ernsthaftigkeit seines Ansinnens zu unterstreichen, verschränkte Fuzzy seine kurzen Arme vor der Brust und schaute die beiden entschlossen an.

»Gut!«, sagte der Bartl. »Ich denke nicht, dass sie uns heute schon wieder auf den Fersen sein werden!«

»Wahrscheinlich sind sie schon auf dem Weg zu den Preußen hoch! … Weißt du noch, wie das mit den Mafiosi in Wüstensaal geklappt hat?«, trug die Philomena zur allgemeinen Meinung und trotz der Anspannung auch zur Erheiterung bei. Schließlich hatte sie ja das Recht dazu, auch mal was zu sagen, oder?

*

Es war echt der Wahnsinn: Weil sich die drei nicht nur mit dem Zugfahren, sondern auch mit der Pensionssuche schwergetan hatten, waren sie letztlich im luxuriösesten Hotel der Stadt gelandet. Schließlich hatte Geld ja keine Rolle gespielt. Und dies hatten sie an der Rezeption auch dringend nötig gehabt, um einchecken zu können, wie man ihnen auf Neudeutsch mit dem typischen Augsburg'r Zugenschlag erklärt hatte. Denn so gschtinkert und verdreckt wie die drei an der Rezeption gestanden waren, hätte sie normalerweise jeder Rezeptionist in hohem Bogen rausgeschmissen oder sogar die Polizei geholt. Die Hotelgäste jedenfalls hatten allesamt ihre Nasen gerümpft und waren Hals über Kopf geflüchtet. Weil aber der Bartl gut und schnell reagiert hatte, war dies nicht geschehen, das mit dem Polizeiholen und Rausschmeißen. Denn der hatte ein Plakat gesehen, auf dem die Messe angepriesen wurde, von der dieser hinterkünftige Fahrkartenverkäufer gesprochen hatte und wegen der die Stadt voll war: »Weltfreiwilligenkonferenz« war darauf zu lesen gewesen, was den Bartl zuerst dazu veranlasst hatte, sich ein »So a Schmarrê« zu verkneifen und sich dann als »Freiwilliger« vorzustellen, der mit seinen beiden Begleitern auf eigene Kosten quer durch Baiern gewandert war, um …

»Ah! Und Sie halten bestimmt vor den achthundert ›Freiwilligen‹, die *aus aller Welt* hierher nach Augsburg gekommen sind, Vorträge«, hatte der Rezeptionist gemutmaßt und damit den Bartl unterbrochen.

Weil der »Freiwillige« gemerkt hatte, damit durchkommen zu können, hatte er dem Rezeptionisten zugezwinkert und dessen Mutmaßung bestätigt, indem er die Sonnenbrille abgenommen, sich über den Tresen geschoben und ihm zugeflüstert hatte: »Aber nicht freiwillig, wenn Sie verstehen!«

Weil der Rezeptionist aber nicht verstanden hatte, dass der Bartl damit hatte andeuten wollen, sich für seine Vorträge bezahlen zu lassen, hatte er vom Thema weggelenkt: »Und jetzt brauchen Sie auf die Schnelle noch Zimmer, stimmts?«

Weil alle drei genickt hatten, war dem Rezeptionisten nichts anderes übrig geblieben, als den strengen Geruch zu ignorieren, nun seinerseits den Oberkörper über den Tresen zu schieben und den Bartl mit einem Zeigefinger näher zu sich zu winken.

Weil dies den Bartl an eine typische Handbewegung seines alten Volksschullehrers erinnert hatte, war er grantig geworden. Also hatte er seine Sonnenbrille wieder aufgesetzt, streng einen Zeigefinger erhoben und seinem Gegenüber unverhohlen gedroht, während er seinen Zeigefinger direkt vor der Nase des vedutzt dreinschauenden Rezeptionisten schüttelte: »Winken Sie mich nie, nie wieder mit ihrem Zeigefinger zu sich! Das tut man nicht! … Ist das klar?«

Derart eingeschüchtert hatte der Mann nicht mehr gewusst, wie er dem Bartl hatte beibringen sollen, was er ihm wohl würde beibringen müssen. Also hatte er unterwürfig genickt, war mit einer Hand durch seine schmalzigen Haare gefahren, hatte sich geräuspert und zwar leise, aber mit dennoch unmissverständlicher Stimme gesagt, dass in ihrem Viersterne-Etablissement Vorkasse üblich sei. Dabei hatte er um sich geschaut, ob dies kein anderer Gast mitgehört haben könnte.

»Ja, wenn das alles ist!«, hatte sich dann Fuzzy eingemischt und ein Bündel Hunderter auf die Theke geknallt. »Wie viel?« Um ihre Internationalität zu dokumentieren, hatte er dann auch noch ein paar Sprüche auf Italienisch losgelassen, die den arroganten Rezeptionisten aber ebenso wenig beeindruckt hatten wie die Lirascheine, die Fuzzy »zufällig« aus dem Geldbeutel gerutscht waren. Hätte der Rezeptionist allerdings gewusst, was »Si la più stupida scimmia laccata che conosca« geheißen hatte, wäre er wohl nicht so ruhig geblieben.

»Was hast du da zu ihm gesagt?«, hatte natürlich die immer neugierige Philomena interessiert.

»Du bist der dümmste Lackaffe, den ich kenne!«

»Ach so!«

Als alles zu aller Zufriedenheit geklärt war und der Bartl dem Rezeptionisten von den anderen unbemerkt auch noch einen Fuffziger zugesteckt hatte, war plötzlich ein Bursche in einem roten Kittel, der von einem Zirkusdirektor sein könnte und mit einem ähnlichen Käppchen, wie es Alois Hingerl, der Dienstmann mit der Nummer 172, auf dem Münchner Hauptbahnhof, getragen hatte, neben ihnen gestanden. »Wo sind Ihre Koffer, gnädiger Herr?«

»Schon gut, Kleiner; hier gibts nichts zu klauen!«, hatte anstatt der Bartl, die Philomena gesagt und dem Burschen die linke Backe getätschelt, bevor der vom Rezeptionisten auf die rechte eine Watschn bekommen hatte. »Belästige diese Herrschaften nicht, verschwinde!«

Nachdem sie sich im altehrwürdigen Hotel »Zum Fugger«, was übersetzt so viel heißen sollte wie »Zum betuchten Kaufmann« oder besser noch »Zum stinkreichen Schacherer«, mit ihren richtigen Namen eingeschrieben hatten, waren sie zuerst mit dem Lift zu ihren Zimmern hochgefahren. »Muss man hierfür kein Billett haben?«, hatte sich der Bartl so gewundert, wie es kurz darauf die Philomena getan hatte, als ihr klar geworden war, dass ihnen der Rezeptionist ein Doppelzimmer aufs Auge gedrückt hatte.

»Der da unten hat doch deutlich gesagt, dass wir keine andere Möglichkeit haben, weil nicht nur die ganze Stadt, sondern logischerweise auch alle Hotels wegen der ›Freiwilligenkonferenz‹ voll sind und die Pensionen im Stadtzentrum durchwegs von Vertretern und Messebeschickern belegt wurden! …»

»Wegen achthundert Leuten?«, wunderte sich die Philomena.

Aber der Bartl ging nicht darauf ein und dozierte munter weiter drauflos: »Sieh es doch einmal von *der* Warte, dass uns in diesem schicken Schuppen niemand vermuten würde. Hier sind wir sicher!«, entschuldigte sich der Bartl scheinheilig, den das dicke Trinkgeld für den Rezeptionisten in diesem Moment nicht reute.

»Also, wir machen uns kurz frisch und treffen uns in zehn Minuten unten!«, störte Fuzzy den sich anbahnenden Diskurs der beiden und knallte schnell die Tür hinter sich zu, bevor die Philomena noch auf den Gedanken kam, ihm sein Einzelzimmer streitig zu machen.

*

Zehn Minuten später saßen Fuzzy und die Philomena in der Hotellounge und warteten auf den Bartl, der aber nicht kam, weil im Zimmer dummerweise ein Fernsehgerät stand und es zudem ebenfalls dummerweise eine gefüllte Minibar gab, in der sogar zwei Flaschen Paulaner-Weißbier dringend auf einen Abnehmer warteten. Und wahrscheinlich rein zufällig stand ein passendes Glas dazu auf dem Tisch daneben, wo in einer Schale zwischen ein paar Äpfeln, Orangen und Trauben sogar eine Zitrone lag. »Die Augsburg'r wissen, wie man ein Weißbier trinkt«, äffte er deren Slang nach und freute sich im Stillen. Dann schnappte er sich zusammen mit der Zitrone ein Messer – und schnitt sich sauber in den Finger. »Zefix!«

Nach einer geschlagenen Stunde des Wartens sagte Fuzzy: »Der Bartl wollte doch sowieso nur einen Halsriemen für seine Sonnenbrille kaufen!«

Die Philomena überlegte ein Weilchen, dann fiel ihr ein, dass sie ja mit dem Bartl in einem Zimmer schlafen musste. Außerdem zwickte untenrum schon wieder das rote Glump. »Weißt du was, Fuzzy? Dann gehen eben *wir beide* zum Einkaufen! … Und für den Bartl werden wir schon ein passendes Gwand und einen Brillenriemen finden!«

»Sì! … Wir bringen ihm einfach etwas mit!«

*

Am nächsten Morgen saßen die drei einträchtig am Frühstückstisch und warteten darauf, dass ihnen das Essen serviert werden würde. Aber das nette Fräulein sagte nur: »Einen wunderschönen guten Morgen, die Herrschaften! … Kaffee oder Tee?«

»Bier gibt es hier wohl noch nicht um diese Uhrzeit«, ärgerte sich der Bartl, der schon einen gewaltigen Durst hatte.

Weil die drei immer noch andächtig am Tisch saßen, als die Bedienung für einen der »Herren« Milchkaffee, für den anderen einen Doppio Espresso und für die »Dame« Pfefferminztee brachte, zeigte sie zu einem Nebenraum und sagte: »Sie können sich gerne selbst am Büfett dort hinten bedienen!«

Es hatte zwar ein Weilchen gedauert, bis der Bartl und die Philomena das mit dem Selbstbedienen kapiert hatten, dann aber stand einem ausgiebigen Frühstück nichts mehr im Wege.

Es wird wohl das Beste sein, darüber, wie das Frühstück en détail ablief, den Mantel des Schweigens zu werfen. Nur so viel vielleicht: Als der Bartl die von ihm ausgeguckte Scheibe Lachs mit den Fingern aus der Kühlvitrine nehmen wollte, ihm die aber von einer kräftig gebauten, mit Klunkern behangenen Frau mit einer Gabel vor der Nase weggeschnappt wurde, nahm er es eben mit den Fingern von ihrem aus seiner Sicht sowieso schon viel zu vollem Teller und legte es auf seinen Teller, auf dem bisher noch nichts gelegen war. Schließlich hatte er den Lachs ja zuerst gesehen …

*

Nur weil Fuzzy immer wieder deeskalieren konnte und dem Rezeptionisten, dem Zimmermädchen, dem Ober und und und immer wieder Trinkgeld in die Hände drückte, durften sie im Hotel bleiben.

Aber trotz der Eskapaden, die sich der Bartl und die Philomena ständig leisteten, konnte man sagen, was man wollte; nach dem zweiten Einkaufsbummel sahen alle drei so aus, als wenn sie in dieses Nobelhotel gehören würden: Während die Philomena sich für einen knielangen blauen Rock mit süßen Rüschen, weißer Bluse und einer schicken ziemlich weißen Wollstrumpfhose, sowie für einen beigen Strohhut und schwarze Schuhe mit kurzen dicken Hacken und zum Rock passenden blauen Schleifchen ausgewählt hatte, trug Fuzzy ein lässiges Hawaiihemd zur dazu passenden Leinenhose. Das Ganze wurde dann von weißen Schuhen und einem weißen Ledertrilby, einem modernen Hut mit einer kurzen Krempe, gekrönt, die hinten stark nach oben gebogen war. Damit wollte er ein Zeichen setzen, denn während seiner aktiven Zeit als aktiver Mafioso hatte Fuzzy immer schwarze Hüte und schwarze Anzüge tragen müssen. Den knallgelben neuen Sommerpullover hatte er lässig über die Schultern geworfen.

Beim Bartl sah dies allein schon farblich etwas anders aus, denn der war ja schließlich kein *Ex*trauerredner, sondern nach wie vor ein begeistertes Mitglied des Vereins »Bairische Trauerredner e. V.«, dem im Moment nur seine Arbeit fehlte. Also hatten sie ihm passend zur dunklen Sonnenbrille einen total schicken Anzug in Rabenschwarz und ein blütenweißes Hemd mitgebracht. Schwarze Lackschuhe und ebenfalls ein Hut – im Gegensatz zu Fuzzys Trilby allerdings schwarz und mit breiter Krempe – rundete nun sein Äußeres ab. Die Philomena hatte noch darüber nachgedacht, irgendwo eine Spielhahnfeder aufzutreiben, dies aber auf Fuzzys Anraten hin dann doch gelassen.

Seit der Bartl im Anzug Aufnäher gefunden hatte, auf denen »BOSS« stand, kam er sich auch selbst vor wie ein solcher. *Den* Zahn wird ihm die Philomena allerdings schnell wieder ziehen. Dass sie ihm aber auch noch eine Silberkette mitgebracht hatte, an deren Enden Befestigungsmöglichkeiten für seine Brille angebracht waren, hatte den Bartl fast so umgehauen wie in der vergangenen Nacht, als er die Philomena für einen Moment versehentlich pudelnackig gesehen hatte, als er unbedacht ins Bad gepoltert war. Philomenas Schrei dürfte man wohl im ganzen Hotel gehört haben.

*

Weil alles so schön war, Geld keine Rolle spielte und sich deswegen sowohl die Hotelleitung als auch das Personal an die drei schrägen Vögel gewöhnt hatten, beschlossen der Bartl, die Philomena und Fuzzy, sich noch ein paar geruhsame Tage in Augsburg zu machen, bevor sie – natürlich standesgemäß mit dem Zug und dazugehörender Fahrkarte – nach Staufen fahren und sich von dort aus ins Ausland absetzen würden. Außerdem war das Wetter dermaßen traumhaft, dass trübe Gedanken an die Polizei und an die Mafiosi weit weg waren und gar nicht erst aufkommen mochten.

»Wenn du keine Lust hast, dir die ›Fuggerei‹ anzusehen, musst du halt etwas anderes unternehmen!«, empfahl die an diesem Tag ganz besonders gut gelaunte Philomena dem Bartl, der nur antwortete, dass die Zimmer dort sowieso viel zu klein und die Betten zu kurz für solch einen langen Lulatsch seien, wie er es war. »Was soll ich also dort? Da bleibe ich lieber hier in der richtigen ›Fuggerei‹ (damit meinte er die Bezeichnung des teuren Hotels), wo es wenigstens was zum Trinken gibt.«

Das »Pfiat di!« und das »Addio!« der beiden konnte er gerade noch hören, dann war die Philomena mit Fuzzy auch schon durch die Drehtür nach draußen gehuscht. Nur gut, dass sie das zigmal geübt hatten, weil sich die anderen Gäste immer so aufregen mussten, nur weil die lustige Drehtür wegen ihnen zum Stehen kam.

*

Also blieb dem Bartl im Moment nichts anderes übrig, als sich schon am helllichten Frühvormittag an die Hotelbar zu setzen und sich beim Barkeeper ein Pils zu bestellen, weil es dort kein richtiges Bier gab.

Da die drei, insbesondere aber der Bartl, mittlerweile so etwas wie Maskottchen innerhalb dieses Hotels geworden waren, duzten ihn alle und er duzte sowieso alle, sogar den Hoteldirektor. Und weil sich die drei Landeier mittlerweile einigermaßen mit den Gepflogenheiten eines Fünf-Sterne-Hotels vertraut gemacht hatten, kamen sie auch mit den meisten Gästen klar, sogar der Bartl. Dass sich aber ausgerechnet die kräftig gebaute Frau mit den dicken Klunkern, die er beim vorgestrigen Frühstück kennengelernt hatte, direkt neben ihn an die Hotelbar setzte, obwohl alle anderen Hocker frei waren, wunderte ihn dann doch ein wenig.

Also tat der Bartl so, als wenn er sie nicht bemerken würde, obwohl sie ja kaum zu übersehen war. Aber auch der ansonsten mehr als aufmerksame Barkeeper schien sie geflissentlich zu übersehen. Jedenfalls tat er so, weil er dieses arrogante Weib auch nicht ausstehen konnte. Wahrscheinlich, weil des knickrige Luedr kui Trinkgeld git, vermutete der Bartl in seiner einfachen Allgäuer Denkweise. Es reichte schon, wenn er sich bemühen musste, Hochdeutsch zu reden, also mochte er wenigstens so denken, wie er es gerne tat. Und das war nun einmal auf Allgäuerisch.

»Garçon!« Die Frau schnippte aufgeregt mit ihren Wurstfingern. »Einen ›Bloody Mary‹!«

»Sagt man bei euch nicht ›Bitte‹?«, mischte sich der Bartl nun doch ein, weil er James, den aus dem englischen Brighton stammenden schwarzen Barkeeper, zwischenzeitlich etwas näher kennengelernt hatte und deswegen mochte. Dies konnte möglicherweise daran liegen, dass er sich seit Yemaya Ngogos Beerdigung mit Schwarzen ganz gut auskannte.

Klar, dass die Frau nicht auf Bartls unverschämte Frage reagierte. Der aber gab nicht auf und stichelte so lange weiter, bis sie bei ihrer nächsten Bestellung brav »Bitte« sagte und den Bartl fragte, ob sie ihn denn auf einen Drink einladen dürfe.

»Hä?« Der Bartl wunderte sich.

Und James schüttelte ungläubig den Kopf, dann zwinkerte er dem Bartl gleichsam dankbar wie aufmunternd zu.

»Von mir üs, wenn as di it ruit!«, verfiel der Bartl in einen strengeren Allgäuer Dialekt, wie er ihn in seiner Kindheit gelernt hatte. Denn schließlich war er schon einmal im Hintersteiner Tal gewesen – und da hatte er sich dies wohl gemerkt.

»Wie bitte?«

Aber der Bartl hatte jetzt keine Lust, seine bewusst arg dialektisch gewählten Allgäuer Brocken zu übersetzen. Das Pils kam trotzdem.

»Schmeckt es?«, wollte die großzügige Spenderin wissen.

»As duat as so!«, verblieb er zunächst noch in seinem für Preußen absolut nicht verständlichen Allgäuer Dialekt, besann sich dann angesichts des ausgegebenen Getränks eines Besseren: »Entschuldigung, ich meinte: *Es geht so.* Ein richtiges Bier wäre mir zwar lieber! Aber Hauptsache, das Wasser ist durch die Filtrieranlage einer guten Brauerei gelaufen!«

»Wie bitte?« Jetzt wunderte sich die Frau.

Es ging eine ganze Zeit lang, bis sich das Nordlicht und der eingebaierte und inzwischen auch schon etwas italienisierte Allgäuer verstanden. Weil für den Gomm Bartl, der nun ja aus seinem Landkreis Isar Mitte herausgekommen war, Internationalität alles bedeutete, klappte dies dann irgendwann doch noch ganz gut.

Eine Stunde später saßen die beiden einträchtig nebeneinander und tranken ein für den Bartl grausiges Blubberwasser, das seiner Meinung nach *nicht* durch die Filtrieranlage einer guten Brauerei gelaufen sein konnte. In einem silbernen Eiskübel vor ihnen stand schon die dritte geöffnete Flasche Champagner. »Dom Pérignon« stand auf dem Kübel, was dem Bartl signalisierte, dass da die Russen die Hand im Spiel haben mussten, wahrscheinlich die dortige Mafia. Aber das muss ja nichts heißen, dachte er sich, nachdem ihm seine Sitznachbarin erklärt hatte, was dies bedeutete. Trotzdem schaute er vorsichtig um sich. Ihm war nur wichtig, ihr gezeigt zu haben, wo der Bartl den Most holt. Und dass ihm dies bestens gelungen war, zeigte sich allein daran, dass James zufrieden grinste und die beiden exzellent bediente: »Oliven?«

»Hä?«

»Nüsschen?«

»Gerne!«

Weil die Frau dem Bartl erklärt hatte, was Oliven waren, brachte James beides. Das hätte er wohl besser nicht getan, denn nun würde er die Olivenkerne zusammensammeln müssen, die der Bartl mit viel Freude in der Gegend herumspuckte.

»Weshalb bist du heute eigentlich ganz in Schwarz?«, interessierte den Bartl, der mit »Svenja« am helllichten Spätvormittag »auf die Oliven« Brüderschaft getrunken hatte. Weil sie zu heulen begann, hängte er noch ein »rein berufsmäßig, verstehst!« dazu.

Als die aber nicht mit der Heulerei aufhörte, schob der Bartl dies auf die etlichen Gläser Champagner, die sie inzwischen getrunken hatte und der ja nicht guttun konnte. »Es wäre besser gewesen, wenn du Bier getrunken hättest, anstatt dieses Zeug hier!«

Er selbst bekam auch schon mal den Moralischen, wenn er zu viel von irgendwas gesoffen hatte, das er nicht vertrug. Dies konnte auch vorkommen, wenn das Bier nach der sechsten Halbe immer noch nicht schmeckte. Das waren dann *die* Situationen, wo er ernsthaft in Erwägung zog, zum Arzt zu gehen.

»Noch ein Gläschen Schampus, Bartel?«

»Nein! … Äh! … Danke! … Damit mach ich mir nur den Durst noch ganz kaputt!«, antwortete der bodenständige, aus dem Allgäu stammende Baier und bestellte sich bei James in Gottes Namen halt noch ein Pils.

»Aber sag mal, Bartel …«

»Bartl! Bartl ohne ›e‹ genügt!«, korrigierte ihr Geprächspartner zum zigten Mal. Er hatte jetzt keine Lust mehr, sich mit einer Frau zu unterhalten, deren komischen Vornamen er nicht einmal aussprechen konnte. Aber Svenja war schon zu angetrunken, um Ruhe geben zu können: »Wieso hast du an einem Werktag einen schwarzen Anzug an? Hast du auch jemanden …« Und schon wieder begann sie zu heulen.

»Wie gesagt, rein berufsmäßig!«, unterbrach der Bartl und bekam auch schon eine zweite Frage vor den Latz geknallt: »Bist du etwa ein Leichenbestatter?« Die Preußin wartete mit entsetzt aufgerissenen Augen auf Bartls Antwort, die dann auch gleich kam: »Um Gottes Willen: Nein!«

»Was dann?« Svenja schien plötzlich nüchtern geworden zu sein oder nüchtern werden zu wollen. Jedenfalls bestellte sie sich ein »Pineo«. Wie der Bartl von James später noch erfahren würde, ein sündhaft teures Premiummineralwasser aus den Pyrenäen, das nur bei Vollmond abgefüllt wurde. »Sapperlott!«, würde der Bartl diesen Schmarrn dann nur ganz knapp kommentieren und lauthals zu Lachen anfangen. »Ich sags ja schon immer, die spinnen die Preußen!« Und daran, dass Svenja eine Preußin war, zweifelte der Bartl nicht im Geringsten. Jedenfalls kannte er keine Allgäuerin und auch keine Bairin, die Svenja hieß und so komisch sprach.

Jetzt aber wollte Svenja erst einmal von ihm wissen, inwieweit er mit dem Tod in Verbindung stehen würde. Denn dass ihr Gegenüber etwas damit zu tun hatte, stand für sie nach Bartels – sorry – nach Bartls zuvor Gesagtem fest. »Also?«, drängte sie und drückte sich dem Bartl gefährlich nah entgegen. Dabei fiel ihr die Handtasche runter.

Galant, wie der Gomm Bartl nun einmal war, bückte er sich und hob die große Handtasche auf. »Hier, Svenja! Dein Werkzeugkoffer!« Er war froh, dieses schwere Teil nicht ins Gesicht bekommen zu haben. Da war ihm Philomenas wesentlich kleinere und leichtere Handtasche schon lieber.

Aber die Frau ließ sich nicht ablenken. »Also, was ist nun?«

Weil der Bartl wegen dem vielen Alkohol nicht gleich wusste, wie er sich selbst und seinen Berufszweig ins beste Licht rücken konnte, legte er theatralisch seine Handflächen so ineinander, wie er es seiner Erfahrung nach die Seelsorger tun, auch der Pfarrer von Isenbrezhofen. Dann sagte er mit einem betont ruhigen Timbre in der Stimme, dass er einen Beruf habe, der es den Toten schwerer mache, gestorben zu sein und den Hinterbliebenen leichter, den Schmerz zu verarbeiten. »Denn wenn der Tod kommt, ist Sense!«

Als sie dies hörte, begann Svenja schon wieder zu weinen, weswegen es dem Bartl so langsam dämmerte. »Ist bei dir jemand gestorben?«

Svenja bestellte beim Barkeeper eine Linie Jubel-Aquavit für sich und den Bartl: »Skal!«

»Was?«

»Das heißt ›Prost‹ auf norwegisch! … Das Gesöff kommt von dort!«

»Aha! – Ska … Wie? … Äh! … Prost!«

»Skal, Bartel! … Ein Jubel ohne Trubel!« Nachdem sie dies gesagt und gemerkt hatte, dass sie versehentlich einen Reim von sich gegeben hatte, begann die Frau so zu kichern wie ein weiblicher Teenager, der zum ersten Mal … na ja, das eine halt, weil die Burschen in dem Alter noch nicht so weit waren.

Obwohl die dazu gehörenden Gläser so klein waren, das Gesöff wider Erwarten aber doch irgendwie schmeckte, bestellte nun der Bartl eine Runde: »Prost!«

»Jub*ell* … *B*art*ell*!«, betonte Svenja die letzten beiden Silben und begann schon wieder albern zu kichern.

»Schon gut, Svenja: Prost oder Skal?«

»Jubel!«

»Von mir aus: Prost!«

»Jubel!«

»Prost! … Jetzt reichts dann aber, gell?«

Ju…« Nachdem sie fünf Linien Aquavit runtergekippt hatten, ohne auch nur ein Wort über das blöde Zuprosten hinaus gesprochen zu haben, offenbarte sie ihm, dass ihr einziger Bruder unverhofft gestorben und sie deswegen sofort hierhergekommen sei. »Außerdem bin ich fix und fertig!«

»Jô, jô: Des schderbe an sich wär jô oar it so schlimm, wenn ma am nächschtê Dag it so hi wär!«, rutschte es dem Bartl versehentlich auf Allgäuerisch heraus, was vielleicht ganz gut war.

Letztlich aber hatten sich die beiden dank des Alkohols auch weiterhin gut verstanden, obwohl Svenja – wie auch ihr verstorbenes Familienmitglied – aus Ostfriesland stammte, wo sie im Gegensatz zu ihrem nach Augsburg verzogenen Bruder immer noch lebte.

Im Gespräch erfuhr Svenja schnell, dass der Bartl bei aller Bescheidenheit der beste Trauerredner vom Landkreis Isar Gesamt war, seiner Aussage zufolge natürlich *inklusive München*. Und der Bartl hatte einen Auftrag in der Tasche, den er nicht ablehnen konnte, obwohl er ja quasi schon im Geld schwamm. Aber *das* war es auch nicht, was ihn reizte, bei der auf übermorgen angesetzten Beerdigung von Svenjas Bruder, des verstorbenen Bordellbesitzers Hauke Gerjets, die Trauerrede zu halten – immerhin war Augsburg die größte Stadt im gesamten Regierungsbezirk Schwaben und der Westfriedhof der traditionsreichste Friedhof der Stadt.

Ob die Tradition hier auch schon mal so geblüht hatte, dass bei einer Beerdigung Schuhplattler oder eine Volkstanzgruppe aufgetreten waren, bezweifelte der Gomm Bartl allerdings. Aber dies war ihm letztlich auch egal. Hauptsache, er durfte endlich wieder ganz in seinem Element sein und sein Können zeigen. Dabei würde ihm sicher zugutekommen, dass er wohl der einzige Trauerredner sein dürfte, der Mafiaerfahrung hatte. Also würde er sich mit einem – wie er vermutete, »auf die Seite gebrachten« – Puffbesitzer leichttun, und wenn der noch so ein schweres Kaliber wie seine Schwester gewesen sein mochte. Dazu würde kommen, dass er die Philomena in ihrem roten Untergwand gesehen hatte und seit ihrem Raub im Container wusste, dass es so ein Häs auch in Schwarz gab. Also kannte er sich quasi nicht nur mit dem Totlichtmilieu, sondern auch mit dem Rotlichtmilieu aus. So jedenfalls legte es sich der Bartl zurecht. Dabei musste er über seinen neuesten literarischen Erguss schmunzeln: »Totlicht! – Rotlicht!« Ja, das gefiel ihm. Zwar von ihm selbst, aber trotzdem gut.

»Ich danke dir, mein lieber Bartel! … Weil ich hier fremd bin und hier niemanden kenne, nimmst du mir eine große Last von den Schultern!«

Weil der Bartl jetzt gut aufgelegt war und es ihm zu dumm geworden war, sich zum hundertsten Mal über das »e« in seinem Namen aufzuregen, bemerkte er nichts mehr dazu. Dann war er für Svenja eben der Bart*e*l, fertig! Da interessierten ihn schon eher detaillierte Informationen über die bevorstehende Beerdigung: »Um meine Sache gut machen zu können, musst du mir aber auch eine Last von den Schultern nehmen!«, sagte er.

»Ja, gerne, Bartel! Welche Last denn?«

Wenn der Barhocker eine Rückenlehne hätte, würde sich der Bartl jetzt zurücklehnen und die Hände verschränken – dies würde professionell aussehen, fand *er* zumindest. Weil dies aber nicht ging, drückte er beide Ellenbogen auf die Theke und faltete die Hände vor seinem Mund, was sicher auch nicht schlecht aussah, wie er ebenfalls fand. »Du musst mir noch alles über deinen Bruder erzählen, gell?«

Vorbereitung zur Beerdigung eines Ostfriesen im ganz klar bairischen Regierungsbezirk Schwaben.

Klappe 16

Der Gomm Bartl hatte von Svenja Gerjets noch viel über ihren – wie sie ihm im Vertrauen gesagt hatte – *erstochenen* Bruder Hauke erfahren. Somit hätte der Bartl mit seiner Einschätzung der Todesursache fast recht gehabt. »Hurament aber au! Hettêt diê ihn it verschießê kennê? Dô wär a au hi gwea!«, ärgerte er sich.

Wegen Haukes anrüchigem Beruf hatte Svenja den Bartl gebeten, möglichst viel aus dessen Kindheit zu erzählen. Aber dies hatte ihr der Bartl mit starken Argumenten gehörig ausgeredet: »Wenn schon jemand ein Zuhälter war, müssen wir auch zu ihm halten, dies sagt schon die Berufsbezeichnung ›Zu–häl–ter‹ … ›Zu–ihm–halten‹ aus! Verstehst?« Der Bartl war philosophisch wieder einmal gut drauf gewesen und hatte entschlossen eine Faust geballt, während er gscheit daherredete: »Wir zwei müssen das Berufsethos deines Bruders hochhalten, du hast hier doch sonst niemanden! Sei mal ehrlich, liebe Svenja, wer hat schon einen Zuhälter als Bruder? Das ist doch nicht nix, oder? Sei stolz auf ihn und darauf, dass er erstochen wurde! Stell dir vor, der Arme wäre an einem Schlaganfall gestorben, und damit meine ich nicht einen Schlag auf den Kopf, gell? Du weißt, was ich meine!« In seinem Eifer hatte der Bartl Svenja so zugschmaatzt, dass die nur noch heulend genickt hatte.

»Also, so dummer! … Hand drauf!«

*

Weil ihm dieses Mal die Möglichkeit gegeben wurde, endlich die schon lange überfällige *perfekte* Trauerrede halten zu können, hatten ihm Svenjas Informationen trotz deren Fülle nicht ausgereicht – insbesondere, weil der Tote dem Augsburger Rotlichtmilieu angehört hatte, von dem die Friesin leider viel zu wenig Details gekannt, im Grunde genommen überhaupt nichts gewusst hatte. Morgen muss ich noch gewaltig recherchieren, denn übermorgen sollte alles passen, nahm sich der Bartl allein schon deshalb vor, weil der neue Anzug des begnadeten Friedhofskünstlers bei dieser Beerdigung seine Premiere haben würde – Grund genug für den Gomm Bartl, *alles* zu geben, aber auch schon wirklich alles.

Aber wie sollte er dies Fuzzy, vor allem aber der Philomena beibringen? Am besten gleich beim Frühstück! Also tat der Bartl zunächst so, als wenn nichts wäre: Wie an jedem Morgen ging er fünf Mal zum Büfett, wo er sich auch an diesem Morgen wieder eine Scheibe Lachs und dann eine große Portion Wurstsalat mit viel Zwiebeln für die Verdauung holte, weswegen er daraufhin so furzen konnte, dass seine Blähungen noch im Frühstücksraum nachließen. »Prima!«, sagte er. Und weil er wusste, dass der Kaffee seinen Beitrag dazu leistete, genehmigte er sich davon etliche Tassen – seinem Berufsethos entsprechend natürlich schwarz!

Demnach war alles ganz normal! Und dies wollte der Bartl nun ausnützen, um Fuzzy und der Philomena zu beichten, dass er morgen hier in Augsburg eine Trauerrede halten würde. Also erzählte er ihnen zuerst die Geschichte, wie er mit einer gewissen Svenja Gerjets an der Bar gesessen war.

»Mit der Dicken von vor drei Tagen?« Bevor sich die Philomena darüber aufregen konnte, schwor er ihr hoch und heilig, nix mit der anderen Frau gehabt zu haben. »Wir haben nur getrunken und geredet!«

»Wers glaubt, wird selig, gell, Bartl?«, meinte sie zwar ironisch, fuchtelte dabei aber gefährlich mit ihrer Handtasche herum.

»Um das geht es doch nicht!«, mischte Fuzzy sich energisch ein, dem der Bartl von dieser Beerdigung erzählt hatte. Er – also Fuzzi und nicht der Bartl – befürchtete, dass die Philomena nun so richtig zu eifern beginnen könnte. »Du weißt, dass wir dir alle Leichen dieser Welt gönnen, aber du weißt auch, dass wir nach wie vor verfolgt werden und selber zu Leichen werden können!«

»So a Krampf!« Über so was konnte der Bartl nur lachen. »Wo sind sie denn, unsere Verfolger? Hä? … Wo denn?«

»Beruhige dich, Bartl! … Momentan dürfte zwar keiner in unserer Nähe sein, aber weit sind die nicht weg! Irgendwann hängen uns sowohl die Polizei wie auch meine Exkollegen wieder an den Arschbacken! Wir sind erst in Sicherheit, wenn wir im Ausland sind. Und deswegen hätte ich eigentlich vorschlagen wollen, dass wir morgen abreisen!«

»Ja, spinnst du denn ganz? … Jetzt, wo es mir hier so richtig gefällt!«, empörte sich die Philomena und bekam vom Bartl ein zustimmendes Kopfnicken. Somit war die Sache mit der Tasche vom Tisch – für den Moment jedenfalls.

»Dass *du* hierbleiben möchtest, ist mir klar, Bartl! … Aber die Dicke kriegt von mir was auf die Backen, wenn die dich noch einmal auch nur anschaut! … Hosd mi!« Und schon kam wieder Bewegung in Philomenas Handtasche.

Nach einer heftigen Diskussion, bei der eindeutig die Philomena ohne Einsatz ihrer Handtasche als Siegerin hervorgegangen war, hatten sie sich darauf geeinigt, dass der Bartl die Finger von dem kräftigen Friesengewächs ließ und sie – wenn er sich an die Abmachung halten sollte – noch einen Tag über die Beerdigung hinaus, also bis übermorgen, bleiben und dann in aller Herrgottsfrühe nach Staufen abreisen würden.

Weil Fuzzy ein paar Sehenswürdigkeiten wie etwa das Römische Museum, das Schaezlerpalais, und wenn noch Zeit übrig wäre, auch das MAN- und das Automobilmuseum besuchen wollte, was die Philomena schon gar nicht interessierte, würden sie sich an diesem Tag zum ersten Mal seit ihrem gegenseitigen Kennenlernen einzeln und allein in einer fremden Stadt bewegen. Also konnte die Philomena ohne Bartls nervende Kommentare den Botanischen Garten besuchen und ins Puppentheatermuseum gehen – da blieb zwischendurch sicherlich genügend Zeit für eine Tasse Kaffee und für einen Eisbecher.

»Und was machst du, Bartl?«, mochte sie dann aber doch noch wissen.

»Ich? … Zur Einstimmung auf meine morgige Trauerrede werde ich mir den Sankt-Maria-Dom ansehen und dann …« Er räusperte sich fast ein bisschen verlegen, »werde ich im ›Milieu‹ recherchieren.«

Weil die Philomena nicht wusste, was damit gemeint war und Fuzzy zwar ahnte, was das war, er aber das deutsche Wort dafür nicht kannte, nickten beide.

»Servus, Bartl! Bis später!«

»Sì! Ciao!«

Der Bartl sagte nichts und schlurfte einfach aus dem Hotel, wo er in ein Taxi stieg.

»Achtung! Kopf einziehen!«

»Ja, ja: Schon gut! … Aua! … Zefix!«

»Wohin?«, mochte der Taxler kopfschüttelnd wissen.

»Ins Milieu!« Den Dom wollte der Bartl unterschlagen.

»Wohin?«, wunderte sich der Taxilenker, der seinen eigenartigen Fahrgast von oben bis unten musterte. »Meinen Sie den Puff? … Zu dieser frühen Stunde? … Respekt!« Weil der offensichtlich indische Menschenbeförderer von seinem komisch auf ihn wirkenden und völlig verdutzt dreinschauenden Fahrgast keine Antwort bekommen hatte und sich deswegen nicht ganz sicher war, ob der das mit dem ›Milieu‹ wirklich ernst gemeint hatte, wartete er auf die Antwort, bevor er losfuhr. Dass er dabei seinen Taxometer laufen ließ, war eh klar.

»Wohin sonst?« Als er dies sagte, kam sich der Bartl für einen Moment so dermaßen schlecht vor, dass er an seine bigottische Mutter dachte und sogar heimlich das Kreuz schlug.

»Also in die ›Möhrengasse‹?«

»Von mir aus! … Wenns dort ›Hasen‹ gibt!« Noch eine ganze Zeit lang später musste der Bartl über seinen eigenen Witz so lachen, dass ihm gar nicht auffiel, schon zum zweiten Mal in der Nähe des Augsburger Rathauses vorbeigefahren zu sein.

Aber irgendwann – der ausländische, aber ortskundige Taxler hatte trotz Bartls schicker Klamotten rasch gemerkt, dass es sich bei seinem deutschen, aber orts*un*kundigen Fahrgast um ein Landei handelte, weswegen er ihm satte vierzig Mark und ein paar Zerquetschte abgeknöpft hatte – stand der Gomm Bartl aus dem mittelbairischen Isenbrezhofen vor dem »Gelben Gockel« in Augsburg, einer Kneipe, die schon von außen einen schmuddeligen Eindruck auf ihn machte. Obwohl er nicht wissen konnte, dass es sich hierbei um eine Traditionskneipe handelte, in der sich kriminelles Gesocks, Prostituierte, Zuhälter und anderes lichtscheues Gesindel die Klinke in die Hand gaben, spürte er, hier richtig zu sein. Also ging er beherzt auf die Kneipe zu, die quasi das Tor zur Glückseligkeit war, weil sie sich direkt vor der Puffstraße befand.
Selbstbewusst, ja fast schon überheblich, riss der Gomm Bartl die Tür auf.

»Sapperlott!«, entfuhr es ihm anerkennend, als er sah, was sich hier zu dieser frühen Stunde schon alles – oder besser gesagt *noch* – tummelte und dass eines der Mädchen unter ihrem dünnen Hängekleidchen genau das *in Schwarz* anhatte, was die Philomena in Rot getragen hatte. Beim genaueren Hinsehen bemerkte sein inzwischen geschultes Kennerauge, dass es dies wohl auch in anderen Farben gab. Der Bartl musste schlucken. Und da glaubt die Philomena, dass ich was mit Svenja haben könnte, fuhr es ihm durch den Kopf.

Dass sofort alle Blicke auf ihn gerichtet waren, wertete der Bartl als Respekt ihm gegenüber. Irgendwie war er ja auch eine imposante Erscheinung. Und erst sein BOSS-Anzug, wenn der nicht wirkte, was dann? Um sich selbst noch ein Weilchen wirken zu lassen, fasste er sich in die Tasche … erreichte damit aber nur, dass es sämtliche Männer von ihren Sitzen riss und die ihre Waffen zogen.

»Herrschaftszeiten!« Der Bartl war einfach überwältigt und sich jetzt schon sicher, die beste Trauerrede seines Lebens halten zu können. Hier finde ich Informanten von allen einschlägig tätigen Berufszweigen, dachte er und hielt das, was er aus seiner Hosentasche herausgefischt hatte, für alle gut sichtbar in die Höhe.

»Schnupftabak!«, schrie einer. »Der hat nur seinen Schnupftabak aus dem Hosensack rausgeholt!«

Dann begannen alle beruhigt zu lachen, die Männer steckten ihre Waffen weg und die Frauen kauten weiter auf ihren wahrscheinlich rosaroten Kaugummis oder an ihren sichtbar rosaroten Fingernägeln herum.

Obwohl dem Bartl eigentlich bewusst geworden sein musste, dass sein Leben für einen kurzen Augenblick nur noch an einem seidenen Faden hing, mochte er die Situation auskosten, indem er – immer noch mitten im Raum stehend – betont lässig seine beiden Nasenlöcher mit Schmalzler füllte. Dann schaute er sich nach einer Sitzmöglichkeit um. An die Theke mochte er sich nicht setzen, weil es dort erfahrungsgemäß nur Pils gab und er Durst auf ein richtiges Bier hatte. Und weil dort sowieso schon alle Plätze besetzt waren, ging er langsam zum einzigen runden Tisch ganz im hintersten Winkel des Gastraums, an dem nur ein einziger Mann saß.

Schlagartig wurde es still im Raum, keiner sagte mehr etwas, keiner bewegte sich. Alle waren gespannt, was nun kommen würde. Weil der Bartl dies nicht mitbekam, lehnte er sich lässig über den Tisch und sagte zu dem anderen: »Grüß Gott! … Ich bin der Gomm Bartl aus Isenbrezhofen und brauche ein paar Informationen über einen gewissen …«

Der Bartl hatte Hauke Gerjets Namen noch nicht ganz ausgesprochen, als ihm sein Gegenüber auf die Schulter klopfte und für ihn ein Riegele-Bier mit Korn bestellte.

»Bist du eine Bulle?«

Der Bartl schüttelte energisch den Kopf, bevor er sagte, dass er mit den Schandis nichts zu tun haben möchte.

Als sie dies mitbekamen, unterhielten sich die anderen Gäste entspannt weiter. Denn die hatten gedacht, dass der Fremde – wenn er Glück hatte – von »Messer-Kalle« eins aufs Maul oder unter dem Tisch ein Messer in sein Gemächt bekommen würde. Immerhin war der neue Gast an »Kalles Tisch« gekommen, ohne gefragt zu haben, ob er dies denn dürfe. Das war keine böse Absicht vom Bartl gewesen, aber die Allgäuer waren halt so ungehobelt. Und dies gefiel »Messer-Kalle«, weswegen er dem Bartl gleich das »Du« anbot und ihm auch unumwunden erzählte, dass er seine respektable Zuhälterkarriere in Ham/Westfalen und in Köln begonnen hatte. »Du bist wirklich kein Bulle?«

Wieder schüttelte der Bartl energisch den Kopf und erklärte seinem Gegenüber, selbst von der Polizei gejagt zu werden.

Nachdem er seinem neuen Freund Kalle auch noch vom Gespräch mit einer gewissen Svenja Gerjets aus Ostfriesland berichtet und auch erzählt hatte, dass er der beste Trauerredner im Landkreis Isar Gesamt und *logischerweise* auch in München sei, der bei Hauke Gerjets Beerdigung die Trauerrede halten würde, erfuhr er von Kalle, was »Ostfriesen-Hauke« für ein Kaliber gewesen war: der Herr über die Möhrengasse und all seine Nutten! Selbstverständlich gehörten ihm nicht alle, aber die sieben besten dieser leichten Mädchen, und bei allen anderen kassierte er mit ab. Aber dies war nun ja vorbei, weil »Ostfriesen-Hauke« hier eindeutig der BOSS gewesen *war*.

Weil die leichten Mädchen ja keine leiblichen Töchter von schweren Jungs waren, konnten sie auch nicht familiär weitervererbt werden – irgendwie logisch, oder? Deswegen fielen sie grundsätzlich *immer* in die Hände desjenigen Rotlichtprinzen im Revier, der aufgrund seiner stets hart und brutal erarbeiteten Reputation die besten Chancen hatte, zum unangefochtenen König dieses Reviers zu avancieren. Und dies war in Augsburg nun einmal »Messer-Kalle«, der »Ostfriesen-Haukes« Nachfolge unverzüglich angetreten hatte, bevor sich noch einer der jungen Luden einbildete, eine schnellere Karriere machen zu können, als ihm dies von den »Altgedienten« zugestanden wurde.

Als der Bartl dies hörte, beschloss er, nichts von seinem neuen Anzug zu erzählen. Nach fünf Schnäpsen und ebenso vielen Fläschchen Riegele-Bier, das ihm sogar aus der Pulle recht gut bekommen war, hatte er mehr Informationen als er würde verarbeiten können. Deswegen könnte er eigentlich ins Hotel zurückkehren.

Aber Kalle wollte dem Bartl noch mehr über sich, über »Ostfriesen-Hauke« und über »das Rotlichtmilieu im Allgemeinen« erzählen. Außerdem hatte er mit Nachdruck darauf bestanden, seinem Gast auch noch den Augsburger Straßenstrich – sozusagen als praktisches Anschauungsmaterial – zu zeigen und ihm Eine auszugeben. Und damit meinte er jetzt kein Getränk mehr.

Darüber, ob sich der Bartl aus dieser Situation rauswinden konnte und dies letztlich auch gewollt hatte, konnte im Nachhinein nur spekuliert werden. Jedenfalls hatte er Kalle bei der Arbeit über die Schulter schauen können, als der ihm die Möhrengasse mit seinen Hasen gezeigt hatte. Und »danach« war Kalle mit dem Bartl auch noch in den »Lutscher« gegangen, einen Nachtclub, in dem alle, wirklich *alle* Wünsche erfüllt wurden. Weil ihm dabei – was eigentlich pervers war – ausgerechnet jetzt die Philomena in den Sinn kam, würde der Bartl den Mantel des Schweigens für immer darüber werfen müssen.

*

Es war schon in den Morgenstunden, als vor dem einzigen Fünf-Sterne-Hotel Augsburgs ein zitronengelber Lamborghini Countach LP 400 mit aufgespritztem Regenbogendesign vorfuhr, bei dem der Wagenmeister des Hotels die Tür öffnete und sich wunderte, weil ausgerechnet der Gomm Bartl aus diesem Luxusschlitten stieg.

»Jetzt weiß ich, dass Benzin teuer und Sex billig ist!«, lallte der inzwischen beliebte Hausgast, der bis auf die überzogenen Taxikosten an diesem Tag keinen einzigen Cent hatte ausgeben müssen. Aber der Bartl sollte von diesem Zeitpunkt an noch beliebter werden, weil »Messer-Kalle« dem Wagenmeister auftrug, dass er und alle anderen Hotelmitarbeiter ganz besonders auf den »Herrn Gomm« achten sollten, sonst …

Bartls große Stunde
auf dem Augsburg'r Westfriedhof?

Schaug mer moi,
dann seng mer scho!

Klappe 17

»Himmelhergottsakerment! … Jô, Kreizkruzifix no môl: Ka ma dô it amôl in Ruah friêschtickê‘? … Zefix aber au!«, fluchte der Bartl in seiner in diesem Moment sicherlich nicht bewusst gewählten Heimatsprache, weil jede Silbe von dem langweiligen Krampf, den sich Fuzzy und die Philomena erzählten, wie die Schlegel von Buschtrommeln in seinem Schädel herumhämmerte. Und das, *ausgerechnet an dem Tag*, an dem er als Trauerredner über München hinaus international bekannt werden wollte.

Um an sich selbst nicht noch mehr anzurichten, ging der Bartl kein einziges Mal ans Frühstücksbüfett. Dies wunderte die anderen beiden – aber nicht, weil er nichts aß, sondern weil er genauso furzen konnte, als wenn er einen großen Haufen Wurstsalat mit vielen Zwiebeln … und eine Scheibe Lachs gegessen hätte.

Zu allem hin schien es das Personal an diesem Morgen ganz besonders gut mit dem Bartl zu meinen. Selbst der Hoteldirektor kam an den Tisch und erkundigte sich höchstpersönlich nach dem Befinden seines Hausgastes. »Vielleicht ein Glas Wasser mit Alka Seltzer?«

*

Stunden später war es so weit. Bartls Schädel brummte zwar immer noch – aber der war ja wenigstens gut mit Informationen über den Verstorbenen und über das älteste Gewerbe der Welt versorgt worden, obwohl er (der Bartl, nicht der Schädel) wegen des nächtlichen Rausches einiges davon vergessen haben dürfte. Trotzdem war der beste Trauerredner weit über die Grenzen des Landkreises Isar Mitte, und bald auch über München hinaus, bestens vorbereitet.

Und sein BOSS-Anzug war natürlich der Hammer, *allein damit* würde er Eindruck bei der Trauergemeinschaft schinden können. »Ja, so lass ich mir eine schneidige Beerdigung gefallen!«, sagte er zu sich selbst, als er sich im Spiegel betrachtete. Er mangelte lediglich seine Spielhahnfeder, die bei Trauerreden irgendwie zu ihm gehörte. Apropos »Trauerreden«: Nach dieser Zuhälterbeerdigung würde der Bartl darüber nachdenken müssen, ob nicht die Trauerrednerei das ältese Gewerbe der Welt war. »Wahrscheinlich!«

Obwohl Fuzzy und die Philomena eigentlich etwas anderes vorgehabt hatten, wollten sie es nicht versäumen, bei Bartls großem Triumph dabei sein zu können. Unabhängig davon hatten beide das Gefühl, dass sie ihrem Freund in dieser fremden Stadt beistehen mussten. Also hatten sie sich kurzerhand umentschieden und gingen mit ihm.

Als sie ins Taxi stiegen, das sie zum Westfriedhof bringen sollte, drehte sich der Taxler um und grinste den Bartl an. Dann zwinkerte der indische Depp auch noch und fragte seinen Fahrgast unverhohlen, wie es denn gestern bei den Hasen in der Möhrengasse gewesen war.

Dies ließ die Philomena natürlich hellhörig werden. »Du warst bei Hasen in einer Möhrengasse?«, interessierte sie und wollte es genau wissen: »Was hast du da gesucht … oder getan?«

Schlagartig bekam der Bartl Schweißperlen auf seiner sowieso schon malträtierten Stirn und solche Schweißflecken unter den Achseln, dass die gleich sein blütenweißes Hemd durchnässten. Da war nur gut, dass er das BOSS-Jacket drüber hatte. Aber damit war die Kuh natürlich noch nicht vom Eis.

»Äh …«

»Ja, Bartl? … Ich warte!« Die Philomena schaute ihn streng an, während Fuzzy sich denken konnte, was es mit einer »Möhrengasse« auf sich hatte. Deswegen verkniff er sich einen passenden Kommentar. Stattdessen tat er so, als wenn er nichts mitbekommen und sich nur für die Gebäude am Straßenrand interessieren würde. Also drehte er seinen Kopf weg und schaute zum Fenster raus.

Dies alles verfolgte der Taxler im Rückspiegel. Und weil der wusste, einen Bock geschossen zu haben, wollte er seinem Fahrgast gleich wieder aus der Patsche helfen, in die *er* ihn gebracht hatte. Schließlich hatte er ihm gestern zwanzig Mark zu viel abgenommen. Also fragte er den Bartl, wie ihm die Ausstellung des Augsburger *Hasen*züchtervereins in der *Möhren*gasse gefallen habe.

Dem Bartl fiel ein solcher Stein vom Herzen, dass er gleich ein »Guuut!« sang, anstatt normal zu antworten. »Süße Viecher! … Die Hasen, mein ich!«

Dies erstaunte die Philomena. »Ja? … War die Ausstellung wirklich *so* toll?«

Schon wieder wollte der Bartl singen, konnte sich aber gerade noch am Riemen reißen. Der Brezlmarkt, den er der ernsthaft interessierten Philomena dann übers Rammeln und »die Hasen an sich« erzählte, konnte auch nur von einem einfallsreichen Trauerredner kommen.

Obwohl die Philomena irgendwie ein komisches Gefühl dabei hatte, dass sich der Bartl ausgerechnet eine Karnickelausstellung angesehen hatte, bemerkte sie nicht, wie der und der Taxifahrer sich zuzwinkerten. Und Fuzzy hatte genug mit sich selbst zu tun, um nicht laut lachen zu müssen. Also schaute der weiter zum Fenster raus. So sah er nicht, wie die Philomena eine Hand auf Bartls Hand legte, die zwar kurz zuckte, aber liegen blieb.

*

»Ich kann da nicht vorbeifahren! … Den Rest müssen Sie zu Fuß gehen!«, grummelte der Taxler, kurz bevor sie am Friedhof angekommen waren.

»A so a Schmarrn!«, schimpfte die Philomena, weil sie doch ihre neuen Schuhe anhatte. »Da ist noch genug Platz zum Durchkommen!«

Es stellte sich rasch heraus, dass sich der Taxilenker schlicht und ergreifend nicht traute, an den wie Perlen auf einer Kette dicht an dicht stehenden Luxusschlitten vorbeizufahren. »Was glauben Sie, was los ist, wenn ich einem von denen einen Kratzer reinfahre?«

»Was sind denn das für Protzkarren?«, mochte Fuzzy wissen, dem dieser stehende Autokorso vor ihnen gefiel. »Und weshalb steht vor jeder Kiste ein Schrank mit Lederjacke?«

Hierzu hatte der Taxler die Antwort: »Das sind Leibwächter, die passen auf ihre Chefs und deren Autos auf! Heute ist doch die Beerdigung von einem der wichtigsten Zuhältergrößen …«

»Genau da gehen wir hin! Und mein Bartl hält dort die Trauerrede!«, verkündete die Philomena stolz.

»Ah! *Deswegen* waren Sie gestern in der Möh …« So schnell konnte der Taxler gar nicht mit Sprechen aufhören, wie er von hinten einen Fingerspicker ans rechte Ohr bekam, bevor das Taxi angehalten hatte und der Bartl ausgestiegen war.

Nur gut, dass die Philomena nichts geschnallt hatte, weil die sich fasziniert die historische Häuservedute angeschaut hatte. Weil sie abwarten wollte, ob es vielleicht doch noch weiterging, war sie sitzengeblieben. Aber die Männer schienen im Moment etwas anderes im Kopf zu haben, weswegen auch der Taxler ausgestiegen war. Denn direkt vor ihnen stand dicht an dicht ein lack- und chromblitzender Traum auf Rädern hinter dem anderen, beziehungsweise vor dem anderen – je nachdem von welcher Seite man das Ganze betrachtete: Ein schwarzer Pontiac Firebird, ein cremeweißer Rolls-Royce Silver Shadow, ein silberner Porsche 911, ein goldener Mercedes 600, ein feuerroter Ferrari Testarossa, ein dunkelblauer BMW 635 CSI, ein blütenweißer Lamborghini Miura SV. Und ganz am Schluss dieses imposanten Autokorsos, also direkt vor ihnen, stand ein Wagen, den der Bartl kannte. »Seht mal«, sagte er und zeigte auf einen zitronengelben Lamborghini Countach LP 400. »Das ist das Auto von ›Messer-Kalle‹!«, wusste er und klärte die anderen dahingehend auf, was ihm Kalle gestern über sein Auto erzählt hatte: »184.000 Mark teuer, 375 PS starker V12-Boliden-Motor, 295 Kilometer schnell! … Mehr geht nicht!«

»Und *damit* bist du in den frühen Morgenstunden der vergangenen Nacht nach Hause gekommen?« Fuzzy konnte es nicht glauben. Aber er sollte schnell eines Besseren belehrt werden. Denn aus dem Männerpulk in der Nähe der Edelkarossen löste sich eine imponierende Gestalt im Leopardenfellmantel und ging auf die Gruppe zu, was den Taxler dazu veranlasste, sofort in sein Fahrzeug zu steigen und sich zu ducken.

Die Philomena hatte für einen Moment das Gefühl, von dem gut aussehenden Inder entführt werden zu sollen. Aber – wie sich schnell herausstellte – *leider* weit gefehlt.

Vor Fuzzy und dem Bartl stand ein etwa fünfzig oder sechzig, vielleicht auch schon siebzig Jahre alter, großer und breiter Mann mit einem langen gedrehten Schnauzbart, Hängebacken und strähnigen Haaren, die ihm fast bis auf die Schulter fielen. Mehr konnte man wegen des großen Schlapphuts nicht sehen. Um und um voller Goldschmuck zeigte er allen, die mit ihm zu tun hatten, »wo der Bartl den Most holte«.

So nach und nach kamen auch die anderen Typen auf sie zu, was den inzwischen wieder ausgestiegenen Taxler erneut dazu veranlasste, einzusteigen und in seinem hundsgewöhnlichen Merdedes auch noch die Verschlussknöpfe zu drücken. Dieses Mal saß er allerdings allein in seinem Auto, denn die Philomena war inzwischen ausgestiegen – die Neugierde hatte gesiegt.

»Ja, der Bartl!«, rief Kalle schon von Weitem. »Schön, dich zu sehen! … Wie gehts deiner Birne?« Kalle drückte dem Bartl zuerst die Hand und ihn dann fest an sich.

»Servus, Kalle! … Gôht schô!«

Fuzzy fielen schier die Augen aus dem Kopf; denn solche Typen hatte selbst der Exmafioso noch nie gesehen, obwohl die Außenstelle der sizilianischen Mafia, zu der er gehört hatte, viel mit Mädchenhandel zu tun gehabt hatte. Aber dies sollte ihm nun zugutekommen, denn als er den schweren Jungs erzählte, dass er quasi einer der Lieferanten für »weite Teile Baierns« gewesen war, der die Zuhälter mit Frischfleisch aus der Tschechoslowakei und zwischendurch auch aus Afrika versorgt hatte, hatte auch er – wie der Bartl schon am Tag davor – gewonnen.

So entwickelte sich ein Gespräch zwischen Fuzzy, dem Bartl und der Philomena mit zwölf der härtesten Zuhälter, die sich hier versammelt hatten, um einen von ihnen um die Ecke zu bringen. Ach Quatsch: um die Ecke war Hauke Gerjets ja schon gebracht worden, jetzt musste er nur noch *unter die Erde* gebracht werden.

»Sag mal ›Baiern-Peter‹, was ist eigentlich mit den Autos dort drüben?«, mochte Fuzzy wissen, der den Spitznamen aufgeschnappt hatte.

Der Hamburger, der ursprünglich aus Baiern stammte und dem der schwarze Pontiac Firebird gehörte, war extra vom dortigen Kiez angereist, weil er »Ostfriesen-Hauke« von dorther gekannt hatte, erklärte Fuzzy, dass der Capri, der Camaro, die Corvette und in Ausnahmefällen auch ein alter Cadillac Anfängern der Branche in der Einsteigerhierarchie gehörten. »Die müssen sich noch mit den ›vier Cs‹ zufriedengeben! Im Gegensatz zu den Jungen können *wir* es uns erlauben, *alles* zu fahren, was schnell und teuer ist. Je teurer der Wagen, desto begehrenswerter sind wir hinter unseren Lenkrädern! Länger, dicker, breiter!« Peter zwinkerte Fuzzy vielsagend zu: »Wenn du verstehst, was ich meine! … Wir Zuhälter leben von unserem Renommee … und natürlich vom Geld unserer Deerns!«, lachte der bullige Mann, der in einem Tigerfellmantel steckte.

Dass wir noch Sommer haben, checken diese Typen wohl nicht, dachte sich Fuzzy und wollte eine weitere Frage stellen. Aber das Armenseelenglöckchen rief sie zur Beerdigung.

»Sag mal, Kalle, meinst du, das Taxi darf an euren Schlitten vorbeifahren? Ich möchte mir nicht meine neuen Schuhe versauen!«

Kalle gab der Philomena einen galanten Handkuss und winkte den völlig verstörten Taxler zu sich. »Du bringst jetzt die Dame zum Friedhofseingang vor! … Aber wehe, du machst auch nur einen Kratzer in eines unserer Autos.«

*

Die Beerdigung war ein Bild für die Götter, das anstatt in neuem schwarzen Schwarz und in verschlissenem fast schon grauen Schwarz, in den buntesten Farben gemalt zu sein schien. Denn außer Svenja, der Schwester des zweiten Hauptdarstellers, waren nur die sechs Männer in gedeckter Kleidung anwesend, die sich in Sichtweite um das offene Grab herum postiert hatten.

»Zur Mafia gehören die nicht!«, stellte Fuzzy mit Sachverstand fest und schnaufte erleichtert durch.

Dafür waren die sieben »Hasen«, die »Ostfriesen-Hauke« gehört hatten und die jetzt für »Messer-Kalle« anschaffen mussten, in den schrillsten Farben gekleidet. Kurze Lederröckchen und … na ja, wer schon mal im Puff war, weiß ja selbst, wie die angezogen sind.

Zwischen dem Puff und dieser Beerdigung hier bestand lediglich der Unterschied, dass sie in ihren Arbeitszimmern keine Flokatijäckchen über ihrem Hauch von Nichts trugen.

»Da sage ich lieber nix dazu!«, bemerkte die Philomena, die sich aber gut vorstellen könnte, selbst so angezogen zu sein – Erfahrung mit roten Dessous hatte sie ja schon sammeln können. Ob dies dem Bartl gefallen würde? Weil solche Gedanken nicht auf einen Gottesacker gehörten, schalt sie sich im Stillen selbst. … Vielleicht in Schwarz?

Der Bartl hingegen schaute nur deswegen in Richtung der Mädchen, weil er wissen wollte, ob eine von ihnen ihn von der gestrigen Nacht her kennen könnte.

Dann waren da noch die vier Sargträger, die so traurig dreinblickten, dass es ernst aussah.

»Wahrscheinlich kriegen die nur einen Hungerlohn, weil der Verstorbene keine Kirchensteuer bezahlt hat!«, vermutete die Philomena, die ihre unkeuschen Gedanken endlich ganz beiseitegeschoben hatte.

Natürlich gab es auch einen Priester, der allerdings irgendwie einen gestressten Eindruck machte.

»Ich glaube, der ist froh, wenn das hier zu Ende ist! Und seine Ministranten hat er wohl aus Angst um deren Seelenheil zu Hause gelassen«, mutmaßte der Bartl, dessen Auftritt nun kurz bevorstand.

So leid es dem Trauerredner tat – aber in wenigen Minuten würde er Hauke Gerjets die Rolle als erstem Hauptdarsteller abnehmen müssen. Bis es so weit war, mochte er sich noch die zwölf Zuhälter betrachten, die aussahen, als wenn sie einem Zoo entsprungen wären. Nicht nur, dass diese brutalen Typen durchwegs wie Gorillas aussahen, wie Knastbrüder tätowiert waren und eine Intelligenz hatten wie der Vielfraß, hatten sie auch noch Fellmäntel an – vom Zobel bis zum Polarfuchs war alles dabei, da fehlten höchstens noch Ratten- und Hyänenfellmäntel, die wohl am angebrachtesten wären.

Außerdem verbreitete deren offensichtlich einheitliches Rasierwasser den Gestank von Moschusochsen – auch nicht gerade intelligente Tiere.

Unter den durchwegs offen getragenen Mänteln sah man die buntesten Hemden mit großen Kragen und weit aufgeknöpft – ansonsten würde man ja die dicken Goldketten und die Brusthaare nicht sehen können.

Bei den sündhaft teuren Cowboystiefeln könnte Fuzzy so neidisch werden, wie die Philomena bei dem vielen Goldschmuck, den die Zuhälter nicht nur um ihre stiernackigen Hälse, sondern auch an den Armgelenken und an fast allen Fingern trugen.

Obwohl die Jungs allesamt fast so beieinander waren wie ihre gemeinsamen Vorbilder Arnold Schwarzenegger und Sylvester Stallone, schienen sie an diesem Tag nicht auf Krawall aus zu sein – immerhin galt es ja einen der ihren unter die Erde zu bringen, obwohl den einer von ihnen um die Ecke gebracht hatte. Bei Revierstreitigkeiten galt eben das Recht des Stärkeren und nicht das des Klügeren.

Aber darüber konnte sich der Gomm Bartl jetzt keine tiefgründigen Gedanken machen. Denn jetzt war *er* an der Reihe, *er*, der bisher beste Trauerredner im Landkreis Isar Mitte, der in wenigen Minuten der beste Trauerredner von ganz Baiern, mindestens aber des gesamten Regierungsbezirks Schwaben und somit auch des Allgäus, werden würde, … zum Landkreis Gierling Gesamt *inklusive* München dazu, verstand sich. Verstehst?
Um außer dem bedauernswerten Verstorbenen nur ja niemandem die Schau zu stehlen, hatte der Bartl beschlossen, sich ausschließlich durch Worte, nicht aber durch das sonst übliche Herumgehampel zu profilieren – schließlich war er durch die Erlebnisse der vergangenen Wochen gewaltig gereift. Allein die zur Schau gestellte Gelassenheit sollte bei dieser Beerdigung seine Performance sein. Also ging er ganz normal – soweit dies bei seinem Gestell überhaupt möglich war – zur Schwester des Verstorbenen und verneigte sich kurz vor ihr. Dann stakelte er mit seinen dünnen Haxen, die man ja wegen seiner BOSS-Hose nicht sehen konnte, an ihr vorbei zu seinem Platz. Dort stand er für eine geschlagene Minute mit gesenktem Kopf da.

Bis auf das nervende Geplappere eines kleinen Buben in der Nähe war es mucksmäuschenstill. Weil der Bartl seinen Kopf nach unten hielt, sah er nicht, wie »Messer-Kalle« dem Knaben an seinem Hals andeutete, was er mit ihm machen würde, wenn der nicht endlich sein Maul halten würde. Erst nachdem das Kind schreiend zu seiner Mutter gerannt war und die Klappe hielt, hob der Gomm Bartl sein Haupt und lächelte mild in die Runde.

*

»Meine liebste Svenja …« Im Gegensatz zu seiner sonstigen Gewohnheit sprach der Bartl die Trauergäste bei dieser Beerdigung, in diesem Fall die einzige Hinterbliebene des Verblichenen, direkt an. Und dass er das einzige bei dieser Beerdigung weinende weibliche Wesen persönlich kannte, obwohl es doch aus dem im nördlichsten Norden Deutschlands liegenden Aurich, und er aus Isenbrezhofen, also quasi irgendwie ja von hier stammte, durfte schließlich jeder wissen. Im Gegenteil: Das machte das Ganze sogar *noch* professioneller, vor allen Dingen aber internationaler.

Daran, dass er für sein »*Meine liebste* Svenja« später von der Philomena einen Einlauf bekommen würde, durfte er jetzt allerdings nicht denken – ihr grantiges Dreingeschaue reichte ihm schon und war Strafe genug. Wenn er jetzt auch noch dazuzählte, dass ihn vielleicht doch noch eines der Mädchen von der gestrigen Nacht wiedererkennen würde, müsste er die heutige Trauerrede eigentlich sein lassen. Denn so viel Nervenanspannung ging schließlich auf keine Kuhhaut. Aber der Gomm Bartl war ja nicht umsonst der beste Trauerredner im Landkreis Isar Mitte und …

Also fuhr er mit seiner Begrüßung fort: »Hochgeschätzte Nutten und Luden!« Diesen Begriff für Zuhälter hatte er erst vorhin vom Berliner Vertreter dieser Branche gehört. Und genau das war es, was den Gomm Bartl schon immer als Trauerredner ausgemacht hatte: Absolute Spontaneität, gell?

»Meine hochverehrte Trauergemeinde!« Dies war sozusagen das Präludium gewesen. Nach einer kurzen Kunstpause könnte die eigentliche Trauerrede folgen, aber der Bartl musste niesen. Weil er nichts dagegen machen konnte, tat er dies lange und ausgiebig. Anschließend zog er sich – natürlich nur rein vorsorglich – für alle sichtbar, vor allem aber sehr gut hörbar, eine Prise Schmalzler rein.

Weil wegen der scheiß Nieserei die Unterbrechung zwischen der Anrede und dem eigentlichen Text wohl doch ein bischen zu lang gewesen war, fing der Bartl von vorne an – dieses Mal allerdings an einem Stück und ein wenig umgebaut, denn er strich das »*Meine Liebste* …«, was Philomenas Handtasche wieder ruhig an deren Armgelenk hängen und Svenja verwundert dreinschauen ließ.

»… Und so habe ich Svenja Gerjets, die Schwester des Verstorbenen, in einem wunderschönen Umfeld kennengelernt, das mir einen mindestens so schönen Rausch eingebracht hat wie ihr! … Dies war sozusagen der Rausch des Vergessens!«

Als sie »Rausch des Vergessens« hörte, begann es in der Philomena schon wieder zu brodeln und ihre Handtasche gefährlich zu wackeln.

»Aber kommen wir zu unserem lieben Verstorbenen, der sein Leben lang sicher nicht so nett gewesen war wie seine bezaubernde Schwester …«

»Jetzt reichts aber! … Diese fette Trutschn kann was erleben«, rutschte es der dürren Philomena in ihrer Wut ungewollt so laut raus, dass der Pfarrer höchstpersönlich um Ruhe bat. Spätestens als ihm die erzürnte Frau mit ihrer Handtasche drohte, wusste er, dass es richtig gewesen war, bei dieser Beerdigung keine Ministranten einzusetzen.

Also konnte der Bartl mit seiner bisher schon bemerkenswerten, aber noch ausbaufähigen Rede fortfahren: »Weil Hauke Gerjets ebenfalls gerne getrunken hat, gib ihm, oh Herr, die Ewige Ruh und eine ›Linie‹ dazu!« Dass sich dies reimte, war purer Zufall, aber dies wusste ja niemand. Also begannen die Zuhälter zu klatschen. Aber der Bartl ließ sich trotz stolzer Brust nicht aus dem Konzept bringen: »Hauke Gerjets hinterlässt eine glückliche Schwester und sieben unschuldige Nutten, die für nix was dafürkönnen!« Nun erhob er zum ersten Mal seinen mahnenden Zeigefinger. »Allerdings konnte er seiner Schwester leider nichts hinterlassen, weil – wie mir ›Messer-Kalle‹ versichert hat – seine Hühnchen nicht genügend Eier gelegt hatten. Und alles, was der gute Hauke mit seinen eigenen Händen mühsam aus ihnen herausprügeln konnte, verschlang das Benzin für seinen Lamborghini, den er sogar mehr geliebt hat als seine einzige lebende Verwandte!«

Dass Svenja nun haltlos zu weinen begann, tat dem Bartl furchtbar leid – aber er musste doch die Wahrheit sagen, oder? Am liebsten wäre er zu ihr und hätte ihr sein Schnupftuch gegeben. Aber ein Blick zur Philomena und auf ihre Handtasche hatte gereicht, um dies zu unterlassen. Also wollte der Bartl weiterreden – immerhin gab es noch viel zu sagen. Aber er konnte nicht. Denn Fuzzy deutete ihm wiederholt mit einer Kopfbewegung, dass sich bei den sechs gedeckt gekleideten Männern etwas tat. Und er hatte recht. Es waren zwar keine Mafiosi, die ihnen gefährlich werden konnten, dafür aber hundertprozentig Kriminalbeamte, die man immer antraf, wenn jemand aus dem Milieu beerdigt wurde.

Für Fuzzy war klar, dass sein Freund allein wegen seiner bisher schon imposanten Trauerrede aufgeflogen war, weil nur einer einen solchen Mist verzapfen konnte: der fast schon legendäre Gomm Bartl, der beste Trauerredner im Landkreis Isar Mitte und weiß der Teufel wo sonst noch! Und dies wusste natürlich auch die Polizei weit über Bartls sonstigen Bekanntheitsgrad hinaus. Weil sich die Suche der Gesetzeshüter nach ihm in Ober- und Niederbaiern längst bis in den Regierungsbezirk Schwaben hinüber durchgesprochen hatte, waren die sechs Kriminaler auf ihn aufmerksam geworden, obwohl die eigentlich nur wegen dem Zuhälterauflauf gekommen waren. Denn »Ostfriesen-Haukes« Todesumstände waren zwar irgendwie, im Grunde genommen aber noch nicht richtig geklärt, weil »Messer-Kalle«, ihr bisher einziger Verdächtiger, ein wasserdichtes Alibi hatte – und das gleich sieben Mal. Wie dies aussah, konnte man sich ja denken. Aber seit Haukes Tod war die Sieben nun einmal Kalles Glückszahl.

Was also tun, überlegte Fuzzy, der mit der Philomena *so* mitten unter den Zuhältern stand, als wenn sie zum Milieu gehören würden. Ihm war im Moment nichts Besseres eingefallen, als Kalle am Mantel zu zupfen.

»Was ist, mein Freund?«, kam es in fast schon vertraut klingendem Ton zurück. Also tuschelte Fuzzy ihm ins Ohr, dass die sechs Typen in ihren langweiligen Anzügen den Bartl und die Philomena verhaften möchten, weil die beiden per Haftbefehl gesucht würden.

»Das ist ja ein Ding! … Respekt! … Das gefällt mir!«, schoss es nun aus Kalle so laut heraus, dass der Pfarrer die Beerdigung am liebsten abbrechen würde. Aber dies traute er sich natürlich nicht. Als wenn sie alte Spezln wären, legte »Messer-Kalle« einen Arm über Fuzzys Schultern, zwinkerte ihm zu und sagte in verschwörerisch klingendem Ton: »Einer für alle, alle für einen und alle für Bartl! … Klar?«

Als er dies hörte, musste Fuzzy schmunzeln.

Dann winkte Kalle einen der vier »Cs« zu sich. Derjenige, dem die aufgemotzte Corvette gehörte, ein eher schlaksiger Typ, dem man nicht ansah, dass er gerade in die Zuhälterlehre ging, eilte herbei und nahm so eine Haltung an, als wenn er beim Militär wäre und den Befehl eines dienstgradmäßig Höheren in Empfang nehmen würde.

»Hör zu, ›Garotten-Joe‹! … Schnapp dir die anderen drei und hol dir zwei von unseren Gorillas dazu, die auf unsere Autos aufpassen. Dann kauft ihr euch die Bullen …«

Joe, der mit bürgerlichem Namen Josef hieß, drehte sich unauffällig um und nickte.

»Genau die! Macht es aber so, dass hier niemand etwas mitbekommt!«

Als Joe gehen wollte, flüsterte ihm Kalle noch ins Ohr, dass es keine Toten geben solle. »Lass also deine Drahtschlinge stecken! … Verpackt sie aber gut und bringt sie irgendwohin, wo man sie nicht gleich findet!«

*

Weil es Fuzzy gelungen war, den Bartl mit ein paar Handbewegungen zu beruhigen, hatte der sein Ding durchgezogen und war tatsächlich zur Hochform aufgelaufen. Allerdings hätte er sich das Schlusswort sparen können. Denn das »Und so gehet denn hin in Frieden!«, hätte er ruhig dem verängstigten und nun auch noch beleidigt dreinschauenden Pfarrer überlassen können. Aber der Bartl musste ja immer das letzte Wort haben.

Also war die Beerdigung bis auf Philomenas Drohung Svenja und dem Pfarrer gegenüber ohne nennenswerte Zwischenfälle zu Ende gegangen und der beste Trauerredner des Landkreises Isar Mitte durfte sich nun guten Gewissens als bester Trauerredner Baierns bezeichnen. Hallelujah!

Um dies schriftlich zu bekommen, wollte der Bartl noch kurz mit dem Pfarrer reden, der aber leider schon abgehauen war. »Ich weiß nicht, was mit dem los ist«, hatte der Bartl zur Philomena gesagt und dabei ein Lob für seine »sensationelle« Rede erwartet. Stattdessen aber hatte er nun – da die ganze Chose vorbei war – schon wieder ihre Handtasche ins Gesicht bekommen. »Du elendiger Haderlump, du nixiger!«, hatte sie dabei so laut geschrien und weiter so um sich gehauen, dass Kalle hatte eingreifen müssen. Dies war aber egal gewesen, denn ihre Stimmung war sowieso schon gedrückt, weil es für sie keinen Leichenschmaus geben würde. Denn Kalle hatte ihnen – nachdem er die beiden getrennt hatte – berichtet, was hinter den Kulissen vorgefallen war und ihnen empfohlen, sich *sofort* zu verdünnisieren.

»Hä? … Was heust des?« Wie man an seinem angestammten Dialekt hatte hören können, war der Bartl nervös geworden.

»Dass ihr weg sein müsst, wenn die Bullen aufwachen und gefunden werden!«

»Wirklich *ohne* Leichenschmaus?«, betrauerte nun die Philomena die Situation, weil sie zum ersten Mal seit ewigen Zeiten wieder einmal offiziell dazu eingeladen gewesen war, ohne sich eine Einladung erschlichen zu haben.

»Also auch ohne eine Maß Bier!«, stellte der Bartl betrübt fest, weil er sich um seinen Lohn betrogen fühlte und ihm nach der ganzen Laberei die Zunge aus dem Mund hing.

*

»Das glaub ich jetzt nicht!«, bemerkte der Wagenmeister des Hotels »Zum Fugger«, als acht der feinsten Luxuskarossen, die man sich überhaupt vorstellen konnte, und vier »Cs« vorfuhren, was ja auch nicht ganz schlecht war. Als dann auch noch der momentan schrillste Hotelgast aus dem zitronengelben Lamborghini und seine beiden Begleiter aus andereren Zuhälterkutschen stiegen, fiel er schier vom Glauben ab. »Äh! … Bartl?«

»Ja, Franz? … Was ist denn?«

Der Wagenmeister traute Bartl kaum zu fragen, ob diese … Äh! … Herren … gedachten, hier zu bleiben.

»Das ist eine gute Idee!«, rief der Bartl erfreut. »Wenn es schon keinen Leichenschmaus gibt, dann trinken wir hier wenigstens einen Absacker zum Abschied!«

Weil dies bei den berufsbedingten Nachtschwärmern allseits auf offene Ohren stieß und auch Fuzzy und der Philomena gefiel, wurden kurzerhand zwei der »Cs« mit den jungen Freudenmädchen in die Möhrengasse zurückgeschickt, damit das Geld wieder hereingearbeitet werden konnte, das nun versoffen werden würde.

Und die anderen beiden »Cs« mussten dafür sorgen, dass die gut verschnürten Kriminalbeamten noch etwas Geduld aufbrachten – so lange, bis der Bartl und die Seinen Augsburg verlassen hatten. Aber so wie es im Moment aussah, konnte dies nun doch noch etwas länger dauern als gedacht.

»Das heißt also …« Der Wagenmeister war völlig überfordert. Er nahm seine Schildmütze ab und wischte sich den Schweiß von der Stirn.

»Klar, Franz! … Meine Spezln aus dem Rotlichtmilieu bleiben alle da und nehmen bei James noch einen Abschiedstrunk mit uns, verstehst?«

Franz nickte irritiert und eilte zur Rezeption, um Hilfe zu holen. Und dies klappte auch so, wie es in einem Fünfsternetempel klappen sollte: Nullkommanix kam er mit sieben anderen Hotelmitarbeitern, unter denen sich auch der Barkeeper befand, heraus, um die wertvollen Autos in die hoteleigene Tiefgarage zu fahren.

»Du bleibst hier, James!«, rief der Bartl und winkte den Barkeeper zu sich. »Wir brauchen dich jetzt an deiner Theke, gell?«

»*Das* ist der Bartender, von dem du mir erzählt hast, Bartl? Kommen die Schwarzen jetzt schon aus England?« Zu James gewandt, sagte er: »War nur ein Spaß!« Dann steckte er ihm einen Hunderter unter sein Westchen. »Du bedienst uns ja gleich mit einer besonderen Aufmerksamkeit, oder …«

»Yes, Sir!« Dass James nicht die Hacken zusammenschlug, war auch schon alles. Nachdem er Ersatz für sich geholt hatte, um das letzte Auto – ausgerechnet Kalles Lamborghini – in die Garage zu fahren, stand er auch schon hinter seiner Theke. »Was darf ich den Herren kredenzen?«

»Ja, was wohl, mein englischer Freund? … Champagner! Aber vom Feinsten!«

Was dann in der Hotelbar los war, hatte es im einzigen Fünfsternehaus in Augsburg noch nie gegeben: Der Champagner floss in Strömen, die Stimmung war ausgelassen und die Zuhälter gut drauf, weswegen es nicht einmal eine Schlägerei gab. Und weil alle Gäste, die nur einen neugierigen Blick in die stylische Bar werfen wollten, spontan mit eingeladen wurden, ließ es der Hoteldirektor laufen. »Umsatz ist Umsatz!«, flüsterte er James ins Ohr, der mit dem Nachschenken überhaupt nicht nachkam, weswegen ihm ein Mädchen, das sich noch in der Ausbildung befand, zur Seite gestellt wurde.

»Sag mal, hättest du nicht Lust, auf dem Hamburger Kiez viel Geld zu verdienen, machte ›Baiern-Peter‹ dem bildhübschen Ding ein unmoralisches Angebot, wurde aber von ›Messer-Kalle‹ ausgebremst, ohne dass der sein Messer benutzen musste. »Das hier ist mein Revier! … Alles klar?«

»Alles klar, Kalle!«

»Gut, Peter! … Komm: Lass uns zusammen ein Glas trinken!« Dem verdutzt dreinschauenden Lehrmädchen flüsterte Kalle ins Ohr, dass sie später noch darüber reden würden.

Als der frischgekürte Platzhirsch im Augsburger Rotlichtmilieu zu später Stunde allerdings vorschlug, ein paar seiner Häschen bringen zu lassen, schob der Hoteldirektor einen Riegel vor.

»Warum denn nicht?«, wunderte sich Kalle, wo sie doch schließlich im Hotel »Zum Ficker« waren. Aber dies hatte vonseiten der Hotelleitung keinen Ärger ausgelöst. Der Direktor hatte den Zuhälter lediglich noch dahingehend aufgeklärt, dass das Hotel »Zum Fugger« und nicht »Zum Ficker« hieß, weswegen Kalle seine Mädchen dort lassen sollte, wo sie gerade dafür sorgten, dass er sich all den Champagner hier leisten konnte.

Der Hoteldirektor hatte das riesengroße Glück gehabt, dass Kalle an diesem Abend ganz besonders gut gelaunt war. Ansonsten hätten er und die anderen eine Achterbahn aus dem Fünfsternetempel gemacht. Und da wäre es dann scheißegal gewesen, wie dieses Etablissement hieß, »Fugger« oder »Ficker«.

Unabhängig davon hätte es fast einmal gekracht: Als sich auch Svenja dazugesellt hatte und vom Bartl zu sich gerufen worden war, hatte die Philomena ihre Tasche bereitgehalten. Aber irgendwie war dann ihre Aversion gegen die korpulente Frau verflogen und alles war ruhig geblieben, soweit man von Ruhe überhaupt sprechen konnte. »Haben wir es nicht gut, Bartl?«, stellte das dürre Elend mehr fest als sie fragte und legte ihren Kopf an seine Schulter.

Nach dem Motto: Man muss aufhören, wenn es am schönsten ist, ging auch diese Fete irgendwann einmal zu Ende. Bevor sich die Zuhälter von ihren neuen Freunden verabschiedeten, drückte Kalle dem Bartl eine Visitenkarte mit seiner Telefonnummer in die Hand, auf der eine komische Zahlenfolge zu erkennen war. Kalle musste lachen. »Ich habe so ein neumodisches Autotelefon, das in meinem Kofferraum eingebaut und an die Autobatterie angeschlossen ist! Das heißt, ich bin für dich jederzeit erreichbar, wenn du mich brauchst!« Dann schaute er mit seinem alkoholbedingt getrübten Blick in die Runde und ergänzte, dass dies auch für seine Kumpels gelten würde. »Wenn du uns brauchst, sind wir sofort da! … Alles klar, Bartl?« Dann umarmte er den Bartl, Fuzzy und die Philomena und pfiff die anderen zum Rückzug. »Die Taxen warten!«

Draußen standen acht Taxen mit jeweils zwei Fahrern für »Pilotfahrten« bereit, was nichts anderes hieß, dass je einer der Fahrer eine Luxuskutsche der Zuhälter lenkte, während der andere das Taxi in Richtung Möhrengasse fuhr, wo sie noch so lange weiterfeiern werden, wie die Nachtschicht von Kalles Hasen dauern würde – also bis in den Tag hinein.

»Wer ka, der ka!«, kommentierte der Bartl das Schauspiel, während er den Zuhältern mit den anderen zusammen nachwinkte.

Die vielleicht letzte Etappe
ihrer Flucht vor den Schandis
und vor der Mafia, oder?

Klappe 18

Der Abschied am nächsten Morgen war dann fast noch zu einem Spießrutenlauf geworden. Denn die drei hatten auf ihre eigene verschrobene, aber auch innige und authentische Art nicht nur die Herzen der anderen Hotelgäste, sondern auch die des gesamten Personals erobert. Also hatten sie sich von jedem einzelnen Hausgast per Handschlag oder – je nachdem wie sie sich kennengelernt hatten – auch mit Bussi oder Drücken verabschieden müssen. Gut war nur, dass die Philomena gerade mit einem anderen Gästepaar beschäftigt gewesen war, als der Bartl sich von Svenja verabschiedet hatte. Mei Lieaba, da wäre wohl der Halteriemen ihrer Handtasche gerissen.

Und als sie dann aus dem Hotel gegangen war, wo der Bartl die Drehtür noch ein paar Mal hatte drehen lassen, war da fast das gesamte Personal Spalier gestanden und hatte geklatscht. Der Hoteldirektor hatte die drei mit herzlich gehaltenen Worten und einem festen Handschlag verabschiedet. Und der Bartl hatte sich von James und von Franz verabschiedet, indem er jedem heimlich einen Hunderter zugesteckt hatte.

»Pfiat eich! … Sche wars!«

»Guet, dass i im Augschburg'r ›Fugg'r‹ schaffe derf!«, freute sich Franz angesichts des kleinen Geldsegens.

»Und jetzt an Reib'rdatschi!« James, der fast die ganze Nacht durchgearbeitet hatte, war hungrig.

»Wenn bloß d Anwohn'r nix mitkriagt hond«, sorgte sich hingegen der Hoteldirektor.

Klappe 19

Weil sie der Sache nicht trauten, hatten es sich die Philomena, der Bartl und Fuzzy nicht so bequem gemacht und sich in Augsburg einfach in den nächsten Zug nach Staufen gesetzt. Stattdessen waren sie vor dem Bahnhof heimlich in ein ihnen wohlbekanntes Taxi gestiegen, hatten dies aber in einiger Entfernung warten lassen. Dann waren der Bartl und die Philomena zum Schalter so was ähnliches wie zurückgeschlichen, hatten sich laut gestikulierend zwei Fahrkarten nach Aurich gekauft und dies für alle hörbar in die Welt hinausgerufen: »Hurra, wir fahren mit dem Zug nach Ost…«

»…friesland! Wir fahren nach Ostfriesland!«, hatte die Philomena ausgeholfen, weil sie sich so lange Wörter besser merken konnte als der beste Trauerredner des Landkreises Isar Mitte, der bei seinen Beerdigungen immer kurzen Prozess machte.

Also hatte der Bartl weiter herumgeplärrt, dass er nach Ostfr… – na ja, »da hoch halt«, fahren würde, obwohl er nicht gewusst hatte, von was für einem Landstrich er überhaupt sprach.

Die Philomena hingegen hatte für alle gut hörbar verkündet, dass sie sich auf den Strand direkt vor ihrem Auricher Hotelzimmer freuen würde – und dies, obwohl die zweitgrößte Stadt Ostfrieslands nicht direkt an der Nordsee lag. Auch sie hatte noch nie etwas über den äußersten Nordwesten Deutschlands, geschweige denn über Aurich gehört. Weil sie sich das aber so gut hatte merken können, war sie vor Freude herumgehüpft wie eine Hupfdohle. Dies hatte widerum den Bartl so stolz gemacht, dass er gemeint hatte, einen draufsetzen zu müssen: »Meine Frau hat auch einen … Äh! … roten Badeanzug, der …«

So schnell hatte der Bartl gar nicht schauen können, wie ihm die Handtasche »seiner Frau« um die Ohren geflogen war. »Depp, damischer!«

Aber irgendwann waren die beiden Hauptdarsteller dieser Farce vernünftig geworden und hatten sich wieder voll und ganz auf ihre geheime Mission konzentriert. Also hatten sie getan, was sie hatten tun müssen, obwohl es gerade den Bartl gewaltig gereut hatte. Nachdem sie die Zugfahrkarten schweren Herzens zerrissen und die Schnipsel auf mehrere Abfallkübel verteilt hatten, waren sie wieder in ihre alten Verhaltensmuster übergegangen, was insbesondere der Philomena schwergefallen war, weil sie das Ganze wieder einmal wahnsinnig spannend gefunden hatte.

Von dieser einaktigen Komödie hatte Fuzzy nichts mitbekommen, denn der hatte in gebührendem Sicherheitsabstand, also im Taxi, auf die beiden gewartet. Hoffentlich vermasseln die beiden das nicht, hatte er sich dabei gedacht und sich einen Kaugummi reingeschoben.

*

Eine gute halbe Stunde später war der – wie die Philomena immer noch meinte – augenscheinlich gutaussehende, aber prüde indische Taxifahrer vor einem der Fahrkartenschalter in Buchloe gestanden und hatte »für sich und seine Familie« vier Fahrscheine nach Staufen gekauft. Wenn der Bartl jetzt eine Handtasche gehabt hätte, dann …

»Zum Wandern in den Bergen!«, hatte der »Taxler in geheimer Mission« zum Mann hinter der Glasscheibe gesagt, den dies aber wenig interessiert hatte. Danach hatte er – wie von Fuzzy aufgetragen – eine der vier Fahrkarten zerrissen und weggeworfen – natürlich genau wie vom Bartl aufgetragen, nicht nur in einem einzigen Abfallkübel.

Als er seinen Fahrgästen die restlichen drei Mitfahrberechtigungen der deutschen Bundesbahn übergeben hatte, waren ihm von Fuzzy Hundert Mark zuzüglich des Fahrpreises in die Hand gedrückt worden.

»Aber zu keinem ein Wort, gell? Du hast nur ein genau wie wir aussehendes Paar zum Augsburger Bahnhof gebracht und dort abgeliefert. Unseren kleinen Italiener unterschlägst du ganz, über den hast du quasi ja nur hinweggesehen, also hast du ihn nie gesehen – logisch, oder? Du hast in Augsburg nur mitbekommen, wie das genau wie wir aussehende Paar in deinem Taxi darüber geredet hat, nach Ost… Äh! …dingens hoch fahren zu wollen! … Mehr weißt du nicht!«, hatte der Bartl den äußerst kooperativen Taxler eingeschworen und kurz überlegt, ob das mit dem roten Badeanzug *jetzt* angebracht gewesen wäre. Weil aber seine Backe immer noch geschmerzt und er Philomenas Blick gestreift hatte, war er diesbezüglich still geblieben.

Nach einer kurzen, aber herzlichen Verabschiedung waren die drei Flüchtenden getrennt in Richtung Bahnsteige gegangen, was so viel geheißen hatte, dass der Bartl in großem Abstand zu den anderen beiden allein und die Philomena mit Fuzzy zusammen, also nicht allein, auf den Zug ins Allgäu gewartet hatten. Als perfekte Täuschung hatte der Bartl seinen neuen Schachzug gewertet – ein männliches langes Elend allein und ein weibliches Elend mit einem kleinen männlichen Kugelblitz, also nicht allein. »Perfekt!«

Es war schon unglaublich, wie viele Menschen die drei während ihrer bisherigen Flucht kennengelernt und für ihre Zwecke eingespannt hatten, was für eigenartige Freundschaften sie eingegangen waren und was sie alles dazugelernt hatten – dies grenzte ja fast schon an kriminelle Energie.

*

Die holprige Fahrt von Buchloe in Richtung Süden war bisher gut verlaufen. Nichts war passiert, was die drei in Alarmstimmung hätte versetzen können.

Zu ihrem eigenen Schutz hatten sie sich zwar wieder in einen Waggon – dieses Mal allerdings jeder für sich – auf getrennte Plätze gesetzt und dösten nun vor sich hin. Aber je näher sie dem Allgäu kamen, umso schöner wurde das Wetter und umso interessanter die traumhafte Landschaft, was sie so nach und nach wieder wach werden ließ.

Bei der Haltestation in einer der der ältesten Städte Deutschlands, wenn nicht *der* ältesten Stadt des Landes, wurden sie allerdings erst so richtig wachgerüttelt. Denn dort stiegen nicht nur ein gedeckt gekleideter Mann mit Hut, sondern auch noch eine Handvoll Schandis in den Zug, wie man unschwer an ihren Uniformen erkennen konnte. Weil Fuzzy dies als Erster gesehen hatte, warnte er die anderen.

»Sacklzement!«, entfuhr es der Philomena, »Herrgottsack!«, dem Bartl. »Die suchen jemanden!«, meinte dann auch noch Fuzzy, damit wenigstens einer von ihnen keinen Mist verzapfte.

»Meinst du, die suchen uns? Wir sind doch auf dem Weg nach Ostfriesland!«

»Ja, was glaubst du denn, *wen* die suchen?«, schnarrte Fuzzy die Philomena an und drängte sie zum Aufstehen. »Wir müssen hier raus!«, zischte er leise, weil er ja nicht auffallen durfte. Aber das mit dem Aufstehen war für die stakelige Philomena und den langhaxigen Bartl gar nicht so einfach. Gerade der Bartl hatte Probleme damit, schnell aufzustehen, weil er seine Haxn so ineinander verdreht hatte, dass er nun einen Krampf bekam. »Aua! Zefix!«

»Accidenti! … Muss das ausgerechnet jetzt sein?«, schimpfte Fuzzy nun doch lauter, als er gewollt hatte. Weil er aber auf italienisch maulen konnte, wie er wollte und dies nichts nützte, blieben ihm im Moment nur hektische Blicke aus einem der Fenster. »Die steigen in den ersten Waggon! … Wo sind wir hier?«

»Ich glaube im ersten Drittel!«, meinte die Philomena zu wissen, der das Aufstehen mittlerweile gelungen war.

»Also müssen wir uns nach hinten verdrücken und dort aussteigen! … Wir warten, bis die eingestiegen sind, dann steigen wir aus! … Jetzt reiß dich zusammen Bartl und komm!«

Irgendwie war es dem Bartl – von einem ständigen »Zefix!« begleitet – doch noch gelungen, den Krampf in seinem rechten Oberschenkel zu besiegen und beiden in Richtung der hinteren Waggons nachzuhumpeln. Dabei schaute Fuzzy immer wieder zum Fenster raus, um festzustellen, ob die verbeamteten Laubfrösche und der Mann mit Hut – vermutlich ein Kriminaler – schon eingestiegen waren. Aber er hatte die Rechnung ohne die Professionalität der bairischen Polizei gemacht. Denn der Kriminaler hatte zwar die anderen einsteigen lassen, wartete selbst aber ganz bewusst so lange mit dem Einsteigen, bis er die Trillerpfeife des Schaffners hörte. Dann sprang er *so* knapp vor dem Schließen der Türen rein, dass niemand mehr aussteigen konnte. Das hatte der Zipfiklatscher gelernt, als er während seines Studiums Fahrkartenkontrolleur bei einem städtischen Pendelbusunternehmen gewesen war.

»Maledetto!«, fluchte Fuzzy, hielt sich aber nicht mit einer für Italiener sprichwörtlichen Dauerflucherei auf, weil er sich schleunigst etwas einfallen lassen musste.

Zunächst blieb ihnen nichts anderes übrig, als sich Waggon für Waggon nach hinten zu arbeiten.

»Jô, schauet it so bled … Zefix no amôl«, schimpfte der Bartl, weil es ihn ärgerte, dass ihnen wohl sämtliche Fahrgäste nachschauten. Einen kleinen Buben fuhr er sogar so an: »Wenn du weiter so saudumm schausch, friss i di!« Dabei musste er auf den Stockzähnen grinsen und an ein altes Märchen aus seinen Kindheitstagen denken, dessen Titel ihm aber nicht einfiel – wahrscheinlich, weil es nur ein langweiliges Märchen für Mädchen gewesen oder weil der Titel einfach zu lang für ihn war.

Sie konnten sich nach einem Versteck umsehen, wie sie wollten, sie fanden keins. Und sich in einem der Klos einzusperren, wäre wohl keine so gute Idee, waren sie sich einig.

Also liefen sie – soweit dies überhaupt möglich war – möglichst unauffällig tuend und so schnell wie nötig, aber so langsam wie möglich an den anderen Fahrgästen vorbei weiter nach hinten.

»Jetzt hör endlich mit deiner ewigen Grüßerei auf!«, schimpfte Fuzzy die Philomena, die dies nur gut meinte.

»Ich hab doch nur die Fahrgäste der ersten Klasse gegrüßt!«, antwortete sie beleidigt.

»Schon gut!«

Während sie zwischen den beiden letzten Waggons auf die Schnelle beratschlagten, was sie machen konnten, sah Fuzzy die ersten Polizisten, die den Fahrgästen Fotos zeigten, die dies kurioserweise aber immer mit einem Kopfschütteln quittierten.

»Wir müssen hier raus! … Bevor der Zug die nächste Haltestelle erreicht hat, sind wir festgenommen!« In seiner Verzweiflung rüttelte Fuzzy an der hintersten Tür des letzten Personenbeförderungswaggons und hatte Glück: die Tür ließ sich öffnen. Was sie sahen, ließ Fuzzy innerlich jubilieren: Es war ein offener Güterwagen angehängt. »Auf gehts! … Wir müssen da hochklettern und reinsteigen!«

»Was ist da drin?«, mochte die Philomena wissen, die sich um ihr neues Gwand und um ihre Schuhe sorgte.

»Das ist doch jetzt egal? Hast du keine anderen Sorgen? … Nun kommt schon!« Kaum hatte er ausgesprochen, kraxelte der kleine Katzlmacher mit seinem Rucksack auf dem Rücken hoch und verschwand.

Nur gut, dass der Bartl und die Philomena das »Una schifezza!«, was übersetzt »Mist« hieß, nicht hörten, weil dort draußen die Fahrgeräusche so laut waren, dass man sowieso kaum ein Wort verstehen konnte.

Der Philomena zuliebe wollte der Bartl in den Waggon reinschauen, bevor auch sie dort reinkletterten. Aber da war selbst der Bartl zu klein, weswegen er wieder nach einer anderen Versteckmöglichkeit hinter ihnen Ausschau hielt, dabei aber nur die Häscher sah, die schon im letzten Waggon angekommen waren. Außerdem glaubte er zu sehen, dass ein weiblicher Fahrgast aufgeregt in ihre Richtung zeigte. »Hurament! Blede Kuhê, blede!«

»Was?«

»Doch nicht du, Philomena!« Bevor er schon wieder ihre Handtasche im Gesicht hatte, überwand sich der Bartl, kletterte hastig da rauf – und verschwand ebenfalls. Außerdem hatte er unbedingt vermeiden wollen, dass die Philomena vor ihm dran war und er ihr womöglich helfen musste, indem er sie am Hintern hochschob.

Weil die Philomena sein lautes »Himmelherrgottsakerment!« und weiß der Teufel noch alles hören konnte, folgte sie ihm mit einem äußerst unguten Gefühl im Bauch und entzog sich so ebenfalls den Blicken der nur Sekunden darauf auf der Plattform vor dem letzten Waggon auftauchenden Polizisten. Obwohl auch ihr nach Schreien zumute war, wusste sie, dass sie dies jetzt nicht durfte. Also drückte sie sich beide Hände auf ihren Mund. Und dies, obwohl sie kotzen könnte.

Sie hockten auf einem Haufen gesalzener und gekalkter Hirschkadaver aus der Ukraine, die demgemäß auch schon eine längere Reise hinter sich hatten. Aber dies wussten sie natürlich ebenso wenig, wie deren Ziel – eine Großkürschnerei und eine Siederei im Oberschwäbischen, die den Rest der Hirsche zu Seifen verarbeiten und in die Ukraine zurückschicken würde.

Aber darüber, was mit den Hirschen geschehen würde, machte sich keiner der drei Gedanken. Sie hatten nur deren ätzenden und ekelerregenden Geruch in ihren Nasen, was mehr als deutlich darauf hinwies, dass sich das Fleisch sicher nicht mehr für den Verzehr eignen würde. Außerdem waren sie damit beschäftigt, darauf zu achten, nicht von einem der Geweihe aufgespießt zu werden. Aber irgendwie gelang es ihnen, sich so zu platzieren, dass ihnen wenigstens diesbezüglich nichts passieren konnte.

»Verdammte Scheiße!«, flüsterte der Bartl, als er merkte, dass der Zug anhielt. »Hätte die nächste Bahnstation nicht ein paar Minuten vorher kommen können! … Ich hasse diese Züge, die in jedem Kaff anhalten!« Wie gerne würde er jetzt auf seinem Radl sitzen und durch sein Revier zu einer Beerdigung strampeln oder sich mitsamt seinem Fahrrad von der Liesl von einer Beerdigung abholen lassen? Irgendwie erinnerte ihn diese Fahrt hier an Liesls Pritschenwagen. Denn bei genauerer Betrachtung war es dort auch nicht gerade gemütlich, außerdem stank es da ebenfalls – allerdings nur nach Gänse- oder Hühnerscheiße.

Aber der Bartl hatte jetzt keine Zeit, um sich tiefgehende Gedanken über sein altes, wohlbehütetes Leben zu machen. Denn er hörte die Stimme eines der Männer sagen: »Das wars, Leute! … Die Saukrüppel waren wohl doch nicht in diesem Zug!«

Ein anderer kommentierte den offenkundigen Misserfolg ihrer Suche, indem er die Vermutung aussprach, dass die minderjährigen Automatenknacker über kurz oder lang ja wieder zu ihren Eltern nach Hause müssten. »Und da fassen wir sie!«

Was in diesem Moment im Bartl, in der Philomena und in Fuzzy vorging, spottete jeder Beschreibung: »Die haben *nicht uns*, sondern irgendwelche Rotzlöffel gesucht, die Automaten geknackt haben!«

»Und dafür haben wir uns hier, … ich könnte heulen!« Als die Philomena an sich herunterschaute, fing sie haltlos zu weinen an.

Obwohl dem Bartl ebenfalls nicht anders zumute war und er seinen Schnupftabak suchte, um dem ätzenden Geruch des Todes wenigstens ein bisschen entgegenwirken zu können, tröstete er seine Freundin.

Und Fuzzy? Der tat das, was die Philomena kurz zuvor noch am liebsten getan hätte.

»Schnell raus hier, bevor der Zug weiterfährt!«, empfahl der Bartl, ohne geschnupft zu haben.

Aber es war zu spät. Ihnen blieb nichts anderes übrig, als den Dreck und den Gestank bis zur nächsten Bahnstation auszuhalten. Also musste der Bartl doch noch schnupfen.

*

Sie waren in einem Städtle angekommen, wo es nur einen kleinen Bahnhof gab, zwar ohne einen besetzten Fahrkartenschalter, dafür aber mit einer Buchhandlung, einem gut sortierten Bäckereiimbiss mit Café und einer typischen Bahnhofswirtschaft. Einen Fahrkartenschalter brauchten sie nicht, zum Bücherlesen hatten sie weiß Gott keine Muße und wenn sie ans Essen dachten, wurde ihnen speiübel. Dennoch wollten sie auf Fuzzys Vorschlag hin in die Bahnhofswirtschaft, denn die verfügte über ein Klo, wo sie sich waschen und wenigstens *ein bisschen* zurechtmachen konnten.

»Ich kläre das! ... Wartet hier!«, gebot Fuzzy und schlurfte mit seinem Rucksack in Richtung der Bahnhofswirtschaft los. Dabei ließ er zwei stinkende Individuen auf Bahnsteig Eins stehen, an denen die Menschen so naserümpfend vorbeieilten wie an ihm selbst.

Zwanzig Minuten später – Fuzzy hatte die Sache natürlich mit dem Inhalt seines Rucksacks geregelt – standen sie zwar immer noch ziemlich übelriechend, aber wenigstens gewaschen vor dem Bahnhofsgebäude, um sich zu orientieren.

»Wir sind von rechts gekommen, also geht es links nach Staufen!«, stellte der Bartl fest, der sich von seiner Kindheit her noch daran erinnern konnte.

»Du willst doch *so* nicht weiterreisen! ... Schau uns mal an!«, schimpfte die Philomena, während Fuzzy auch schon die Vermutung hatte, dass es rechts ins Stadtzentrum hinein ging. »Da suchen wir uns einen Klamottenladen und kleiden uns neu ein! ... Geld genug haben wir ja!«

Also gingen die drei die Bahnhofstraße runter und sahen schon kurz darauf direkt vor sich einen Klamottenladen. Allerdings handelte es sich dabei um ein Trachtengeschäft. »Des passt schô! Schließlich sind mir im Allgei!« Der Bartl war dermaßen außer sich vor Freude, dass er sogar den Gestank vergaß. Also eilte er den anderen voran zu dem Geschäft, riss die Tür so fest auf, dass es die Glocke aus ihrer Halterung schlug und schmetterte ein solches »Grüß Gott!« in den Raum, dass es hallte. Dann ging er zielstrebig an einen Ständer mit Lederhosen und begann zu wühlen.

»Kann ich dem Herrn helfen? ... Das sind unsere Sonderangbote!« Die offensichtlich freundliche Verkäuferin zuckte aber noch zusammen, bevor sie bei ihrem Kunden war. »Heilige Gnaden, *was ist das denn*?«

»Was denn?« Der Bartl war so mit den Lederhosen beschäftigt, dass er gar nicht merkte, dass er, beziehungsweise der Gestank an ihm, gemeint war.

»Das kann ich erklären!«, half Fuzzy aus, als er mit der Philomena zusammen das Geschäft betrat ... was den Geruchspegel natürlich ein ganzes Stück nach oben schnellen ließ.

»Ich … ich hole den Chef!«, stotterte die Verkäuferin und war auch schon verschwunden.

Keine dreißig Sekunden später kam ein Mann auf sie zu, der größenmäßig zwischen dem Bartl und Fuzzy lag, eher bei Fuzzy. Dessen Brille konnte den listigen Blick nicht verdecken. Seine praktische Frisur deutete an, dass er nicht mehr ganz der Jüngste war.

»Wahrscheinlich der Seniorchef!«, mutmaßte Fuzzy, weil er auch noch einen jüngeren Mann in Tracht herumwuseln sah, der allerdings ebenfalls gleich verschwand.

Während der Bartl immer noch mit den Lederhosen herumhantierte, merkten die anderen, dass es sich beim Ladenbesitzer um einen mit allen Wassern gewaschenen Geschäftsmann handelte.

Schon war Fuzzy beim Thema. Er erzählte dem aufmerksam zuhörenden Trachtengeschäftsinhaber einen solchen Mist, der fast so stank wie er selbst. Letztlich aber gelang es ihm mit dem Versprechen, dass sich alle drei komplett von oben bis unten mit Trachten einkleiden würden, den Mann auf seine Seite zu ziehen. Zur Unterstreichung seiner Ernsthaftigkeit blätterte Fuzzy Tausend Mark auf den Verkaufstresen. »Ich weiß, dass dies bei Weitem nicht reichen wird, wenn Sie uns alle drei neu einkleiden! Aber machen Sie sich keine Sorgen, das ist nur eine Anzahlung!«

»Kommen Sie mit … Sie bitte auch!« Damit meinte er den Bartl, der inzwischen bei den Hirschlederhosen, den richtig teuren, angekommen war. »Die hier gefällt mir!«

»Geschmack hat er ja, ihr Freund! Man könnte fast meinen, dass er ein Allgäuer ist!«, scherzte der Firmenchef und rümpfte wieder die Nase.

»Das ist nicht mein Fr…«, hob die Philomena, die sich angesprochen fühlte, an, bremste sich dann aber doch noch selbst aus.

So etwas dürfte es bisher wohl in keinem Trachtenladen vom Bairischen Wald aus, von der Traunsteiner Gegend und dem Berchtesgadener Land bis ins Allgäu herunter und ins angrenzende Vorarlberg, bis in die nahe Schweiz hinein oder sogar ins Oberschwäbische hinüber gegeben haben: Da ging doch der Inhaber eines Trachtengeschäftes glatt mit drei herrgottig stinkenden, verdreckten und zudem mehr als eigenartig aussehenden Kunden nach oben und stellte ihnen die Personalduschen mit allem Drum und Dran zur Verfügung.

Bin ich froh, dass ich die getrennten Personalräume einbauen ließ, dachte er sich, während er sich auch schon den erhofften Umsatz ausrechnete und sich darüber freute, dass die drei merkwürdigen Vögel den Einbau mitfinanzieren würden. Dann steckte er sich in Japanischem Heilöl getränkte Wattebäusche in die Nasenlöcher, bevor er zuerst bei Fuzzy und dann bei den anderen beiden Maß nahm. Zum Schluss packte er deren alte Klamotten in einen Sack und schmiss das Ganze zum Fenster runter, von wo aus es von einem seiner Lehrlinge möglichst weit weg entsorgt werden musste.

Während die drei duschten, eilte er zusammen mit der einzigen seiner Verkäuferinnen, die sich mehr oder weniger freiwillig dazu bereiterklärt hatte, zum nahegelegenen Geschäft einer Unterwäschehändlerin, um die drei mit dem zu versorgen, was man normalerweise unter einem Trachtenhäs trug.

Was dann kam, glich wohl eher einem Komödienstadl als einem traditionsreichen Trachtengeschäft. Denn die Philomena wollte sich ums Verrecken keine Allgäuer Tracht aufschwatzen lassen, weil sie schließlich eine Oberbairin war und ihr Trachtengwand vielleicht sogar irgendwann wieder in ihrer Heimat anziehen mochte. Aber mit sehr viel Geduld und Spucke hatte es dieselbe Verkäuferin, die sich auch dafür mehr oder weniger freiwillig bereiterklärt hatte, dann doch noch geschafft, die Philomena zufriedenzustellen. Die scharfen Dessous, die sie für ihre Kundin ausgewählt hatte, taten ihr Übriges dazu, dass sich die Philomena am Schluss irgendwie sauwohl fühlte, obwohl sie sich eigentlich überhaupt nicht wohlfühlte. Denn im Moment wusste sie nicht, ob dies nur mit der allgemein heiklen Situation oder doch mit der immer noch ungewohnt zwickenden Unterwäsche zu tun hatte, die im Winter sicherlich einen Scheißdreck gegen Blasenentzündungen helfen würde.

Aber da war ja auch noch der Bartl, der sie in den letzten Tagen zunehmend so durcheinandergebracht hatte, dass sie nicht mehr wusste, ob sie die Dessous jetzt wegen ihrem eigenen Wohlbefinden oder wegen ihm trug.

Der Bartl hingegen dachte an alles andere als an das »Drunter« einer reiferen Frau – vielmehr dachte er an das »Drüber« eines gestandenen Allgäuers … in ganz langsam heranreifendem Alter. »Zefix!«

Dementsprechend war er so mit sich selbst beschäftigt, dass er Philomenas melancholischen Blick überhaupt nicht bemerkte. Weil er mit aller Gewalt eine typische Allgäuer Tracht wollte, die ihn an seine Kindheit in Staufen erinnerte, galt seine ganze Konzentration dem gegerbten und zu kurzen Wixen oder zu Bundhosen verarbeitetem Hirschleder, das hier nur so herumhing, als wenn der Trachtenhändler seine Böcke selbst schießen würde. Aber wegen seines Gestells war es gar nicht so einfach, eine passende Hirschlederhose zu finden. Denn gestandene Allgäuer – auch in ganz langsam heranreifendem Alter – ließen sich ihre Hirschlederne in der Regel auf Maß anfertigen.

Letztlich hatte der trotz des tollen Umsatzes längst genervte Geschäftsinhaber eine Elchlederhose gebracht, die er wegen deren Maße ansonsten niemandem verkaufen konnte – zumindest keinem gestandenen Allgäuer, egal welchen Alters. Und weil das gute Stück wie angegossen passte, waren sowohl der ruchige Verkäufer als auch sein längst schon mehr als nur herangereifter Kunde zufrieden.

Nach genauerer Betrachtung und langer Überlegung fand der Bartl dann sogar die Edelweißhosenträger ganz nett, obwohl es ihm nicht passte, dass die nur aus Stoff und nicht aus Leder waren. »Dafür lege ich noch einen Schnitzer drauf!«, bot der clevere Geschäftsmann an, um endlich seine Ruhe zu haben. Aber daraus sollte noch nichts werden. Denn während die Philomena längst eingekleidet war, brauchte der Bartl noch eine geschlagene Stunde, bis er den passenden Hut fand. Es hatte nichts genützt, seiner Spielhahnfeder nachzutrauern, die bei ihm zu Hause in Isenbrezhofen lag.

»Spielhahnfedern gehören zu verschiedenen bairischen Trachten! *Hier* trägt man einen Gamsbart am Hut! … Herrgott nochmal, nun glauben Sie mir doch endlich!«

Weil der Bartl Mitleid mit dem Firmenchef hatte, willigte er letztlich doch noch ein. Das hätte er wohl besser sein lassen, denn der ausgebuffte Verkäufer entschuldigte sich damit, nur noch *ein einziges* Exemplar vorrätig zu haben. »Dafür aber ein ganz Besonderes!«

Was sollte der Bartl tun? Ohne irgendwas auf dem Hut sah er doch trotz original Allgäuer Tracht wie ein Preuße aus. Und dies ging ja beim besten Willen gar nicht. Also ließ er sich das gute Stück zeigen und war – man wunderte sich und staunte – auf Anhieb begeistert. »Was kostet der?«

»Warten Sie! … Ich steck ihn erst einmal an ihren Hut!« Mit diesem Verkaufstrick hatte er den Bartl gepackt, der den Fastzweitausendmarkgamsbart natürlich nicht mehr hergeben mochte. Das Einzige, was nicht ganz zur Tracht passte, waren die braunen Wildlederhaferlschuhe, weil es in diesem Geschäft keine schwarzen Glanzhaferlschuhe gab, wie sie beispielsweise Schuhplattler oder Volksmusikanten trugen. Aber dies merkte der Bartl natürlich nicht, weil er dem Allgäu ja schon in seiner Jungendzeit den Rücken gekehrt hatte. Und damals hatte er mit einer Tracht noch nicht viel am Hut gehabt – jedenfalls nicht so viel wie mit dem imposanten Gamsbart.

»Können wir jetzt endlich gehen?«, mochte Fuzzy nach geschlagenen zwei Stunden wissen. Er hatte sich schon längst für ein normales »Oktoberfestoutfit« entschieden, was so viel hieß, dass sich die Stickerei auf der relativ preisgünstigen Bocklederhose bis übers Gesäß zog und der Hosenträger vorne von der Mitte wie ein »Ranzenspanner« aussah. Dazu ein rotweiß kariertes Hemd mit einem albernen Tüchlein um den Hals – so würden ihn die Einheimischen schnell als Preußen erkennen, was er ja irgendwie auch war. Ein italienischer Preuße halt. Dafür passten hier die braunen Wildlederschuhe genau dazu.

Somit waren nach geschlagenen zwei Stunden alle drei völlig authentisch gekleidet. Während Fuzzy das Ganze bezahlte, empfahl ihm der zwar total geschaffte, aber mehr als zufriedene Trachtengeschäftsinhaber eine Parfümerie »… gleich dort unten!«

*

Kurze Zeit später standen sie nicht nur frisch gewandet, sondern auch geschniegelt und gestriegelt in der Bahnhofshalle. Denn als sie in der Parfümerie gewesen waren, hatte ihnen die dortige Verkäuferin empfohlen, auch noch zum

Friseur zu gehen. »… gleich dort vorne!« Und dies hatten sie dann auch brav getan: Während Fuzzy sich hatte rasieren und die Haare kurz schneiden lassen, war dem Bartl nichts anderes eingefallen, als sich seine mittelbraunen Haare schwarz färben zu lassen.

»Was ist? … Da hebt sich mein Gamsbart doch besser ab, oder nicht?«, hatte er die anderen beiden gefragt, als die einen Lachkrampf bekommen hatten. »Wenigstens erkennt man mich *so* nicht wieder«, hatte er noch beleidigt hinzugefügt.

»Mich erkennt man mit meiner neuen Frisur auch nicht mehr«, bildete sich die Philomena ein und brachte damit die beiden anderen zum Lachen. Als ihr gegenüber auch noch eine Frau bemerkte, dass sie gut riechen würde, mussten alle drei herzhaft lachen. Und der Bartl hatte schon befürchtet, Philomenas neue Tasche ins Gesicht zu bekommen.

Weil sie drei Beförderungsscheine nach Staufen benötigten, mühten sie sich an einem Fahrkartenautomaten ab, der wohl den Mitarbeiter der Bundesbahn ersetzen sollte, der an diesem Tag frei hatte. Weil sie aber nicht damit klarkamen und Fuzzy sich gemerkt hatte, dass sich direkt beim Busbahnhof auch ein Taxistand befand, schlug er vor, die knapp siebzehn Kilometer bis nach Staufen mit dem Taxi zu fahren. »Nun kann ja nichts mehr passieren! … So wie wir jetzt aussehen, erkennt uns wirklich kein Schwein mehr!«

Kaum, dass sie im Taxi saßen, flüsterte der Bartl seinem Freund zu, dass der Taxler kurioserweise gar kein Inder sei.

»Jetzt halt deinen Mund und genieß diese bezaubernde Gegend!«

Als sie am Großen Alpsee vorbeifuhren, kamen sowohl im Bartl als auch in Fuzzy Heimatgefühle hoch: Der eine begann, sich so langsam wieder an seine Kindheit in Engelwarz und an seine Jugendzeit in Staufen zu erinnern, während der andere wusste, dass es von hier aus nicht mehr allzu weit bis zum Gardasee, also nach Bella Italia, war.

Die Philomena dachte indes wie meistens an gar nichts, sie ließ ganz einfach die immer schöner werdende Landschaft an sich vorbeiziehen. »Ach, ja!«, seufzte sie, bevor sie ihren Kopf auf Bartls Schulter legte … und einschlief.

Ein paar glückliche Tage in Staufen, oder schon wieder abhauen?

Klappe 20

»Herrgott, wia isch as im Allgei doch schee!«

Kaum dass der Bartl aus dem Zug gestiegen war, reckte und streckte er seine Glieder der Sonne entgegen, die hoch über dem Säntis, einem gut sichtbaren Berg in der nahen Schweiz, stand. Überglücklich sog er die frische Luft seiner Jugend in die wegen seiner schmalen Brust wahrscheinlich etwas flachen Lungenflügel.

Er war überglücklich, nach so vielen Jahren wieder einmal hier in diesem Teil Baierns und des oberen Allgäus sein zu dürfen.

Wie hatte er das Allgäu, dabei seinen Geburtsort Engelwarz, vor allen Dingen aber Staufen, doch vermisst. Das »Staufen-Kino« etwa, in dem er für ein Fufzgerle immer die Fuzzy-Filme angeschaut hatte, den kleinen Eisladen, den noch Einheimische umgetrieben hatten und wo der Bollê im Gegensatz zu den heutzutage wahnsinnigen italienischen Eisdandlern nur ein Zehnerle gekostet hatte, und Pfanners Weiher, in dem er nach dem Kino immer gebadet hatte, was gar nix gekostet hatte.

Nachdem er dies losgeworden war, zeigte der Bartl nach vorne. »Und danach bin ich mit meinem damaligen Freund Donê meistens noch zum alten Schloss hoch, wo wir uns in den Kellergewölben der Schlossbrauerei herumgetrieben haben!« Seine Stimme klang traurig. Weil er all die Jahre hinweg mit sich selbst und mit seiner Karriere als bester Trauerredner im Gai beschäftigt gewesen war, hatte er gar nicht bemerkt, dass ihn ganz tief in seinem Herzen schon immer das Heimweh geplagt hatte.

»Du wirst jetzt aber nicht nur noch im Allgäuer Dialekt daherreden, oder?« Obwohl Fuzzy seinen Freund mittlerweile recht ordentlich verstehen konnte, war er in Sorge darüber, dass der Bartl mit seinem fastoriginalen Allgäuer Dialekt, in seiner fastoriginalen Tracht und in seinem Überschwang an Heimatgefühlen übertreiben könnte. Aber im Moment war sein Freund – zumindest mental – nicht zu erreichen.

Und die Philomena schien ebenfalls in einen alpenländischen Glückstaumel geraten zu sein. Denn auch sie stand mit nach oben gehaltenen offenen Armen so da, als wenn sie die Sonne einfangen mochte. »Du host recht, Bartl: Hia ist as wirkli sche!«

»Du auch noch, Philomena! … Ja, spinnt ihr denn jetzt alle?«, regte Fuzzy sich auf.

»Das sagt der Richtige! Ich möchte nicht wissen, wie *du* dich vor lauter Freude aufführst, wenn du wieder nach Bello Italia kommst!«, konterte die Philomena.

»Bella! … Es heißt ›Bell*a* Italia‹ und nicht ›Bell*o* Italia‹, du blöde …!«, korrigierte Fuzzy die Philomena, die schon drohend ihre Handtasche schwang.

Weil sich Fuzzy aber ordentlich entschuldigte, legte sich die aufkommende Aggression gleich wieder.

Weil der Bartl seinem italienischen Freund zuliebe jetzt wieder sein relatives Hochdeutsch sprach, musste er noch eine Weisheit von sich geben: »Sicher: Ganz Baiern ist weiß Gott wunderschön! Aber diesbezüglich ist es hier einfach am bairischsten! … Ich bin sicher, dass der Herrgott ein Baier, genau genommen sogar ein Allgäuer war!«

»Wieso ›war‹?«, wunderte sich die Philomena über die Unkenntnis des ehemaligen Ministranten. »Ist der nicht vom Tod auferstanden?«

»Wer?«

»Ja, wer schon? … Jesus! Unser Herrgott halt! Kreizkruzifix aber au!«

»Ah, der! Am dritten Tag!«

»Was?«

»Unser Herr Jesus Christus ist am dritten Tag wieder pumperlgsund gewesen!«

»Sag ich doch!«

Nachdem auch Fuzzy seinen Blick über einen Teil der nahen Bergkette und über das österreichische Vorarlberg hinweg bis in die Schweiz hatte gleiten lassen, räumte er ein, dass die beiden zumindest nicht unrecht hatten, auch wenn sie zweifelsfrei spinnten. Klar, Bella Italia war das hier nicht. Aber er verkniff es sich, dies ihnen gegenüber laut werden zu lassen. Denn er spürte, dass die beiden nach dem, was hinter ihnen lag, einfach nur glücklich waren, ihren Häschern entkommen zu sein. *Ihm* ging es ja auch nicht anders. Trotzdem mochte der in der Scuola mafiosa geschulte Exverschwörer so lange öffentliche Plätze meiden, bis er Deutschland verlassen haben würde. »Wir müssen erst einmal von hier weg!«, empfahl er deswegen mit dem nötigen Tonfall und eilte auch schon zur Bahnunterführung vor, die in den schmucken Ort führte.

»Aber wir sind doch gerade erst angekommen!«, entrüstete sich der Bartl, der sich nicht schon wieder verscheuchen lassen mochte – schon gar nicht aus Staufen, und erst recht nicht von einem Italiener – so weit käme es noch?

*

Minuten später saßen sie vor einem augenscheinlich traditionsreichen Schuhgeschäft auf einer Bank mit Blick auf den Heiligen Christophorus, den laut Bartl ein bekannter Staufner Maler ans Äußere des Chorraums der Staufner Pfarrkirche Sankt Petrus und Paulus »freskiert« hatte.

»Freskiert?«, wunderte sich Fuzzy, der natürlich schon mal was von den Deckenfresken eines gewissen Michaelangelo in der Sixtinischen Kapelle in Rom, aber noch nie diesen Ausdruck gehört hatte.

Stolz darauf, scheinbar etwas ganz besonders Gscheites von sich gegeben zu haben und wohlwissend, dass er in seiner Jugend ganze vier Wochen lang bei einem Staufner Maler gearbeitet hatte, die wegen Krankheit eigentlich nur knappe zwei Wochen gewesen waren, wollte der Bartl über das Thema »Freskieren« dozieren, wurde aber von der Philomena ausgebremst, weil ihr dieses siebengscheite Gschwätz nun doch etwas zu hoch dünkte. »Wieso haben die da einen Christoph hingepinselt, wenn die Kirche doch dem Peter und dem Paul geweiht ist?«, wunderte sie sich.

»Wahrscheinlich, weil der ›Freskierer‹ kein originalgetreues Foto der beiden Kirchenheiligen gehabt hat!«, antwortete der Bartl allen Ernstes, bevor er sich wieder nach hinten drehte. Denn beim Daraufzugehen war ihm aufgefallen, dass es in diesem Schuhfachgeschäft die originalen Allgäuer Lederhosenhaferlschuhe gab, die er doch noch so dringend benötigen würde. Er wollte nicht wie Fuzzy als einer der gmaschkerten Preißn durchgehen, wie sie hier an den alljährlichen Alpabtrieben Mitte September zu Tausenden wie Motten herumschwirrten, wenn sie dieses Traditionsfest auf den saftigen Wiesen im Weißachtal mit der Wiesn in München oder noch besser mit dem Fasching verwechselten.

Wenn allein in Staufen vom baiernweit größten zusammenhängenden Alpgebiet weit über tausend Stück Rindviecher von ihren Grasgründen in den Bergen heruntergetrieben wurden, standen etwa Zehntausend von ihnen – mit aller Gewalt auf Jodel- und Schuhplattlerbaiern getrimmte Gäste aus nah und fern – am Wegesrand und schauten so dumm aus der Wäsche, als wenn sie in einen Kuhêpfättr getreten waren. Und als solcher Banause wollte der Bartl nun wirklich nicht dastehen – immerhin war er ja so was wie ein Einheimischer.

Also empfahl er sich kurz bei den anderen und ging ins Geschäft, aus dem er erst eine geschlagene halbe Stunde später glücklich strahlend herauskam. »Jetzt kann keiner mehr zu mir sagen, dass ich so was wie ein Preuße bin!« Stolz präsentierte er seine schwarz glänzende Neuerwerbung, in die der äußerst gesprächsbereite und geschäftstüchtige Schuhmachermeister auch noch orthopädische Einlagen gedrückt hatte, die zwar ein bisschen zu groß für den Bartl waren, aber dem großzügigen Kunden wegen seiner körpergrößenbedingten Kreuzschmerzen helfen würden, ... auch wenn die für jemand anderen hergestellt worden waren und sie dieser Ignorant einfach nicht abgeholt hatte.

Dann setzte sich der stolze Schuh- und Einlagenbesitzer wieder zu den beiden und meinte schon wieder, gscheit daherreden zu müssen: »*Genau so*, wie unser Herrgott direkt gegenüber, also hinter der gemauerten Wand, auf seine Schäflein achtet, passt der Heilige Christophorus auf die Straßenverkehrsteilnehmer hier draußen auf und ...«

»... sorgt dafür, dass niemand in die Kirche reinfährt, gell?«, ergänzte die Philomena Bartls Satz, der eigentlich beendet war.

Dies alles wusste der Bartl tatsächlich noch von früher, als er die Kirche ein einziges Mal auch von innen gesehen hatte. Seinerzeit hatte sich eine ausgebüxte Katze darin zu verstecken versucht, auf die ein magerer Finderlohn ausgesetzt gewesen war. Aber zwei Mark fufzig waren damals vier Mal »Fuzzy« gucken und danach jeweils einen Bollê Eis. Dann war immer noch ein Zehnerle übriggeblieben – irgendwie doch ein Wahnsinnsgeld für einen Burschen wie den Gomm Bartl.

Jeder andere hätte bei diesem miesen Finderlohn einen rôligen Katzêbôhlê, anstatt einer verwöhnten Schmusekatze vermutet und erst gar nicht danach gesucht.

Bevor der Bartl aber auch noch diese Geschichte erzählte, drängte Fuzzy mit sorgenvoller Stimme, schnellstens ein Hotel zu suchen, um noch vor Einbruch der Dunkelheit unterschlupfen zu können. Dabei sah sich der geschulte Ganove prüfend nach allen Seiten um. Denn irgendwie spürte er, dass die Gefahr noch lange nicht vorübergezogen war und auch dieser wunderschöne Teil Baierns keine Insel der Seligen mehr sein konnte. Dafür gab es hier viel zu viele internationale Touristen und wegen eines hier praktizierten Kurverfahrens eine viel zu große Aufmerksamkeit von Seiten der Presse.

Nachdem sie die Hauptstraße überquert hatten, gingen sie schon wenige Sekunden später links an der Kirche vorbei, wo sie direkt auf das Hotel »Adler« zusteuerten. Linkerhand war zwar auch ein Hotel, der »Löwen«. Weil diese Herberge aber alles andere aussah als eine Herberge und sie hinreichend Erfahrung mit einem piekfeinen Fünfsternetempel hatten (der »Löwen« hatte vier fürs Hotel und einen für die Küche), wollten sie dort nicht hin. Denn es galt nun, die letzte Etappe ihrer Flucht ins Ausland möglichst unauffällig hinter sich zu bringen.

*

Also gingen sie daran vorbei zum »Adler«, wo sie überaus freundlich empfangen und später in ihre Zimmer geleitet werden sollten – der »Unterhuber Sepp aus Salzburg« in *sein* Zimmer und die »Mösenlechner Klara aus Wien« in *ihr* Zimmer direkt daneben.

»Wir wollen ja nicht gleich übertreiben! … Außerdem dient dies zu unserer Tarnung«, hatte die Philomena dem Bartl gegenüber argumentiert und ihm sanft übers Gesicht gestrichen, obwohl sie sauer auf ihn war, weil sie als Decknamen nicht Marika Rökk verwenden durfte.

»Sag mal? Hackts jetzt bei dir noch ganz? Die kommt sicher nicht aus Wien!«, hatte der Bartl gemault und der Philomena zur Tarnung kurzerhand eine *Mösenlechner Klara* verpasst, – etwas anderes war ihm im Moment auch nicht eingefallen. »Es reicht schon, dass du aus Wien kommen und von dort stammen möchtest! … Dies habe ich dir auch nur gestattet, weil sich dein Bairisch fast ein bisschen wienerisch – auf jeden Fall komisch – anhört!«

»Immer noch besser als dein Allgäuer Kauderwelsch, das sich genauso beschissen anhört wie dein miserabliges Bairisch!«. Die Philomena war jetzt echt beleidigt.

Dass die Philomena Bartls Bairisch kritisierte, mochte ihm ja noch einleuchten, dass sie aber auch noch seinen Allgäuer Dialekt bemängelte, stank ihm so, dass jetzt auch er beleidigt war.

»Seids ihr von hier?«, fuhr die nette und überaus hübsche Rezeptionistin in vertraulichem Ton dazwischen, noch bevor die Philomena mit ihrer Handtasche ausholen konnte.

»Wieso?« Weil der Bartl glaubte, von der jungen Frau, die so viel Holz vor der Hüttn hatte wie die Zenzi aus der »Gams« in Isenbrezhofen, enttarnt worden zu sein, war er zu Tode erschrocken und plötzlich käsweiß im Gesicht.

»Weil ich glaube, bei Ihnen den hiesigen Dialekt herausgehört zu haben!«

»Aaah deswegen!« Der Bartl war erleichtert und die Farbe kehrte in sein Gesicht zurück. Dieses Missverständnis klärte er raffiniert auf, indem er sich über die Theke lehnte und nur »Naaa!« sagte, was sich auf Gesamtbairisch genauso anhörte wie das gleichlautende »Nein« auf Gesamtallgäuerisch. Dann schaute er triumphierend zur Philomena und sagte: »Wessen Allgäuer Dialekt versteht man nicht?« Mit diesem Sieg in der Tasche brauchte er nicht mehr den Beleidigten zu spielen.

Ich bin schon ein Hund ums Haus rum, wenns drauf ankommt, freute er sich so lange über den netten Hoschtubê mit der hübschen Fehl – bis er »Klaras« Handtasche sah, die trotz seines Triumphes über die bairischen Dialekte hinweg immer noch gefährlich an ihrem Handgelenk schwang.

Fuzzy schrieb sich bewusst erst ein halbes Stündchen später als »Luigi Zaparelli«, ein italienischer Weinhändler aus dem Piemont, ein.

Um von seiner ganz im Süden Italiens liegenden sizilianischen Heimat abzulenken, hatte er eine hoch im Norden seines Heimatlandes liegende Provinz ausgewählt. Außerdem grenzt das Piemont an die Schweiz. Wer weiß, für was das bei meiner Flucht noch gut sein könnte, hatte er sich gedacht. Außerdem muss ja nicht gleich jeder wissen, dass wir zusammengehören.

Der zwar nicht unbedingt gescheite, aber bauernschlaue Fuchs hielt sich dieses Türchen immer noch für einen eventuellen Alleingang offen. Denn niemand konnte wissen, was noch alles passieren würde und ob die Mafia und die Polizei nicht doch noch hinter dem bairischen »Gaunerpärchen« her waren. Und noch hatte *er* ja den Rucksack, aus dessen Inhalt er den beiden anderen immer nur so viel gab, wie die gerade zum Einkaufen oder für ihre Zeche benötigten. Dadurch konnte er gewährleisten, dass weder der Bartl noch die Philomena beim Geldausgeben übertreiben und somit auffallen konnten.

Nach dem Abendessen – das die »Klara« und der »Sepp« ganz bewusst an einem anderen Tisch eingenommen hatten als der kleine »Weinhändler aus dem Piemont« – trafen sie sich »rein zufällig« an der schnuckeligen Hotelbar, wo sie auf andere Hotelgäste stießen, denen sie glaubhaft vorspielten, sich erst heute Abend hier im Traditionshotel »Zum Adler« kennengelernt zu haben.

Weil sie noch an ihren neuen Identitäten feilen mussten, trank sogar der Bartl zunächst nicht viel. Stattdessen hatte er einen Heidenspaß, die Philomena als »Klara« und Fuzzy als »Luigi« anzusprechen. Er selbst wollte von ihnen ebenfalls nur noch mit seinem Decknamen bedacht werden, was schließlich Sinn der Sache war. Weil sie im Laufe des Abends aber doch mehr tranken als zuvor ausgemacht, kamen ihnen zwischendurch immer wieder die richtigen Namen über die Lippen. So waren sie den anderen Gästen gegenüber ständig in irgendeiner Erklärungsnot.

Aber so nach und nach klappte es trotz Alkohol dann doch noch recht gut und der Bartl sprach die Philomena nur noch mit »Klara«, die Philomena den Bartl mit »Sepp«, die beiden Fuzzy mit »Luigi« und Fuzzy den Bartl mit »Sepp« und die Philomena mit »Klara« an.

Schon respektabel, dass sie das hinbekamen. Das wichtigste an diesem Abend aber war, dass sie wegen ihrer Trachten zwar auffielen, aber nicht unangenehm – wenn man von Fuzzys Kaschperlgwand einmal absah. Denn dies hatten sie sich noch vor dem Abendessen fest vorgenommen. Trotzdem ließ es sich der Bartl nicht nehmen, noch ein paar Halbe zu trinken. »Ich liebe dieses ›Meckatzer Bier‹!«, lobte er immer wieder. »Woher kommt das göttliche Gesöff?«, mochte er vom Barkeeper wissen.

Der schaute aber nur verdutzt drein, weil er dachte, sein Gast wolle ihn foppen.

»Nun sag schon, woher kommt dieses vorzüglich schmeckende …« Er betrachtete das Flaschenetikett, bevor er seine Frage beendete: »›Meckatzer Weiß-Gold‹ her?« Der Bartl war Gott froh, dass es im Gegensatz zur Hotelbar in der Augsburger »Fuggerei« an dieser Theke auch eine Halbe und nicht nur Pils gab. Und weil der Barkeeper ebenfalls in Tracht war, fühlte sich der Bartl hier gleich doppelt so wohl.

Ob James wohl auch eine Tracht tragen könnte, kam ihm kurz in den Sinn. Er konnte sich aber nicht mehr ausmalen, wie eine schwarze Lederhose an einem schwarzen, in England geborenen, Augschburg'r aussehen würde, denn schon kam die Antwort des hiesigen Barkeepers: »Dieses ›Allgäuer Sommerbier‹ hier kommt aus dem etwa siebzehn Kilometer entfernten Ort gleichen Namens!«

»Aus Sommerbier?«

»Na! … Aus Meckatz!«

»Aaah!«, kam der Bartl der Philomena zuvor.

*

Die drei hatten es gut in Staufen, einem pulsierenden Kurort in dem sich ein feines internationales Publikum tummelte. In diesem trotz des Fremdenverkehrs irgendwie natürlich gebliebenen Voralpendorf gab es ein Wahnsinnsangebot für Touristen und »Schrothler«, wie die Kurgäste wegen der hier ansässigen »Schrothkur« bezeichnet wurden.

»Genau richtig, um nicht aufzufallen! Hier können wir uns ungestört erholen, bevor wir weiterreisen und uns trennen … müssen!«, hatte Fuzzy gleich mehrmals zu den anderen gesagt, um sie daran zu erinnern, dass die Gefahr noch nicht gebannt war.

Weil aber zu allem hin auch noch das Wetter traumhaft und die Sicht in die Berge glasklar war, vergaßen sie stets schnell wieder, weswegen sie eigentlich hier waren und dass es bis zur österreichischen Grenze nur noch ein Katzensprung war.

Und die drei ließen es sich wirklich verdammt gut gehen: Die Tage vergingen meist mit einem vormittäglichen Einkaufsbummel durch den Ort und einem anschließenden Frühschoppen in der »Sonne«, wo sie wie überall so taten, als wenn die »Klara« und der »Sepp« den kleinen Italiener jetzt erst, also hier in Staufen, kennengelernt hätten. So fiel niemandem auf, dass sie ständig zusammenhingen.

Am besten gefiel Klara die kunterbunte Schreibwarenhandlung direkt neben der »Sonne«, in der es wirklich alles zu geben schien, was das Urlauberherz begehrte. In diesem fast zweihundert Jahre alten Gruschtladen gab es sogar einen echten Papagei – der natürlich nicht *so* alt war und den man auch nicht kaufen konnte. Dafür wurde hier außer Schreibwaren, Büchern und Zeitschriften auch eine Wahnsinnsmenge an kitschigen Mitbringseln angeboten.

»Aber wem sollte ich etwas mitbringen?«, überlegte die Philomena laut.

Sie lebte in Katzelnlachen ja allein und völlig zurückgezogen. Da fiel ihr ein, dass sie für sich und den Sepp noch Landkarten aus dieser Gegend sowie aus Österreich und aus der Schweiz besorgen musste. Und Luigi benötigte auch noch eine Italienkarte, die sie hier ebenfalls bekommen würde. Spaßeshalber würde sie ihm auch noch die »Corriere della Sera«, eine der meistgelesenen italienischen Zeitungen mitbringen, die es kurioserweise hier ebenfalls gab, was den Bartl vermuten ließ, dass die sizilianische Mafia – wahrscheinlich die Außenstelle Allgäu Gesamt, vielleicht aber auch nur Allgäu West, denn Allgäu Ober würde sich ja saublöd anhören – auch hier ihre Finger im Spiel hatte. Die Frage würde nur sein: in welchem Spiel?

Die Nachmittage verbrachten sie schon mal mehr oder weniger gerne damit, sich *nicht* dem Sog der bemerkenswert vielseitigen Gastronomie zu entziehen. Dies hieß, dass sie nach dem Frühschoppen erst einmal eine Wanderung durch die traumhafte Natur machten, wenn die Klara dann immer noch Lust zum Tanzen hatte, ging es in den »Ponyhof«, wo meistens ein Alleinunterhalter zur allgemeinen Gaudi und zum Tanz aufspielte.

Und wenn der Sepp wieder einmal keine Lust zum Tanzen hatte, aber trotzdem einen drauf machen wollte, wanderten sie zur »Herrgottsalpe« hoch, wo schon am helllichten Nachmittag der Teufel los war. Eigentlich hieß das gastliche Gebäude »Mohralpe«, was man ja aber wegen der Neger-Diskriminierung eigentlich nicht mehr sagen sollte. Und weil man dort oben das Gefühl hatte, dem Herrgott ganz nah zu sein, hatte sie die Philomena kurzerhand umgetauft.

Und wenn Luigi Lust auf besonders gute Spirituosen hatte, ging es »Zur Höll« hinunter, ein tief im Wald versteckt liegendes Gehöft mit rustikaler Gastronomie, wo der Schnaps noch selbst gebrannt wurde – und dies mitten im urgemütlichen Lokal unter den meist getrübten Augen der Gäste. Abends ging es dann zum Essen entweder in die »Königlich bairische Enzianhütte«, in die »Altstaufner Einkehr« – oder sie blieben ganz einfach in ihrem Hotel, wo sie ebenfalls hervorragend bewirtet wurden. Aber auch in diesem Fall wollten sie noch etwas vom Nachtleben haben, weswegen sie am Schluss meistens im »Grinzing«, im »Oriental« oder im erst vergangenen Jahres eröffneten »Helgas Club 77« landeten, wo die Chefin zwar nicht siebenundsiebzig Jahre alt war, aber kurioserweise den gleichen Namen hatte wie ihr Lokal.

Und wenn sie mal keine Lust auf Geselligkeit hatten, fuhren sie mit der Bahn auf einen 1834 Meter hohen Berg, der – wie in einem Reiseführer zu lesen war – aus »Herrgottsbeton« bestand. Dort genossen sie dann bei einem Erfrischungsgetränk von einer Sonnenliege aus den Blick übers Tal bis zum Bodensee, wohin sie auch schon mal gerne fuhren.

Einmal waren sie sogar im Allgäu Ost, zu dem die einheimischen Ostallgäu sagten, obwohl dies in etwa *die* Richtung gewesen war, aus der sie gekommen waren. Jedenfalls lag Füssen näher an Brennesslshub, Deppenhausen, Gierling, Isenbrezhofen, Katzelnlachen, Schmarrnzell, Wüstensaal und all den anderen Käffern in Baiern, als Staufen – ein gefährliches Unterfangen, wie Luigi bemerkt hatte.

Der Gefahr zum Trotz hatten der Sepp, insbesondere aber die Klara, »ihr« Schloss Neuschwanstein unbedingt besichtigen wollen.

»Was muss, das muss!«, hatte der Sepp in einem für ihn ungewohnten Befehlston gemeint. »Oh mei!«, antwortete die Klara in einem für sie gewohnten Seufzton. Und Luigi? Aus dem war natürlich nur das ihm eigene »Maledetto!« herausgeschossen.

Aber damit war die weitreichende Diskussion noch nicht beendet gewesen: »Weil es hier im Allgäu liegt, ist es ›mein‹ Schloss und nicht ›deins‹«, hatte der Sepp der Klara gegenüber unmissverständlich klargestellt und die Gelegenheit genutzt, einmal mehr darauf hinzuweisen, dass das Allgäu nicht zu Baiern gehörte, sondern Baiern zum Allgäu. Außerdem sei dies allein durch diesen Prachtbau einer der zentralen Mittelpunkte des weltberühmten König-Ludwig-Landes – Geografie hin oder her. »Ja, glaubst du denn, unser Kini hätte ausgerechnet hier gebaut, wenn das Allgäu nicht das Sahnehäuble von Baiern und es hier nicht so schön wäre?« Dass sich daraufhin ein längerer Diskurs angebahnt hatte, war fast schon logisch gewesen, wenn man die beiden sturen Holzköpfe kannte.

Luigi hatte sich so lange nicht in deren Zwist eingemischt, bis die beiden in ihrer gereizten Verstimmung damit begonnen hatten, sich mit ihren echten Namen anzuschreien.

»Basta! … Jetzt reicht es aber!«, war der kleine Dicke dann doch noch zwischen die beiden langen Klappergestelle gegangen und hatte ihnen zur Freude der um sie herumstehenden Schlitzaugen gehörig die Leviten gelesen. Und weil die schon gerade da gewesen waren (natürlich rein zufällig), wollten sich die kleinen Glasnüdelchen mit den beiden großen Menschen in ihren schicken Trachten fotografieren lassen. Um dies immer und immer wieder hinzubekommen, hatten sie sich immer und immer wieder mit so zusammengefalteten Händen verneigt, wie man dies nur vom Rosenkranz beten her gekannt hatte. Dann hatte einer der Asiaten, der wohl ein bisschen Deutsch konnte, die beiden nach ihren Namen gefragt, worauf ein Geschnattere und ein Gekichere losgegangen war, auf das hin sich die komischen Ausländer bei den beiden immer wieder gebetsmühlenartig entschuldigt hatten: »Gomen'nasai, Hell Sepp!« – »Gomen'nasai, Flau Klala!«

Obwohl der großgewachsene Allgäuer und die ebenselbige Oberbairin zwar nichts verstanden, diese Sprache aber so niedlich gefunden hatten, waren sie dem immer größer werdenden japanischen Heer so lange zur Verfügung gestanden, bis Luigi das Fotoshooting abrupt beendet hatte. Wenn der Bartl, Gomen'nasai, der Sepp, gewusst hätte, dass er diese wertvolle Erfahrung bald brauchen würde, hätte er seinen Gamsbarthut wohl noch weiteren geschätzten fünfzig japanischen Gartenzwergen aufgesetzt. Aber wenn's langt, dann langt's eben, da hat der Luigi schon recht. »Gell, Klara!«

*

Am Abend hatten sie dann in aller Ruhe darüber gesprochen und sich dahingehend verständigt, die Sache nicht ausreizen zu dürfen und wohl oder übel weiterziehen zu müssen.

»Es ist nicht gut, dass ihr hier schon wieder so bekannt seid wie zwei Tüpfelhyänen im Aquarium!«

»Hä?«

Aber Fuzzy hatte Bartls zwar einsilbige, dennoch durchaus berechtigte Frage nicht beantwortet. Stattdessen hatte er von den beiden wissen wollen, wie es mit ihrer »Weiterreise« aussah.

»Gut! … Am Montag!«, hatte Philomena dann auch vorgeschlagen, weil es ihr in Staufen und Umgebung doch dermaßen gut gefiel. Am liebsten würde sie sich mit ihrem Anteil ein Häuschen in dieser von Gott begnadeten Gegend kaufen.

»Das sind zwar noch ganze vier Tage, aber von mir aus! … Allerdings nur, wenn ihr euch wieder zusammenreißt!«, hatte Fuzzy den anderen notgedrungen zugestanden, obwohl er seit ein paar Tagen ein äußerst ungutes Gefühl in der Magengegend hatte.

»Und wohin?«, hatte Philomena dann noch interessiert.

»Wie weit ist es bis Japan?«, hatte der Bartl in den Raum geworfen und dadurch Philomenas Argwohn geweckt: »Wegen der süßen Reisschüsselchen, stimmt's?«

Bevor sie ihre Handtasche hatte schwingen können, war Fuzzy schon wieder dazwischengegangen.

Klappe 21

Zwischendurch gingen sie aber auch schon mal getrennte Wege. Klara hatte bereits am ersten Tag in der Nähe der »Sonne« ein Unterwäschegeschäft in einem ähnlich alten Haus entdeckt, wie es die tolle Schreibwarenhandlung war. Allerdings hatte die Schaufensterauslage nicht viel mit dem zu tun, was sie selbst unter ihrem Obergwand trug.

Nachdem sie immer wieder mehr oder weniger daran vorbeigeschlichen war, wollte sie nun allen Mut zusammennehmen und hineingehen. Als wenn es hier jemanden jucken würde, schaute sie sich fast schon ängstlich um, bevor sie mit gespieltem Selbstbewusstsein den Laden betrat. Als dann die Verkäuferin, die sich als Karin vorgestellt hatte, die zackige Frage an sie richtete: »Blau, Gelb, Grün, Rot, Schwarz? … Oder vielleicht in einem sauberen Weiß?«, bekam Klara dann doch noch rote Wangen – von wegen Selbstbewusstsein.

Als die freundliche Verkäuferin dann auch noch zielsicher in eins der Regale griff und ihrer Kundin einen solchen Hauch von nichts hinhielt, der wirklich nichts war, fiel Klara nichts Blöderes ein, als albern zu kichern. »Hier: Dies mögen die Männer ganz besonders gerne! … Dort drüben ist die Umkleidekabine!« Während Karin dies sagte, zwinkerte sie ihrer Kundin verschwörerisch zu.

Danach brauchte Klara erst einmal einen Schnaps. Und danach wollte sie sich auch noch ein paar der schicken Kleider besorgen, wie es sie gleich in mehreren tollen Modegeschäften gab. Außerdem stand ein Kosmetiktermin an. So wie sie sich jetzt fühlte, schien ihr Trutschndasein nun endgültig der Vergangenheit anzugehören.

Luigi indessen besuchte immer wieder gerne seinen Landsmann Nino, der kurioserweise das italienische Ristorante-Pizzeria »Roma-Centro« im Herzen Staufens betrieb, wo der doch aus Kalabrien stammte. Darüber, dass dort – also in Kalabrien – Luigis Onkel Daniele Rei der Pate war, sprachen die beiden nicht, denn der durfte sicher nicht wissen, dass das Lokal eines aus Kalabrien stammenden Italieners »Roma-Centro« und nicht »Centro-Calabria« hieß, wo doch Kalabrien ein Zentrum der organisierten Kriminalität in Bella Italia war.

Die beiden wussten, dass die kalabrische Cosa Nostra zu den besten und aktivsten ihrer Zunft gehörte. Aber es gab ja auch noch genügend anderes zu bereden.

Allein schon, weil Luigi und Nino zwar nicht die gleiche Statur, aber in etwa die gleiche Größe hatten, verstanden sich die beiden kleinen Italiener auf Anhieb. So hatte Nino seinem Gast angeboten, jederzeit zu ihm kommen zu dürfen, wenn er Probleme haben würde: »In ogni momento! … Hai sentito: in qualsiasi momento!«

Wer weiß? Vielleicht muss ich dein Angebot sogar annehmen, dachte sich Luigi im Hinblick auf die Mafia und auf die Polizei, die im Moment sicher noch blind hinter ihnen her irrten, sie aber irgendwann aufstöbern würden.

Sepp machte sich diesbezüglich keine Sorgen bei seinen Spaziergängen durch den auffallend gepflegten Kurort. Viel lieber ließ er dabei Jugenderinnerungen hochkommen. Kruzinesn, ich müsste doch auf irgendeinen stoßen, den ich noch von früher her kenne, oder der *mich* kennt, ärgerte er sich, weil dies bisher nicht der Fall gewesen war, was sicher daran lag, dass er sich verhielt wie ein typischer Sommerfrischler – so hatte man hier die Touristen in seiner Jugend noch bezeichnet. Vielleicht finde ich ja auf dem Friedhof jemanden, den ich kenne, hoffte er und machte sich auch schon auf den Weg. Dabei fiel ihm einmal mehr auf, dass sich der Ort total verändert hatte – seiner Meinung nach allerdings nicht in allen Bereichen zum Besseren. Wahrscheinlich ist der Bürgermeister so ein sturer Depp. Einer, der keine Visionen hat, wie der Ort in vierzig Jahren aussehen wird, wenn er so weitermacht und wenn sein Nachfolger ein gleich solcher Depp sein wird wie er, sinnierte der Bartl.

Genau so, wie ihm vor wenigen Tagen eingefallen war, seine alte Heimat Staufen zu vermissen, vermisste er angesichts der vielen Gräber nun seine Arbeit. Wie gerne würde er auch hier eine Trauerrede halten? Vielleicht für einen »Kirchmann« oder einen … Ach, wie hießen die doch alle wieder, die sich eingebildet haben, den Staufner Uradel zu verkörpern, auch wenn deren Körper längst von Würmern zerfressen waren? Ja, das waren noch Namen auf den Grabsteinen, die er von früher her kannte – wenn schon nicht als Adelige, dann aber wenigstens als Staufner Bürger.

Wie er so vor einem Grab stand und vor sich hin sinnierte, wurde er von hinten fest an der Schulter gepackt. Gleichzeitig hörte er eine Stimme fragen, ob er nicht der Gomm Bartl sei.

»Äh! … Nein! Ich heiße Sepp Unterhuber und stamme aus Salzburg!«, schoss es aus dem Gomm Bartl wie auswendig gelernt heraus. Er traute sich kaum, sich umzudrehen. Hoffentlich die Polizei und *nicht* die Mafia, durchzuckte es ihn wie ein Blitz, weil er sich schon mit einem Zementgewicht auf dem Grund vom Pfanner Weiher unterhalb des Staufner Schlosses wähnte.

Aber nichts dergleichen. Als er sich umdrehte, sah er einem mittelgroßen kräftigen Mann, der in seinem Alter sein könnte, in die glasklaren Augen. »Klar bisch du d‘ Bartl! … Sag amôl, was duesch etz du in Schdaufe?«, sagte der Mann und lächelte seinen alten Spezl aus der Jugendzeit breit an.

Und der konnte es kaum glauben: »D'r … D'r … Jô, Kruzinesn!«

»Jô! Schdimmt scho! … I bi's, d'r Donê!«

»I glaub's it! D'r Keb'rlê Donê!«

»Doch, doch! … I bi's wirklê!«

»Und was duesch etz du dô auf'm Gott'sacker? … Etz sag ab'r âmôl: Bisch as du wirklê?«

»Doch, doch! … I bi's wirklê! I bi d‘ Donê! Des kasch m'r scho glaubê!«

Nur gut, dass Anton Köberle dem ewigen Hin und Her ein Ende bereitete, indem er die Frage seines alten Jugendfreundes insofern beantwortete, dass seine Cousine verstorben und er hier sei, weil er die Familiengrabstätte für die Beerdigung überprüfen wolle.

»Hônd ihr schô nômman, der bei eirer Leich schwätzt, od'r brauchet ihr nô an Leuche‘rednar?«

»Was isch etz au des?«

Nun erklärte der Bartl seine Berufung zum »besten Trauerredner im Landkreis Isar Gesamt, natürlich inklusive München« und dass er zufällig Kapazitäten frei habe.

Bevor nun der Donê schon wieder wissen mochte, was dies hieße, machte er ihm den Vorschlag, für dessen verstorbene Bäs die Trauerrede kostenlos zu halten.

Und das schlichte Gemüt willigte nur allzu gerne ein. »Du woisch jô: mir Allgeier kennet it groß schwätzê!«

»Jô! Jô! … Niats g'seit, isch allat g'schwätzt g'nuê!« Weil der Bartl nun wieder voll und ganz in seinem Element war, strahlte er mit der Sonne um die Wette. Zum einen übermannte ihn die Tatsache, dass er nach so vielen Jahren des Fernseins immer noch perfekt Allgäuerisch konnte. Zum anderen hatte er nun doch noch einen Spezl von damals getroffen … und das auch noch auf dem Friedhof.

Und dann hatte er von hier aus auch noch einen grandiosen Blick zum Hochgrat, dem Hausberg der Staufner, den er mit seinen langen Haxen jedes Jahr einmal bis zum Gipfelkreuz hoch erklommen hatte. Darüber hinaus war sein Wunsch, in der alten Heimat eine Trauerrede halten zu dürfen, tatsächlich wahr geworden. Dies würde sich natürlich gut in seinem beruflichen Lebensbild machen und ihn nicht nur bei den bairischen, sondern auch bei allen *deutschen* Spitzen-Trauerrednern auf einen Schlag ganz nach vorne katapultieren, was ihn auch im Ausland empfehlen würde. Sakerment aber au!

Aus lauter Freude darüber, sich wiedergetroffen zu haben und nun sogar »zusammenzuarbeiten«, verabredeten sich die beiden für den Abend im Gasthof »Post«, schräg gegenüber vom Bahnhof. Der Köberle Toni hatte den Gomm Bartl sogar dazu eingeladen: »Schlieaßlê muâss i mei Bäs doch no g'herig nasaufê!«

Und *dabei* wollte ihm der Bartl natürlich nur allzu gerne zur Seite stehen. Denn auch das sah er als praktizierte Trauerbegleitung an. Wenn er so darüber nachdachte, war er *wirklich* ein Hund ums Haus rum.

Mit sich und der Welt zufrieden, schlurfte er ins Hotel zurück. Ein Blick auf die Kirchturmuhr verriet ihm, dass er es fast pünktlich zum »Adler« zurückschaffen könnte, wo er sich mit seinen beiden Freunden an der Hotelbar treffen würde, um mit ihnen bei einem Getränk (die Klara einen anregenden Sex on the Beach, Luigi einen erfrischenden Aperol-Spritz und er selbst natürlich eine göttliche Meckatzer Halbe) in aller Gemütlichkeit über ihr heutiges Abendprogramm zu sprechen. Bestimmt gehen die beiden mit in den Gasthof »Post«, war sich der Bartl sicher.

Die Vergangenheit lässt sich ums Verrecken nicht abschütteln.

Klappe 22

Das hatte sich der Gomm Bartl, der jetzt keine Lust mehr hatte, sich in seiner guten Heimatlaune weiterhin als Sepp Unterhuber aus Salzburg auszugeben, in seinen schlimmsten Gedanken nicht träumen lassen: Denn kaum hatte er die lebensfrohe Überraschung auf dem Staufner Friedhof einigermaßen verinnerlicht, was natürlich einen Riesendurst heraufbeschworen hatte, sollte schon der nächste Wirbel auf ihn warten. Als er ins Hotel zurückkam, schienen weder Fuzzy noch die Philomena da zu sein, jedenfalls saß niemand an der Theke. Also blieb ihm nichts anderes übrig, als sich an der Rezeption nach seinen »Bekannten« zu erkundigen.

»Die Frau Mösenlechner hat unser Haus vor etwa einer Stunde mit zwei schwarz gekleideten Männern verlassen!«

»*Was hat die*? … Wer waren die Männer?« Weil der Bartl schon ahnte, um wen es sich handelte, begann er innerlich zu zittern.

»Ich glaube, die beiden waren von einer italienischen Doubletruppe …«

»Hä?«

»… denn mit ihren schwarzen Hüten und mit den dickrandigen Sonnenbrillen hatten sie irgendwie ausgesehen wie die ›Blues-Brothers‹!«

»Hä?«

Weil der freundliche Rezeptionist gemerkt hatte, dass der Gast nichts verstanden hatte, zeigte er auf ein kleines Plakat. »Sehen Sie, Herr Unterhuber: Im Staufner Kurhaus findet derzeit ein ›Blues- und Jazzfestival‹ statt …«

»Hä?« Der Bartl verstand jetzt überhaupt nichts mehr.

»… eine Musikveranstaltung, die von den ›Internationalen Altfilm- und Musiktagen‹ begleitet wird. Da zeigt unser Kurdirektor Haug mit seinen alten Original-Abspielgeräten Schwarzweiß-Filme aus früheren Zeiten!«

»Auch ›Fuzzy‹?«, enfuhr es dem Bartl trotz der prekären Situation.

»Hä?«, rutschte nun dem Hotelmitarbeiter heraus, der offenschtlich ebenfalls ein gebürtiger Allgäuer war. Der Mann konnte den ›Film-Fuzzy‹ ja nicht kennen, dafür war er viel zu jung.

»Egal!« Der Bartl hatte sich sofort wieder gefangen. Schließlich war er ja ein erfahrener und deswegen auch professioneller Trauerredner, der sich auf jede Situation blitzschnell einstellen konnte. »Wie kommst du darauf, dass es Italiener waren?«

»Na ja, erstens kommen die beiden sicher nicht aus Amerika, wo die Gruppe erst in diesem Jahr gegründet wurde! Außerdem kann ich ein bisschen Italienisch. Und die beiden haben die Frau Mösenlechner als ›Donna in rosso‹ bezeichnet.«

Nachdem der Bartl dem jungen Rezeptionisten noch ein, zwei hastige Fragen gestellt hatte, eilte er zu Philomenas Zimmer hoch. Dort lauschte er erst an der Tür, bevor er stark pochenden Herzens die Klinke nach unten drückte.

Wie er es sich gedacht hatte, war sie unverschlossen. Also blickte er einmal um sich und huschte hinein. Und da traf ihn schier der Schlag! Denn in der Türinnenseite steckte an einem Messer ein Zettel, den der Bartl auch gleich an sich nahm, um besser lesen zu können, was da von Hand draufgeschrieben war: »Wire abene deine Donna in rosso unde werdene sie umbringe, wenne due unse nikte dase Gelde übergibeste, dase unse gehörte! Capito? Wire meldene unse wiedere!« Darüber war ein Totenkopf gekritzelt, der ihn an die ausgebüxte Katze von damals erinnerte, die er in jungen Jahren in der Kirche entdeckt gehabt und zwei Mark fufzig dafür bekommen hatte.

Dabei fiel ihm jetzt wieder ein, dass er ein Zehnerle davon seinem Freund Donê geliehen hatte, damit auch der sich einen Bollê Eis kaufen konnte. Und das konnte er ja jetzt gut zurückfordern.

Während er Philomenas offensichtlich bereits durchsuchtes Zimmer durchsuchte, entdeckte er ungewollt die durchwühlte Einkaufstüte, in der die Dessous waren, die sich die Philomena gekauft hatte. »Schwarz! … Na also, es geht doch!«, freute er sich für einen Moment, war aber sofort wieder professionell.

Wo ist Fuzzy, schoss es ihm so in den Kopf, dass es gleich weh tat, während er auch schon zu dessen Zimmer hinübereilte, wo er die ebenfalls unverschlossene Tür aufriss, ohne vorher nachgedacht zu haben. Aber er hatte Glück, kein einziger Mafioso war zu sehen. Es hätte ihn nicht gewundert, wenn zwei dieser Stronzos auch Fuzzy in dessen Zimmer aufgelauert hätten. »A so a Schmarrê«, schalt er sich selbst, weil die ja nichts von Fuzzy wissen konnten.

Außerdem sieht mir dies hier zwar nach einem hastigen, dennoch aber geregelten Abgang aus. Also hat Fuzzy entweder mitbekommen, was hier passiert ist oder er hat es so wie ich gesehen, als er ins Hotel zurückgekommen war, reimte sich der Bartl auf die Schnelle zusammen.

Allerdings sah es in Fuzzys Zimmer so aus, als wenn er von den Mafiosi ebenfalls mitgenommen worden wäre. Jedenfalls waren dessen sämtliche Habseligkeiten und »Zefix aber au!« der Rucksack weg.

Ist er etwa reumütig und deswegen freiwillig zu seinen Exkollegen zurückgekehrt, fragte sich der Bartl, stellte sich aber gleichzeitig auch die Frage, weshalb dann die gottverdammten Itaker auf dem Zettel in Philomenas Zimmer davon sprachen, das Geld zurückhaben zu wollen.

Aber was ist mit *meinem* Zimmer, fuhr es dem Bartl weiter durch den Kopf. Eilig rannte er aus der Tür. Und weil er in seiner Aufregung vergessen hatte, sich rechtzeitig zu ducken, schlug er sich den Kopf gleich so an, dass er blutete. »Himmelherrgottsakerment no amôl!«, fluchte er, während er auch schon über den Flur zurück hastete, … und die Bescherung sah (nicht seine Kopfwunde, die ignorierte er): Auch sein Zimmer war durchwühlt worden!

Spätestens jetzt war dem Bartl klar geworden, das Hotel *sofort* verlassen zu müssen. Auf die Schnelle klaubte er seine überall herumliegenden Sachen zusammen, stopfte sie in die große Reisetasche, die er sich glücklicherweise am Tag zuvor zur Verwahrung seiner Tracht bei der Weiterreise gekauft hatte. Dann verließ er das Hotel heimlich durch den Hinterausgang, der zur Schlossstraße führte. Von dort aus sah er das Rathaus. Einen Moment lang überlegte er, dort um Asyl zu bitten. Aber dann würde er der Philomena ja nicht mehr helfen können und zudem auch hier aktenkundig werden. Außerdem würden ihn der einfallslose Bürgermeister und seine spießigen Beamten sicher gleich der hiesigen Gendarmerie ausliefern.

Ich muss dringend Fuzzy finden, beschwor er sich selbst. Dann huschte er vom Hinterausgang aus nach links, wo einige Müllcontainer standen, hinter denen er sich so lange verstecken konnte, bis ihm etwas eingefallen war. Und dies ging schnell: Das Ristorante ›Roma-Centro‹! Wie mir Fuzzy erzählt hat, ist der Inhaber ein Freund von ihm geworden. Also, auf geht's.

Und schon war er auf dem Weg zu dieser beliebten Pizzeria hinunter, in der es feine Speisen im Angebot gab. Trotzdem würde der Gomm Bartl niemals freiwillig in ein italienisches Restaurant gehen. Denn er wusste aus leidiger Erfahrung heraus, dass es kein südländisch betriebenes Lokal hinbekam, ein ordentlich kühles Bier zu zapfen, das es dort ohnehin meistens nur aus Flaschen gab. Aber was sollte er tun? Wenn er seinen Freunden helfen wollte, *musste* er jetzt dorthin! »Zefix!«

*

Sich ängstlich nach allen Seiten umschauend, ging der Bartl in etwas geduckter Haltung (nicht wegen seiner Kopfwunde, was sowieso zu spät wäre, sondern wegen seiner Körpergröße) zwischen dem Kirchenportal und einem Auktionshaus, in dem der bekannte österreichische Auktionator Wolfgang Pauritsch herumwuselt, die Fußgängerzone hinunter. Dann überquerte er die belebte Hauptstraße, schlich die Treppe zum Lokal hoch, öffnete die Eingangstür einen Schlitz breit und versicherte sich dadurch, dass sich kein Mafioso in der Gaststube befand.

Der Bartl schnaufte mehrmals tief durch, dann betrat er beherzt das Lokal, wo er auch schon vom Wirt beiseite und in die Küche gezogen wurde.

»Gott sei Dank, Herr Gomm: Sie leben … Aber Sie bluten ja!«

»I bi d‘ Bartl, des basst scho!«

»Gut, Bartl. Ich heiße Nino! Und jetzt komm mit!«

Der Bartl war so heilfroh, den Fuzzy zu sehen, dass er ihm gleich um den Hals fiel.

»Ich bin hier der Wirt!«, stellte sich Nino dem Bartl in astreinem Deutsch mit Allgäuer Zungenschlag weiter vor. »Und das ist Tschacko, unser treues ›Mädchen für alles‹!«

»U … u … uuu und … d… d … ddd … der … b … b … bbb bester Spüler!«, ergänzte der offensichtlich nette Kerl.

»Schon gut Tschacko! Natürlich bist du unser bester Spüler!«, lobte sein Chef und flüsterte den anderen zu, dass er nur einen Spüler hatte. Dann kam er aber gleich wieder zur Sache: »Tschacko passt hier auf euch auf! Keine Sorge, meine gesamten Mitarbeiter wissen Bescheid und das Bedienungspersonal warnt uns sofort, wenn die Mafiosi kommen! … Und über kurz oder lang *werden die hier auftauchen*, da bin ich mir ganz sicher! Denn mein ›Roma-Centro‹ ist das einzige Lokal in Staufen, in dem sie original-italienische Speisen bekommen!«

Nachdem sie sich eingehend über die Sache unterhalten hatten, wobei der Bartl in Bezug auf seine Kopfverletzung arg aufs Blech gehauen hatte, war für Fuzzy und den Bartl immer noch nicht klar, wie die Mafiosi auf sie aufmerksam geworden sein konnten und wie die sie in Staufen aufgestöbert hatten. Dass es letztlich doch der arabische Fahrkartenknipser auf Anraten der »Alle-Getränke-die-man-nicht-braucht-Hostess« (denn Bier hatte sie nicht im Angebot gehabt) im Zug irgendwo von einem niederbairischen Kaff mit Bahnhof bis nach Augsburg gewesen war, der die Polizei informiert hatte, konnten sie nicht ahnen. Denn wenn sie dies gewusst hätten, wäre ihnen längst klar geworden, dass die Polizei über kurz oder lang ebenfalls in Staufen aufkreuzen müsste. Aber dies hatte sie bisher nicht getan, weil sie die Flüchtigen von Augsburg ausgehend überall im *Ostallgäu und im Unterallgäu*, aber noch nicht im Oberallgäu suchte. Da sie also immer noch damit beschäftigt war, »dort oben und rechts« alles nach den beiden Flüchtigen abzugrasen, war sie noch nicht so weit gekommen.

Allerdings hatten die Mafiosi irgendwie mitbekommen, dass sich der Bartl und die Philomena »weiter unten« aufhalten könnten. Und weil Pietro Rizzidani den Bartl während dessen Zeit als Trauerredner für die sizilianische Mafia der Außenstelle Landkreis Isar Gesamt außer München hinreichend hatte kennenlernen dürfen, war für ihn die Vermutung nahe gelegen, dass sich der Gomm Bartl mit seiner Donna in rosso in Richtung österreichische oder Schweizer Grenze absetzen könnte. Und Staufen war nun einmal der direkte Grenzort nach Vorarlberg, also zu Österreich, von wo aus es direkt in die Schweiz ging. Weil der Pate mit dieser Einschätzung richtig gelegen war, hatten er und seine Männer das Heer von Bullen um etliche Schritte überholt.

Als die Küchentür aufging, zuckten Fuzzy und der Bartl zusammen.

»Keine Sorge, das ist nur Luca, der euch was zu Essen bringt! … Leider müsst ihr euch mit dem kleinen Tisch hier in der Küche zufriedengeben!«, beruhigte Nino die beiden. »Und wenn ihr damit fertig seid, besprechen wir, wie wir mit euren Verfolgern verfahren werden und damit gleich zwei Fliegen mit einer Klappe schlagen! … Ich habe eine grande idea!«

»Hä?«

»Nino scheint einen großartigen Gedanken zu haben!«, übersetzte Fuzzy für den Bartl und wandte sich an den in jeder Hinsicht rührigen Wirt: »Jetzt bin ich aber neugierig!«

»Später! … Jetzt stärkt euch erst einmal mit ›Fileja‹, einer speziellen kalabrischen Pastasorte mit ›Cipollata‹, der dazu gehörenden Sauce! … Danach gibt's einen ›Vecchio Amaro del Capo‹, einen hervorragenden Kräuterlikör, der ebenfalls aus meiner kalabrischen Heimat stammt!«

Während Fuzzy das Wasser im Mund zusammenlief, wünschte sich der Bartl im Geiste eine Portion Allgäuer Kässpatzn mit einer Halbe Bier dazu. Aber es half nichts – er musste *das* essen und trinken, was auf den Tisch kam. »Dann halt, von mir aus!«, knurrte er und begann damit, sich wie der sprichwörtliche Bauer aufzuführen, der nicht fraß, was er nicht kannte. Er stocherte gelangweilt in seinem Essen herum. Um dabei nicht unangenehm aufzufallen und als unhöflich oder gar als undankbar dazustehen, probierte der Bartl »In Gott‘s Namê« ein bisschen davon. Und siehe da: es schmeckte ihm, es schmeckte ihm sogar so hervorragend wie ihm vermutlich nach dem Essen auch der kalabrische Kräuterlikör schmecken würde.

Dies zu beurteilen, sollte ihm aber nicht mehr gegönnt sein. Denn Luca stürzte zur Küche rein und zischte: »Sie kommen!«

»Gut! … Alles wie besprochen! Lasst euch nichts anmerken!« Weil jetzt nicht nur Fuzzys und Bartls Nerven bis zum Zerreißen gespannt waren, musste Nino erst ein paar Mal tief durchschnaufen, bevor er in den voll besetzten Gastraum ging.

»Ah! Da kommt ja unser Chef höchstpersönlich!«, tat Luca so, als wenn er sich freuen würde und berichtete Nino, den Herren schon gesagt zu haben, dass kein einziger Platz frei sei und sie später wiederkommen sollten. »Es tut mir umso mehr leid, weil die Herren aus Italien stammen!«

»Aber, aber, mein lieber Luca! … Wir werden doch unsere Landsleute nicht im Regen stehen lassen! Sicher gelüstet es sie nach heimischen Speisen, oder? … Ich bin Nino, der Wirt!«

»Wie unser verstorbener Stronzo!«, bemerkte einer der Männer und brachte damit die anderen dazu, sich ebenfalls zu bekreuzigen.

»Er ruhe in Frieden!«

»Das müssen wir jetzt nicht verstehen, oder?«

Nachdem alle so heftig ihre Häupter geschüttelt hatten, dass sogar zwei Sonnenbrillen auf den Boden gefallen waren, erkundigte sich der Wirt direkt danach, ob sie etwas essen mochten.

Das allseitige Nicken der sechs Männer bestätigte Nino darin, recht zu haben. »Aber gerne, meine Herren! Selbstverständlich finden wir noch ein Plätzchen für Sie!« Gleichzeitig trug er seinem Chefober auf, einen Tisch im abgetrennten hinteren Teil des Lokals einzudecken. »Avanti, Luca! … Danilo soll dir helfen!«

»Das gefällt mir!«, bedachte der Pate seinen Landsmann mit Lob. »Woher stammen Sie?«

»Äh! … Aus Kalabrien! … Warum?«

»Kennen Sie einen gewissen Daniele Rei?« Als er diese Frage an Nino richtete, verengten sich seine Augen zu Schlitzen.

Weil Nino nichts falsch machen wollte, überlegte er ein Weilchen, bevor er eingestand, dass er mit Daniele Rei verwandt sei.

Kaum hatte er dies ausgesprochen, wurde er von Pietro Rizzidani an dessen Herz gedrückt. »Also gehörst du auch zur Famiglia!«

Nino wusste nun, dass sein Gegenüber der Pate war und dass der Vertrauen zu ihm gefasst hatte. Um aber im Moment nicht weiter darauf eingehen zu müssen, wechselte er wieder zum eigentlichen Thema zurück: »Bis Ihr Tisch eingedeckt ist, dauert es noch einen Moment! … Darf ich meinen hochverehrten Landsleuten die Wartezeit mit einem Grappa verkürzen?«

»Sì!«

»Sì!«

»Sì!«

»Sì!«

»Sì!«

»Und Sie?«

»Einer muss nüchtern bleiben!«, begründete der Pate seine Entscheidung, auf einen wahrhaft köstlichen Grappa aus der Gegend um Trentino herum zu verzichten.

»Aber wir müssen doch auf die Famiglia anstoßen, oder etwa nicht?« Dann schnippte Nino mit den Fingern. »Sieben Grappas aufs Haus!«

»Sì!«

Klappe 23

»Es klappt alles wie geplant!«, freute sich Nino, als er in die Küche zurückkam. »Die Sechs haben sogar schon den ersten Schnaps intus!«

»*Nur Sechs*?«, schoss es Fuzzy so laut heraus, dass man es auch dort hören konnte, wo die Mafiosi ungeduldig auf ihren Tisch warteten.

»War das nicht Alfredo Missullonis Stimme?«, fragte einer die anderen, die aber nur bissig zu lachen begannen.

»Du hast wohl ein Gespenst gehört, Gian-Carlo! Was sollte dieses abtrünnige Schwein hier zu suchen haben?«, konterte der Boss persönlich und wischte damit den Gedanken daran, dass sich der Exmafioso hier in Staufen aufhalten könnte, auch schon wieder vom Tisch.

»Ja! Es sind nur sechs Mafiosi und nicht, wie du gesagt hast, sieben!«, bestätigte Nino Fuzzy gegenüber.

Da klatschte Fuzzy sich an die Stirn. »Ich Idiota! … Klar, einer von ihnen muss ja auf die Philomena aufpassen, die sie gekidnappt haben!«

»Wenn wir nur wüssten, wo die ist!«, bedauerte der Bartl, dem die alte Grantluberin mittlerweile doch irgendwie ans Herz gewachsen war.

»Das kriegen wir schon raus! Spätestens in seiner Stunde wissen wir mehr!«

*

Sicherheitshalber kümmerte Nino sich höchtpersönlich um seine Gäste, die sich geehrt fühlten, ganz allein im Hinterstübchen dinieren zu dürfen und aufs Beste bewirtet zu werden. Um seine Gäste zufriedenzustellen beziehungsweise abzulenken, tat der Wirt alles Menschenmögliche: Er hatte sogar einen Kasettenrecorder mit italienischen Musikklängen aufgestellt.

Zum Aperitiv spendierte er den Italienern »aus lauter Freude darüber, dass ich hier in meinem bescheidenen Ristorante Landsleute von mir bewirten darf …« einen Prosecco.

Als Diggestiv gab es dann wieder einen Grappa, dieses Mal aber aus dem Chianti-Gebiet in der Toscana »… weil ich stolz daruf bin, solch honorige Gäste bei mir zu haben!«

Und als letzten Verdauungsschnaps bot er den sechs inzwischen leicht beschwipsten Männern einen extra stark gebrannten Bodenseeobstler an: »Weil Sie auch mal probieren sollten, was es *hier* für gute Getränke gibt!«

Er selbst hatte zwar immer mit angestoßen, aber nur Wasser in seinen Gläsern gehabt.

Als Nino in die Küche kam, rieb er sich die Hände und sagte zu den anderen, dass sie (also die Mafiosi) in einer Minute so weit seien. Dann stellte er eine braune Viertelliter-Apothekerflasche auf den Tisch und wartete darauf, was Fuzzy und der Bartl dazu sagen würden. Weil aber nur ein Schulterzucken der beiden kam, erklärte er ihnen, dass sich in der Flasche ein Gemisch aus Gammahydroxybuttersäure und Gamma-Butrolacton befinden würde.

»Hä?«

»Che cosa?«

Nun musste Nino lachen. Er klopfte auf den roten Flaschenverschluss und sagte: »Darin befindet sich Liquid Ecstasy!«

»Hä?«

»Was?«, mochte Fuzzy nun auf Deutsch wissen.

»K.o.-Tropfen, die bei geringer Dosierung berauschend und enthemmend, bei hoher Dosierung aber ganz rasch einschläfernd wirken!«

»Wo hast du die her?« Fuzzy war entzückt.

Aber Nino zuckte nur mit den Schultern. »Du weißt doch, dass ich Italiener bin!«

»Ja, ja, ich weiß schon: Italiener können zwar alles ›organisieren‹, halten aber dicht! Ich möche es auch gar nicht wissen! … Aber sag mir bitte, wie es nun weitergeht?«

»Luca und Danilo sind bereits dabei, die Sache zu beenden!« Nun zeigte er mit einem Finger auf die Flasche. »Was siehst du?«

Während der Bartl schon ein ganzes Weilchen nichts mehr mitkam, stellte Fuzzy nach genauerer Betrachtung der dunklen Flasche fest, dass die nicht mehr ganz voll war.

»Der Kandidat hat hundert Punkte!«, witzelte Nino gutgelaunt. »Wir haben ihnen mit der Pipette in jedes Getränk ein paar Tropfen getan und den Bodenseeobstler zu einem Achtel damit gefüllt! … Das haut den stärksten Ochsen um.«

»Und den trinken sie justament in dieser Minute?«, orakelte der Bartl.

Nino nickte bestätigend. »Mein edler ›Spezialbrand‹ ist nicht nur stark, er riecht auch *so* kräftig, dass den Schnapsnasen dort draußen sicher nichts auffallen wird.«

Kaum dass Nino ausgeprochen hatte, kam ein strahlender Luca in die Küche und verkündete, dass sie – also die Schnapsnasen – schlafen würden.

»Alle?«

»Sì! Alle!«

»Das ging ja noch flotter, als ich gedacht hatte.«

Klappe zu, habe fertig!

Klappe 24

»Keine Sorge, der taucht hier noch heute Abend auf! Weil seine Leute nicht zurückgekommen sind, glaubt er jetzt sicher, dass sie noch in meinem Ristorante sind!«, beruhigte Nino seine neuen Freunde und begründete seinen Optimismus damit, dass dem letzten der sieben Mafiosi irgendwann die Nerven durchgingen, wenn er nichts mehr von seinem Paten hören würde.

Insbesondere der Bartl wirkte aus seiner Sorge um die Philomena heraus wie aufgelöst. Sie saßen wieder in Ninos Küche und dösten, auf den siebten Mafiosi wartend, vor sich hin. Denn der war ja von seinem Paten dazu abgestellt worden, darauf zu achten, dass die entführte Philomena nicht von dort abhauen konnte, wo er sie hingebracht hatte.

Der Bartl durfte gar nicht daran denken, was ihr der siebte Mann alles angetan haben könnte. »So a Schmarrê!«, schalt er sich selbst, dachte dabei aber mehr an Philomenas Aussehen als an die Dessous, die sie ja nicht anhaben konnte, weil die sich immer noch in der Einkaufstüte befanden.

Im Keller des »Roma-Centro« schliefen indes die anderen sechs Mafiosi, wie Päckchen zusammengeschnürt und geknebelt, den Schlaf der Hereingelegten.

Wenn Ninos hervorragende Schnäpse auch keine vierzig Prozent gehabt hatten, war sein Plan doch zu hundert Prozent aufgegangen: Denn diese gutgläubigen Idioten hatten ungeprüft gesoffen, was er ihnen hingestellt hatte – wahrscheinlich nur, weil's nichts gekostet hatte und weil es durchwegs italienische Produkte gewesen waren. Und weil in *allen* Getränken – auch im Prosecco – eine kleine Dosis der hochwirksamen K.-o.-Tropfen gewesen war, hatten sie nicht gemerkt, dass sie alle gleichzeitig gaaanz langsam müde geworden waren.

Den Rest hatte ihnen dann auf einen Schlag die volle Dröhnung geben, die vom achtunddreißigprozentigen, auf hundert Prozent getunten Bodenseeobstler wie ein Donnerwetter über sie gekommen war: Wie auf Kommando waren ihre Köpfe nach dem letzten »Saluti!« gleichzeitig auf die Tischplatte geknallt. »Dabei ist kein einziges Glas zu Bruch gegangen!«, freute sich Nino, dem es allein zu verdanken war, dass sechs der sieben gefürchtetsten Mafiosi einer bairischen Außenstelle der sizilianischen Cosa Nostra ausgerechnet im beschaulichen Allgäu der Garaus hatte gemacht werden können.

*

Mittlerweile war es längst dunkel geworden und alle Gäste waren weg. Die Uhr schlug gerade Mitternacht und der Bartl sägte einen ganzen Wald nieder. Aber auch Fuzzy, Nino, Tschacko und seine beiden extra hiergebliebenen Ober dösten vor sich hin, weil sie keine verräterischen Geräusche machen wollten. Um den siebten Mafiosi anzulocken, hatte Nino im gesamten Lokal die Lichter brennen und sowohl die untere Eingangstür als auch die Tür zum Lokal offengelassen.

»Pssst, Bartl! … Da ist was!« Fuzzy tippte seinen Freund so lange an, bis der Schnarchzapfen aufwachte, während die anderen bereits aufmerksam ins Lokal hinaus lauschten.

»Das stimmt! … Er scheint zu kommen!«, pflichtete Nino, der die Geräusche in diesem Haus ganz besonders gut lokalisieren konnte, seinem Landsmann bei. »Schnell! Alle auf ihre Posten«, flüsterte er und knipste auch schon das Licht in der Küche aus, wo nur noch Fuzzy und der Bartl mit Tschacko zurückgeblieben waren.

Die anderen drei waren ins Lokal geeilt, wo sie so taten, als wenn sie gerade zusammenräumen würden.

Weil Matteo kein Wort Deutsch, nicht einmal Halbdeutsch konnte, klopfte er vorsichtig an die Tür und fragte die drei auf Italienisch, ob er eintreten dürfe.

»Certo, naturalmente!«, antwortete Nino betont freundlich in ihrer beider Heimatsprache, die er auch weiterhin benutzen musste, weil der späte »Gast« ja kein Deutsch, geschweige denn Allgäuerisch, verstand. So teilte er seinem Landsmann auch gleich auf Italienisch mit, dass das Lokal bereits geschlossen habe.

Nachdem die Worte ein paar Mal hin und her gewechselt waren, tat Nino so, als wenn er jetzt erst kapieren würde, dass der Mann im schwarzen Anzug mit Hut und Sonnenbrille zu denjenigen gehören würde, die an diesem Abend hier gespeist hatten. »Die sind schon vor einer Stunde gegangen, haben aber etwas für Sie hiergelassen! … Kommen Sie! Ich habe es in die Küche gelegt!«

Weil Matteo nicht gerade die hellste Kerze am Lichterbaum, aber dennoch misstrauisch geworden war, zog er völlig verunsichert seine Pistole und gebot den dreien, ihm voran in die Küche zu gehen.

Und dies taten sie denn auch. Sie liefen sogar schnurstracks bis zur hintersten Seite der Küche, wohin ihnen Matteo folgen wollte. Aber kaum hatte er danach gefragt, wo der Lichtschalter sei, bekam er vom hinter der Tür stehenden Bartl eine gusseiserne Bratpfanne auf den Kopf. Das wars! Klappe zu! Mit Matteo lag nun der siebte Mafioso – ohne auch nur einen einzigen Schnaps getrunken zu haben – hundert Prozent besinnungslos auf dem Küchenboden.

»Bravi, Bartl! Bravi!«

»So! Jetzt verschnüren wir den Kerl und dann wecken wir ihn, damit wir ihn nach deiner Freundin befragen können«, schlug Nino vor und brachte auch schon einen Strick.

»Das ist nicht meine … Ach, scheiß drauf! Klar ist die Philomena meine Freundin!«, gab der Bartl nun zum ersten Mal zu, weswegen ihm Fuzzy Beifall zollte, in den die anderen nur allzu gerne mit einstimmten.

»D … d … d … ddd … Du …«

»Jetzt nicht Tschacko!

Das Finale furioso

**Weil die letzte Klappe schon zu war,
öffnen wir nicht extra eine neue – oder?
Wäre ja ein Schmarrn!**

Mit ein paar Tricks, zu denen auch gehört hatte, dass sie Matteo – selbstverständlich erst, nachdem er wieder hundertprozentig wach geworden war – in den Keller gezerrt und ihm seine verschnürten Kumpanen gezeigt hatten, war es ein Leichtes gewesen, Philomenas Aufenthaltsort aus ihm herauszupressen.

Dies war insbesondere deswegen gelungen, weil der siebente Mafioso gefragt hatte, ob die anderen sechs alle noch leben würden und der Bartl die Antwort »Na ja, der eine oder andere vielleicht!« gegeben und dabei unwissend tuend mit den Schultern gezuckt hatte.

Fast noch mehr aber war Matteo an die Nieren gegangen, als er in »Fuzzy« seinen alten Bundesbruder Alfredo Missulloni erkannt hatte. Mit sich und der Welt fertig, hatte der völlig irritierte Mafioso Philomenas Versteck nur allzu gerne preisgegeben.

Während Luca und Danilo nun auch noch auf ihren »Neuzugang« aufgepasst hatten, war es Nino möglich gewesen, mit Fuzzy und dem Bartl dorthin zu fahren, wohin sie Matteo geschickt hatte. Dabei war der ortskundige Wirt eine große Orientierungshilfe gewesen.

Zuerst waren sie ins Weißachtal hinunter, dann ewig lang erscheinende Serpentinen hoch bis zu einem Bergdorf mit einer neumodischen und so gar nicht zu diesem Dorf passenden Kirche gefahren, von wo aus es über ein langgezogenes Tal in die Berge gegangen war. Nach einem längeren Fußmarsch waren sie zu einer Alpe namens Hinterbuschgschwend gekommen, wo der dortige Hirte, sein Hirtenbube und die Philomena mit Kälberstricken gefesselt und geknebelt im Stall an die Ringe gebunden worden waren, die man dort für das Jungvieh angebracht hatte, obwohl es meistens draußen auf den Bergwiesen graste.

Die drei Gefangenen hatten immer und immer wieder versucht, sich gegenseitig zu befreien, was ihnen aber trotz aller Bemühungen auch nicht gelungen war, nachdem ihr Bewacher kalte Füße bekommen und sie allein gelassen hatte. Denn der hatte sie ganz nach den Richtlinien des zweiten Semesters in der

Scuola mafiosa unter der Rubrik »Ein Strick allein reicht oft nicht aus, um tot zu sein!« genauso fachgerecht zusammengeschnürt, wie Fuzzy nun auch ihn gefesselt und geknebelt hatte – schließlich hatte ja auch er diese harte Schule in Palermo durchlaufen – wenn auch mit vielen Fehlstunden.

Die Bergdohlen hatten aufgekratzt gekrächzt und die Murmeltiere aufgeregt gepfiffen – gerade so, als wenn sie gespürt hätten, was im Inneren der Hütte gleich passieren würde. Denn für die hiesige Tierwelt war es ungewöhnlich gewesen, dass im Morgennebel Männer um die deswegen unheimlich wirkende Alphütte herumgeschlichen waren, die tagsüber ein beschaulicher Anblick war, der sogar romantische Gefühle aufkommen ließ.

Jeder von ihnen hatte eine Pistole im Anschlag gehabt, die sie den Mafiosi abgenommen hatten. Letztlich hatten sie die aber nicht zum Einsatz bringen müssen, weil sich schließlich *alle* Mafiosi in Ninos Keller befunden hatten. Also waren der Bartl, Fuzzy und Nino beherzt in die gepflegte Holzhütte eingedrungen und hatten nach einer kurzen Suche wohlauf angetroffen, was sie gesucht hatten.

Anstatt wie vom Bartl befürchtet, ein Donnerwetter losgelassen zu haben, war ihm die Philomena dankbar weinend um den Hals gefallen.

»Mein Retter!« … »Mein Held!« … »Mein …« und ein ähnliches Gesülze hatte er sich dann anhören müssen, bevor sie gemeinsam vom Bergdorf aus erst die Serpentinien hinunter und dann andere Serpentinen nach Staufen hoch zum »Roma-Centro« zurückgegurkt waren.

Darüber, wie der ortsunkundige Pate auf dieses außergewöhnliche und abgelegene Versteck gekommen war, hatten sie nicht einmal spekulieren können.

Währenddessen war es auch schon langsam hell geworden. Als sie die Serpentinen ins Weißachtal hinuntergefahren waren, hatte sich das darüberliegende Staufen im sanften Glanz der Morgensonne wie ein Juwel gezeigt, das die dortigen Verantwortlichen im Laufe der Jahrhunderte immer wieder geschliffen zu haben schienen. Sogar die arg mitgenommene und hundemüde Philomena – die dringend aufs Klo gemusst und schon die Sorge gehabt hatte, es nicht mehr halten zu können – hatte lobende Worte für diese traumhafte Aussicht gefunden. »Du bist ja so still, Bartl!«

»Niêts g'seit, isch g'lôbet g'nuê!«

Keine zehn Minuten später – die Kirchturmglocke vom Staufner Campanile San Pietro e Paolo schlug gerade sieben Uhr – waren sie am »Roma-Centro« angekommen.

»Also können wir jetzt gleich die Polizei anrufen«, hatte sich Nino gefreut, der beim Bartl und bei der Philomena damit allerdings keinen Freudenjubel ausgelöst hatte.

Nach einem eingehenden Disput bei mehreren Tassen Kaffee, einem Kamillentee und zwei Espressi waren sie dann aber doch übereingekommen, die hiesigen Schandis zu rufen und mit den daraus resultierenden Konsquenzen zu leben, anstatt schon wieder abzuhauen. Denn ihnen war inzwischen klar geworden, dass dies niemals aufhören würde und sie ständig auf der Flucht vor der Polizei wären. Und dies würde dann gerade dem Bartl irgendwann zuviel werden, wo er es doch so gern gemütlich hatte. Außerdem gab es im Ausland – wurscht wo – kein vernünftiges bairisches Bier und schon gar kein »Meckatzer« aus dem Westallgäuer Brauereidorf Meckatz, das ihm doch so schmeckte.

*

Aber es sollte sowieso alles ganz anders kommen, als die drei befürchtet hatten. Denn sie hatten schnell gemerkt, ausnahmsweise einmal das Richtige getan zu haben, als sie sich bei der Staufner Grenzpolizei mit nach vorne gestreckten Armgelenken selbst gestellt hatten.

Weil der diensthabende stellvertretende Dienststellenleiter Friedl und der ebenfalls diensthabende Dorfgendarm Heini nicht gewusst hatten, was sie mit dem komischen Trio anfangen sollten, waren Fuzzy und der Bartl zunächst zwar in eine Arrestzelle, und die Philomena in Ermangelung einer separaten Zelle für Frauen, ins Klo gesperrt worden – allerdings ohne dass Handschellen geklickt hatten. So hatte die Philomena ihr Gschäftle dann doch noch rechtzeitig verrichten können, ohne einen Flurschaden angerichtet zu haben.

Sie waren dann noch am selben Tag mit der Maßnahme, Staufen »ja nicht« verlassen zu dürfen, auf freien Fuß gesetzt und zwei Tage später – nachdem die Vorgänge der vergangenen Wochen von der Kemptener Kriminalpolizei nachvollzogen und aufgeklärt waren – sogar gelobt worden. Dabei war nur gut gewesen, dass man sie mit der Explosion in der alten Flugzeughalle bei Deppenhausen in keinster Weise in Verbindung gebracht hatte. Denn Fuzzy war es glungen, den Rucksack mit Geld wieder an sich zu nehmen und gerade noch rechtzeitig zu verstecken, bevor die Polizei gekommen war.

»Schaug amoi, Zenzi!«, wunderte sich ein paar weitere Tage später Bieslmeiers Jodok, ein alter Stammgast der »Gams« in Isenbrezhofen. »Unsa Gomm Bartl standat in da Zeitung!«

Fast gleichzeitig rief »Messer-Kalle« ein »Das glaub ich jetzt nicht!« im »Gelben Gockel« so laut durch den Gastraum, dass seine Hühner strammstanden (natürlich nur die, die nicht gerade im Mist ihrer Freier kratzen mussten). Kalle hatte die »Augsburger Allgemeine« aufgeblättert und war dabei über einen ganzseitigen Artikel mit einem großen Foto seiner drei Freunde gestoßen. Gott, war Augsburgs brutalster Lude stolz auf den Bartl und die anderen beiden – so stolz sogar, dass ihm ein paar Freudentränen herunterkullerten, was die unter ihm rangierenden Zuhälter, also die mit den vier »Cs«, aufmerksam werden ließ. Denn wer in dieser Szene auch nur den kleinsten Anflug von Schwäche zeigte, war als nächster dran.

Ähnlich erging es dem Hoteldirektor vom Augsburger Hotel »Zum Fugger« und dem gesamten Personal – gerade James freute sich derart über den Zeitungsartikel, dass er später gleich zehn Exemplare kaufen und an seine Verwandten und Freunde in Brighton mit dem Vermerk »… are very good friends of mine!« schicken würde.

Und Svenja? Na, weil die sich heimlich in den optisch und überhaupt so gar nicht zu ihr passendem Bartl verliebt hatte, musste sie beim Durchblättern der »Ostfriesischen Nachrichten« ebenfalls weinen wie eine Heulboje. Diese tolle Meldung war ihr dann auch schon am frühen Morgen eine Linie Schnaps wert: »Prost Bartel!«

Aber auch all die anderen, die den Gomm Bartl, die Pfeifenplätzer Philomena und Alfredo Missulloni, alias Fuzzy, kannten, gefiel diese Information. Insbesondere auch den Luden bis Berlin und Hamburg hoch, die den Bartl und seine beiden Freunde auf dem Augsburger Westfriedhof kennengelernt hatten, freuten sich über die deutschlandweite Pressemeldung. Allerdings lief denen keine einzige Freudenträne über die Backen. So weit ging deren Empathie für den depperten Allgäuer, die schräge Bairin und den zappeligen Italiener nicht – denn ihren hart erarbeiteten Nimbus als »knallharte Jungs« wollten sie ja schließlich nicht wegen dieser drei Chaoten verspielen.

Und die Staufner Bevölkerung, die entweder die »Allgäuer Zeitung«, das »Allgäuer Anzeigeblatt« oder den »Westallgäuer«, vielleicht sogar auch noch die etwas weiter weg erscheinende »Schwäbische Zeitung« las, konnte sich lediglich darüber wundern, was in ihrem ansonsten kriminaltechnisch ruhigen Ort alles los gewesen war. Weil sie weder die Pfeifenplätzer Philomena kannten und bis auf einige Alte noch nie etwas von einem Gomm Bartl gehört hatten, konnte sie nicht allzuviel mit dem ganzen Schmarrê anfangen. Und mit Ausländern wie einem gewissen »Fuzzy« hatten sie in ihrem schmucken Ort zu Füßen der Nagelfluhkette sowieso nicht viel zu tun. Trotzdem waren auch die Staufner und all die anderen Allgäuer Zeitungsleser irgendwie davon angetan, dass ausgerechnet ein Trauerredner aus Mittelbaiern im beschaulichen Staufen, also im zu Baiern gehörenden Allgäu, für ein solches Aufsehen gesorgt hatte, dass sich alle darin suhlen konnten.

»Naa! Naa! I kenn d‘ Gomm Bartl vu friê'r her! Des isch a alter Schdaufner, also uiner vô is!«, wehrte sich ein schon etwas betagter Staufner dagegen, den Sohn seiner Heimat als Ober- oder gar als Niederbaiern zu benennen, wo der doch jetzt ein Held war.

Und dies sprach sich dann auch von Staufen aus schneller bis in die »Höll« ins Weißachtal hinunter und dann bis nach »Behütgott« in einen anderen Teil des Oberallgäus weiter, dann nach »Bibelsberg« ins Unterallgäu, nach »Bethlehem« ins Ostallgäu, und auch in die andere Richtung, nach »Herrgottswiesen« ins Westallgäu, sowie in alle anderen heiligen Winkel des gesamten Allgäus herum, als die nächste Zeitung gedruckt werden konnte.

Ja, nun war aus dem Gomm Bartl plötzlich »unser« Bartl, also »uinar vô is«, geworden, mit dem sich plötzlich alle schmücken wollten. Und so empfanden dies nicht nur die Menschen in Staufen und im Rest des Allgäus, sondern auch die im gesamten Baiernland! Selbst der eifersüchtige Pfarrer Hinterbichler und der depperte Dorfschullehrer von Isenbrezhofen, die vom Bartl von Haus aus noch nie was gehalten hatten, wollten für sich in Anspruch nehmen, dass der berühmte Trauerredner nicht nur *zu* ihnen, sondern *ihnen* sogar mitsamt seiner runzlig werdenden Haut und dem vorne schütter werdenden Haar *ganz* gehörte. Denn mit der ganzen Aktion war »ihr bestes Ross im Stall«, das bisher den größten Mist gemacht hatte, zu einem echten Superstar avanciert, der eben *keinen* Mist mehr machte, egal wo er hinschiss.

Der Gomm Bartl ließ sich nun in aller Bescheidenheit mit dem schon 1948 verstorbenen Komiker und Volksschauspieler Karl Valentin (Gott hab ihn selig) und mit dem Volksschauspieler und Volkssänger Georg Blädel (Gott sei Dank lebt der noch) vergleichen. Jedenfalls war Bartls Popularität derzeit größer als die des toten Künstlers (bei dem er leider keine Trauerrede hatte halten können) und dessen lebenden Kollegen (bei dem es nicht nötig war, eine Trauerrede zu halten). Jedenfalls müsste sich aus Gomm Bartls Bekanntheit – so dachte der Isenbrezhofner Bürgermeister Dimpfler – was draus machen lassen. Aber was, wussten die Dumpfbacke und die Deppen seines Gemeinderats natürlich nicht, obwohl der vor sich hin lahmende Fremdenverkehr in Isenbrezhofen eine zündende Idee dringend benötigen würde. Allein an der Einstellung der dortigen Verantwortlichen konnte man merken, dass dieser Teil Baierns nicht gerade das touristische Schwungrad Europas war … und mit oder ohne den populären Sohn *dieses* Dorfes (was jetzt? Staufen oder Isenbrezofen, oder Isenbrezhofen oder Staufen?) sicher auch nicht werden würde.

Um mafiamäßig nicht unnötig weiter aufzufallen und in diesem Zusammenhang nicht wie der Bartl, auch noch in den italienischen Gazetten zu stehen, hatten Fuzzy und Nino nur allzu gerne auf Ruhm und Ehre verzichtet und sogar darauf bestanden, dass alles was passiert war, allein auf Bartls und Philomenas Mist gewachsen war. Und weil auch für Ninos sympathisches Servicepersonal die Wahnsinnsgaudi im Vordergrund gestanden war und sie keinerlei Profilneurosen gehabt hatten, waren auch sie damit einverstanden gewesen. Ihnen war nur wichtig gewesen, dass sie neue Freunde dazugewonnen hatten. Und auf Tschackos Antwort hatten sie nicht warten können, dafür hatte ihnen nun wirklich die Zeit gefehlt.

So war es kein Wunder gewesen, dass Bartholomäus Gomm aus Isenbrezofen, der beste Trauerredner überhaupt, und die Jungfer* Philomena Pfeifenplätzer aus Katzelnlachen ein hochoffizielles Entschuldigungsschreiben der Polizei des Landkreises Isar Gesamt, *selbstverständlich inklusive München* und sogar darüberhinaus auch noch vom neuen Polizeipräsidenten erhalten hatten. Wegen des international einzigartig spektakulären Fangs waren die beiden sogar zu »Ehrenkommissaren« in München *und* in Palermo ernannt worden.

Das Beste war für die Philomena aber, dass zu allem hin auch noch ein Anerkennungsschreiben des bairischen Ministerpräsidenten Franz Josef Strauß ins Haus geflattert war – dies hatte sie dann doch mit Stolz erfüllt.

Den Bartl allerdings hatte dies nicht sonderlich interessiert, weil unter der Urkunde das Autogramm eines Schwarzen (also keines Schwarzen im menschlichen Sinne, sondern eines Politikers) und nicht das eines Roten (damit hatte er auch keinen Indianer, sondern ebenfalls so was wie einen Politiker gemeint) gestanden hatte.

Beide hatte aber gefreut, dass gleich säckeweise anerkennende und lobende Briefe von Seiten der Bevölkerung aus ganz Europa gekommen waren, auch aus Augsburg, aus Isenbrezhofen, aus Katzelnlachen … und aus dem ostfriesischen Aurich. Wenn die Philomena Svenjas Brief geöffnet hätte, wären die Handtaschen wieder tief geflogen. So aber hatte alles nicht nur ein gutes, sondern auch ein friedliches Ende genommen.

**Das mit der »Jungfer« war so eine Sache, die dem Bartl schon längst nicht mehr gepasst hatte. Aber ihm würde sicher etwas einfallen, was man dagegen tun konnte – er musste nur das rote Untergwand aus seinem Gehirn verbannen und sich das Ganze in Schwarz vorstellen.*

*

Aufgrund der neuen Situation hatten die drei Freunde nicht weiter fliehen müssen. Und durch Bartls Starstatus war es ihnen sogar unmöglich gewesen, Baiern in der nächsten Zeit den Rücken zu kehren. Im Gegensatz zur Philomena und zum Bartl hatte Fuzzy sowieso nicht gleich in sein Heimatland zurückkehren können. Denn dort hätte ihn dann irgendein verlängerter Arm der sizilianischen Mafia erreicht und ihrem Ehrencodex gemäß für seine Abtrünnigkeit bestraft – »Maledetto!« Und weil Fuzzy gewusst hatte, wegen seines Kleinwuchses sogar in einem Tümpel wie dem Isenbrezhofner Hengelesweiher, dem Katzelnlachner Entenpfuhl oder in Pfanners Weiher unterhalb des ehedem gräflichen Schlosses in Staufen problemlos ertränkt werden zu können, war er lieber beim Bartl und bei der Philomena im beschaulichen Isenbrezhofen geblieben – zumindest so lange, bis das nächste Abenteuer rufen würde.

Ja, kaum zu glauben, aber es stimmt schon! Die alte Jungfer aus Katzelnlachen ist zu ihrem neuen, gleichzeitig aber auch ersten und vermutlich letzten Lebensabschnittsgefährten nach Isenbrezhofen gezogen, wo ihnen vom Bürgermeister Dimpfler eine große Wohnung über dem dortigen Heimatmuseum kostenlos zugeteilt worden war, was bewiesen hatte, dass den verantwortlichen Deppen doch noch etwas eingefallen war.

Dafür hatten die beiden Ehrenbürger (das waren sie zwar noch nicht, sollten es aber bald werden) eine aufregende Aufgabe übernommen, obwohl sie eigentlich nie mehr arbeiten müssten und zufrieden weiterleben könnten, weil Fuzzy das Geld immer wieder gerade noch rechtzeitig versteckt und das Kokain vernichtet hatte: Während *sie* das tat, was der Bartl wegen seiner mangelnden Rechenkünste nicht konnte – nämlich an jedem Sonntag nach dem Amt, also von zehn Uhr bis zum Mittagläuten, Eintritts-Billetterl verkaufen – brauchte *er* während dieser Zeit nur den Besuchern für Fotoaufnahmen zur Verfügung zu stehen und einen rechten Schmarrn über seine Erlebnisse daherreden. Also hatte der Bartl eine neue Arbeit gefunden, bei der er sozusagen mit offiziellem Segen immer maßlos, aber nie ohne eine Maß vor sich, so übertreiben konnte, dass er sich schon bald selbst nicht mehr würde hören können. »Na dann: Prost!«

Außerdem erinnerte ihn diese Art von Arbeit, die für einen gestandenen Trauerredner vom Format eines Bartholomäus Gomm ja eigentlich keine richtige Arbeit war, an seine Zeit als eben jenen Trauerredner des Landkreises Isar Mitte. Und dies, obgleich diese Arbeit weitaus weniger gefährlich war – obwohl: wenn er nach Museumsschluss zum verspäteten Frühschoppen in die »Gams« ging, musste er sich von der Zenzi meistens *das* anhören, was ihm die Liesl *immer* vorwarf, wenn sie sich beim Metzger trafen, wo beide ihre geliebten Leberkässemmeln holten. Und Freibier gabs von Zenzi auch keins mehr – »Zefix!« Obwohl sich der Bartl so viel Bier kaufen konnte, wie er wollte, machte ihm dies so keinen Spaß. Das hieß allerdings nicht, dass er deswegen weniger trank.

Dafür blieb ihm Philomenas Handtasche erspart. Und dies war auch gut so, denn weil sie ja jetzt quasi im Geld schwammen, hatte sich die Philomena eine viel größere und deshalb auch schwerere Handtasche geleistet, als sie bisher eine gehabt hatte. Denn das Geld aus Fuzzys Rucksack hatten sie – bis auf die ausländischen Geldscheine – gerecht geteilt. Somit hatte jeder genügend der blauen Scheine, auf denen der deutsche Kosmograf Sebastian Münster abgedruckt war, bekommen. Und weil die Rechnung nicht ganz aufgegangen war, hatten sie ganz einfach – wie schon die Zugfahrkarten in Augsburg und in Buchloe – zwei Hunderter in kleine Fetzen zerrissen und zusammen mit dem Kleingeld in den Hengelesweiher geschmissen – sozusagen als eine Art Akt mit Symbol und Charakter.

»Herrschaftszeiten!«, hatte der Bartl ungläubig gesagt und seine Scheine schnell versteckt.

Weil auch die anderen beiden ihr Geld hurtig auf die Seite gebracht hatten und es nur behutsam ausgaben, fielen sie nicht unangenehm auf. Das teuerste, das sich der Bartl *sofort* gekauft hatte, waren ein Fernsehapparat und ein neues Radl mit einem Blumenwaserl. Obwohl er nun alles hatte, was das Herz eines Mannes vom Schlage eines Gomm Bartl begehrte, wusste er, dass er eines Tages ganz in die Heimat seiner Kindheit und Jugend zurückkehren würde. Denn in Staufen hatte es ihm – und auch der Philomena – so gut gefallen, dass sie sich gut vorstellen könnten, künftig dort für Unruhe zu sorgen.

*

Weil sie mitbekommen hatten, dass die Kriminalpolizei in Kempten unterbesetzt war und sie gemerkt hatten, dass ihnen das Kriminalisieren – also nicht selbst kriminell werden, sondern Kriminellen wie zum Beispiel den Stronzos der sizilianischen Mafia, Außenstelle Isar Gesamt ohne München, das Handwerk zu legen – gefiel, überlegten sie, ob sie mit Fuzzy zusammen eine Art »Stronzojägertruppe« gründen sollten.

»A so a Schmarrê«, hatte der Bartl dann aber gesagt, als der Gedanke zum ersten Mal aufgekommen war.

»Wieso nicht?«, hatte die Philomena erstaunt gekontert, während Fuzzy überhaupt nichts dazu bemerkt hatte, weil er da noch gar nichts davon gewusst hatte und irgendwie ja auch ein Stronzo war.

»Warum wohl nicht, Philomena! … Denk nach!«

Nachdem aber von der Philomena nichts gekommen war, hatte der Bartl nur gemeint, dass sie die ganzen Stronzos doch schon dingfest gemacht hatten.

»Oh! … Stimmt ja! … Dann nennen wir uns halt … halt …« Weil die Philomena nichts Falsches hatte sagen wollen, hatte sie Bartls Aufforderung zum Nachdenken angenommen und scharf nachgedacht. Und dann war es so aus ihr herausgeschossen wie es ansonsten Fuzzys Kaugummiblasen taten: »Wir gründen eine Art Verbrecherbekämpfungsfirma und nennen uns ›*ALLBAVIT*‹!«

Dass es daraufhin ganz lange still geworden war, dürfte kein Wunder gewesen sein. Denn der Bartl hatte sich derart gewundert, dass sogar *ihm* nichts mehr dazu eingefallen war. Außerdem hatte er sich darüber geärgert, dass dies nicht ihm, dem besten Trauerredner ever, eingefallen war, obwohl er überhaupt nicht gewusst hatte, was die Philomena damit gemeint haben könnte.

Aber irgendwann hatte ihn der Kern dieser zwar eigenartigen, irgendwie aber salopp klingenden Aussage dann doch noch interessiert, die sich die Philomena sicher nur mit aller Kraft aus ihren Hirnwindungen gedrückt haben konnte. Also hatte er nachgefragt und zur Antwort bekommen, dass diese »Firmenbezeichnung« alle drei Länder, aus denen die drei Freunde stammten, genau so vereinen würde, wie sie selbst vereint waren und wohl für immer bleiben würden. Denn das »*ALL*« stand für Allgäu, das »*BAV*« für Bavaria.

»Und für was könnte das ›*IT*‹ stehen?«, hatte sie den Bartl ernsthaft gefragt und eine vorsichtige Gegenfrage zurückbekommen: »I-Tüpfelchen?«

»Genau das ist es!«, hatte die Philomena gejubelt und Bartls spaßeshalber gegebene Antwort ernst bestätigt: »Italien ist unser I-Tüpfelchen!«

Und wenn sie in Gedanken schon bei Italien waren: Die sieben Mafiosi der sizilianischen Mafia, Außenstelle Landkreis Isar Gesamt außer München, würden ihr Vorhaben momentan sicher nicht durchkreuzen. Denn sie würden ihre Mäuler zumindest so lange halten müssen, bis man sie wieder aus der Haft entlassen hatte.

Bis dahin hatte unser allgäu-bairisch-italienisches Trio genügend Zeit, um sich warm anzuziehen und sich professionell zu formieren.

Trotzdem würde sich der Expate Pietro Rizzidani, der schnell wieder Pate anstelle des für ihn eingesetzten Paten im Landkreis Isar Gesamt außer München werden mochte, die ihm zugeführte Schmach nicht gefallen lassen und sich irgendwann bitterböse rächen wollen. Eine weitere Flucht war also trotz des derzeit harmonischen und friedlichen Zustands zumindest für »Fuzzy« nicht ausgeschlossen. »Crocifisso!«

Alles in allem werden sich wohl alle drei noch einmal – ob zu Fuß, mit einem rostigen Radl, mit einem indischen Taxler oder mit einem gstinkerten Zug – auf Wanderschaft begeben müssen. Der Einzige, der dies nicht erwarten konnte, war der Gomm Bartl, der nunmehr beste, ach was, der *allerbeste* Trauerredner im ganzen Baiernland, der im Moment allerdings ohne Arbeit war, weil sich im gesamten Landkreis Isar wegen ihm keiner mehr zu sterben traute – nicht einmal in der Landeshauptstadt München. »Zefix aber au!«

So: Des wär des! – Pfiat eich mitanand, bis zum nägschde Môl!

Euer Buchautor Bernhard Wucherer aus Oberstaufen
und eure EDITION ALLGÄU im Verlag Hephaistos OHG aus Werdenstein
(beide Orte selbstverständlich bairisch, sogar noch besser: allgäuerisch).

Die drei schrägsten Vögel
in dieser haarsträubenden Geschichte,
gleichzeitig aber auch die wichtigsten
Personen der Handlung:

Der Gomm Bartl, ursprünglich aus dem Allgäu, später aus dem mittelbairischen Isenbrezhofen, alias Sepp Unterhuber aus Salzburg

Geboren und aufgewachsen ist der trotz seiner Liederlichkeit äußerst sympathische Kerl im allgäuerischen Engelwarz. In seiner Jugend zieht es den Schlawiner allerdings nach Staufen, ebenfalls im Allgäu, wo er genauso viel Mist baut, wie in seiner Kindheit.

Als Erwachsener verschlägt es ihn dann dummerweise ins tiefste Mittelbaiern. Da er als Kind Ministrant war, ein großes Mundwerk hat und nix anderes kann, wird er in seiner neuen Heimat Isenbrezhofen Trauerredner – eigentlich logisch! Weil der Hallodri gerne mal einen über den Durst trinkt, kann es vorkommen, dass er bei einer Beerdigung einen rechten Schmarrn verzapft, was meistens eigentlich nix ausmacht. Als er allerdings einmal die Beerdigung des Polizeipräsidenten mit der eines Mafiaopfers verwechselt, redet er sich um Kopf und Kragen.

Trotzdem ist er der beste Trauerredner des Landkreises Isar Mitte, der es *unbedingt* zum besten Trauerredner des Landkreises Isar Gesamt *mit München* bringen möchte. Um dieses Ziel zu erreichen, lässt sich der Hunding sogar von der Außenstelle Isar Gesamt *ohne München* der sizilianischen Mafia als Trauerredner anheuern … und schon bekommt er lebensbedrohliche Probleme.

Der 66 Jahre alte Mann ist von großer, klappriger Statur, hat oben nicht mehr allzu viele, dafür hinten aber umso längere Schnittlauchlocken. Er liebt Bier, Weiberleit und echte bairische Musi, singen kann er allerdings nicht, dafür aber saugut löffeln. Und ohne seinen Schnupftabak der Marke »Prinzregent Luitpold« geht er nie aus dem Haus. Weil er schließlich ein Trauerredner, also ein Künstler ist, spricht er weniger bairisch als Hochdeutsch. Allerdings rutschen ihm immer wieder die Allgäuer Brocken seiner Kindheit und Jugend heraus.

Die Pfeifenplätzer Philomena aus dem bairischen Katzelnlachen, alias Klara Mösenlechner aus Wien

Das als Kleinkind schon schrullige Philomenerl wächst wohlbehütet in der oberbairischen 456-Seelengemeinde Katzelnlachen auf und kommt erst viele Jahre später höchstens vierzig Kilometer aus dem Kaff heraus ... bis sie dummerweise den Gomm Bartl kennenlernt.

Die gerne keifende, alte Jungfer ist schnell mit schlagenden Argumenten bei der Sache, womit ihre Handtasche gemeint ist. Das meist grantige Weib zeigt aber auch gerne ihre hinterfotzige Seite, wenn sie sich bei Beerdigungen bei den Hinterbliebenen einschleimt, um zum Leichenschmaus, wenigstens aber zu Kaffee und Kuchen, eingeladen zu werden. Und bei solch einer Gelegenheit lernt sie den besten Trauerredner des Landkreises Isar Mitte kennen und später dann auch noch irgendwie lieben oder so. Und weil dies umgekehrt ähnlich ist, richtet sie der Bartl dann schon *so* hin, dass aus ihr sogar ein fast liebenswerter Mensch wird.

Die 62 Jahre alte, große Frau ist genau wie der Bartl von klappriger Statur. Ihre Haare hat sie stets züchtig hochgesteckt. Die Trutschn ist immer genau so gekleidet, wie es einer alten Jungfer gebührt: schwarz, hochgeschlossen, Rüschchen, Wollunterwäsche. Aber dies ändert sich schlagartig, als der Gomm Bartl beiderseitig ungewollt in ihr Leben schlurft. Im Gegensatz zu ihm, der eben nur schlurft, hatscht sie, weil sie eine unauskurierte Fußverletzung hat – aber das macht nix, weil es gut zu ihrem G'stell passt.

Alfredo »Fuzzy« Missulloni aus Palermo/Sizilien, alias Luigi Zaparelli, Weinhändler aus dem Piemont

Aufgewachsen inmitten einer großen sizilianischen Famiglia in Palermo, lernt er auch schnell *die* Famiglia kennen, die als Cosa Nostra zu unrühmlicher Popularität gelangt ist. Dies ist ein in der ersten Hälfte des neunzehnten Jahrhunderts von seinem Ur-Ur-Ur-Ur-Ur-Ur-Ur-Großvater auf Sizilien als Verbrecherorganisation gegründete und mittlerweile international, also auch im Landkreis Isar Gesamt, operierender Geheimbund (das viele »Ur-Ur …« deswegen, weil Fuzzys Vorfahren allesamt nicht alt geworden und meistens an Bleivergiftung gestorben waren).

Weil der Depp aber ein Depp ist, muss er auf die Scuola mafiosa, die einzige und beste Mafiaschule weltweit, die er mehr oder weniger erfolgreich abschließt. Dennoch ist er so dumm und wird abtrünnig und klaut seinem »Paten« zu allem Überfluss viel Geld, Sprengstoff und sogar »Schnee vom Ätna« (Kokain). Klar, dass er fortan von seinen Exmafiakollegen gnadenlos gejagt wird.

Der 50 Jahre alte Mann ist von kleiner, runder Statur und trägt einen albern aussehenden Schnauzbart. Und was seine Klamotten angeht, muss er sich selbst eingestehen, keinen Geschmack zu haben. Dies war auch einer der Gründe, der Mafia beizutreten, denn dort tragen alle nur Schwarz. Was dem Gomm Bartl sein Schnupftabak, ist Alfredo, den der Bartl und die Philomena nur Fuzzy nennen, sein Kaugummi.

Alle anderen Personen der Handlung sind zwar auch wichtig, aber nicht ganz so wichtig wie unser Trio Infernal, zumal sich ein paar Preußen darunter befinden.

Alles was euch sonst noch interessieren könnte, aber wahrscheinlich so übrig wie ein Kropf ist, oder?

Weil im Buch etliche »mittelbairische« (ober- und niederbairische), allgäuerische, italienische und aus italienischer Sicht »halbdeutsche« Bezeichnungen verwendet werden, wäre es schon nicht ganz unwichtig, dass ihr nachschlagen könnt, wenn ihr was nicht verstehen solltet (Preußisch zum Beispiel).

Damit wenigstens *dabei* alles stimmt – also mit dem Allgäuer Dialekt und mit der Bairischen Sprache – haben sich der Sache dankenswerterweise die zwei wichtigsten einschlägigen Institutionen angenommen und den ganzen Schmarrn auf die Richtigkeit der Dialektschreibung überprüft: Siegried Bradl vom Förderverein Bairische Sprache und Dialekte e. V. mit Sitz in München, sowie Simon Gehring vom Förderverein mundART Allgäu e. V. mit Sitz in Durach.

Außerdem gibt es ein paar Fachbegriffe, die vielleicht g'standene Baiern oder Allgäuer, sicherlich aber keine Preußen kennen.

Ihr könnt die folgenden Übersetzungen ja benutzen … oder es lassen. Baiern kommen auch ohne locker klar, Preußen hingegen ums Verrecken nicht.

Bairische Begriffe und Übersetzungen:

Am keemadn Sunnta ist's soweid! … Do häng i mi dann im Saustoi auf: Am kommenden Sonntag ist es so weit! … Dann hänge ich mich im Schweinestall auf!

A so a Depp: Auch so ein Depp!

A so a Sauhund, a nixiger: Ein solcher Sauhund, ein nichtsnutziger (unbrauchbarer)!

A so a Schmarrn: Ein solcher Blödsinn!

Au: Auch.

Aufgebrezlt: Aufgemotzt. Getunt. Gestylt.

Bazi: Salopper, pfiffiger oder durchtriebener Bursche.

Biesln: Pipi machen.

Billetterl: Verniedlichende Verkleinerungsform von »Billett«. Eintrittskarte. Fahrausweis usw.

Bist narrisch: Bist du närrisch (verrückt geworden)?

Blede Kuah: Blöde Kuh!

Boandlkramer: Totengräber. Leichenbestatter.

Deen hod da Schlog troffa! … An hoachn Bluaddruck und a Ibagwicht hod a ghabt: Den hat der Schlag getroffen! … Er hat einen hohen Blutdruck und Übergewicht gehabt!

Deppert: Bescheuert, beziehungsweise dumm wie ein Depp. Manchmal auch Gevatter Tod.

de Zipfehuaba dort hint: die Zipfelhuber dort hinten. Was ein Zipfel ist, siehe unter Zipfel. Abwertende Bezeichnung für Mitmenschen.

Dessouhöserl: Kleine Unterhose.

De boor Kilomedda werds scho no geh: Die paar Kilometer wird es schon noch gehen.

Diridari: Geld.

Du host recht, Bartl: Hia is as wirkli schee! Du hast recht, Bartl: Hier ist es wirklich schön!

Do hods recht: Dea Depp häd aa no a bisserl wartn keena: Da hat sie recht: Der Depp hätte auch noch ein bisschen warten können!

Do gheards a hi! … Pfiat eich: Da gehört ihr auch hin! … Behütet euch!

Do is nixn: Da ist nichts!

Eifern: Eifersüchtig sein.

Er woar hoit a Preiß: Er war halt ein Preuße!

Fesch: Fein. Flott. Gutaussehend. Hübsch. Imposant. Schick. Sportlich aussehend. Eigentlich trifft doch kein einziges dieser Attribute auf den Gomm Bartl zu, oder?

Fiesel: Angeber. Lackaffe. Stenz. Wichtigtuer.

Flitscherl: Leichtsinniges Frauenzimmer, auch Prostituierte.

Gai: Gegend. Heißt auch im Allgäuerischen so.

Gendarm: Alte Bezeichnung für einen Schutzmann, also für einen uniformierten Polizisten.

Gern gschehgn: Gerne geschehen!

Giggerl: Wie auch »Henderl« ein gebratenes Hühnchen.

Gmaschkerte Preißn: Maskierte Preußen.

Gniggad: Geizig!

Grantlhuaberin: Grantelhuberin. Kommt von »grantig«. Eine ständig schlecht aufgelegte und deswegen immer maulende Frau.

Grischperl: Dürres Klappergestell.

Gscheit: Gescheit.

Gschmatz: Geschwätz. Schmatzen, also reden oder sich unterhalten, ist in erster Linie im Bairischen Wald zu Hause.

Gschmoadig: Geschmeidig.

Halbnackerte: Halbnackige.

Hallodri: Leichtfüßiger, lockerer und durch seine Unbeständigkeit bisweilen auch unberechenbarer Mensch.

Hax'n: Füße.

Henderl: Wie auch »Giggerl« ein gebratenes Hühnchen.

Herhatschen: Hatschen nennt man, wenn jemand einen Fuß hinterherzieht oder humpelt.

Hosd beim Hiebeler Max a d' Grebred ghoidn: Hast du bei Max Hiebeler auch die Grabrede gehalten?

Hosd mi: Hast du mich (verstanden)!

Hure'sakerment: Hurensakrament! Kräftiges Schimpfwort.

Hütt'n: Hütte.

I hob eahn no vor a boor Dog im ›Hirschn‹ droffa: Ich habe ihn noch vor ein paar Tagen im ›Hirschen‹ getroffen!

I hob's af da Beerdigung droffa und do hods gsogt, dass es besser gwen waar, wenn ihr Mo spaada gstorbn waar, weil's dann a heahre Rentn gebm häd! … Sie is aba aa so zfried'n! … Wos si gnervt hood, des waarn de vuin Formulare, dees ausfuin hod miassn! Zweng deam hods gmoant, dass's beassa gwen waarn, wenn ihr Mo überhaupt net gstorb'n waar: Ich habe sie auf der Beerdigung getroffen und da hat sie gesagt, dass es besser gewesen wäre, wenn ihr Mann später gestorben wäre, weil es dann eine höhere Rente gegeben hätte! … Sie ist aber auch so zufrieden! … Was sie genervt hat, das waren die vielen Formulare, die sie ausfüllen musste! Wegen dem hat sie gemeint, dass es besser gewesen wäre, wenn ihr Mann überhaupt nicht gestorben wäre!

I hob's dann a bisserl dreest und zu ihr gsagt, dass in da Regl d' Witwe länga lebt ois da Moa: Ich habe sie dann ein bisschen getröstet und zu ihr gesagt, dass in der Regel die Witwe länger lebt als der Mann!

I woaß ned! … Seitdem bin i mit ihr zamm, i Depp: Ich weiß nicht! … Seitdem bin ich mit ihr zusammen, ich Depp!

Irgendwiea mogada i di: Irgendwie mag ich dich!

Ja! Dees sans, glaab i: Ja! Das sind sie, glaube ich!

Ja, freili: Ja, freilich!

Ja, spinn i: Ja, spinne ich!

Jetzd oba nimma: Jetzt aber nicht mehr!

Jo! De sands, glab i: Ja! Das sind sie, glaube ich (zumindest)!

Katzlmacher: Despektierliche Bezeichnung für Italiener.

Kini: König. Damit ist König Ludwig II. von Baiern gemeint.

Klo: Klosett, wird auch im Allgäu so ausgesprochen.

Kruzifix aber au, des arme Waserl: Kruzifix aber auch, das scheene Blumenväschen!

Kruzinäsn: Abgeschwächte Form von »Kruzifix«. Schimpfwort.

Langer Lulatsch: Sehr großer Mann.

Leberkassemmi: Auch »Semme« oder »Semmeln«. Im Allgäu »Leberkässemmel«, im Rest Deutschlands »Leberkäsebrötchen« – alles klar?

Madl: Mädchen. Auf Allgäuerisch »Mädle« oder »Fehl/Föhl«.

Mei, is des schee: Meine Güte, ist das schön!

Mei Liaba: Mein Lieber!

Minga: München. *Minganer:* Münchner.

Miserbablig: Miserabel. Nicht gut. Schlecht.

Nackert: Nackig.

Nusshackl: So wird der Eichelhäher in Baiern, also auch im Allgäu, bezeichnet. Der zur Gattung der Rabenvögel gehörende Stimmenimitator und »Polizist des Waldes« heißt anderswo »Nusskrätsch«.

Obatzt'n: Ein »Obatzter« oder »Obatzda« ist eine stark riechende, aber sehr pikante bairische Käsezubereitung. In Franken heißt er »Angemachter« oder »Gerupfter«.

Pfiat eich. Pfiat di: Abschiedsformel. Behütet euch. Behüte dich. Dies wird im Allgäu genauso ausgesprochen.

Pflanzts eich her: Setzt euch hin!

Pfui Deifi: Pfui Teufel.

Preiß: Preuße. Wenn der Baier nicht möchte, dass der ihn nicht versteht, wenn er ihm seine Meinung über ihn sagen möchte, sagt er »Sche-us Pre-us« zu ihm. Was nichts anderes heißt, als »Scheiß Preiß« – Host mi?

Prisn: Prise.

Radl: Fahrrad.

Ratsch: Eine nette Unterhaltung.

Rotzlöffel: Nasensekretlöffel (so a Schmarr'n). Jugendlicher, beziehungsweise junger Mann ohne oder mit schlechten Manieren.

Rôliger Katzê'bôhlê: Läufiger Kater. Nur Volksmund, weil es dies eigentlich nicht gibt.

Ruah: Ruhe.

Sacklzement aber au: Sack Zement aber auch! Leichtes Schimpfwort, manchmal aber auch Ausdruck bewundernden Erstaunens.

Sacklzement, schwimmt des ois guad im Bier! Aber es hilft nix, des Bier muaß außi: Sack Zement, schwimmt das alles gut im Bier! Aber es hilft nichts, das Bier muss raus!

Sans de: Sind es die?

Sauguad: Saugut.

Schandi: Alte, eher liebevoll gemeinte Bezeichnung für einen Gendarmen, also für einen uniformierten Polizisten.

Schaug amoi, Zenzi! … Unsa Gomm Bartl standat in da Zeitung: Schau mal, Zenzi! … Unser Gomm Bartl steht in der Zeitung!

Schaug doch, Franzl! … Der do vorn is da beste Leich'nrenda vom Landkreis Isar Mitte: Schau doch, Franzl! … Der da vorne ist der bete Trauerredner vom Landkreis Isar Mitte!

Schaug mer moi, dann sehn mer scho: Schauen wir einmal, dann werden wir schon sehen!

Schädl: Schädel. In Baiern so etwas wie der Kopf oder das Haupt, als was man

Bartls und Philomenas Schädl sicher nicht bezeichnen konnte.

Scheene: Schöne.

Schiach: Hässlich, zumindest aber unschön.

Schlawiner: Auch »Hundling«. Ein pfiffiger, schlauer Mensch.

Schludrian: Ein Mensch mit flüchtiger, nachlässiger Arbeitsweise.

Schmarrn: Das Allgäuerische Pendant dazu heißt Schmarrê, was so viel heißt wie »So ein Blödsinn« oder »So ein Unsinn«. Diese Ausdrucksweise kommt von einem Schmarrn, den ihr euch aussuchen könnt: Griesschmarrn, Kaiserschmarrn oder Topfenschmarrn. In jedem Fall ein zerrupfter, in der Pfanne zerkleinerter Teig, der tendenziell minderwertig ist.

Schmatz'n: Vollquatschen. Zutexten. Wird vorwiegend im Baierwald benutzt.

Schnoin: Schnalle. Abwertende Bezeichnung für liederliche Frauen und Mädchen.

Schwomdeifi: Schwabenteufel. Despektierlich gemeinte Bezeichnung für einen Schwaben.

Seckl: Idiot.

Servus: Diese »halbperdulockere« Begrüßungsformel in Baiern und in Österreich kann auch zum Abschied verwendet werden. Die Belgier bezeichneten den 15 Jahre dort lebenden Allgäuer Autor als »Monsieur Servus« – Tourismuswerbung für seine Allgäuer Heimat vom Feinsten, oder?

So a ausgmachda Schmarrn: So ein ausgemachter Schmarren!

So a Schmarr'n: So ein Blödsinn. So ein Unsinn.

So dad ma need minand: So tut man nicht miteinander! So geht man nicht miteinander um!

So derf ma need mitnand doa: So darf man nicht miteinander tun! So darf man sich nicht aufführen, beziehungsweise gegenseitig miteinander umspringen.

Soog moi, Bartl, wiea is des bei eich? Pläggt ma in Isnbrezhofn scho in da Kiacha oda east aufm Godsacka?: Sag einmal, Bartl, wie ist das bei euch? Weint man in Isenbrezhofen schon in der Kirche oder erst auf dem Friedhof?

Spezl: Freund. Kamerad.

Stamperl: Schnapsglas.

Steigts scho eini: Steigt schon ein!

Subbagscheidn: Supergescheiten.

Trutschn: Abwertende Bezeichnung für eine altbackene, langweilige Frau. Auch »Trulla«.

Und dann hom de – selbstverständli auf deene Kostn – soobgfuid, dass se eich need glei fanga kiina! Oiso: Drinkts aus und dann verschwindts! … Vui Glück: Und dann haben sie die – selbstverständlich auf deren Kosten – so eingesäuft (betrunken gemacht), dass sie euch nicht gleich fangen können! Also: Trinkt aus und dann verschwindet! Viel Glück!

Und? Hods woos gnutzt: Und? Hat es etwas genützt?

Und wia geht's seina Oidn: Und wie geht es seiner Frau?

Unsa Gomm Bartl standat in da Zeitung: Unser Bartl Gomm steht in der Zeitung!

Unterholzerdirndln: Unterholzertöchter oder auch -mädchen.

Verzapfen: Erzählen.

Verzupfen: Abhauen. Verschwinden.

Wampe: Bauch.

Watschn: Auch Dochtl, Dätschn, Fotzn, Schelln, also mit der flachen Hand eine geklatscht bekommen.

Wedahex: Wetterhexe. Ungepflegt wirkende Frau.

Wennst moanst! ... Servus: Wenn du meinst! ... Tschüß!

Weiberleit: Frauen und Mädchen.

Wias grod so basst: Wie es gerade so passt!

Wiesn: Liebevolle Bezeichnung für das Oktoberfest.

Woahrscheinli hot a do no goar need g'wusst, dass a stiabt: Wahrscheinlich hat er da noch gar nicht gewusst, dass er stirbt!

Wo woitsn hi: Wo wollt ihr hin?

Zehnerl: Zehn Pfennige.

Zeiserl: Zeisig. Der zur Gattung der Finken gehörende Vogel kommt gerade in Oberbaiern extrem oft vor.

Zipfiklatscher/Zipfischwinger/Zipfihuaba: Zipfelklatscher. Zipfelschwinger. Zipfelhuber. Damit ist das männliche Glied gemeint. Bedeutet in etwa so viel wie Depp oder Blödmann.

Zuagroaste: Zugereiste. Die Wichtigtuer und Schwätzer unter ihnen haben es nicht immer leicht, von den Einheimischen akzeptiert zu werden.

Zugeschmaatzt: Vollgequatscht. Zugetextet. Wird vorwiegend im Baierwald genutzt.

Allgäuer Begriffe und Übersetzungen:

Alpen: Singular: »Alpe«. So heißen im Allgäu die Hütten in den Bergen, in denen das Jungvieh den Sommer verbringt. Hier macht das Allgäu – wie so oft – eine rühmliche Ausnahme. Denn in allen anderen Teilen Baierns werden sie als »Al*m*hütten« bezeichnet, also mit »*m*«, gell? Darum ist es ein Unding, wenn es im Allgäu eine »Apost'l-Alm«, einen »Almkönig«, »Almenrausch« und einen ähnlichen Schmarren gibt. Aber auch Begriffe wie »Kaffehaferl, »Schneckerl«, »Höserl« und so weiter gehören nicht ins Allgäu, sondern nach Ober- und Niederbaiern (im Roman gilt alles als »Mittelbaiern«, weil Baiern eben in der Mitte von allem ist, oder?), also ein ganzes Stück weiter hoch!
»Zefix aber au, – schwätzed g'scheid!«

A so a Krampf aber au: Ein solcher Blödsinn aber auch!

Also, so dummer: Also, so tun wir! So machen wir es!

Also, pack mer's: Also, packen wir es (an)!

As duat as so: Es tut es so! Es geht!

A so a Schmarrê: So ein Blödsinn. So ein Unsinn!

Backen: Wangen, also das links und rechts der Mundpartie.

Bäs: Base. Verwandtschaftsgrad einer Cousine.

Bollê: Im Allgäu heißt eine Kugel Eis immer noch so.

Des glaub i etz it: Das glaube ich jetzt nicht!

Des passt schô! Schließlich sind mir im Allgei: Das passt schon! Schließlich sind wir im Allgäu!

Des wär des! – Servus mitanand: Das wäre das! – Servus miteinander!

Doch, doch! … I bi's wirklê! I bi d'r Dône! Des kasch m'r schô glaubê: Doch, doch! … Ich bin es wirklich! Ich bin der Toni (Anton)! Das kannst du mir wirklich glauben!!

Dô isch nix: Da ist nichts!

D'r … D'r … Jô, Kruzinesn: Der … Der … Ja, Kruzinesen!

Duck di: Duck dich!

Du woisch jô: mir Allgeier kennet it groß schwätzê: Du weißt ja: wir Allgäuer können nicht großartig reden!

Dünken: Meinen. Glauben (Mir dünkt. Ich meine. Ich glaube.)

Fasching: Im Oberschwäbischen »Fasnat« oder »Fasnet«, im Rheinland »Karneval« und in Fuzzys italienischer Heimat »Carnevale« genannt.

Fehl: Auch »Föhl«. Eine von mehreren Allgäuer Bezeichnungen für ein Mädchen. Kommt vom lateinischen »Filia«, die Tochter.

Fiedle: Hinterteil.

Fufzgerle: Fünzig-Pfennig-Stück.

Gai: (Hiesiges) Gebiet oder Revier.

Gell: Oder? Was meinst du?

Glump: Gelumpe. Kommt von Lumpen, also altes beziehungsweise unbrauchbares Zeug.

Gmaschkerte Preißê: Maskierte Preußen!

Gôht schô: Geht schon!

Griaß di: (Ich) grüße dich!

Gruscht: Gerümpel.

Gschäftlê: Verniedlichung von »Geschäft«. Auch »Geschäftlein« oder »Geschäftchen«.

Gscheit: Gescheit. Klug. Jedenfalls nicht dumm.

Gstinkert: Stinkend. Verstunken.

G'strimutz'lter Katzêbôhlê: Gestreifter Kater.

Gwand: Gewand. Kleidung.

Hergottsack, was isch etz des? Des hôt mei. Mutt'r doch no nieâ kocht: … was ist jetzt das? Das hat meine Mutter doch noch nie gekocht!

Hônd ihr schô nômman, der bei eirer Leich schwätzt, od'r brauchet ihr nô an Leuche'rednar: Habt ihr schon jemanden, der bei eurer Beerdigung spricht, oder braucht ihr noch einen Trauerredner?

Hä? Was heußt des: Wie bitte? Was heißt (bedeutet) das?

Häs: Kleidung. Gewand.

Hä? Was hôißt des: Wie bitte? Was heißt das?

Herrgottig: Sehr.

Herrgott, wia isch as im Allgei doch schee: Herrgott, wie ist es im Allgäu doch schön!

Himmelherrgottsakerment! … Jô, Kreizkruzifix nô amôl: Ka ma dô it amôl in Ruah friêhschtickê'?: Ja, Himmelherrgottsakrament noch einmal: Kann man da nicht einmal in Ruhe frühstücken?

Holz vor der Hütt'n: Holz vor der Hütte. Gut gefülltes Dekolleté, was Bartls geschultem Auge gerade beim Dirndl ganz besonders in dasselbe sticht – ob er will oder nicht. Zefix aber au!

Hoschtubê: Unterhaltung.

Hurament! Blede Kuhê, blede: Verflixt! Blöde Kuh, blöde!

Hurament aber au! Hettêt diê ihn it verschieſſê kennê: Verflixt aber auch! Hätten die ihn nicht erschießen können?

Hurêsakerment: Hurensakrament.

I bi d' Bartl, des basst scho: Ich bin der Bartl, das passt schon!

I glaub's it! D'r Keb'rlê Dônê: Ich glaube es nicht! Der Köberle Toni (Anton)!

In Gott's Namê: In Gottes Namen.

I woiß it: Ich weiß nicht!

Jô pfiat die Gott! Dann schô liebêr Trauerredner, gell: Ja behüte dich Gott! Dann schon lieber Trauerredner, oder?

Jô, schauet it so bled … Zefix no amôl: Ja, schaut nicht so blöde! … (Kruzi)fix noch ma.

Jô! Schdimmt scho! … I bi's, d'r Dônê: Ja! Stimmt schon! … Ich bin es, der Toni (Anton)!

Jô, jô: des schderbe an sich wär jô gor it so schlimm, wenn ma am nägschtê Dag it so hi wär!: Ja, ja: Das Sterben an sich wäre ja gar nicht so schlimm, wenn man am nächsten Tag nicht so hin (kaputt) wäre!

Jô! Jô! … Niats g'seit isch allat g'schwätzt gnue: Ja! Ja! … Nichts gesagt ist immer genug geredet!

Kaschperlgwand: Kasperlegewand.

Kipf: Im gesamten Baiern verwendeter Ausdruck für einen Laib Brot.

Klar bisch du d' Bartl! … Sag amôl, was duesch etz du in Schdaufê: Klar bist du der Bartl! … Sag einmal, was tust du jetzt in Staufen?

Krämle: Kleines Mitbringsel, Geschenk oder Präsent.

Kruzines'n: Obwohl der Autor auch schon mal so flucht, hat er keine Ahnung von der Etymologie dieses Wortes.

Kuhêpflättr: Große Hinterlassenschaft von Milchkühen, Schumpen (Jungrinder) und Stieren.

Lätschê: Lätsche. Eigentlich der Mund, dessen Mundwinkel man hängen lässt, wenn einem was nicht passt (eine Lätsche ziehen). Wenn eine Person so bezeichnet wird, meint man damit einen langweiligen, nicht unbedingt ernst zunehmenden Menschen.

Mangeln: In Ermangelung. Vermissen.

Meh sag i it: Mehr sage ich nicht!

Mei Gott, er war halt a Preiß: Mein Gott, er ist nun einmal ein Preuße gewesen!

Mei Lieaba: Mein Lieber.

Na! Na: Nein! Nein! Das hört sich auf Ober- oder Niederbairisch genauso an.

Naa! Naa! I kenn d' Gomm Bartl vu friê'r her! Des isch a alter Schdaufner, also uiner vô is: Nein! Nein! Ich kenne den Bartl Gomm von früher her! Er ist ein alter Staufner, also einer von uns!

Naaa: Betontes »Nein«. »Na« heißt »Nein«.

Na! … Jô pfiat di Gott! Dann schô liebêr Trauerredner, gell: Nein! … Ja behüte dich Gott! Dann schon lieber Trauerredner, verstehst du?

Niêts g'seit, isch glôbet g'nuê: Nichts gesagt, ist genug gelobt!

Pfännle: »Pfännchen machen« heißt, eine beleidigte Schnute ziehen.

Pfiat eich! … Sche wars: Behütet euch! … Es war schön!

Pffui Deifi: Pfui Teufel!

Quetsche: Zieharmonika.

Rôliger Katzêbôhlê: Heißer Kater. Volksmund, obwohl es dies eigentlich nicht gibt.

Ruchig: Geldgierig. Im Bairischen sagt man auch »interessiert« dazu.

Sakerment aber au! … War i wieder guet: Sakrament aber auch! … War ich wieder gut!

Sapperlott: Auch »Sappralott«. Ein alter Ausdruck der Überraschung, aber auch ein Ausdruck der Entrüstung oder der Verwünschung.

Schad, gell: Schade, oder?

Schlieaßlê muâss i mein Bäs doch no g'herig nâsaufê: Schließlich muss ich meine Base (Cousine) doch noch gehörig unter die Erde trinken!

Schmarrê: Das ober- und niederbairische Pendant dazu lautet »Schmarrn«, was so viel heißt wie »Schmarren«, »So ein Blödsinn« oder »So ein Unsinn«. Diese Ausdrucksweise kommt von einem Schmarrê, den ihr euch aussuchen könnt: Griesschmarrê, Kaiserschmarrê oder Dopfêschmarrê (Topfenschmarren). In jedem Fall ein zerrupfter, in der Pfanne zerkleinerter Teig, der tendenziell minderwertig ist.

Scho guet, Philomena! … Iss dein Gockl und gib a Ruah: Schon gut, Philomena! … Iss deinen Gockel (gebackenes Hühnchen) und gib Ruhe!«

Seids ihr von hier?: Seid ihr von hier?

Sei schdill, sonschd schlag i dir a Horn ab: Sei still, sonst schlage ich dir ein Horn ab!

Siasch, Philomena! … Dean kasch drinkê': Siehst du, Philomena! … Den kannst du trinken!

So a Krampf: So ein Blödsinn!

So a Scheißglump: So ein Scheißgelumpe (Mist, schlechte Qualität)!

So a Schmarrê: Die Allgäuer Version vom ober- und niederbairischen »So a Schmarr'n«, also »So ein Blödsinn«.

Stoffplachenhändler: Stoffplanen-, also Stoffbahn-, beziehungsweise Stoffballenhändler.

Pack mer's: Packen wir es! Gehen wir es an!

Trachtenhäs: Trachtenkleidung. In Ober- und Niederbaiern heißt dies Trachteng'wand.

Uinar vô is: Einer von uns!

Und was duesch etz du dô auf'm Gott'sacker? … Etz sag ab'r âmôl*: Bisch as du wirklê:* Und was tust jetzt du hier auf dem Friedhof? … Jetzt sag aber einmal: Bist du es wirklich?

Von mir üs, wenn as di it ruit: Von mir aus, wenn es dich nicht reut! Zugegeben eine etwas hardcoremäßige Auslegung des vielseitigen Allgäuer Dialekts, aber in manchen Teilen des Allgäus durchaus üblich, zum Beispiel in Hindelang oder in Oberstdorf. Wohl wegen des Fremdenverkehrs sprach man in Staufen einen etwas gemäßigteren Dialekt, der sich im Beisein von ungelittenen Fremden aber schnell so ausbauen ließ, dass er völlig unverständlich war.

Wasemosslätschê: Wasenmooslätsche. Das Wasenmoos ist ein Hochmoor bei Lindenberg im Westallgäu, woher die preisgekrönte Comedytruppe um Klaus Malek herum stammt. Und ein Lätsche ist ein langweiliger Mensch, den man nicht unbedingt ernst nehmen sollte (wie die Wasêmooser). Weiteres siehe unter »Lätschê«.

Was isch etz au des: Was ist jetzt auch das?

Wenn des all's des gwea isch: Wenn es das alles gewesen ist …

Wenn muisch: Wenn du meinst!

Wenn weit'r so saudumm schausch, friss i di: Wenn (du) weiter(hin) so saudumm (drein)schaust, fresse ich dich!

Wer ka, der ka: Wer (es sich leisten) kann, der kann (es sich leisten)! Auf Bairisch: Wer ko, der ko!

Wo der Bartl den Most holt: »Most« ist ein altjüdisches Wort für Geld. Umgangssprachlich eine gängige und gerne benutzte Redensart, wenn man jemandem unmissverständlich klar machen möchte, wo es lang geht.

… *weil des knickrige Luedr kui Drinkgled git!* …: weil die knickrige (geizige) Frau kein Trinkgeld gibt!

Woiß it: Ich weiß nicht!

Zefix no amôl: Abgekürztes Kruzifix noch einmal.

Zehnerle: Zehn-Pfennig-Stück. Man konnte auch mit zwei Fünferle, also mit zwei Fünf-Pfennig-Stücken bezahlen.

Italienische Begriffe und Übersetzungen:

Accidenti! A voi stronzi: Verflucht! Ihr Arschlöcher!

Addio: Tschüss!

Arrivederci: Auf Wiedersehen!

Basta: Das ist genug! Es reicht! Fertig! Aus!

Bravi: Gut gemacht!

Bene: Gut.

Biancheria intima: Unterwäsche.

Buon giorno: Guten Morgen!

Campanile San Pietro e Paolo: Kirchturm Sankt Peter und Paul.

Capito: Hast du es verstanden? Ich habe es verstanden!

Certo, naturalmente: Na, klar!

Che cosa: Was (ist das)?

Ciao: Tschau!

Claro: Klar!

Cretino: Depp!

Crocifisso: Kruzifix.

Dio ci aiuti: Gott hilf uns! Und dies von einem Ex-Mitglied der sizilianischen Mafia.

Discorso funebre: Trauer- oder Grabrede.

Donna in rosso: Frau in Rot.

Doppio Espresso: Doppelter Espresso.

È *chiaro:* Ist das klar?

Famiglia: Familie.

Finale furioso: Wütendes Ende. Schluss. Fertig.

Grazie: Danke!

Ha vinto: Gewonnen!

In ogni momento! … Hai senito: in qualsiasi momento: Jederzeit! … Hörst du: Jederzeit!

Lekkami, cretino, tedesco: Leck mich, Depp, deutscher!

La Ragazza: Junge Frau. Mädchen.

Maledetto: Verflucht.

Mi chiamo Nino: Ich heiße Nino!

Mile: Vielen (Dank)!

Null Problemo: Kein Poblem.

Pace: Friede(n).

Pagliaio: Heuhaufen. Heuschober.

Porca miseria: Heilige Scheiße.

Rivevuto: Verstanden.

Saluti: Prost!

Scuola mafiosa: Mafiaschule.

Scusi: Entschuldigung. Es tut mir/uns leid.

Senza senso: Blödsinn. Quatsch.

Silenzio: Stille. Ruhe.

Signore: Herr.

Si la più stupida scimmia laccata che conosca: Du bist der dümmste lackierte Affe, den ich kenne.

Sogni d'oro: Süße Träume!

Spiacente: Entschuldigung! In diesem Fall für »Ich habe dich nicht verstanden!«

Stronzo: Arschloch.

Una schifezza: Mist!

Halbdeutsche Begriffe und Übersetzungen aus dem Italienischen:

Arschelocke: Arschloch.

Dire fällte schone etwase eine! … Schließeligge gehöreste due zue die Famiglia: Dir fällt schon etwas ein! … Schließlich gehörst du zur Familie!

Ich würde ihre eine Finger abeschneide unde ihre Komplize schicke: Ich würde ihr einen Finger abschneiden und ihrem Komplizen schicken!

Fallese einer ause unsere »Famiglia« sterbe sollte: Falls einer aus unserer Familie sterben sollte!

Gute! … Danne kanne sie nikete mehre abhaue!«: Gut! … Dann kann sie nicht mehr abhauen!

Maledetto! Da ate ere abere Glücke geabte: Verflucht! Da hat er aber Glück gehabt!

Maledetto! … Wire abene ihne nikete erwischte: Verflucht! … Wir haben ihn nicht erwischt!

Silenzio! … Seie Sie stille: Ruhe! … Seien Sie still!

Wire abene nune eine Vertage, Signore: Wir haben nun einen Vertrag, mein Herr!

Wire abene deine Donna in rosso unde werdene sie umbringe, wenne due unse nikte dase Gelde übergibeste, dase unse gehörete! Capito? Wire meldene unse wiedere: Wir haben deine Frau in Rot und werden sie umbringen, wenn du uns nicht das Geld übergibst, das uns gehört! Kapiert? Wir melden uns wieder!

Wire erschieße diese Weibe: Wir erschießen diese Frau!

Woe iste diese Manne? Sage mire soforte, woe ische ihne finde: Wo ist dieser Mann? Sag mir sofort, wo ich ihn finde?

Allgemeine Begriffe und Übersetzungen:

Augsburg'r. Die Augsburger verschlucken gerne die Silbe vor einem »r«, wie zum Beispiel Plärr'r anstatt Plärrer (das ist das größte Volksfest in Augsburg, aber natürlich nicht vergleichbar mit der Wies'n in Münch'n, wo dies gerne mal mit der Silbe vor dem »n« geschieht).

Awa: Schwäbisch für: Wenn du meinst. Was du nicht sagst!

Bärwurz: Eine im Bairischen Wald heimische Pflanze, aus der ein Kräuterschnaps gebrannt wird. Am bekanntesten ist dieses vierzig- bis fünfzigprozentige Getränk von der Grafenauer Firma »Penninger«, die auch den »Blutwurz« herstellt und unter anderem auch in Oberstaufen im Allgäu eine Verkaufsstelle betreibt.

Berserkerin: Berserkerinnen gibt es nicht, nur Männer, die im mittelalterlichen Skandinavien wie im Rausch kämpfen, ohne Schmerzen oder Wunden wahrzunehmen. Bis aufs Kämpfen, die Schmerzen und die Wunden könnte der Gomm Bartl auch ein Berserker sein.

Bigottisch: Mehr als gläubig, also den Glauben übertreibend.

Blutwurz: Siehe Bärwurz.

Bohnenstange: Sehr großer Mann.

Bu hiristiyan domuz nerede! … Öldürecğiz: Wo ist dieses christliche Schwein, das wir töten werden?

Campanile: Glockenturm.

Chewra Kadischa: Eine Heilige Beerdigungsbruderschaft, die sich der rituellen Beerdigung verstorbener Juden widmet.

Cosa Nostra: Eine in der ersten Hälfte des neunzehnten Jahrhunderts auf Sizilien gegründete Verbrecherorganisation, die heute weltweit operiert und Verbindungen zu anderen mafiaähnlichen Organisationen unterhält.

Deerns: Plural für Hamburger Mädchen oder junge Frau. Singlular »Deern«.

Eisdandler: »Dandler« ist eine alte, leicht despektierliche Bezeichnung für einen Händler.

En détail: Französisch für »Im Detail«.

Etymologie: Wissenschaft von der Bedeutung, Herkunft und Geschichte der Wörter.

Freiwilligenmesse: Die gibt es in Augsburg wirklich.

Fugger: Im Mittelalter ein schwerreiches schwäbisches Kaufmannsgeschlecht, das seine internationalen Handelsbeziehungen von Augsburg aus steuerte.

Garçon: Französisch für »Ober« oder »Kellner«.

Garotten-Joe: Garotte, eine Drahtschlinge mit zwei Griffen an den Enden, die von hinten um den Hals gezogen als Mordinstrument dient.

Gomen'nasai, Hell Sepp! – Gomen'nasai, Flau Klala: Japanisch-Deutsch-Gemisch für: Entschuldigung, Herr Sepp! – Entschuldigung, Frau Klara!

Guet, dass i im Augschburg'r ›Fugg'r‹ schaffe derf: Gut, dass ich im Augsburger Hotel ›Fugger‹ arbeiten darf! Der Augsburger Dialekt verschluckt gerne die Silbe, also die Lautverbindung, vor einem »r«.

Hund um's Haus rum: »Wilder Hund«. »Teufelskerl«.

Hundertfünfundsiebziger: Zu Zeiten der Romanhandlung noch eine allseits gebräuchliche Bezeichnung für gleichgeschlechtlich orientierte Männer. Der »Schandparagrapf 175« des Strafgesetzbuches kriminalisierte 123 Jahre lang Homosexualität und legitimierte die staatliche Verfolgung Gleichgeschlechtlicher. Der Vernunft gehorchend gibt es seit 1994 in Deutschland keine strafrechtliche Sondervorschrift mehr.

Itaker: Schimpfwort für italienische Einwanderer, das heutzutage allerdings kaum noch gebraucht wird.

Katz(e)lmacher: Heute kaum noch benutzte abschätzige Bezeichnung für Italiener, insbesondere für italienische Gastarbeiter.

Kässpätzle: Kässpatzen. Ein Teiggericht, das es vorwiegend im Allgäu, aber auch in anderen Teilen Baierns (wo es Kasspatzn heißt), sowie in Schwaben, der Schweiz, Liechtenstein, Tirol und im österreichischen Vorarlberg gibt. Dazu gehören lediglich Röstzwiebeln, ein kleines bisschen Petersilie darübergestreut, ein grüner Salat und Milch (die der Gomm Bartl natürlich durch eine Halbe Bier austauscht). Rezepte hierzu gibt's genügend im Internet.

Kewura: Vom Rabbinat vorgeschriebene jüdische Beerdigung.

Kontemplativ: Besinnlich. Beschaulich.

Linie: Linie Aquavit, kurz »Linie« ist ein norwegischer Schnaps, der seit 200 Jahren in Oslo aus Kartoffeln, Kümmel, Anis und weiteren Zutaten hergestellt wird. Die »Nordlichter« trinken das gerne.

Lulatsch: So bezeichnet man im gesamten deutschsprachigen Raum einen großen und schlaksigen Menschen, der eher schlurft als läuft und der eine schlechte Körperhaltung hat.

Mafia: Um ja nichts Falsches wiederzugeben und dadurch zu riskieren, selbst ins Visier der Mafia zu kommen, hier wortgetreu, was Wikipedia darüber schreibt: »Mafia war ursprünglich die Bezeichnung für einen streng hierarchischen Geheimbund, der seine Macht durch Erpressung, Gewalt und politische Einflussnahme zu festigen und auszubauen versucht und seine Wurzeln im Sizilien des neunzehnten Jahrhunderts hat. Heute bezeichnet man die sizilianische Mafia auch als Cosa Nostra«. – Meh sag i it.

Majonäse: Die deutsche Rechtschreibung gestattet gleich zwei Schreibweisen: Das originale Wort »Mayonnaise« aus dem Französischen und die eingedeutschte Version »Majonäse«.

Nomen est omen: Lateinisch für »Der Name ist ein Zeichen«, was so viel bedeutet, dass der Name einer Person oder eine Sache treffend gekennzeichnet wird.

No risk, no fun: Ohne Risiko keine Freude.

Pate: Mafiaboss.

Pathologie: Rechtsmedizin.

Peace and Freedom: Frieden und Freiheit. Dass der Autor für seine Gesinnung Anfang der siebziger Jahre noch auf die Straße gegangen ist, juckt heute leider niemanden mehr, obwohl dies dringender wäre, denn je. Aber der Autor sitzt heute lieber in einem gemütlichen Allgäuer, also bairischen Wirtshaus, als zu demonstrieren – dafür ist er bei Gott zu alt.

Picobello: Ganz besonders ordentlich und sauber.

Rabbi: Gelehrter Funktionsträger des jüdischen Glaubens.

Schafkopfen: In seiner heutigen Gestalt eines der beliebtesten Kartenspiele in Baiern, das sogar als Kulturgut gilt.

Shalom: Hebräische (jüdische) Begrüßungsformel.

Scharwenzeln: Die Nähe von jemandem suchen und dabei übertrieben einschmeichelnd und geschäftig seine Dienste oder Waren anbieten.

Schlitzaugen: Despektierliche Bezeichnung für Asiaten.

Schnitzer: Kommt von »schnitzen«. Eine Art kleines Jagdmesser mit Hirschhorngriff, das wohl eher zum Brotzeitmachen oder zum Raufen gebraucht wird. Es wird bei der Lederhose seitlich in eine speziell dafür vorgesehen Tasche gesteckt.

Stachus: Eigentlich der Karlsplatz, ein halbkreisförmiges, von neobarock umgebenes Rondell im Zentrum von München. Von dort aus können sich Touristen gut orientieren.

Theresienwiese: 1810/11 entstand in der Ludwigsvorstadt-Isarvorstadt das weltberühmte Oktoberfest, das es dort auch heute noch gibt. Benannt wurde die »Wies'n« nach Prinzessin Theres von Sachsen-Hildburghausen, der Gemahlin des Kronprinzen Ludwig, dem späteren König Ludwig I.

Und jetzt an Reib'rdatschi: Und jetzt einen Reiberdatschi (dieses Kartoffelgericht wird in Baiern auch als »Kartoffelpuffer« bezeichnet)! Der Ausburger Dialekt verschluckt gerne die Silbe, also die Lautverbindung, vor einem »r«.

Vergeigen: Verstreichen lassen. Verderben.

Wenn bloß d Anwohn'r nix mitkriagt hond: Wenn nur die Anwohner nichts mitbekommen haben! Der Augsburger Dialekt verschluckt gerne die Silbe, also die Lautverbindung, vor einem »r«.

4711: Steht seit bald 225 Jahren für ein weltberühmtes Eau de Toilette aus der Glockengasse 4711 in Köln.

Und zum Schluss noch ein richtiger Übersetzungs-Schmarrn:

真是明智的态度! Chinesisch für: Welch vernünftige Einstellung!

استسمحك عذرا؟ *astasmahk eidhra?* Arabisch für: Wie bitte?

A herzlich's Vergelt's Gott

… allen, die zum Gelingen dieses ungewöhnlichen, vielleicht sogar gewöhnungsdbedürftigen, Werkes beigetragen haben … ob sie wollten oder nicht:

In erster Linie der EDITION ALLGÄU im Verlag Hephaistos OHG aus Werdenstein, die schon eine ganz besondere Beachtung verdient. Denn die beiden jungen Verlagseigentümer Ramona Alger und Christian Vu haben diesen baiernweit agierenden Verlag erst vor Kurzem von einem meiner Freunde aus alten Berufszeiten übernommen und sich gleich getraut, so etwas Saudummes zu publizieren und unter die bedauernswerten Leute zu bringen.

Meiner Lektorin Claudia Schöwe, die sich mit diesem Schmarrn gewaltig abrackern musste, weil sie ein waschechter Preiß ist. Wahrscheinlich hat sie beim Durchlesen dieses Buches einen Krampf (und damit meine ich keinen Lachkrampf) bekommen. Ich wünsche ihr von Herzen gute Besserung bei einem Glas Hopfentee, gell?

All jenen, die mein »Mittelbairisch« (Ober- und Niederbairisch), Allgäuerisch, Italienisch und halbitalienisches Deutsch, beziehungsweise halbdeutsches Italienisch, auf Korrektheit durchgelesen haben, in erster Linie Siegfried Bradl, dem 1. Vorsitzenden des Fördervereins Bairische Sprache und Dialekte e. V. und Simon Gehring, dem 1. Vorsitzenden des Fördervereins mundART Allgäu e. V. Aber auch ein paar Italiener, die aus mafiatechnischen Gründen nicht genannt werden möchten.

Den beiden bodenständigen Vollblutmusikanten Hans Reichart und Karl Bogner für die stilechte Umrahmung der Buchpräsentationen und der einen oder anderen Lesung.

Meinem guten alten Freund Klaus Malek von den »Wasêmooslätschê«, einer weit über die Grenzen des Landkreises Isar Gesamt mit München hinaus populären und beliebten Allgäuer Comedygruppe, die so übrig ist wie ein Kropf, aber trotzdem saugut ankommt. Für ein paar Leberkässemmel hat mir der begnadete Westallgäuer Kabarettist so viel Inspiration gegeben, dass ich doch glatt noch einen solchen Schmarrn schreiben könnte. Außerdem hat er mir versprochen, mich das eine oder andere Mal bei Lesereisen mit seiner Comedytruppe zu begleiten.

Den vielen professionellen und semiprofessionellen Trauerrednern, sowie den Mesnern (»Küster« für die Preußen) und Buindlkramern (»Totengräber« für die Preußen), denen ich bei meinen Recherchen mit meiner saublöden Fragerei gehörig auf die Nerven gegangen bin und die mir mit ihrer noch blöderen Fragerei ebenfalls auf die Nerven gegangen sind: »Wäre das nichts für Sie, Herr Wucherer?«

»Was?«

»Totengräber!«

»Hä?«

»Ja, Totengräber halt!«

»Na! … Jô pfiat di Gott! … Dann wär i schô liêbêr a Trauerredner, bleib zumindeschd aber a Schreiberling, gell?«

Für unsere bairischen Leserinnen und Leser hier noch ein kleines Krämle in Form eines Rezeptes für original Allgäuer Kässpatzn:

Zutaten für 4 Personen:

Für den Teig:
500 gr Spätzlesmehl
5 Eier
1 Pr. Salz
125 ml Milch (alternativ Mineralwasser)

Zum Anrichten:
200 gr alter Bergkäse
100 gr junger Bergkäse
100 gr Weißlacker
6 Zwiebeln
Butter zum anbraten der Zwiebeln

Zubereitung:

Zwiebel grob schneiden. Butter in einer Pfanne erwärmen und die Zwiebeln darin langsam braten.
Den Käse reiben und den Weißlacker in kleine Stücke schneiden.
Salzwasser zum Kochen bringen. Einen zähflüssigen Teig anrühren und so lange schlagen bis der Teig Blasen wirft. Den Teig in Portionen durch den Spätzlehobel in das kochende Salzwasser hobeln. Mit dem Kochlöffel umrühren damit die Spatzen nicht zusammen kleben. Sobald die Spatzen schäumend aufkochen, diese mit einem Schaumlöffel heraus nehmen und abwechselnd mit geriebenem Käse in eine vorgewärmte Schüssel schichten. Die braun geschmelzten Zwiebeln darüber geben und nach Geschmack mit Schnittlauch garnieren.
Als Beilage wird ein grüner Salat gereicht.

Bloß no so – Quasi das Schlusswort, das es, wie das Vorwort, sicher nicht braucht.

Wenn du das jetzt liest, hast du es wohl bis hierher geschafft und dadurch bewiesen, dass du aus ganzem Herzen heraus ein fleißiger Baier … oder – fast noch besser – sogar Allgäuer bist. Denn außer meiner Lektorin Claudia Schöwe hätten Preußen sicherlich kein solches Durchhaltevermögen, um sich so was anzutun. Aber vielleicht liest das hier ja doch zufällig mal der eine oder andere Preuße oder die eine oder andere Preußin, weil sie davon gehört haben, dass in Baiern die Uhren verkehrt herum laufen und sie deswegen – logisch – Bücher von hinten her lesen. A so a Krampf aber au!

Der Autor

Bernhard Wucherer war über 25 Jahre hinweg der künstlerische und kaufmännische Leiter seiner eigenen Werbe-, Marketing- und Eventagentur in Oberstaufen im Allgäu, das zu Baiern gehört. Dort hat der Grafikdesigner neben seiner eigentlichen Arbeit her unzählige Werbetexte und -slogans – vornehmlich für den Tourismus – entwickelt, sowie ein Nachschlagewerk für ein Naturheilverfahren und Presseartikel für verschiedene Zeitungen und Zeitschriften verfasst. Darüber hinaus hat der Geschichtskenner mehrere historische Aufsätze geschrieben, die teils auch Eingang in wissenschaftliche Werke gefunden haben.

Trotz seines »modernen« Berufs und seiner vielen Reisen ist der Autor bodenständig geblieben, was er durch seine Arbeit in etlichen Geschichts-, Brauchtums- und Sportvereinen zum Ausdruck brachte. Wenn es der Anlass zulässt, trägt er auch heute noch gerne Tracht. Ansonsten ist sein »Totenkopf-Outfit« längst zu seiner CI geworden. Während seiner Mitgliedschaft im Trachtenverein Oberstaufen e. V. hat er auch schon im dortigen Bauerntheater mitgespielt, was einmütig dokumentiert, dass der Autor von Reiseführern, Krimis und historischen Romanen auch dazu befähigt ist, eine bairische Provinzposse zu schreiben.

Um sich das Rüstzeug zum authentischen Schreiben historischer Romane und Krimis aneignen zu können, war der Autor viele Jahre im In- und Ausland auf alten Herrschaftssitzen als Burgmanager, Museumskurator und Eventorganisator, sowie als Gerichtsschöffe tätig.

Nach 16 Jahren in Belgien hat der Kosmopolit im Jahr 2021 beschlossen in seine Heimat, also das Allgäu, genauer gesagt nach Oberstaufen, zurückzukehren und hier seine weiteren Werke zu schreiben.